グレートベイビー

新野剛志

幻冬舎文庫

目次

プロローグ　7
第一章　少年は狼の夢を見ない　15
第二章　ハロー、新世界　111
第三章　愛しのアバター　295
第四章　少年は未来を消した　407

グレートベイビー

プロローグ

尼崎健太《あまがさきけんた》はクラブのエントランスを潜るとき、マイ・フーリッシュ・ハートと呟いた。その言葉に意味はなかった。Tシャツ一枚で、冷えてきた夜明け前の街にでる自分を嘲笑ったわけではないし、重たいレコードバッグに悪態をつきたかったわけでもない。ものたりない夜の終わりを少しでも埋め合わせようと、思いついた格好のいい言葉を口にしてみただけだった。ハロー・ベンジャミンでもよかったし、クール・フール・アナルでもいい。クール・ビズじゃだめなのは説明もいらないだろう。

外にでると雨は上がっていた。ほっとしたのも束の間、ヴァンズを水溜まりに突っ込み、悪態をついた。ああやっちまったぜ、と思ったのは、靴のなかに水が染みこんできたからではなく、悪態をついてしまったからだ。

ネガティブワードは幸運を遠ざける、不幸の連鎖を生む、と以前につき合ったスーパーポジティブなネイリストにやかましく言われた。当時も鬱陶しく感じたし、いまも、そんなの糞食らえとは思う。それでも気にしてしまうのは、この二、三年、幸運は俺を避けて通っていると気づいたからだ。もっとも、不幸が立て続けに起こったためしはなかったけれど。

路上に座り込む顔見知りの客に声をかけたら、唐突に中指を立てられた。――糞食らえ。

健太は暗い路地に足を向けた。渋谷円山町のラブホテル街。この時間、空き室を探してさまようカップルもいない。ひとけのない路地を進み、コインパーキングに入った。

料金を払った健太は車に向かった。ドアを開けると、ＢＡＤ ＨＯＰの厳《いか》ついラップが出迎えた。俺の車でこんなの流さないでくれと思う。正直怖いぜ、この手のほんまもんのギャングは。十代のころ、実際にそんな連中に囲まれて過ごした健太は切実に思うのだ。

レコードバッグを助手席に置いて、運転席に座った。先にクラブをでた創磨《そうま》と里穂《りほ》が、後部座席で肩を寄せ合い、眠りこけている。ＢＡＤ ＨＯＰは里穂の携帯から流れているようだ。

健太はエンジンをかけ、サイドウィンドウを下ろした。大麻の臭いを外に逃がすためだ。まったく、ふざけやがって。ひとの車で、ふかすんじゃないよ、――糞、糞、糞。

中指にＢＡＤ ＨＯＰにドラッグ。これが不幸の連鎖か。不幸と呼ぶにはささいなことだが、小者の俺にはビッグダメージさ。

あえて言ってやったぜ、ネガティブワード。ちょっと胸がざわざわしたが、気持ちは吹っ切れた。そもそも不幸の連鎖なんてあるもんかと、最高にポジティブになれた。

ヘッドライトをつけ、サイドブレーキに手をかけたときだった。フロントガラスの向こうを人影が横切った。大きな影だと思ったとき、ズシャッと衝撃音。フロントガラスに蜘蛛《くも》の巣状のひびが入った。

「なんだ！」思わず腰を浮かす。

ボンネットの上にでかい影が降ってきた。衝撃とともにフロントが沈み込む。影は立ち上がり、タップダンスのように足を踏みならす。ガンゴンガンゴン、薄い鉄板が悲鳴を上げた。

「あー、どしたー」後ろから間延びした声が聞こえたが、それにかまわず、健太はドアを開け、外に飛びだした。

「ふざけんな、俺の車に何しやがる」

黒い影――黒い服を着て、黒いバラクラバをすっぽり被った男を見上げた。

でかい。ボンネットの上にいるからか、背丈が二メートルもあるように見えた。背だけでなく横幅もある――デブだ。だぶだぶの短パン姿で、子供のようにボンネットの上を跳ねた。

「降りろ！　テメエ……」健太はボンネットに近づき、腕を伸ばす。

男は跳ねるのをやめ、後退した。背中に手を回し、何かを摑む。金属の長い棒。腰のあたりでかまえるその姿を見て、健太は啞然とした。――銃だ。

「やべえ」健太は足を退く。背を向けようとしたとき、銃口から火が噴いた。太い炎が迫ってきた。

頭を叩きながら、逃げた。髪の毛が焦げるいやな臭いがする。痛みはなかった。髪の毛に着火していないと確信がもてて、叩くのをやめた。足を止め、車のほうを振り返る。

男がフロントガラスを踵で蹴りつけた。ごついエンジニアブーツを履いているからひとたまりもなく、粉々に砕け散った。健太は動けなかった。あの男はとんでもないものをもっている。あれは火炎放射器だ。街中に、そんなものをもった人間がいるのが信じられなかった。

でかいデブが火炎放射器を腰だめにかまえる。パイプから噴きだした炎が、ガラスの砕けたフロントウィンドウを潜る。車内を明るく照らした。

「やめろ!」健太は車に向かった。しかし、車から飛びだしてきた創磨と里穂に止められた。

「車なんてほっとけ。お前、死にたいのか」創磨が顔を引きつらせて言った。

「レコードだ。車のなかにレコードを置いてきた」

DJである健太にとって、財産と呼べる唯一のものだった。

「あっ、あたし、車に携帯、置いてきた」

「そんなのどうだっていいだろ」と健太と創磨は声を揃えた。

本当にどうだっていい。携帯電話ばかりか、レコードも車もどうでもいいと思えてきた。

自分の車が火炎放射器の攻撃にさらされている。それはあまりに現実離れした光景で、MVでも見ているような気にさせる。かすかに聞こえる厳ついラップが、その印象を強めた。

「創磨、携帯もってるか」

「ああ、もってるけど」

「あれを動画で撮ってくれよ。俺は警察に通報するから」

「おお、そうだな」創磨はそう言うと、ズボンのポケットに慌てて手を突っ込んだ。

ひとの不幸は楽しいよな。健太は創磨の横顔を見つめながら思った。とはいえ、これが紛れもない不幸だと考えているわけではなかった。大きな事件に巻き込まれた高揚感が、自分にもあった。失うものがあるにせよ、この事件によって得られるものもある気がした。

健太は携帯を取りだした。創磨はボンネットの上の巨体に携帯を向けている。

撮影しているのに気づいたのか、黒い巨体は炎の放射をやめてこちらを向いた。

「やべえ、こっちにくる」創磨は携帯を向けたまま、あとずさりする。

しかし、巨体の足は動かなかった。火炎放射器を上に向けると炎を放射した。

高く噴き上がる炎。男は獣のように甲高い声で吠えた。

「なんだ、あいつ。カメラを意識してるぜ」創磨はのんきな声をだした。

「グレートベイビー」健太は創磨の携帯に届くくらい、はっきりした声で言った。

何かかっこいい言葉を残そうと思ったのだが、――たぶん、失敗だ。

「ジ・エンド」

嘉人《よしと》の寝息が聞こえ始めて、千春《ちはる》は思わず呟いた。乳房の上に置かれた嘉人の手をどかし、重ねられた下半身の下からするりと抜けだした。

ベッドを降りた千春はロングヘアーをまとめ上げ、バスルームに向かった。精液が乾いて、腿のあたりの皮膚が突っ張る感じがした。違和感はあっても、それを不快に思ってはいない。それよりも、胸のあたりから立ち上る唾液の臭いを早く洗い流したかった。

シャワーを浴び、寝室に戻った。パンティーをはき、Tシャツを被る。下半身に心許なさを感じたが、その格好でベランダにでた。

雨は上がっていた。湿ったガーデンチェアーに腰を下ろし、煙草を吸った。テーブルに置きっぱなしだった煙草は、しけっていてまずい。残暑が抜けないまま、秋雨の季節になっていた。嘉人と暮らし始めてちょうど一年がたつ。

一年の間に、何度、嘉人と寝たか。それは数えるほど。二十回もない。そのうち嘉人が射精までいたったのは、今日も含めて五回だけ。はっきり覚えている。

嘉人が頻繁に求めてきたのは最初の二ヶ月だ。しかしそれは、千春への愛着の表れではなく、ふたりの、当初のぎこちない関係を表しているに過ぎない。男ふたりの同棲生活など、どちらもこれまで経験したことがなかったし、ましてや、心の結びつきもないとなると、そうならざるをえない。言葉のいらないコミュニケーションで互いの距離を縮めようとしたのだろう。男同士――千春はそう認識しているが、嘉人がどう捉えているのか、実はよくわからなかった。性の対象と見ているのは間違いないが、はたして千春が男であることを意識しているのかしていないのか――。嘉人はゲイではない。ストレートだという自己申告。嘘をつく意味もないから、本当なのだろう。ただの変態なのだと思うが、かわったプレイを求めてくることもなかった。射精なしでも、たいていは満足している。

吐きだした煙草の煙が吹きつける風にかき消された。雲の流れは速い。広がる雲間から、白み始めた空が覗いている。千春は眠気を振り払うように、目を瞬《しばたた》いた。

褪《さ》めた藍色を背景に、渋谷の街の影がくっきり浮かび上がっていた。嘉人のマンションに越してきてから一年、このベランダから見える景色は、刻々と変化した。街の影から飛びだし、上へ上へと伸びるビルやクレーンの影がひとつふたつと増えていった。ベランダの正面にも、宮下公園の再開発で建てられたビルが見えた。まだ屋上にクレーンが載っているが、もう完成に近いのか、ここしばらく高さにかわりはなかった。

街の変化は早い。先日できたタピオカ屋が潰れたと思ったら、別のタピオカ屋がそこでしれっと営業していたりする。さすがに、渋谷の街全体に及ぶ再開発だとそこまで顕著ではないものの、そろそろ完成して開業が間近にせまったビルもできている。それは千春の仕事に影響することだが、とくに関心はなかった。それなのに、街の完成がいくらか見えてくると、妙に心がざわつく。何かを突きつけられているような焦りを感じた。

正面に見えるビルのクレーンが気になりだしたのも、同じころだ。夜になると、クレーンの頂点にある赤色灯が点灯する。アームはたいていこちらの方向に傾き、休止している。じっと見つめる赤い目に、監視されているような気分になって落ち着かない。千春は煙草をくわえ、立ち上がった。ベランダの手すりに近づき、肘をのせた。クレーンを睨みつける。

深夜はあたしひとりの時間だ、邪魔をしないでほしい。嘉人が寝静まったあと、ここにでてきて、自分を見つめている。これからどう生きるか。自分はかわるべきなのか、かわることができるのか。そもそも自分は何者なのか。見つめるだけで、深く考えもしないから、答えなどでない。何か浮かんだとしても、煙草の煙と一緒に、渋谷の空にかすんで消える。

外見は女。心は男。男を愛せない。女を愛せるかどうかも定かではない。ペニスはないが、ヴァギナもない。そんな自分はいったい何者なのか、考え続ける。

第一章　少年は狼の夢を見ない

1

「健太、お前はほんとに運がないよね。前からそんな気がしてた」

鞠家《まりや》千春は溜息をついて、不幸にみまわれた友人への同情を示した。

「ふざけんな。お前に言われたくないぜ」

健太は吐き捨てるように言ったが、周囲の目を気にしたのか、声は抑えられていた。

千春はマンションから歩いて五分ほどのところにある、トランクホテルのラウンジで打ち合わせをしていた。売店で三百円のコーヒーを買って席を確保すれば、何時間でもいられるので、打ち合わせでも暇潰しでもよく利用する。昼下がりのラウンジはほぼ席が埋まっていた。半分くらいはマックブックを開いたクリエイター風、業界人風だった。

「だけどまあ、自分でも薄々、気づいてはいたさ。運がないってな。あの怪物に襲われたとき、こいつはチャンスかもしれないと思ったんだ。大きな事件になって、被害者の俺も世間の注目を集めて、ちょっとした有名人になったりしてってな」

「なったじゃん」

「意味が違うぜ。俺は被害者として注目されるつもりだった。それが、あの事件で俺を知ったやつは、犯罪者か何か、胡散臭い目で見やがる。いや、前から知り合いだったやつでもそうさ。甘い夢を見た俺は、まったくバカだよ」

「バカじゃない。運がないだけさ」

とくべつ意識はしなかったが、女性らしい、優しい声音になった。

渋谷の街に火炎放射器を持った怪物が現れたのは十日前。ニュースを見ない千春は、一週間前に健太から連絡を受け、初めてその事件を知った。健太は警察の事情聴取を受けているため打ち合わせにいけなくなったと知らせてきた。大麻取締法違反容疑で取り調べを受けていたのだ。

警察がやってくるまでに、怪物はゆうゆうと逃げた。その場で事情聴取が行われ、健太たちは二時間ほどで解放された。ただし、車は鑑識作業のために警察に押収された。そして翌日、車内から乾燥大麻が発見され、健太は渋谷署に連行された。大麻は一緒にいた友人のものだったが、友人は行方をくらましていた。本当はお前のものだろと、健太への事情聴取が連日行われた。三日前、その友人が警察に出頭し、ようやく健太は解放された。

「疑いが晴れてよかった。明日のパーティーに間に合わないんじゃないかとひやひやした」

千春は仕事の話に戻そうと、そう言った。

尼崎健太は千春の中学のときの同級生だが、現在は仕事のパートナーでもあった。もっとも、健太はパートナーと呼ばれることを嫌う。

「お前はよかったかもしれないが、俺はまったく喜べない。試練の日々さ」

健太にとってはすべてのタイミングが悪かった。大麻が車から見つかったのは事件の翌日で、火炎放射器襲撃事件の被害者として、健太の名がニュースで流れたあとだった。被害を受けた車から大麻が見つかり、友人が逮捕されたことも報道された。そのニュースを見たひとの多くは、車の持ち主もドラッグに関係していると疑いをもつだろう。さらに悪いことに、友人が逮捕される前に、火炎放射器の怪物が犯行声明として動画をネットにアップし、襲撃事件が当初よりも注目を集めていたときだったのだ。不運は続く。犯人は、ドラッグが蔓延した悪の巣窟――クラブの関係者に天誅《てんちゅう》を下してやった、と動画のなかで語った。クラブを悪の巣窟とみなした理由は容易に想像がつく。三ヶ月ほど前の夏の初め、襲撃された日に健太がＤＪをしたクラブで、事件が起きていた。アイドルのタカコがその日にクラブで知り合った男と盛り上がってしまって、近くの駐車場で性行為にまでおよんだ。それを警察に通報され、現行犯逮捕されたのだが、違法薬物の所持と使用も発覚した。現役アイドルの違法薬物事件ということより、アイドルがその日に知り合った男と屋外でことにおよんだことが世の男たちに衝撃を与えたようで、ネット上で異様な盛り上がりを見せた。火炎放射器の怪物も衝撃を受けたひとりなのかもしれない。

ともかく、天誅を下したクラブの関係者の車から大麻が見つかった。ドラッグが蔓延した悪の巣窟と評した犯人の言葉を裏づける形となり、さらに注目が集まったし、クラブへの風当たりは強まった。悪を懲らしめたとして、火炎放射器の怪物をヒーロー扱いする者まででてきた。そういった者から見たら、当然、健太はダークサイドの住人となる。

「俺のせいで肩身の狭い思いをしてるって、クラブ関係者やDJ仲間まで俺を冷たい目で見る。冗談じゃない。俺のせいじゃないだろ。あのデブのオタク野郎がすべて悪いんだ」

「あの怪物はオタクなのか」

「そりゃあ、そうだろ。アイドルが好きそうだし、襲撃に自作の火炎放射器を使うというのもオタクっぽい。それに、あの投稿動画を見てもわかる。全篇バックに流れてるのはエミネムだぜ。『ルーズ・ユアセルフ』だぜ。あんな、古い、どメジャーなラップを使うのは、音楽に関心のないオタク野郎に決まってる」

犯人がユーチューブにアップした動画は、全篇二分ほどの尺で、車を襲撃するシーンが大半だった。カメラは二台使用しているようで、最初は犯人が装着したアクションカメラによる映像だ。『ルーズ・ユアセルフ』の特徴的なギターリフに乗せてひたひたと車に忍び寄る足元が映しだされる。何かを投げつけ、フロントガラスにひびが入ったところで、ラップが始まる。そこからは、仲間が撮ったと思われる引いた映像で、ボンネットの上にのった犯人が暴れ回る。砕け散るフロントガラス。火炎放射器から吐きだされる炎。引いた映像でも、迫力は伝わってきた。声明は最後の二十秒ほど。事後に別の場所で撮ったと思われるもので、襲撃時と同じ目出し帽を被っていて、顔はわからなかった。

「ＤＪ様はお気に召さないようだけど、ネットじゃ、あの映像をかっこいいと言ってるひとも多いみたいだよ」

「そう言ってるやつもオタクだろう」

健太はいつからオタク差別主義者になったのだろう。アニソンは嫌いじゃなかったはずだ。

「とにかく、俺たちの旗色が悪いのは確かだ。なあ、なんで、クラブやＤＪはこんなに世間から嫌われてるんだ。こんなことになるまで、俺は思ってもみなかった」

「それは、馴染みがないからだろう。クラブがあるような都会に住んでいるひとはごく一部だし、都会に住んでいても縁がないひとは多い。だけど、本気で悪の巣窟だと思っているわけじゃないでしょ。そう思っているなら、いまさら叩かない。何かそこで楽しいことをしていると思っているから、やっかんで叩くんだ。みんな興味はあるんだよ」

「だから気にするなというのか。お前もＤＪの端くれだろ。ひとごとみたいに言うな」

「端くれ？――健太、口には気をつけたほうがいい。あたしを否定することは自分を否定することになるんだから」

千春はきつい目で睨みつけた。整った顔の千春がこれをやると、男は黙り込む、目をそらす、機嫌を窺う、のいずれかの反応を見せるものだが、千春が男であったころを知る健太にはあまり効果はなかった。むすっとした表情のままだ。

「自分がマリヤｗｚの一員であることを、すっかり忘れていたよ」

健太は皮肉っぽく言うと、首に下げた小さなポシェットから、ＵＳＢメモリを取りだした。

「ほらよ」と言って、千春の前にそれを置いた。

千春はクラッチバッグから封筒を取りだした。なかには一万円札が数枚入っている。領収書をもらっていないから、健太は所得として申告する必要はない。ちょっぴりお得感を上乗せしていた。差しだすと、健太は首を突きだし頭を下げた。気まずげな表情をしていたが、封筒を手にしたとき、口元に笑みが現れた。だからといって、健太がマリヤｗｚの一員であることを喜んでいるわけではないとわかっている。

マリヤｗｚといのは千春と健太のＤＪユニットの名称だった。マリヤは千春の名字、鞠家からとったものだ。ＤＪの仕事関係の知人は、千春をマリヤあるいはマリアと呼ぶ。ほとんどのひとは、それが名前だと思っているようだ。

千春がＤＪを始めたのは一年ほど前だ。そのころ、七年続けたキャバクラのキャスト――外見上の性を前面に打ち出すお仕事に見切りをつけ、ひとまず男に食わせてもらおうと嘉人と同棲を始め、次なる道を模索していた。クラブで遊んでいたとき、誰かが千春ちゃんはＤＪやらないのと訊いてきた。たまたまそこに居合わせたどうでもいいひとの、どうでもいい質問だったが、千春は閃いた。自分にもＤＪならできると。

ＤＪのスキルなど何ももち合わせていなかった。ただ、トランスジェンダーである自分でも、ＤＪという職業は、他者から見ても自分から見ても違和感はないだろうと思えたのだ。

千春も音楽は好きだが、選曲ができるほどの広い知識はなかった。いまからディグって知識を身につける情熱もなかった。だから、千春はかつての同級生、ＤＪケンＴこと健太を頼ることにした。セットリストを作ってもらうだけでなく、それに基づきＤＪプレイした音源をＵＳＢメモリに落としてもらっていた。現場でそれをＤＪプレーヤーに差し込めば、もうあとはやることはなかった。ＤＪブースで踊り、使用していないデッキのつまみをいじって、やってます感をだすだけでよかった。

それではＤＪとは呼べないではないかと言われればそのとおりで、だからＤＪユニットマリヤwzという形にした。DJケンTとふたり合わせれば立派なDJになる、と千春は自分に言い聞かせ、胸を張ってDJブースに立っている。とはいえ、この一年、DJ機材を揃え、マンションで練習を重ねていたので、DJのまねごとぐらいはできるようになっていた。

封筒を尻のポケットにねじ込んだ健太は、ごくごくとコーヒーを喉に流し込む。千春は「これからもよろしくね」と似合わないことを承知で、甘えた声で言ってみた。

コーヒーを飲み干した健太は目も合わせず、頷く。たぶん、これからも協力してくれるだろう。健太はダンスミュージックやクラブカルチャーを愛している。千春のようなにせものに協力したくないことは、当初から態度や言葉に表れていた。けれど、それでも自分のプレイをUSBに落としてくれたし、DJプレイの手ほどきもしてくれた。健太は千春のことを憐れんでいる、あるいは何か後ろめたさを感じているのではないかと思っていた。もともとそれほど仲がよかったわけでもなく、ただ、あのとき一緒にいたというだけの仲だ。

千春が体の中心からペニスを失ったとき、健太はその場にいた。救急車を呼んでくれたのが健太だった。それ以来、つかず離れず、つき合いが続いている。一年くらい会わないこともざらだったが、男であったころからつき合いのある者は健太だけで、充分、友人と呼べる。髭面でちょっといかついが、優しい男だった。やはり、運がないとは思う。

2

四つ打ちのヘビーなビートが会場を盛り上げた。跳ねる、揺らす、振り乱す。盛り上がっているのがＤＪブースの周りだけだとしても、その熱気は会場全体に波及している。クライアントも満足していることだろう。

今日の現場は渋谷にあるレディースアパレルの旗艦店だった。世界的に人気のダウンジャケットブランドの別注商品のローンチパーティーが行われている。メディアやアパレル関係者のみのパーティーだが、ビジネス臭は少なく、みんな楽しんでいた。千春はクラブでプレイすることはあまりなく、この手のファッション関係のイベントに呼ばれることが多かった。

千春はＤＪのマネジメントをする事務所に所属している。健太の協力を取りつけただけで、まだ一度もＤＪのまねごとすらしたことがないとき、飛び込みで事務所に売り込みにいったのだ。事務所の代表は、やりたければやれば、と言った。要は仕事がくるかこないかの問題だけだからと。ずいぶん鷹揚なひとだなとそのとき思ったが、代表は千春の商品価値をしっかりと計算していたようだ。

東京はショップの開店ラッシュで、この一年、毎日のようにどこかでオープニングパーティーが開かれていた。商品のローンチパーティーもすっかり定着している。DJをブッキングするようなパーティーは、ほとんどファッション関連企業の主催になるが、その手の企業の目下の関心事——流行り言葉は、サステナビリティとダイバーシティーだ。サステナビリティに千春を関連づけるのは難しいが、ダイバーシティーなら、ど真ん中に割って入ることができる。ダイバーシティー——多様性という視点から見た、社会の大きな課題のひとつは、LGBTQだろう。とくにファッション業界はLGBTQと親和性があり、関心も高い。トランスジェンダーである千春を起用することで、ダイバーシティーに対する意識の高さを社会にアピールできる。少なくとも、事務所はそういう売り込みかたができた。

もともと、自分のような特殊な属性の人間でも、DJなら違和感なくできそうな気がしただけだけれど、事務所に売り込みにいくときには、千春も自分のセクシャリティーが有利に働く可能性があることに気づいていた。そして、実際に始めてみると、DJのスキルなど問われることもなく、コンスタントに仕事が入った。セクシャリティーに加え、美形であることも有利に働いているのだとは思う。

千春は美人だ。首から上はメスを入れていないが、化粧をすれば、冷たい感じの美人に見られることはわかっている。男であったころは、顔がどうこう以前、背の低さがコンプレックスとなって容姿に自信などなかったけれど。身長百六十五センチは、男としては絶対的に低い。女としては高いほうだが、ひと目をひくほどではない。ハイヒールを履けば、モデルみたいと言われることもある。ニューハーフみたいと言われることもあるが、あくまでも女性をからかう言葉だ。喋っても、女を意識していれば、まずばれることはなかった。

自分を美人だと思うが、それを自慢に思ったり、ひとに優越感を覚えたりすることはまずなかった。千春という女は美人だと、ひとごとのように感じるだけ。だから、ためらいなくそれを利用できた。女としてキャバクラで働き、外見に磨きをかけた。トークが苦手な分、そこで勝負するしかなかった。話がうまく順応性が高ければ、ニューハーフとしてパブで働いたかもしれない。普通に女として生きたいという願望はなかったから、トランスジェンダーのDJとして売りだすことに、なんの抵抗もなかった。ヒールを履いて百八十センチを超えようと、DJブースに立っていれば奇異な目で見られることはない。自分のDJプレイで、客が盛り上がっているのを見ると、自分が受け容れられている気がして安心する。楽しさなど求めていなかったが、楽しいと思えることもあった。

次のトラックを意識しながら体を揺らし、リズムに乗ってはいた。しかし今日は楽しいというより暑い。千春は、このローンチパーティーでお披露目された黄色いダウンジャケットを着させられていた。PR担当だかなんだか、魚顔の女が「似合うー」とか言って羽織らせた。元は男だから無理がきくとでも思っているのか。男性ホルモンが生成されなくなって、体力はがた落ちだというのに。千春は長い髪をうなじからかき上げ、首筋の汗を乾かした。

ダウンジャケットの他にもうひとつ、暑苦しいものがあった。ＤＪブースの真ん前で、スーツを着たサラリーマン風がひとり陶酔したように踊っている。

クラブで派手に踊るひとは少ない。たいがい体を揺らす程度のものだ。年齢が上がるにつれ、踊るひとの率が高くなるような気がする。どこで覚えたのか、手足をばたつかせて、半径一メートルにひとを寄せ付けないアラフィフのお姉様を時折みかける。目の前のサラリーマン風は、そんな年ではなかった。千春と同じくらい、三十歳前後だろう。体を小刻みに揺らし、終わりかけの線香花火のように、手をあちこちへ飛ばしてぱっぱっと開く。前進後退を繰り返すものだから、そこだけ空間ができていた。客のほとんどはカジュアルな服装で、スーツ姿は珍しかった。広告代理店の社員だろうか。それっぽい軽薄な顔立ちをしている。ふと、以前にも、仕事の現場で見かけたことがあるような気がしてきた。

男は後ろにさがったあと、ビートに合わせて前進してくる。千春に視線を合わせ、笑いながら何か喋っていた。人差し指をこちらに突きだし、片目をつむる。

「こ・わ・い」千春はそう口にし、視線をミキサーに向けた。

いつもどおり、健太のＵＳＢから取り込んだ曲を流しっぱなしにしていたが、ここで一曲、テンポの異なる曲を挿入し、いくらか会場の熱を冷ましてやろうと考えた。

普段の仕事は、複数呼ばれたＤＪのうちのひとりとして、三十分くらいプレイすることが多かったが、今日はたったひとりの完全メインＤＪだった。一時間半のロングセットだから、遊びを入れてもまた盛り返すことはできるはず。千春は自分のスマホから楽曲データをコントローラーに落とし、使用していないデッキにロードした。ヘッドホンを耳に当てながら歌いだしを探し、そこにキューポイントを設定した。

プレイ中の曲が終わりに近づき、リバーブをかけて盛り上げる。曲が終わり、リバーブの余韻が残るなか、プレイボタンを押した。

エルビス・コステロが「スマイル」とゆっくりとねばっこく歌い始める。小刻みに体を揺らし、前進していた男は、がくっとつんのめるように腰を曲げ、足を止めた。顔を上げ、千春に目を向ける。脳天に雷でも直撃したような表情をしていた。大袈裟なやつだ。

千春は男に向けて、中指を立てた。

クライアントから打ち上げに誘われたが、約束があるものでとお断りした。そういう席は苦手だ。

ＰＲ担当の女は「マリヤさん、まじでかっこよかったです」と、男を見るような目をしてしなを作った。汗だくのＤＪプレイは、さぞ男前だったろうと自分でも思う。結局、最後まで黄色いダウンジャケットを着たままプレイをした。汗で湿ったダウンジャケットはもう売りものにならないだろうからと、そのまま着て帰ろうとしたが、さすがに剝ぎ取られた。

マークシティ近くの中華屋に入り、ラーメンとチャーハンと餃子を食べた。塩気の強いもので流れた汗を補った。基本的に、男であったころと食べ物の好みにかわりはなかった。ただし、食べすぎないよう気をつけてはいる。女性ホルモンを打っているから、脂肪がつきやすくなっていた。今日は完全にカロリーの摂りすぎだと反省しながら、家路についた。

駅前のスクランブル交差点を渡った。さらに明治通りを渡って、原宿方面に向かおうとしたが、気をかえてくるりと方向転換。宮益《みやます》坂を上がった。坂の途中にあるコーヒーショップに入り、ブレンドコーヒーをテイクアウトした。

坂を下り、明治通りにでて歩道を原宿方向に向かう。ひとが歩道まで溢れているカラオケボックスの前まできて、背後を振り返った。すぐに顔を正面に戻し、歩き続ける。自分は尾行されているのかもしれない、と千春は思った。

あとをつけられている気がしたことは、これまでもあった。それはふいに頭のなかに出現する黒い妄想だった。ホルモンの影響は体だけではなく、心にも及ぼすようで、精神が不安定になることがある。あとをつけられているのでは——と考えるのもその一種だろう。それでパニックになるようなことはない。もちろん、つけてくる人間を見たこともなかった。

しかし、いま感じているのはそれとは違った。はっきりと尾行する者を認識していた。最初は宮益坂を上ろうと方向転換したときだった。女とすれ違ったのだが、コーヒーショップからでてきたときにも、歩道に佇むその女を見かけた。白地にフォトプリントのロンTを着た若い女。そしていまも、五メートルくらい後ろをついてきている。

いったいなんなんだ。いつからつけているのか。それともこれは偶然で、いつもの妄想みたいなものだろうか。千春はビルの角を曲がり、路地に入った。

人通りの少ない、暗い坂道。宮益坂と平行して延びる道だ。宮益坂を下りてきて、またすぐにこの坂を上がる者はいないはずだ。

十メートルほど進んで振り返った。あとからやってくる人影はなかった。やはり妄想――考えすぎだったのか。千春は坂を上っていった。原宿方向に延びる脇道に入ろうとしたとき、坂の下に目を向けた。――きたっ。背の低い、女と思われる人影が坂を上ってくる。服装は白っぽい――あの女だ。千春は脇道に入り、少し足を速めた。

どうしよう、走って振り切ろうかと思ったが、あの女の目的がなんなのかも気になった。男であったころの千春なら、迷わず走って逃げただろう。争いごとは好まない、どちらかといえば、おとなしいタイプの少年だった。いまも争いごとを好むわけではないが、女の姿かたちになった千春は、いつからか強気にでることが多くなった。女としては大柄で、元々男に生まれた顔は気が強そうに見えるらしい――とくに化粧をしたときは。怖そう、冷たそうと言われることも多く、見た目の評価が性格に影響を及ぼしたようだ。ともかく、逃げる以外の選択肢がいまはあった。ハイヒールを履いているから、走って逃げるのは逆にきつい。

千春はいくらか歩調を緩めて脇道を進んだ。振り返ると、人影がひとつ見えた。脇道を抜けて、また坂道にでた。千春は角を曲がり、少し坂を下って足を止めた。

何かの店の前だった。大きな窓から明かりが差している。千春はもっていたコーヒーカップを足元に置き、女がやってくるのをそこで待った。

おやっ、と思った。こんなところに店などあっただろうか。マンションから近くても、あまり通ることがないのでうろ覚えだが、ここはいつもシャッターが閉まっていた気がする。窓のなかに目を向けて納得した。内装はほぼ完成しているようだが、什器《じゅうき》などは何もない。開店準備中のようだ。作業着をきた施工業者やスーツの店舗関係者が立ち働いていた。

千春は顔を道のほうに戻した。曲がり角に目を向ける。足音が急速に近づいてくる。

曲がり角から、ひとが飛びだしてきた。千春のほうに一歩踏みだし、慌てたように足を止めた。二十歳前後の若い女。背を丸め、首を突きだし、ぽかんと口を開けて千春を見た。

「なんか用?」千春は小柄な女を見下ろし、低い声で言った。

女は大きく開いた口から息を吸った。白目を剝きそうなくらい、視線を上に向ける。

なんだかみすぼらしいと千春は思った。

細い体。くしゃくしゃのフラッパーヘアー。くたびれたロンT。膝が破れたスリムジーンズ。それらが合わさった印象でもない。なんだろうと考えたとき、女の体が大きく動いた。がくっと前に腰を折り、一歩足を前にだした。

「ごめんなさい！」

調子はずれの大声が響いた。勢いよく頭を上げると、その反動で後ろによろけた。

千春は理解した。この女は酔っぱらっている。酔っぱらいの芯のない佇まいが、みすぼらしく感じられたのだろう。

「何謝ってんの。何するつもりだったの」千春は足を踏みだし、覆い被さるように見下ろした。

「ふぇーん、ごめんなさい。べつに悪いことするつもりなんてなかったんです」

女は泣きだしそうな声だったが、涙ひとつこぼしそうな気配はなかった。それもそのはずで、次の瞬間には、細い眼を無理矢理開き、大きな笑みを見せた。

「あたし、千春さんのファンなんです」

「あたしのファンだって？　ＤＪとしてってこと？」

女は首を前に突きだし、ちょこんと頷くと、にたにたと笑った。

みすぼらしさを通り越して、きもち悪いと思うが、ファンだという言葉はとりあえず信じてみることにした。あたしのファン——そんなものがいるとは思ってもみなかったが。

「今日のパーティーにきてたの？」と訊ねたら、女は頷いた。

「じゃあ、パーティーのあとから、ずっとつけていたわけ」

「そういうわけでもないんです。あの会場からちょっとあとをつけてみたんですけど、中華のお店に入ったから、そこでおしまいにしたわけで。そのあとふらふらしてたら、たまたま横断歩道を渡る千春さんを見かけたので、えい、いっちゃえって、またつけてみたりして」

「それで何するつもりだったの」

「あたし、千春さんのファンなんです」ひときわ大きな声で言った。

「それはもう聞いたよ」

「千春さんは自信たっぷりっていうか、堂々としていて、すごくかっこいいと思います。綺麗だし、見てるだけで、わー幸せーってなっちゃう。だからもう、ただ見てただけで」

「ファンになったって、いつからよ。あたしは普通のクラブとかにはでないのに」

でないのではなく、呼ばれないだけではあるが。

「前にギルバートで、梅ノ湯のポップアップショップやりましたよね。そのとき初めて見て、あとは、お茶で染めたティー・シャツのローンチパーティーとかも見て……」

ギルバートはビーントゥーバーのチョコレートファクトリーで、梅ノ湯はTシャツなどのグッズに力を入れる田端の銭湯だった。そんな珍妙な組み合わせに千春が花を添えた。

「じゃあ、あなたは何かの業界人？　一般のひとは入れないパーティーだよ」

「あたし、表参道のコーヒーショップで働いているんです。業界人のお客さんが多くて、お願いすれば、たいていいけちゃいます」

なるほど――そこは納得した。しかし、べつの大きな疑問に気づき、はっと息を呑んだ。

「――なんであたしの名前、知ってるの。あたしの本名なんて、どこにもでてないよ」

事務所のホームページのプロフィールにも載せていないし、ウィキペディアがあるわけもない。千春は足を後ろに引き、女をまじまじと見た。この酔っぱらいは何者だ。本当に酔っぱらっているのかも疑わしくなってきた。

「それはインスタを見てるからですよ」女は悪びれた様子もなく、張り切った声で言った。

「インスタにだって名前なんて一文字もだしてない」

キャバクラ時代もインスタグラムはやっていた。いまもそのときも、上から言われてしかたなくアカウントを作っただけだ。上げるポストも仕事がらみの告知だけだ。

「なんで知ってるの」千春は重ねて訊いた。

「マリヤさんの知り合いと思われるひとのコメントを読んでいたら、千春って呼びかけていたから、それでわかったんです。マリヤさんの本名なんてどこにもでてなかったから、嬉しくって。あたししか知らないんじゃないかと思って、自分のなかでは千春さんと呼ぶことにしたわけです。かわいいファン心理としてご記憶ください」

健太のコメントを読んだのだろうか。ほかにコメントを書き込む知り合いはいない。

「こわっ。あんた、いちいち、コメントまで読むの。ストーカーなみだね」

「ひどい。コメントくらい、普通、読みますよ。あたし、千春さんのファンですけど、ぶっちゃけそこまで好きってわけでも——。あたしのなかではマツコのちょい下だし、ロバート秋山よりもずっと下ですから」

思わぬ反撃をくらったが、千春は怯まなかった。

「あたしのあとをつけてきたのは事実でしょ。もう、ぜったいにやらないでよ」

強く言うと、女は素直にごめんなさいと頭を下げた。そのままうつむいているのは、反省の印かと思ったが、体がぐらぐらと揺れ始めた。酔っぱらいは眠たそうだった。

千春はスマホを取りだし、インスタグラムのアプリを開いた。女にそれを差しだし、どのポストで千春の名を知ったのか訊ねた。女はどれだっけと考えてから、三ヶ月ほど前のパーティーの告知の写真を指した。それを開いてみると、確かに、「千春、俺ひまじゃないんだけど」という健太からのコメントがぶらさがっていた。

「あんたのアカウントはどれ？　ファンだって言うなら、フォローしてるんでしょ」

今度はフォロワーのリストを開いて見せた。

「ああ、これです」と指したのは、momimomi7というアカウントだった。開いてみると、モミの日常とプロフィール欄に紹介されている。名前がモミなのだそうだ。

「もしかして、これ、あんた」

「うん、そう。あたし」モミは顔を上げ、自慢げな笑みを見せた。

千春は指さしていた写真をタップした。大きくなって、様子がはっきりした。

「えぐいね」

そんな感想が気に入らなかったらしく、モミは眉をひそめ、不満そうな顔をした。

写真は、鏡に映った裸の背中を自撮りしたものだった。背中一面にタトゥーが入っていた。薔薇と死に神。肩から二の腕にかけても、トライバルモチーフの模様が覆っていた。

みすぼらしいとまた思った。タトゥーに対する偏見もあるが、他のひとの体にあったら、そんな感想はもたない。かっこいいと思うかもしれない。自分の背中に彫られていても、健太の腕にあってもいい。自分の母親にあっても――実際、千春の母の肩にはタトゥーがある。

肌が白くてやせっぽち、目が細くて地味な顔の、このモミという子とタトゥーの組み合わせからは、ハッピーもラッキーも生まれない気がした。酔いが醒めて、しゃきっと背筋が伸びれば、もう少しましな印象になるのかもしれないが。

「ちょっと、貸してください」と言って、モミがスマホを奪った。画面を操作し、千春の目の前に差し向けた。「これ見てくださいよ。かわいいでしょ」

ブラジャー姿のモミの写真だった。胸元に三つ葉のクローバーのタトゥーが入っている。

「まあ、確かに」これだけ見るなら、かわいいと言えた。葉から伸びる茎が、ぶたのしっぽのようにくるんと丸まっている。

「だけどあんた、ばっかじゃない。インスタで乳首とか、普通、見せないでしょ」

薄い胸。ブラジャーの隙間から覗いている。

「えー、意外。千春さんは、もっと乳首に理解のあるひとだと思ってました。乳首のジレンマを優しく見守るタイプだと――」

何を言ってるんだか、この酔っぱらいは。

モミは乳首に罪はないと言った。乳首は誰も傷つけないとほざく。乳首と脇毛の取り扱いからフェミニズムを論じるタイプにも見えないが、何かこだわりがあるようだった。

モミの他の写真にもざっと目を向ける。お洒落なガーリーフォトの影響が感じられた。風呂にはいっているところ、歯を磨いているところ、乱れたベッドの上に置かれた、くしゃくしゃの下着。便座に座っている写真もある。私の日常。ここに写しだされているのはありのままの私ではないとは思うけれど、さらけだしたいという衝動は感じられた。さらけだし、受け容れられるかどうか怖々探っている、と感じるのは、自分の目にへんなフィルターが張られているからだろう。千春はアプリを閉じ、スマホをしまった。

「——おしまい。あたしはこの坂を下りる。あんたはいまきた道を引き返して。いいわね」

モミが「はい」と素直な返事をしたとき、後ろで何か音がした。

開業準備中の店舗のガラスドアが開き、スーツ姿の男がでてきた。精悍な顔つきの男は、ちらっとこちらに目を向けた。一瞬で女を値踏みする目つきは見慣れたものだった。男はすぐに背を向け、坂を下り始めた。千春もモミに目を戻す。

「千春さん、また千春さんがＤＪするパーティーにいってもいいですか」

モミがそう訊いてきたとき、また後ろで音がした。すぐ近くで声が上がる。

「クラウスさん」と呼ぶのを聞いたとき、えっ、外国人と思った。しかし千春は、すぐにそれを漢字に変換することができた。

——倉臼《くらうす》だ。

千春は振り返った。

「図面をお忘れですよ」作業着の男が手にした封筒を掲げながら、坂を下りていく。

スーツの男が足を止め、振り返った。すまんすまんと年寄り臭い言葉遣いだが、千春とさほどかわらない年齢に見える。

千春はじっと男を見ていた。七三に整えられた髪。薄くはやした口髭。かわったところはある。しかし、細い眉とつり上がった目の印象は驚くほどかわっていない。いや、自分の記憶に、これほど正確に刻まれていたことこそが驚くことなのかもしれない。先ほど見たとき、気づかなかったのが不思議だった。

肩を叩かれ、振り返った。モミが細い目をせいいっぱい見開き、視線を送っていた。

「何？」

「またパーティーいってもいいですか」

「勝手にくれば。あたしは、なんだって受け容れるから」千春は言葉を吐きだした。

作業着の男が引き返してきていた。千春に向けた視線が顔から胸に移るのがわかり、反射的に睨みつけた。すぐに、坂の下——倉臼に目を向けた。

倉臼は坂の途中に駐めたベンツに乗り込もうとしているところだった。それは、自分の車なのだろうか。あの気の狂った不良少年がベンツに乗るような生活を手に入れたというのか。

あれから十二年がたつ。干支《えと》も一回りすれば、それくらいの変化があっても不思議ではないのかもしれない。

あの男、倉臼幸《こう》は、千春のペニスを切り落とした男だった。

3

その店は、アートギャラリー兼ミュージックバーだった。店のウィンドウにサインペインティングをしている職人に訊ねて判明した。運営する会社名も聞きだし、調べてみたら、代表取締役が倉臼幸だとわかった。

お洒落なものをふたつくっつければ、そりゃあすごくお洒落なものができるでしょ、と安直さを皮肉って考えたりもしたが、倉臼との関係を知らなければ、近所にできるセンスのよさげな店に、わくわくしたかもしれない。

いや、いまだって、わくわくできるのではないか。べつに、倉臼に憎しみを燃やして生きてきたわけではないのだから。しかし、見てしまった。あの男が地を這うこともなく堂々と生きている姿を見て、自分はどういう感情をもてばいいのかわからなかった。

起きたことを受け容れ、かわることを選んだ。いまでも生きるために、かわり続けている。あの男のことを考えるひまなどないのに、邪魔をしないでくれとは思う。

千春の生きる指針は、自分にとって居心地のいい場所を見つけること。あの男の存在で居心地が悪くなるのなら、どうにかしなければならなかった。千春は自分に問いかける。自分に起きたことを振り返りながら、倉臼に対してどういう感情をもつべきなのか考えていた。

千春の女装癖が芽生えたのは、高校二年の秋だった。

当時千春は、美容師をしているバツ二の母と父親が違う弟の三人で、足立区の公営住宅に住んでいた。いたって普通の少年だった、と自分では思っている。地元の中学校は荒れていて、三年間息をひそめて過ごしたが、高校は都立の上位校に潜り込み、穏やかに平凡な高校生の日常を過ごせていた。

その高校二年の秋に起きたことも、たいしたことではない。それが自分の人生をかえるきっかけになるとは想像もしなかった。

突き詰めると、自分の人生をかえる発端は空き巣だ。うちが被害に遭ったわけでなく、母が勤めるヘアサロンの後輩のアパートに空き巣が入った。

後輩美容師は三十近い独身の女性で、空き巣に入られた部屋で寝るのが怖くなった。それで母が、しばらくうちに泊まったらと誘い、家族で暮らす団地の部屋に連れてきた。

とくに綺麗なひとではなかった。年齢的にも、高校生から見たらおばさんで、その女性自体に千春は関心をもたなかった。女性が泊まるようになって三日目、学校から帰ってきた千春は、ベランダに干してある下着に目を留めた。見たことがない地味なパンティーとブラジャーがぶら下がっていた。母は服も下着も派手好み。母のとは違う下着に、千春は静かな興奮を覚えた。赤の他人の女性の下着。手を伸ばせば届くところにあると意識をしたら、興奮はどんどんと高まっていった。部屋にいるのは自分ひとり。葛藤はあったけれど、性衝動との戦いに男子高校生が勝てるわけはないのだ。千春の足はベランダに向かった。

最初は触るだけのつもりだった。けれどいったん触れたら、生身の女性に触れたのとかわりがないほどの興奮を覚え、あと戻りはできなくなった。あと先も考えず、パンティーを洗濯ばさみから外し、それをもって部屋に戻った。

パンティーを身につけたのは、どうすれば、いちばん興奮するのか、ためすうちにだった。それがいちばんだったかわからないが、息が乱れるほど興奮したのを覚えている。感覚としてはパンティーを陵辱しているような気分。格好は滑稽でも、心のなかは案外荒々しかった。千春はパンティーをはいたまま射精した。

終わったあとは自己嫌悪に襲われた。もう二度とやらないと心に決めた。実際に母の後輩がいる間、パンティーに手を伸ばすことはもうしなかった。偉いぞ、とほめてやってもいいだろう。女性との経験などまるでなく、頭のなかはいつもそのことばかり。妄想と衝動にいいように小突き回されていた少年が、小さな勝利を収めたのだ。

しかしそれはあくまでも小さな勝利にすぎなかった。

冬、年が明けて学校が始まったころ。ＮＨＫの集金人を追い返したあとだったと記憶している。ふいに、パンティーをはいてオナニーをしたときの興奮を思いだしてしまった。鋭いハイキックを後頭部に受けたようなものだった。千春は一発でノックダウンされた。またあの興奮を味わいたいという衝動に取り憑かれてしまった。

結局手をだしたのは母の下着だった。母親の下着に対する嫌悪感はあった。触れるだけでも気持ちが悪い。けれど、そこを乗り越えなければ、下着泥棒になりかねない。四、五日は葛藤した。そして勝ったのか負けたのかよくわからないが、母親のパンティーをはいて快楽にふけるようになった。

春に向かって寒さが緩むと心も緩み、気が大きくなる。千春の欲望はエスカレートし、母のタンスから拝借するものが増えていった。ブラジャーをつけるようになり、スカートもはいた。ヘアウィッグをかぶり、見よう見まねで化粧もするようになった。

初めてパンティーをはいてオナニーをしたとき、パンティーを陵辱している気分になったが、ばっちり女装したときに感じるのは、女性とセックスしている気分。女性をより身近に感じ、一緒に快楽に没入しているような気になる。やっていることはエキセントリックでも、そのメンタリティーは案外ノーマルだった。たぶん一般的な女装癖のひとたちと求めるものは違うだろう。オナニーのとき以外、女装することはなかった。ただ一度をのぞいては。

あの日も、もともとはオナニーのために女装をした。終わったらすぐに服を着替えるつもりだった。健太とでかける約束をしていたのだ。しかし、ことが終わったら、健太に会うのが面倒になった。それ以前、朝からなんとなく気が塞いでいた。だからこそ女装をして、興奮マックスで気分を盛り上げようとしたのではあった。

あの日は四月一日で、もうすぐ春休みが終わると強く意識させられた。新学期が始まれば高校三年生で、進路を決めなければならない。大学に進むか就職するか、千春はまだ決めていなかった。大学に進むにしても、千春がいちばん進みたかったのは美術系なのだけれど、学費はかかるし、その後の就職のことを思うと社会科学系のほうがいいのか、とか、頭を悩ませることが多かった。

ぐずぐずしているうちに、約束の時間が迫ってきた。健太が迎えにくる、化粧を落としている時間はもうないと判断し、約束をすっぽかすことに決めた。理由はあとで適当なことを並べよう。今日はエイプリルフールだから許されるだろうと思った。

千春の気分は上向いた。冒険の旅にでもでるような期待と緊張で息が上がった。女装したまま外にでようと思っていた。エイプリルフールだから街のみんなを騙してやろうと。男だと気づく者はいないだろう。千春であることに気づく者もいない。自分が消えていく。透明人間にでもなったような気がした。化粧に崩れがないか鏡で確認し、勇んで部屋をでた。

いく当てはなかった。母と弟が帰ってくる前には戻っていなければならないから、遠出はできない。しばらく近所をぶらぶらし、地域センターのなかにある図書館に入った。

二時間ほど時間を潰し、図書館をあとにした。とりあえず団地のほうに足を向け、いくらもいかないうちに背後から声をかけられた。「あのー、すみません」と遠慮がちな声だった。振り返った千春は驚いた。「えっ」と声を上げ、顔を強ばらせた。向こうも、「いや」とか「えっ」とか言いながら、目を白黒させた。おかしなやり取りになった。

声をかけてきたのは健太だった。千春は顔を火照らせた。さすがにこの姿を知り合いに真正面から見られるのは恥ずかしい。しかし、見つかってしまったものはしかたがなかった。

「なんの用だ、健太」千春は逃げることなく言った。

「えっ」健太は目を丸くし、大きな声を上げた。

「なんだよ。気づいてなかったのかよ。俺だよ、千春だよ」

健太は口をぽかんと開けて目を瞬いた。その顔がおかしくて、千春はげらげらと笑った。

図書館に戻り、話をした。健太は本当に気づいていなかったようだ。千春にすっぽかされ、健太もぶらぶらしていたそうだ。通りかかった図書館からでてきた女の子がタイプだったから声をかけたのだと、仏頂面をして言った。

「気持ち悪いな。俺とつき合いたかったのか」と千春はからかった。健太は「どっちが気持ち悪いんだよ」と睨み、おえっと吐くまねをした。

　こういう趣味があるわけじゃないと千春は言い訳した。エイプリルフールだから、いたずらのつもりでやってみたのだと――。

　健太が信じたかどうかわからなかったが、どう思われてもいいと、そのころには開き直っていた。健太と仲がよかったのは小学生のころ。近所の同じ絵画教室に通っていた。中学生になって健太は不良グループに入り、末席で使い走りのようなことをしていた。絵画教室にはこなくなり、疎遠になった。話すことはなくなり、すれ違ったときに挨拶するくらいだ。

中学二年のとき、また絵画教室に通おうと思っていると、わざわざ千春を呼び止め宣言した。それがいちばん長い会話だった。しかし結局、健太が教室に姿を見せることはなかった。

　図書館をでて、久しぶりに荒川の河川敷にいった。健太がそこで話をしようと誘ったのだ。健太は、高校を卒業したら、絵を勉強したいのだそうだ。お前もそっちのほうにいくんじゃないかと思ったから、話をしたかったんだと言った。

　千春はまだ何も決めていないと伝えた。とりあえず、美大や専門学校について、自分が知っている限りのことを教えてやった。健太はグラフィックデザインをやりたいようだった。

　土手に腰を下ろし、そんな話をしているときだった。背後でひとの気配がして、振り返った。すぐ近くまできた男が、いきなり健太を蹴った。健太は土手を転がり落ちた。

倉臼幸だった。他に三人の男がいた。

そのとき千春は倉臼のことを知らなかった。しかし、他の三人のうち、ひとりを知ってい
た。同じ中学に通っていたひとつ上の先輩で、かなり気合いの入った不良だった。

「お前、なんでこんなところで、女といちゃついてんだ。ふざけんなよ」

倉臼はそう言って、転がり落ちた健太を追った。倉臼は最初からキレていた。虫の居所が
悪かったのかなんなのか知らないが。健太が女と一緒であることが気に入らなかったようだ。

あとから知ったことだが、健太は倉臼と顔見知り程度の知り合いだったようだ。

倉臼は健太の胸ぐらをつかみ、殴りつけた。健太は違います違いますと首を振っていた。

もちろん違う。健太は女といちゃついていない。それを証明してやりたいと千春は思った
が、動けないし、声がでなかった。しかし、仲間の三人が、声がでるようにしてくれた。

「倉臼さん、この女、やっちまいましょうか」と言って、千春を囲んだ。

千春は立ち上がって言った。「違う。俺は女じゃなくて男です」

三人は啞然とした顔で千春を見た。

すぐに倉臼がやってきた。健太から聞いたのだろう、「こいつは男だ」と言った。そして、
千春を殴りつけた。千春への暴力が始まった。不良というのは、おかまが嫌いなのだろう。

なんの関係もない自分に向けられた暴力を、そう理解した。気持ち悪い気持ち悪いと言って

蹴りつけてきた。ひとりが携帯でその光景を撮影した。

「こいつ、気持ち悪い。下着も女もんだよ」

誰かが脱がせちまえ、と言った。千春は抵抗したが、剝ぎ取られた。

「気持ちわりい。こいつ、たってるぜ」

千春には、まったくそんな感覚はなかった。

誰かが、そういう悪いちんぽはちょん切っちまえと言った。切っちゃえ切っちゃえと囃《はや》したてる声が続いた。浮ついた声から、冗談だと思った。そんなことをやる意味がない。

「切るなら、これを使え」そう言ったのは倉臼だった。差しだされたナイフが見えた。あたりの空気がかわった気がした。

「いやいや、冗談ですから」そう言ったのは、たぶん中学の先輩だ。

「やらないのか。じゃあ、俺がやる」倉臼の声が強く響いた。また空気がかわった。

「それは、ちょっとやりすぎっすよね」

誰かの声に被せるように、「こいつを押さえろ」と倉臼が叫んだ。撮影していた者も加わり、千春は三人に押さえつけられた。

恐怖を感じながらも、まだ冗談だと思っていた。ただ怯えさせようとしているだけ。

ナイフをもった倉臼が正面に立った。倉臼の手が震えているのがわかった。憎しみのこもったような目で、じっと千春を見下ろした。

千春が思いだせるのはそこまでだった。

ずっと健太の姿を見ることはなかった。助けを呼びにいっていたとあとから聞いた。健太が戻ってきたとき、千春はひどいけがを負い、四人は姿を消していた。健太はすぐに救急車を呼んでくれた。しかし、誰も千春の体から切り離されたペニスを見つけてくれなかった。それがあれば、障害が残ったとしても、縫合手術で男の形を留めることはできたのに。

倉臼たち四人は、翌日逮捕された。四人とも少年であったから、それなりの罰だったろう。親たちが雇った弁護士がやってきて、示談を申しでた。母は一度断ったが、加害者本人への賠償請求が認められても、支払われないケースが多いと聞き、示談に応じることにした。千春はそのへんのことはすべて母に任せ、何も意見を言わなかった。示談にしたと千春に報告したとき、母は悔しそうな顔をしたが、結果的にそれが正解だったのだと千春は思っている。

母は息子にもっと怒りをもってもらいたいようだった。犯人たちを憎んでほしそうだった。そのことで口論になったことも何度かあった。千春も倉臼たちに憎悪がなかったわけではない。ただあのころは、暴力に対する恐怖と、体の一部を失ったショックがあまりに強くて、憎悪などほとんどかすんでいた。

とくにペニスを失ったことは大きかった。あのころの千春にとって、それは体の中心だった。現在の生活に潤いを与え、未来に希望をもたせた。男の証明であり、男として生きる喜びを具体的に示してくれた。それ以外にも楽しいことがあるさと言われても、十七歳の千春には希望を見出せなかった。未来の場面が何ひとつ浮かばなくなって、死にたいと思った。けれど、死ぬつもりはなかった。どうにか生きる方法を必死に考え、一年かけて答えを見つけた。その間、学校へはいかず、高校は中退した。

とにかく、いまの自分は、あのころにくらべて、ずっと安定している。特殊なセクシャリティーで生きづらさはあっても、泣くことはまったくなかった。もし、男のまま生きていたら、涙するような試練に何度も襲われていたろう。

いまなら、ちゃんと憎むこともできるだろう。その必要があるとしてだ。まだなんの答えもだせない。あの男のことをもう少し知る必要がある。

千春は、地元と繋がりをもっている健太に、倉臼について調べてもらった。

そして、あのみすぼらしい女の子、モミに連絡をとった。

4

吉沢紅《よしざわもみ》とはトランクホテルのラウンジで待ち合わせをした。

十九時半、時間ぴったりにやってきた紅は、雨でびしょ濡れだった。そのせいで酔っぱらっていなくてもみすぼらしい印象は先日とかわりがない。ただ、首を強く振って毛先からしたたる水滴をまき散らしたとき、子猫みたいでちょっとかわいいとは思った。もちろん、近くにいたひとたちから非難するような視線を浴びることにはなった。

何か飲むかと訊ねたら、紅はさっそくいきましょうと答えた。今度は手でくるくるのフラッパーヘアーを払い、滴をあたりに弾《はじ》き飛ばす。千春は慌ててソファーから腰を上げた。

「なんで傘をもってないわけ。朝からずっと、いまにも降りだしそうな天気だったのに」

エントランスをでた千春は、自分の傘を差し、紅をその下に引き入れた。

「あたし、未来に目を向ける感覚が弱いというか、能力がないんですよね。だから、そのとき降ってないと、傘のことなんて思いつかなくって」

未来に目がいくかどうかの問題ではなく、曇り空と雨が結びつきさえすれば、思いつきそうなものだ。要は、紅は雨に濡れることなど苦にしていないのだろう。先ほどの髪を払う仕草も自然で、堂々としていた。最初に感じた、みすぼらしいという印象が、だいぶ薄れた。

明治通りにでて渋谷駅のほうに向かった。美竹通りを渡り、次に現れた路地に入っていく。先日、紅と初めて会った坂道だ。

紅とはインスタグラムのＤＭで連絡を取った。頼みたいことがあるとメッセージを送ると、なんでもやりますとすぐに返信があった。ストーカー呼ばわりされても、まだファンでいてくれたようだ。

「今日の千春さん、すてきですよ」坂道を上っているとき、紅が言った。

「ありがとう。今日はＤＪじゃないからね」

紅がＤＪの現場以外の千春を見るのは初めてだろう。けれど、今日のファッションが普段の格好かというとそうでもない。千春は胸が大きく開いたフローラル柄のワンピースを着ていた。千春がフェミニンな格好をするのは希《まれ》だ。普段好んで着るのは、ミリタリーやワークを取り入れたカジュアル寄りのモード。ブランドでいえば、サカイやハイクが好きだった。完全に男のセンスで服を選んでいた。

「千春さん、処女っぽい」

千春は「えっ」と声を上げた。見上げる紅の顔にからかうような笑みが浮かんでいた。

「ぽいんじゃなくて、あたしは処女ですけど。処女膜なんて最初からないけどね。ちなみに、童貞でもある」

声が低くなり、いくらか男っぽくなった。

紅は驚いたように目を丸くし、「ごめんなさい」と頭を下げた。

「なんで謝るの。あたしは怒ってないよ、ほんとに」

少し、うろたえただけだ。

綺麗と言われたときと同じで、処女っぽいと言われても千春という女がそう見えるだけと、ひとごとと捉えることはできた。ただ、もうあと何ヶ月かで三十歳を迎える千春が処女っぽいのは強烈に違和感があった。この格好でパーティーにいくのに気後れを感じるほど。

「大丈夫かな。あたしたち、ちゃんと友達に見えますかね」紅が心配そうな顔をした。

「たぶん見えないでしょうね」Tシャツの上に黄緑色したシフォンのシャツを羽織った紅に目をやった。「でも、適当に想像してくれるでしょうから、大丈夫。——それよりも、パーティーでは千春さんとは呼ばないでね」

名前はマリア。仕事はDJではなく、アパレル関係。もちろん、生まれながらの女。そういう設定でパーティーに臨むことを紅に伝えた。

「色々と事情があってね。その事情については、いっさい訊かないで」

紅は素直に「はい、マリアさん」と答えた。頭の回転は悪くなさそうだ。

坂の上にひとの姿があった。パーティーは盛況のようで、外にまで客が溢れている。雨のなか、傘を差して、グラスを傾けていた。

千春が向かうのは、「ボイラー」のオープニングパーティーだ。

倉臼幸が経営するギャラリー兼ミュージックバーは明日オープンで、今日は関係者向けのお披露目パーティーが行われる。開店準備中のスタッフからそんなことを聞きだした千春は、いつもパーティーに潜り込んでいる紅のコネクションを頼ることにした。

「マリアさんマリアさん」紅が小声でそう言った。傘をもつ千春の腕に手をかけた。目を向けると、紅はこちらを見ていない。口も開かない。千春が正面に顔を戻すと、「処女マリア」と掠れるような声が聞こえた。千春の腕にかける手にぎゅっと力がこもるのがわかる。

「何？」

紅は正面に顔を向けたまま答えない。ボイラーの前にきていた。千春は「よろしくね」と声をかけた。紅は千春に顔を向け、「まかしてください」とはりきった声で言った。

はりきるほどのこともなく、入ってすぐの受付で紹介してくれたひとの名を告げると、すんなり通してくれた。店内は混み合っているが、動けないほどではない。オーナーの出自を表すような、柄の悪い客はいなかった。普段、千春がＤＪをするパーティーほど華やかではないにしても、みんなそれなりにお洒落で、業界のパーティーらしさはあった。

バーカウンターに置かれていたシャンパンを手に取った。バーエリアは薄暗く、青と赤のダウンライトで照らされていた。ふたつが重なった部分は紫色に染まっている。その三色が織りなす風景は洒落ているし、居心地もよさそうだった。カウンターの内側に置かれたターンテーブルが回っている。スピーカーから流れてくるのはオーティス・レディングの歌声。サウンドシステムの評価ができるほどの耳はないが、アコースティックな音と相性がよさそうな乾いた響きは好みだった。

「どうよ、この店」と紅に訊ねた。

「あたしみたいなお子ちゃまには敷居が高いですけど、かっこいいんじゃないですか。たまにはこういうところで、まったり音楽聴くのもいいですね。そんな自分もかっこいいっす」

紅はスマホを取りだすと、腕を伸ばして、さっそくかっこいい自分を写真に収めた。

ギャラリーの展示は見ていないが、きっとそっちも素敵なのだろう。シャンパンもけちっていなくておいしいし、オーナー以外、悪いところを見つけられなかった。

粗暴な不良少年が、様々な経験をへて、センスを身につけることはあり得るのだと思う。けれど、あの気が狂《ふ》れたような倉臼が、となると、イメージできなかった。センスのいい部下やアドバイザーが周りにいるということではないだろう。倉臼の会社のホームページによると、倉臼が初めて開いた店は炭火焼き料理をだすワインバーで、小さいながらもとても洒落たものだった。これはオーナーのセンスを反映しているはずだ。地元足立区に開いたその店が評判となり、五年の間に、荒川、墨田に、ワインバーやレストランを三店舗作り、都内中心部に初めて進出したのが、今回のミュージックバー兼アートギャラリーだった。

健太に調べてもらったところによれば、あのとき千春に暴行を働いた他の三人は何者にもなっていない。定職にもつかず、ぶらぶらしているようだ。成功しているように見えるのは、主犯である倉臼だけ。他の三人と倉臼との違いはなんなのだ。千春は知りたいと思った。

「マリアさん、グレートベイビーがまたクラブの関係者を襲ったみたいですね」

早くも二杯目のシャンパンに手を伸ばした紅が言った。

「そうらしいね。ネットのニュースサイトで、ちらっと見かけた」

健太を襲った火炎放射器の怪物は、最近、グレートベイビーとかGBとか呼ばれている。犯行声明をだして以来、鳴りをひそめていたが、昨日、二件目の犯行に及んだようだ。

「クラブ帰りの三人の男が道玄坂で襲われたんですよ。路上でたむろしていたら、いきなり火炎放射器で火あぶりにされたんですって」

「ひとが燃えたの？」千春は目を剝いた。

紅によれば、一瞬、炎に包まれた程度で、たいしたけがもないようだ。

「マリアさん、気をつけてくださいね。渋谷とクラブがあやつの発狂ポイントのようですから、マリアさんが狙われる可能性だってありますよ」

「大丈夫よ。最近、あまりクラブにはいかないし」

ＤＪをやるようになってから、かえってクラブにいくことは少なくなった。

「世の中、怪しいやつが増えているから、気をつけてください」

語気を強め、本気で心配そうな顔をする紅を、千春はちょっと不思議に感じた。

そろそろ倉臼に近づこうと、あたりを見回した。ひとの密集度がこっちよりは低そうなギャラリーのほうにいるのだろうとあたりをつけ、紅と一緒にグラスをもって進んだ。

ギャラリーの展示は写真だった。雑誌などで活躍する料理研究家藤枝純一《ふじえだじゅんいち》が撮り下ろした作品、と説明がある。料理研究家が撮ったのはやはり料理の写真で面白くはない、と壁にかけられた写真を一見して思った。しかし、よく見ればそれは料理ではなかった。皿に盛られているのは、石や砂やボタンなど、食べられないものばかり。ハーモニカや錆びたネジなどもある。ソースがかかっていたり、パンに挟んであったり、巧みな偽装で本物と見間違う。おいしそうとさえ感じられた。これはただの写真ではない。立派なアートで見応えがあった。

「これはそうとう変態ですね」

横で見ていた紅が作者をそう評した。褒めてはいないが、けなしてもいないだろう。

その変態はすぐ近くにいた。ギャラリースペースの真ん中で、派手めな女性に囲まれ、にやにや笑う男がそうなのだろう。髪を綺麗に七三に分けて整え、料理研究家らしい清潔感があった。それだけに変態っぽいとも思った。

にわかに変態に興味を覚えるわけもなく、千春が注目していたのは、料理研究家の後ろに立つ男だった。背を向けていて顔はわからないが、このパーティー会場で珍しくスーツを着ていた。壁にかかった作品を観ながら、傍らに立つ年配の男と何か話をしていた。

千春は紅の腕を取り、料理研究家藤枝純一のほうに足を向けた。

藤枝の傍らに立って、まずは聞き耳を立ててみた。料理研究家は、ビーガンレストランの肉もどきについて熱く語っていた。その後ろにいるスーツ姿の男の声を拾おうとしたが、うまく聞き取れない。千春は壁のほうに寄った。写真を見るふりをしながら男の横顔を窺う。やはり倉臼幸だった。倉臼は、「財布がお揃いなんですよ」と言って笑った。年配の男も声を高らかに笑った。千春は息を荒くし、後ろにさがる。また藤枝の傍らに立った。

「ねえ、あの料理研究家に何か話しかけてくれる。面白いことを言って盛り上げてよ」千春は紅に顔を近づけ、小声で言った。

「それ、むちゃぶりです。あたし芸人じゃないし、急に面白いことなんて言えませんから」

「もう一杯、飲んだら？　この間、酔っぱらっているとき、けっこう面白かったわよ」

紅にグラスを空けさせ、千春は新たなシャンパンを取りに、バーエリアに向かった。

シャンパンのグラスをもってギャラリーエリアに戻ったら、奇跡が起きていた。紅と藤枝が楽しそうに話しているのだ。ここを離れてから、まだ二分とたっていない。

戸惑いながら紅の隣に立つと、紅が顔を向けた。

「マリアさん、この先生はやっぱり変態ですよ」そう言って、千春を話に引き入れる。

「先生と呼ぶのはやめてくれよ。変態呼ばわりより、居心地が悪い」

藤枝はおどけた顔で言った。あたりの取り巻きが笑った。

紅が「マリア先輩です」と千春を紹介した。次の作品は女体盛りでどうか、という話題で盛り上がっていたのだそうだ。

藤枝が、マリア先輩、マリア先輩と言って話しかけてきた。千春に興味をもったようだ。

「マリア先輩は女体盛りになりませんから」と、紅が無闇に話を盛り上げてくれる。

藤枝に興味はなかったが、適当に相手をしているうちに本命がこちらの輪に入ってきた。年配の男との会話を終えた倉臼が藤枝の横に立った。千春の思い描いたとおりに進んでいる。

パーティーのホストらしく、倉臼は笑みを浮かべて周囲に視線を配っていた。靴、時計、指輪と、千春は倉臼を観察する。紅の話に笑っていた藤枝が、倉臼に話しかけた。

「この子たち面白いんだ」藤枝はそう言うと、千春たちのほうに顔を向けた。「このひと、怖い顔してるけど、半グレじゃないからね。このギャラリーのオーナーの倉臼」

「いちいち半グレじゃないと断りを入れないでくださいよ」と、倉臼は抗議の声を上げた。

オープンおめでとうございますと千春は言った。どうにか倉臼に笑みを向けることはできた。倉臼は礼を言いながら、千春に目を向ける。千春が見つめると目をそらした。

「クラウスさんって、外国のひとではないですよね」と紅が言った。

倉臼と藤枝が、お約束の質問だと笑った。

「僕は足立区の出身だ。親は群馬の出身で、こてこての日本人だよ」倉臼はそう言って、クラウスが漢字でどう書くかを説明する。

千春は目をつむり、倉臼の声を聞いていた。低い声。ゆっくりとした口調は穏やかで聞きやすかった。その裏に潜む邪悪なものを聞き取ろうと努めたが、何も摑めない。どこかに狂気を隠しているはずなのに、その存在が感じられない。

「あたしも足立区の出身です」千春は目を開いて言った。

「そうなんだ」倉臼は驚いたように眉を上げた。

「どこの中学？」と訊いたのは藤枝だった。

「――いえ、中学に入る前に区外に引っ越したんです」千春は通った小学校と住んでいた団地を教えた。

「何それ、うちのすぐ近所じゃないか。倉臼も近いよな」

藤枝もあの町出身のようで、千春が通った小学校の隣の校区だった。何人か名前を並べて知っているかと訊いてきた。そのうちひとりを知っていたが、千春は覚えていないと答えた。

「ここであの町出身のひとに会えるとは思わなかったな。うれしいね」倉臼は言った。

あの町でしてきたことは、隠したい過去ではないのか。倉臼は堂々としている。

「紅ちゃんはどこ出身？」藤枝が訊いた。

「あたしは綾瀬です」

「紅ちゃんも足立区なの？」

「違います。神奈川の綾瀬です」

足立区にも綾瀬という町がある。神奈川は確か綾瀬市だ。

「なんだ。――でも似たようなもんだよね、がらの悪そうな街だもんね」

「悪くないですよ」と紅は大声で主張したが、藤枝はすっかり仲間扱いしていた。今度四人で足立区会をやろうよと誘ってきた。千春は紅と顔を見合わせてから、前のめりになっていると思われない程度の勢いで、「いいですね、ぜひ」と答えた。

LINEを交換しようということになったが、名前を知られたくない千春は、キャバクラ時代に使っていたインスタグラムを教えた。それに倣って紅もインスタグラムを教えた。

藤枝が言いだしたことだが、倉臼も楽しそうだと乗り気の姿勢を見せた。千春ももちろん乗り気だ。このまま終わりにはできない。ここで少し話しただけでは何も判断できない。

ただ、この男を目の前にして、ひとつわかったことがある。この男を憎みたいと思っている。倉臼がかつてと同じ、邪悪で狂った人間であってほしいと願っていた。

5

千春は、ボイラーで会った倉臼にずっと違和感をもち続けた。

倉臼のことをよく知っているわけではない。中学からあの事件のときまで不良を続け、少年刑務所に入った。そしてその後、飲食店の経営者になった。知っているのはそれだけだ。

ただ、千春はそういうプロフィールの人間を何人も知っていた。キャバクラで働いていたとき、実に客の三分の一ほどが、元不良の飲食店経営者だった。千春の店では彼ら――元不良の中古車販売業者を含めてだが――を、Sクラスあるいは D群などと呼び、その接客をマニュアル化していた。一緒くたに語っていいほど、その人となりは似通っていた。好きなものは、格闘技、バーベキュー、細身のスウェットパンツ、高級外車に高級腕時計。俺が俺がと自分の話をするのが好きで、ひとに頼られると喜ぶ。まだ若いのに、やけに年寄りぶる。夜中に焼き肉を食べると胃がもたれるようになったと自慢げに言うのだ。もちろん、焼き肉は異常に好きだ。厄介なところもあるが、マニュアル化できるくらいわかりやすくもあり、扱いを誤らなければ太客になる可能性が高い。入店したての新人は、まずSクラスの接客術を徹底的に覚えさせられた。

倉臼もベンツに乗っていた。腕時計はロレックスのデイトナだったし、そこだけ見るとSクラスの典型だった。しかし、あの日見た倉臼の物腰は控えめで、自分の成功を匂わせることもなかった。自分も主役であるはずなのに、藤枝を立ててことさら前にでることはしない。倉臼と藤枝は同い年だが昔からの友人ではなく、最近知り合ったら、偶然地元が一緒だったのだそうだ。とくに立てなければならない間柄にも思えないが、倉臼は自然にそうしている様子だった。千春がよく知る元不良の飲食店経営者とは、印象が大きく異なるのだ。

みんながみんな同じわけもなく、違っていても不思議ではない。ただ、まともな人間に見えるのが千春は気に入らなかった。しかし、典型から外れるほど、心の裏側は狂っているのではないのか、と期待もしていた。

もし倉臼が心を入れ替え、まともな人間になっていたら、自分は赦《ゆる》すのだろうか。千春は本当によくわからなかった。自分の気持ちがわからない——自分が何者かすらわからないのだから、よくあることだった。深夜のベランダで、答えなど期待せず、千春は考え続けた。

藤枝から連絡があったのは二日後のことだ。次の金曜日に足立区会をしましょうとの誘いだった。その日は仕事が入っていたが、日にちをずらすとなるといつになるかわからなかったので、金曜の遅い時間から飲み始めることにした。

足立区会の前日、紅と食事をした。パーティーにつき合ってくれた礼だった。

食事の前に紅が働くコーヒーショップを訪ねた。表参道の交番の裏手にある小さな店は、コーヒースタンドと呼ぶのが正しいのだろう。紅はひとりで慌ただしく、閉店後の片づけをしていた。忙しいだろうからと遠慮したのだが、紅はドリップでコーヒーを淹れてくれた。フルーティーと表現できそうな、苦みのない、いまどきのコーヒーをすすりながら、明日、藤枝たちと足立区会をやることになったと紅に伝えた。紅は明日の飲み会に参加しない。千春はひとりでいくつもりであると、先日のパーティーの帰りに話していた。紅はわかりましたとあっさり了解した。どうしてですかと訊ねることもない。ただ、あの料理研究家には気をつけてくださいと言った。あのひと絶対、変態ですからと。

三十分ほどで作業を終え、明かりを消し、鍵を締めて店をでた。秋の空は今日も雨を降らした。そして今日も紅は傘をもっていない。千春は紅に傘を買ってやった。

「あたしがあげた傘なら、雨が降ってなくても思いだすでしょ」

「前も言いましたけど、あたし、そこまでマリアさんのファンってわけでもないですから」

そう返した紅だったが、嬉しそうだった。大事にしますと言って、傘を差さない。千春の傘に入って体を寄せてくる。

そんな紅をかわいいと思ったが、犬や猫を見てそう思うのと大差ないものだった。やせっぽちで小柄、背中に模様の入った女の子は、犬や猫ほど自分とは違うものなのかもしれない。

紅という名は紅葉からとった当て字だそうだ。傘を買ってもらったから食事は簡単なものでいいと言うので、青山通りを渋谷に向かい、マンションの近くのコメダ珈琲に落ち着いて、そんな話をした。紅と書いてモミと読ませることになんの疑問も感じていなかったけれど、そう聞くと、そのキラキラネームぶりにちょっと引いた。「じゃあ、紅ちゃんの家では葉をジと読むの」と思わず訊いた。「うちの親をばかにしないでください」と紅は口を尖らせたが、すぐに溜息をついて言った。「でも、ばかなんです。娘にモミなんて名をつけたら、どれだけ悲惨な目に遭うか想像できないんですもん」

紅は、小中学校時代、モミモミと呼ばれて男の子から胸を揉まれたそうだ。いまも男に対する嫌悪感があるという。

千春は「ごめんね」と謝った。初めて会った日、インスタグラムで乳首を覗かせているのをばかにしたことに対してだ。きっと胸に対する特別な思いがあるのだろうと思った。そう伝えると、「それは考えすぎっす」と紅は笑っていた。

その日何か意味がある会話をしたとしたら、それくらいだろう。あとは当たり障りのない映画や音楽の話題。トランスジェンダーの怪しげなＤＪを前にして、過去の話など何も訊いてこないのは不思議な気もしたが、あえてこちらから話すことはなかった。

店をでる前、「この間のあたし、処女に見えた？」と紅に訊ねた。「あたし、そんなこと言いましたか」——覚えてないという。紅は嘘をつくようには見えない。イノセントというのではなく、何も考えずにそのまま口にしそうなタイプに見えた。しかし実際、嘘をつかない人間などいないものだ。千春は紅が嘘をついていると、なぜか確信していた。

足立区会の日、仕事の前に、藤枝と倉臼のインスタグラムに、急遽仕事の都合で紅がこられなくなったとDMを送った。

今日の現場も渋谷だった。アパレル会社が主催するLGBT写真展のオープニングパーティー。一般客もエントランスフリーだから、ひとは大勢いた。けれど、リズムに乗るわけでもなく、みんなコーヒーを片手にじっとこちらを見つめるだけなのが、不気味にも感じた。そんななか、ひとりだけ盛り上がって踊る男がいた。先日のダウンジャケットのローンチパーティーにもきていたあのスーツの男だ。また小刻みに体を揺らし、大胆なステップでそこら中を動き回る。これだけひとがいるなかで、よくひとりで踊れるものだ。その勇気に敬意を表し、男がターンをきめる度、リバーブボタンを押してやった。

九時ちょうどにDJを終えた。USBを抜いたら撤収完了だ。

公園通りから駅前にでて、スクランブル交差点を渡る。井の頭線渋谷駅が入るマークシティに沿って裏通りに入っていった。賑やかな飲食店街を抜け坂道に入ると、急に静かになる。マークシティに沿って延びる坂道は薄暗く、人通りも疎《まば》らだけれど、この界隈にはいい飲食店が点在した。渋谷の隠れ家的スポットで、千春の好きなエリアだった。足立区会はこの界隈にあるワインバーで行われる。きっと料理研究家藤枝のチョイスだろう。

急な坂道は仕事あがりにきつすぎた。スキニージーンズをはいているから尚更だ。千春は仕事前にDMを送ってから返信を確認していないことに気づいたが、携帯を取りだすのも億劫に感じた。もうすぐ着くからいいだろう、と重くなった足を動かし続けた。

店の前に立ち、大きく深呼吸をしてからドアを開けた。気を昂ぶらせてここまできたのに、すぐにがっかりすることになった。奥のテーブルに、ひとりで座る藤枝を見つけた。テーブルの傍らに立った千春が訊ねる前に、藤枝が言った。「倉臼もこられなくなったんだよ」

落胆すると同時に腹が立った。あの男のことで、なぜ自分が感情を乱さなければならないのだ。ばからしい。

「足立区会は、また今度やろう。今晩は、ふたりで足立区について語り合おうか」

千春は笑みを浮かべて席についた。腹立ちは収まっていなかったが、それを表にだすわけにはいかない。藤枝には、また飲み会をセッティングしてもらわなければならない。

おいしいワインと食事で手なずけられたふりをしてみる。また誘ってください、足立区会はいつにしましょう、倉臼さんってどんなひとですか。いい調子で鼻から声が抜けた。

藤枝はよく喋る。料理やアートの話題はもちろん、音楽にも詳しい。当然、足立区の話もできる。けれど倉臼の話はあまりでなかった。倉臼と知り合ったのは一年ほど前で、そんなによくは知らないという。食とアートという共通の興味があり、時々、飲みにいくようになった。仕事で絡んだのは今回の個展が初めてで、経営者としての倉臼の顔は知らなかった。

「基本的には真面目な男だよ」と藤枝は倉臼を評した。「昔はそうとうなワルだったみたいだけどね。当時、俺も名前だけは聞いたことがあった。そのころ知り合っていたら、俺なんて使いっ走りにされていたんだろうな。でもたぶん、いまじゃ俺のほうがワルだぜ」

藤枝は冗談めかした。ワルぶった笑みはわざとだろうが、いたぶるような視線がねっとりと千春に絡みつく。思わず顔を背けた。

視線を戻すと、藤枝はまだ笑っていた。しかし、すきっ歯を見せたその笑みは屈託がない。一瞬前のいたぶるような視線は幻だったのだろうか。千春はトイレに立った。

少し酔っていた。飲んだのはワインを三杯ほどでたいしたことはなかった。化粧を直して席に戻った。

新しいグラスにワインが注がれていた。トイレにいっている間にデキャンターを注文していたようだ。藤枝がグラスを掲げたので、千春もグラスを手に取り、口をつけた。

「おいしいワインでしょ。好きなやつなんだ」

なるほど、おいしい。けれど、あとに苦みが残った。千春は次の飲み会の話を振った。

「ていうか、このあと、もう一軒いく?」と藤枝が訊いてきた。今日は仕事で疲れているので一次会だけで、と伝えた。すると藤枝は「じゃあ、それ飲んじゃおうよ」と言った。

何が「じゃあ」なのかわからない。残したらもったいないのは、次にいこうがいくまいがかわらない。藤枝は自分をつぶそうとしているのかもしれない。先ほど見た気がした、いたぶるような視線を思いだした。

ちょっとやそっと飲んだぐらいではつぶれやしない。素人とは鍛え方が違うのだ。千春はごくごくとワインを飲んだ。

「おいおい、そんな、いっきに飲まなくても——」

千春がグラスを差しだしても、藤枝はあまり注がなかった。つぶそうとしているというのは考えすぎだったのかもしれない。「で、次の足立区会、どうしましょう」

藤枝が、夜は案外空いているからいつでもいいと言うので、だったらなるべく近いうちにと千春は促した。

「なんでそんな急ぐの」

なんだか頭が痛くなってきた。

「今日も楽しかったので、また早く飲みたいなと思って」

「そう? そんな楽しそうには見えなかったけどね」

「……えっ、そんなことは――」

千春は頭を振った。目をつむる。頭痛ばかりかめまいまでした。どうしたんだ、なんでこんな急に酔いが回ったのだ。大きく息をつき、目を開けた。

「大丈夫かい」そう訊いた藤枝が笑っている。いたぶるような視線が千春の目を射抜いた。なんなんだこの男は。まるで、ひとが苦しむのを楽しんでいるようだった。自分の状態が急速に悪くなっていくのを意識した。頭が割れるように痛む。視界がぐらぐらと揺れた。

「すいません、お水を――」

グラスを手渡された。震える手でどうにか口に運び、ごくごくと水を飲んだ。

喉が潤い、いくらか落ち着いた。そう思えたのは一瞬で、頭痛も何もかもかわらない。

――だめだ、吐きそうだ。千春は立ち上がった。

「そっちじゃないよ」

トイレに向かおうとしたが、藤枝に腕を摑まれ、強い力で引き戻された。

「もう閉店の時間だ。帰ろう。大丈夫だよ、送っていくから」

視線と意識はトイレに向かうが力の入らない足は逆らえず、腕を引かれるまま、エントランスに向かう。千春は大きく息を吸い、逆流してきた胃のものをなんとか抑え込んだ。

「あの、お金」そう口にしながら、どうでもいいことを訊いていると思った。気持ちが悪い。

「大丈夫だよ。もう支払いをすませているから」

藤枝はごちそうさまと明るい声を発し、店のドアを開いた。千春の腕を引いて外にでた。

——やられた。この男は、あたしがトイレにいっている隙にすべてをすませた。支払いをすませ、あたしのワイングラスに何か薬でも混ぜたのだ。千春は静かに理解した。うかつだった。ワインを飲んで苦みを感じたとき、気づくべきだった。キャバクラ時代なら男への警戒心はマックスで、こんなことにひっかからなかっただろう。トランスジェンダーであることを公にしている現在、そのへんは緩く、ほとんど男の感覚だ。それゆえ、この先を考えても恐怖はあまりない。ただ座りたい——力のない声でそう口にした。

「もう少しで道玄坂にでるから。タクシーを拾って送ってやるよ」

坂道を上りたくない。千春が足を止めても、藤枝は引きずるようにして進んでいく。なんて糞野郎だ。そう思ったら、少し胃がすっとした。糞野郎の友達はやはり糞野郎。倉臼もこの男と同じでクズに違いない。あの男は昔と何もかわっていないと確信した。

千春は人前で吐くことに強い抵抗感があった。だから、必死にこらえていたが、そんな必要はないと思えた。この糞野郎に吐きかけてやればいい。意識的に吐こうとしたら、胸のあたりで詰まってでてこない。かえって気持ちが悪くなり、呻き声を上げた。

「おい、よしてくれよ。吐くなら俺にかからないようにしてくれ」

この男のクズっぷりを喜ぶ余裕もなく、千春は再度、呻き声を漏らした——そのときだった。何か声が聞こえたと思ったら、体の支えを失った。千春の体はアスファルトに向かう。反射的に手をついたが、支えきれずに道路に転がった。

千春は目を閉じ、大きく息を吐きだす。アスファルトに頬をつけ、その冷たさに震えた。気持ちの悪さから逃れる方法を模索した。声は聞こえていた。争うような男の激した声が、意味を成す前に耳を素通りする。千春ははっとした。ひとつだけ意味を捉えた。

倉臼と呼ぶ声を聞いた。目を開き、声のするほうに顔を向けた。

ふたつの影が動いていた。喧嘩をしているのだと思ったが違った。片方の影がいっぽう的に殴りつけている。殴られた影がアスファルトに沈む。這いつくばって向かってくる。藤枝だった。髪を乱し、鼻血を流し、目を見開いて這ってくる。膝をついて立ち上がると千春には目もくれず、坂の上のほうに駆けていった。

もうひとつの影がこちらに向かってくる。スーツを着ている。千春は体を起こして視線を注ぐ。近づいてきて、倉臼だとはっきりわかった。

千春は口を押さえた。胃のものが急に上ってきた。抑え込もうと意識はしてみたものの、その勢いを止めることはできなかった。首を突きだし、盛大に吐きだした。

アスファルトに手をつき、背を丸めた。胃が収縮していた。おえっと舌を突きだすが、何もでてこない。ふいに香水の匂いが鼻をつく。背中に手が当てられるのを感じた。

「大丈夫か」

手が背中をさすっている。無骨な動き。その手をどけろ。

「すまなかったな」

なんで謝る。あたしが誰だかわかっているのか。

胃が収縮した。おえっとなったが、何もでてこない。舌の根がちぎれそうなほど痛んだ。

6

目を開いたとき、車にいることはすぐにわかった。ウィンドウいっぱいに、白み始めた空が見えた。路上に駐車しているが、どこだかは見当がつかない。ずいぶんと寝ていたようだ。

千春はバックレストを倒したシートに横になっていた。頭は痛かったが、胃のむかつきはだいぶ治まっていた。口の乾きが気持ち悪い。臭いもいやだ。

倉臼の車に乗ったのは覚えている。倉臼が家まで送ろうと言ったが、とにかく千春は静かに座っていたかったから、ぐだぐだとそんなことを言ったはずだ。そのあとは記憶がない。

運転席に倉臼の姿はなかった。千春のバッグとペットボトルの水が置いてある。キャップは開いていないから、千春のために置いておいたものだろう。遠慮なく飲んだ。

時間は午前四時半、五時間以上寝ていたことになる。普段の睡眠時間とかわらず、深酒しただけなら、もっと体調は回復しているはずだ。藤枝がワインに何か混ぜたのは間違いない。料理研究家だからっ、それほど悪いものではなかったろう、と思いたい。

重い体を起こし、バックレストを戻す。まだ闇が濃い外の風景をウィンドウ越しに一瞥《いちべつ》した。知らない街に見えたが、よくよく見たら自分が住むマンションのすぐ近くだとわかった。

倉臼の店、ボイラーがある坂道の途中だった。姿の見えない倉臼は、ボイラーにいるのだろうと見当がついた。千春はバッグを取り上げ、なかからスマホを取りだした。仕事の前に見て以来、開いていなかった。

コンコンとノックするような音が響いた。目を向けると、運転席側のドアの向こうに、倉臼が立っていた。倉臼はドアを開け、背を屈めて車内に頭を入れた。

「起きてたのか」

「ついさっき目が覚めました」千春はそう言って問いかけるような目を向けたが、とくに意味はなかった。この男が何を話すか、どういう話しかたをするか、知りたかっただけだ。

「大丈夫か。気分が悪ければ、ずっと横になっていてかまわない」

倉臼はとくに気遣うような表情は見せず、硬い口調で言った。

「たぶん大丈夫です。吐き気がなくなったので、だいぶ楽になりました」

倉臼は頷いた。

「あの……、ありがとうございます。助けていただいたんですよね。状況が呑み込めていないところはあるのですが」

倉臼はまた頷き、言った。「座ってもいいか」

男に襲われかけた女への気遣いなのか。千春はそんな倉臼の態度が鼻につき、思わず冷たい声をだした。「もちろん、どうぞ」

倉臼は運転席に腰を下ろした。ドアは閉めなかった。

「たぶん藤枝は、あなたの酒に何か薬のようなものを入れたんだと思う。どこかホテルにでも連れ込もうとしていたんだろう」

「そうだと思います。トイレから戻ったあと、急におかしくなりましたから。倉臼さんはどうして、あそこに――」

「四人で会うことになっていたんだろ」と倉臼は訊いた。千春はそうですと頷いた。

「俺は最初から誘われていなかった。紅ちゃんがいけなくなったとＤＭをくれただろ。それで、おかしいと思ったんだ。ＤＭに気づくのが遅くてぎりぎりになってしまった」

昔、やんちゃしていたとき、レイプドラッグで女を酔い潰し、楽しんだことがあると、以前に藤枝が自慢げに語っていたそうだ。倉臼はそれを思いだし、かけつけたのだという。

「あの店にいることがどうしてわかったんですか」

「紅ちゃんに聞いたんだ」

倉臼は藤枝に電話をかけたり、千春にＤＭを送ったりしたが反応がなかったので、紅のインスタにＤＭして、ふたりが会う店を知ったそうだ。

千春は不思議に思った。紅はなんで藤枝と会うワインバーを知っていたのだろう。昨日会ったとき、話したのか。そんな覚えはないが、知っていたのだからきっと話したのだろう。頭痛がする千春は深く考えはしなかった。

「ありがとうございました。おかげで助かりました」

千春は再び礼を口にした。もちろん、本気で感謝などしていないが。

ふっとベルガモットの香りが鼻を衝いた。倉臼の体から漂う香水。あの坂道で吐いたときに匂ったもので、胃のむかつきを思いだした。もうひとつ思いだしたことがある。

「助けていただいたとき、すまなかったと倉臼さんが言っていたような記憶があるんですけど、なんであたしに謝ったんですか」

倉臼は顔をしかめ、すぐにああと声を漏らした。「俺の店で藤枝と知り合うことになったからだ。あの男が過去にろくでもないことをしていたとわかった上で、個展を開いていたから、責任を感じた。だから、個展も中止を決めた。いま、作品を片づけてきたところだ」

「仕事相手の過去は問わないんですか」千春はあえて非難がましく言った。

「過去だけでは判断しない。ひとはかわれると思っている」正面を見ていた倉臼はちらっとこちらを見た。「自分も昔やんちゃをしていたから、そう信じたいだけかもしれない。とにかく、ひとを見る目がなかったことは、はっきりした」

「やんちゃ？」

あれがやんちゃですむことなのか。お前は狂っていた。

「悪そうな顔をしているだろ」倉臼はこちらに顔を向けた。

「倉臼さんって、キャバクラにいっても、そんな硬い話しかたをするんですか」

眉をつっと上げた倉臼は、ふっと笑みを浮かべた。

「態度を使いわけられるほど器用じゃない。どこでもこんな感じだよ」

そう言ったが、いくらか声が柔らかくなった気がする。

「どこか家の近くまで送っていこう」倉臼はドアを閉めた。

「大丈夫です。友達が近くに住んでいるので、そこに泊めてもらいます」

「じゃあ、そこまで送っていくよ」

「いえ、歩いていけますから。車だと酔いそうな気もするので。――お水、ありがとうございました。勝手にいただきました」

千春はドアを開け、外にでた。ドアを閉めようとしたとき、「ちょっと待って」と倉臼が助手席のほうに身を乗りだした。

「もし今日のことでトラブルが起きたら、連絡をしてほしい」そう言って名刺を差しだした。

「トラブルってなんですか？」

「藤枝が飲ませたドラッグのせいで体調がおかしくなる可能性もなくはない。さっきも言ったように責任を感じている。もし、そういうことになったら、相談してくれ。力になる」

「つまり、警察にはいくなってことですか」

倉臼は小さく首を横に振った。「そういうことも含めて、何かあったら言ってほしい」

「誠意ですね」

それに倉臼がどう答えるか、注目した。

「悪意はない。ただそうしたいだけだ」

倉臼はいったん下げた腕を上げ、名刺を差しだす。千春はそれを受け取り、ドアを閉めた。

坂道を下った。体が重いのは酒や薬のせいばかりでない。つまらない夜だった。

7

マンションに戻ると、嘉人がリビングにいた。寝ずに帰りを待っていたようだ。千春は飲みすぎて酔い潰れたのだと話した。千春が酒に強いことを知っている嘉人は疑うような目を向けた。千春はソファーに座る嘉人にはーっと息を吹きかけた。

「げろ臭いでしょ。珍しく吐いたわ」

潔癖性のところがある嘉人は、顔を歪め、立ち上がった。千春が「水が飲みたい」と言ったら、すぐにキッチンに向かった。

嘉人はいつも淡々としている。幸せそうには見えないが、不幸の匂いもしない。極端ともいえるくらい不平不満を口にしないひとで、心のなかも同様なら、案外幸福なのだと思う。

嘉人の仕事がどんなものか詳しくは知らない。教育関連のベンチャー企業で財務担当役員をやっている。すでに上場に成功していて、普通の三十歳では考えられないくらいの資産があることは知っていた。知っていたから嘉人と暮らしてもいいと考えた。

嘉人は元々店の常連客だった。千春が水商売から離れようと決め、次の道を模索し始めたとき、世間を知っていそうな嘉人に相談した。その際、トランスジェンダーであることを打ち明けた。嘉人らしく「そうなの」と言っただけで、淡々としたものだった。あとから聞けば、親からお前は本当の子供ではないと言われたくらいの衝撃だったそうだ。

とにかく、それを知ってもかかわらず相談にのってくれた。トランスジェンダーであっても居心地よく働け、なおかつ学歴不問で安定した収入が得られる仕事、という千春の難しい条件を満たしそうな職業を提案し、仕事内容や、その職に就くのに有利な資格などをレクチャーしてくれた。そんな就職相談会をアフターで何度か続けるうち、嘉人が僕と一緒に暮らしませんかと言ってきた。生活費ももつので、その間にゆっくり人生設計を立てればいいと。

男に養ってもらうという選択肢を、それまで想像したこともなかった。そんな相手が存在するとは思わなかったのだ。女の形はしていても、心は男で同性愛者ですらない自分と、暮らそうとする者などいないと思っていた。しかし、千春がペニスを失った経緯を打ち明け、自分の心はほとんど男だし、外陰部は形成していてもヴァギナはないのだと説明しても、

「それでもいいから、僕と暮らさないか」と嘉人は言った。

もちろん、千春自身も男と暮らすことに抵抗はあった。しかし、キャバクラ勤めに見切りをつけ、新たな道を模索し始めたときだったから、一度ためしてみるべきではないかと思えた。いやなら、やめてしまえばいいのだし。とにかく、生活費がかからないのは魅力的だった。仕事が見つかれば、その収入をすべて貯蓄にまわすこともできる。マンションが買える

くらいの蓄えはあったが、その程度ではなんの安心にも繋がらない。嘉人と暮らしてみようと決断するまで、それほど時間はかからなかった。

生活を始めて、最初の三ヶ月は互いにぎこちなかった。距離が縮まったのは、ふたりしてインフルエンザにかかり、高熱をだしたことだった。相手を思いやる余裕もなく、ただ同じベッドの上で頭痛や悪寒にたえ、熱が下がるまでの三日間をやり過ごしただけだった。それでも、熱が下がり動けるようになったとき、同じ苦難を乗り越えた戦友のような感覚があった。あからさまに態度に変化があったわけではないが、確実にぎこちなさが緩んだ。

嘉人は千春の体を求めてくる。それは当初予想していたよりも、頻度が少なかった。ゲイではない千春にとって、男に抱かれるのは嫌悪を催すものだが、例によって、千春という女が抱かれているだけと考えることで、いくらか気は休まった。男の目線で嘉人の行為を眺め、その滑稽さに笑ってしまうくらいの余裕があった。それは千春が何も感じていないからこそで、嘉人の愛撫に興奮でもするようだったら、心を病んでいたかもしれない。

嘉人が自分をどう考えているのかはよくわからない。生身のダッチワイフくらいに考えていたとしても驚かないし、悲しくもない。逆に強い愛情を秘めていたりするのなら、そのほうが怖い。厄介でもある。もちろん、それを窺わせるような言動を見せることはなかった。

嘉人が水をもってきてくれた。ソファーには座らず、千春が水を飲むのを見ていた。

「へんなのがうろうろしているみたいだから、クラブとかには近づかないほうがいいよ」

嘉人の感情のこもらない声は、いつもながら少し怒ったように聞こえた。

「大丈夫。最近は全然いってないから」

嘉人は口をすぼめ、しばらく見つめた。「心配しているの？」と訊ねても、答えは返ってこない。見つめる眼差しに揺らぎがあった。まるで何か隠し事でもあるような感じだった。

「僕はもう寝るよ」嘉人はそう言ってドアに向かう。

「あたしも寝る」と言ったら、「シャワーは浴びなよ」と返ってきた。部屋をでていった。

レイプドラッグで酔い潰されて、どこかに連れ込まれそうになったと正直に話していたら、嘉人はどう反応したのだろうかと千春はふと思った。驚き、慌てただろうか。藤枝に怒りを向けたりするものだろうか。どう想像しても、そんな姿は浮かばなかった。

倉臼は千春を心配し、駆けつけた。嘉人と比較したわけではないが、あの男に心配される皮肉に千春は笑った。傍らに置いたバッグを手に取った。なかを探り、名刺を取りだした。

いい意味でも、悪い意味でも、人間には裏表がある。そう教えてくれたのは叔父だった。中学のとき、友達との関係に悩んでいた千春に、叔父がそう言って元気づけようとした。誰にだって隠しておきたいような、裏の顔がある。悪い顔がちらっと覗いたからといって、そのひとを見放してはいけない。ひとの心は複雑だ。邪悪な心と純粋な心がバランスを取りながら共存していたりするものだ。だから自分にも諦めるなと言った。

結局、友達とは仲違《なかたが》いしたままになってしまったが、叔父の言葉は三年後に役立った。母の下着でオナニーにふけっていたとき、誰にだって隠しておきたい裏の顔があるものさと、キモイ自分をことさら嫌悪せずにすんだ。そしていままた叔父の言葉を思いだしていた。これまで見てきた倉臼はまともに見えた。けれど、邪悪な心をどこかに隠しているはずだ。

それを覗きにいこうと、千春は倉臼と連絡をとった。

大塚にある居酒屋で会った。先日のお礼をしたいと千春から誘った。

今度こそ倉臼がもつ邪悪さを暴きだしてやろうと、戦略を立てて臨んだ。千春は自分もいつか飲食店を経営したいと相談をもちかけ、倉臼から色々と話を聞きだそうと試みた。

倉臼は二十一歳まで少年刑務所に入っていたと正直に話した。出所してから半年ほどぶらしたあと、飲食業界に入ったそうだ。千春は驚いたふりをして、何をしたのか訊ねた。

倉臼は傷害事件を起こしたと答えた。ひとをナイフで傷つけたのだと。

倉臼はそれ以上は語らなかった。女装した男のペニスを切り落としてやったと得々と語られても怒りを感じただろうが、ナイフで傷つけたというだけなのも、自分がやったことを小さく見せようとしているようで、腹立たしかった。

体育会のりの厳しい外食企業で、がむしゃらに五年間働いたそうだ。少年刑務所で更生したんですねと千春は言った。

「更生したわけじゃないんだ」倉臼は薄い笑みを浮かべて言った。「出所してからしばらく、死にたいという願望に取り憑かれていた。毎晩、寝る前に明日は死のうと思っていたんだ。だけど、朝がくるとだらだらと生きてしまう。そんな日が続いて、いいかげんに飽きたんだ。死ねないなら、一度死ぬ気で働いてみようと考えた。何か希望が芽生えたわけじゃなくてね、自分への嫌がらせみたいなものだった」

「なぜ死にたいと思ったんですか」と千春は訊ねた。飲食店の経営に関係しないことだから、へんに思ったのかもしれない。倉臼は「なんでそんなことを知りたいんだ」と言った。

「私も死にたいと思っていた時期があるんです。だから、なんとなく。——私は、男のひとにひどい目に遭わされて死にたいと思うようになりました」千春は真実を話した。

倉臼は目を閉じ、頷いた。「自分がいやになっていたんだ。ひとを傷つけ、刑務所で償ったつもりになってでてきたところで、何もありはしない。何もかわってないんだ。自分はこのままクズの人生を歩むのかと思ったら、死んだほうが世の中のためになる気がした」

「世の中のことを考えたんですか」

倉臼は眉をひそめて、咎めるような目つきをした。ふっと息をついて口を開いた。

「いや、そのときほんとにそう思ったかは、はっきりしない。とにかく、自分なんて死んだほうがいいと思ったということだ」

正直な言葉だろう。その時点で更生はしていなかったし、自分に嫌気が差して死にたかった。自分のことしか考えていなかったのだ。自分が犯した罪は刑務所に入ったことで償われていると思っているし、だから被害者のことなど考えもしない。話のなかでひとことも触れることはなかった。しかし、それで倉臼が邪悪だといえるものではない。犯罪を犯して、本気で反省する者など希だろうし、ほとんどの人間は自分のことしか考えていない。

倉臼が飲食業界で働き始めたのは、たまたまその会社が倉臼の過去を承知で雇ってくれたからだそうだ。話を聞けば、そこもやはり元不良の社長が経営する会社で、倉臼が望んだとおり、死にものぐるいで働かされるブラックな会社だったようだ。

本当に死ぬかと思ったことがあるそうだ。心は折れたし、辞めようと思ったことも何度もあった。それでも辞めなかったのは、なんでだかわからないと言った。周りはどんどん辞めていき、倉臼は一年半で店長になり、最後の一年はエリアマネージャーをやっていたそうだ。

「辞めなかったのは、やはりその仕事が好きだったからじゃないですか」

「好きなだけだったら、もう少し早くに辞めて独立していたよ。だから、それだけじゃないんだ。あのころ、辞めるときは社長を殺してから辞めようと思っていた。本部にいる連中はともかく、現場のスタッフのほとんどはそんなことを考えていたはずだ。もちろん、実行したやつは誰もいない」

倉臼は笑った。屈託のない笑みで、思わず千春はつられた。

「そういえば、そのころは死にたいって気持ちはどうだったんですか」

「そんなことを考える余裕もないくらい、忙しかった。ぐっすり眠りたいというのが、あのころのいちばんの夢でね、死にたいと思い悩むのは贅沢なことだったのかもしれないな」

倉臼が会社を辞めたのは五年前。その前から開業の準備は始めていた。料理人は同じ店で働いていた同僚で、先に辞めて炭火焼きの修業に入っていたそうだ。倉臼は開業資金をかき集め、店舗の準備に入った。

千春が枝葉に分け入り、質問するから話しただけで、倉臼にとって前職の話などどうでもいいものだったのだろう。初めて店を立ち上げたときの話になったら、千春が質問を挟む余地がないくらい、いっきに細部まで説明をした。それは千春が店を開きたいと言ったからでもあろうが、何より自分が話したかったからなのだろう。

開業資金は潤沢にある必要はない。足りないものがあったほうが、その分どうにかしようと頭が働き、よりクリエイティブになれる。頭が擦り切れるほど思考すれば、センスさえ乗り越えられると断言した。

倉臼が、千春が知る元不良の飲食店経営者たちとまるで印象が違うわけがわかった。彼らはがっぽりともうけようと事業の規模を大きくすることに血道を上げる。倉臼も複数の店を経営するから、そういうタイプなのだろうと考えたことが間違いだった。倉臼は独立して自分の店をもちたいと思っただけで、事業を拡大させるどころか、当初は二店舗目を作る気すらなかった。しかし、一店舗目を軌道に乗せたあと、店をいちから作り上げることの楽しさが忘れられず、二店舗、三店舗と手を広げていった。ただ、自社で経営する店舗は今回のボイラーで終わりだそうだ。現在、メニュー開発や店舗のプロデュースなど、コンサルティング事業も展開しており、店を立ち上げる楽しさはそちらで味わうことができるからだった。

倉臼は仕事を楽しんでいる。それは話す様子からもわかった。先日会ったときより表情も口調も柔らかかった。それは酒を飲んでいるからでもあろう。倉臼の顔は赤くなっていた。

酔いが回って本性が現れるかもしれない。期待しながら、千春は意地の悪い質問をした。

「倉臼さんは、普段、昔を振り返ることはあるんですか。罪を犯したこと、刑務所に入っていたこと、死にたいと思ったこと。それらはすべて過去のことで、成功したいまは思いだしたりしないものですか。思いだしたとしても、何も感じなかったりするんでしょうか」

倉臼は質問の意図を探るように千春を見つめ、口を開いた。

「思いださなきゃいけないのか。思いだして、反省しろというのか」間延びした声で言った。

「いえ、私はただ――」

　倉臼が千春の言葉を遮るように、首を大きく振った。「思いだすよ。以前は、もう過ぎたことだと、思いだしもしなかった。だけど、ここのところよく考える。昔しでかした悪事の数々が頭に浮かぶんだ」

　倉臼は左手の指輪をくりくりと摘み弄《もてあそ》んでいた。結婚指輪の存在には気づいていたが、あえてそのあたりのことは訊ねていなかった。

「それは反省しているということですか」

「反省なんかしない。いまさら反省してもどうにもならんだろ。この年で、また同じ過ちを繰り返すわけもないんだから。俺は後悔しているだけだ。やってしまった事実はどうやっても消せない。だからただ後悔する」千春のほうも見ずに、まだ指輪をくりくりとやっていた。

　倉臼は反省はしないと言った。それはある意味、誠実な言葉である気がした。犯罪者が反省しているなどと口にしても、そんな言葉は信じられなかった。もし倉臼がそう言ったなら、千春は嘘をつくなと怒りを感じていただろう。では、後悔はどうなのだ。消せないと言っているから、過去を消したいのだろう。罪悪感があるとかではなく、その過去があることで何か不都合があるのかもしれない。それで、やらなければよかったと後悔する。昔のことを思いだすようになったのは最近だと言う。最近になって何か不都合なことが現れたのか。

「なんだか辛そうですね」千春がそう言うと、倉臼はテーブルに手をのせ、千春に目を向けた。口元に薄い笑みを浮かべただけで何も言わない。きっと図星なのだと思う。

「被害者のひとに謝ってみるのはどうです？　気分がかわるかもしれませんよ」

「気分はいくらかよくなるかもしれないな。だけど、そんなものでは何もかわらない。過去は消えない。謝罪されたほうだって、いまさらで、むかつくだけだろ」

この男が言うとおりだ。謝られても、すっきりするものではないと想像がついた。

「いったいなんでこんな話をしてるんだ」倉臼はグラスに残った酒を飲み干した。「場所をかえて飲み直そう。ああ、もちろん、マリアさんがよかったら」

千春はいくつもりだ。けれど、倉臼の裏の顔を暴こうとはもう考えていなかった。

この男はまともに見えた。裏の顔はあるだろうが、千春を満足させるほどの邪悪なものは、いくら探ってもでてきそうもない。最高の人間ではないが、クズにはほど遠い。ことさら自分をいい人間に見せようとしないところは、好感がもてるとさえ言えた。同時にそれは、千春を苛立たせる。この男から離れたほうがいいと思った。赦すわけではないが、関わることで自分のほうが心を痛めるだけなら、ばからしい。倉臼が過去を後悔するようになった原因がなんなのか、それだけ知ったらやめにしようと思っていた。

二軒目は千駄木の路地裏にあるバーだった。千春たち以外の客は二組で、静かだった。声をひそめて好きなアートについて語った。

倉臼がアートに関心をもつようになったのは割と最近のことのようだ。倉臼の奥さんがアート好きで、つき合うようになってから倉臼も興味をもつようになったのだそうだ。

倉臼の口から、初めて奥さんの話がでた。アートの話をしながら、少しずつ、奥さんの話も聞きだした。

奥さんは前に勤めていた会社の同僚で、店を立ち上げるときに一緒に会社を辞め、手伝ってくれたそうだ。結婚してからは、仕事をやめて専業主婦となった。

「きっと倉臼さんの奥様は幸せですよね」と適当なことを言って話を促した。

倉臼は「さあ、どうだろうね」とそっぽを向いた。照れ隠しか。それとも、夫婦関係がよくないのだろうか。奥さんは倉臼の過去をどう思っているのか訊いてみたいと思った。

自分で絵を描いたりしないのか倉臼に訊ねてみた。才能がまったくないから自分では描かないそうだ。千春も昔は描いていたが才能がないので諦めたと言った。

「ゲイのひとが羨ましいと思ったことがあります。アパレルもですけど、アートの世界もゲイが多いと聞くので、ゲイだったらそういう才能に恵まれるのかなとか考えたりして」

高校生のころ、実際に考えていたことだ。

千春の言葉に倉臼は表情をかえた。眉間に皺をよせて、千春を睨んだ。

「ゲイに憧れたのか。お前、頭おかしいんじゃないか。まあ、レズビアンならまだいいが、ホモなんていうのはゴミだよ。才能があろうが、あんなものを羨む気になんかならない」

「ゲイが嫌いなんですか」

「当たり前だ。ストレートな人間で、好きなやつなんているか。気持ちが悪いぜ」

倉臼の言葉は、これまでになく荒くなっていた。

「ボーイズラブとかいって、そういうの好きな女性は多いですよ。私は関心ないですけど」

倉臼は鼻に皺をよせ、心底いやそうな顔をした。

「そういうひとだったら、真面目そうな倉臼さんが男のひとに襲われたりするところを想像したりするんでしょうね」

「よせ!」倉臼は目を剝き、店内に響き渡るほどの大声で言った。

さすがに千春も驚いた。慌ててごめんなさいと詫びた。

「いや、こっちこそ大声をだしてすまない」

倉臼はなじみらしいバーテンダーにも謝った。

「ちょっと飲みすぎたようだ。お会計してください」

平静な声に戻った。倉臼は理性を失うほど酔っぱらっていたわけではない。

倉臼がゲイを嫌うのは意外ではない。あのときも女装していた千春を嫌悪したことが暴行の原因のひとつだったはずだ。倉臼は成熟した大人になっているように見えるが、そこはかわっていないようだ。しかし、ダイバーシティーの重要性が叫ばれているいまの時代、会社の社長を務める男が、あそこまであからさまにゲイへの嫌悪を口にするのは意外だった。

「さっきはすまなかった。このままじゃ後味が悪いから、コーヒーをご馳走させてくれないか」会計をすませ、店をでたところで、倉臼が言った。

もちろん千春はその誘いに乗った。しかし倉臼はそのへんのコーヒーショップに誘っているわけではなかった。近くに倉臼が仕事部屋として借りているマンションがあるそうだ。そこで、自分が淹れたコーヒーを飲んでほしいというのだった。

「レストランなんて経営していても、俺はおいしい料理は作れない。まったく才能がなくてね。だけど、コーヒーを淹れるのだけは自信があるんだ」

この間の藤枝のこともあるし、心配なら断ってくれていいと言った。もちろん下心なんてないと笑った。

千春は急に怖くなった。閉鎖された部屋に倉臼とふたりきりになれば、暴力の記憶がまざまざと甦りそうな気がしたのだ。それでも千春は、ついていく。倉臼と会うのはこれが最後だと考え、逃げたい気持ちを抑え込んだ。

倉臼の説明によれば、仕事部屋というのは隠れ家みたいなものらしい。家でもなく職場でもなく、ひとりでぼーっと考え事をする場所が欲しかったのだそうだ。

マンションは西日暮里《にっぽり》の駅を過ぎたところにあった。北千住にある倉臼の会社から、それほど遠くない。千春がかつて暮らした町へも、車で十分とかからずにいける場所だ。

考えごとをするだけにしては広い部屋だった。かといって豪華なわけではない。築二十年以上たっていそうなファミリータイプで、リノベーションもしていないようだった。リビングダイニングに仕事用のデスクと応接セットが置かれていた。若い独身男の部屋にありそうな、ビニール張りのカリモクソファーに千春は座らされた。キッチンに立った倉臼は、ケトルを火にかけ、コーヒーを淹れる準備に入った。

千春は腰を上げ、ベランダのほうに向かった。掃き出しの窓を開けて外を眺めた。ここは二階で眺めはよくない。隣接したマンションが見えるだけだ。そのマンションからなのか、こっちのマンションからなのか、賑やかな子供の声が聞こえた。倉臼とふたりきりという感覚が薄れ、いくらか気持ちが解《ほぐ》れた。

「部屋を探検してもいいですか。ひとの家を見るの、好きなんです」

千春がそう訊ねると、倉臼は「いいけど、殺風景なつまらない部屋だよ」と言った。

部屋はほかにふたつあった。ひとつは寝室で、パイプベッドが置かれていた。簡素なシングルベッドで、女を連れ込むことは想定していないようだ。もうひとつの部屋は物置に使っている感じで、ゴルフセットや段ボール箱が置かれていた。確かに面白いものなどないが、案外、ものは多かった。寝室は脱いだ服が散らかっているばかりか、ハンガーラックにスーツなどがかけられていた。風呂場も覗いたが、シャンプー、コンディショナーも揃っているし、洗面台にはひげ剃りもある。リビングダイニングに戻った千春は、キッチンをあらためて見た。自炊ができそうなくらいの調理器具や食器が揃っていた。

「いごこちよさそう。このまま暮らせそうですね」

倉臼はドリッパーにお湯を注ぎながら頷いた。

「そういえば、倉臼さんって、お子さんいらっしゃるんでしたっけ」

顔を上げて、倉臼は首を横に振った。

ソファーに戻り、待っていると、倉臼がコーヒーカップをふたつもってきた。ひとつを千春の前に置くと、テーブルを挟んだ向かいのスツールに腰をおろした。

丁寧に淹れたコーヒーは確かにおいしかった。豆の種類の違いだろうが、先日、紅が淹れてくれたコーヒーよりも好みだった。

「ほんとにおいしい」千春が大袈裟に褒めそやすと、倉臼は「よかった」と素っ気なく言った。おいしいコーヒーの淹れ方について訊ねたら、それはまた今度教えようと答えた。

倉臼は眠そうだった。教えるのがめんどうくさいのだろう。

「倉臼さん、横になったほうがいいんじゃないですか。眠そうです。私はこれいただいたら、帰りますので」

「大丈夫。まだバッテリーは少し残っている。ちょっと飲みすぎたようだ。——さっきはすまなかった、大声をだして」倉臼はわざとらしいくらい柔らかい声で言った。

「俺はゲイへの偏見というか、嫌悪がある。普段はそんなことは表にださないし、自分自身、もっと寛容になるべきだと思っている。だけど、だめなんだ。生理的な嫌悪感は、努力しようとどうにもならない」

「何か、具体的に努力したんですか」

「いや、何も」倉臼は首を振って、笑みを漏らした。「たしかに、ゲイバーにいって、我慢する努力をしたこともないな。そこに向かうだけでも、努力が必要だが」

「普段表にださないのに、どうしてさっきは——?」

「酒のせいもあるが、マリアさんが話がしやすかったからという気もする。昔のこととかも、普段あまり話さないが、なんとなく今日は話しやすかった」

話しやすいとは、キャバ嬢のときにも言われた。つんとすましているのに不思議だとも言われたし、千春自身不思議に思った。たぶんそれは、千春が男だからなのではないかと、自分で分析してみたことがある。女のフェロモンがでていないから、無意識に男と認識して、仲間意識から話がしやすくなっているのではないかと素人なりに仮説を立ててみた。

「そう言っていただけると嬉しいです。とっつきにくいと言われることがけっこうあって」

「美人はそういうところで、損をするのかもな。いや、損とは限らないか」

千春は曖昧に首を振り、コーヒーをぐいと飲み干した。

「もう一杯コーヒーをご馳走してくださるのなら、話を聞きますよ。心に溜まったことを、私にぶちまけてみませんか」

「心に溜まったこと？」

「過去を後悔していると言ってましたよね。何か心に抱えるものがあるのかなと思って」

「ひとに話すようなことじゃない。――でも、コーヒーを飲みたいなら淹れるよ」

結局、そのあと、二杯コーヒーを飲んだ。三杯目はひどくまずかった。それはコーヒーそのもののせいではなかった。

やはり倉臼はクズだった。ふざけんな、と心のなかで罵倒した。コーヒーを飲みながら倉臼は、自分が過去を後悔するようになった経緯を話したのだ。それを他のひとが聞いたなら、なんとも思わないかもしれない。かわいそうと同情を寄せるひともいるだろう。しかし、千春は違う。強い憤りを覚えた。同時に満足感も――。この男を憎むことができると。

三杯目のコーヒーを飲み干し、千春は立ち上がった。こちらを見上げる顔に何か叩きつけてやりたくなるが、それで満足できるとも思えない。

倉臼を憎むことができた自分はいったい何をしたいのか、まだこのときはわからなかった。

8

倉臼、倉臼、倉臼。倉臼に頭のなかを占領された。

このクズ野郎と思う。なんで被害者の自分がこんな思いをしなければならないのかと腹立たしくなる。それでまた、頭のなかの倉臼が増殖する。そんな心もちでも仕事にはいかなければならない。女性用安全かみそりのローンチパーティーでDJ仕事。いつもどおり健太が作ったUSBを差し込み、トラックオン。エキセントリックなオペラ調の歌声が流れだす。それはすぐに派手なEDMのメロディーに呑み込まれた。消えたあとにその歌がなんだったのか思い至った。クラウス・ノミの曲。――健太のやつ、なんてことをしてくれるんだ。

クラウス、倉臼、倉臼。頭のなかから倉臼が溢れた。千春は気が狂った。つまみを操作するふりも忘れ、踊りまくった。健太がクールダウンで入れていたと思われる、和ものの九〇年代アイドルの曲まで踊りきった。フロアーは異様に盛り上がっているひとと引きまくっているひとが半々だった。

倉臼からまた会ってくれないかと連絡があったのは、その仕事のあとだった。千春はすぐに、私も会いたいとメッセージを返した。

次の木曜日に会うことになった。場所は、西日暮里の倉臼の隠れ家。手料理をもっていくので、そこで食べましょうと千春が提案したのだ。

倉臼は千春の体を求めている。だから、断るはずはなかった。会うのはこれが最後。千春は決着をつけるつもりだった。長々と引き延ばしていたら、こっちの心がもたない。復讐を遂げれば、頭から倉臼を追い払えると思った。通販で小道具を仕入れ、復讐の準備を進めた。

当日、もちろん千春は料理など作りはしない。スーパーで買った総菜をタッパーに詰めただけ。今日で最後なのだから、ばれてもかまわない。むしろ気づいてほしいと思った。

出迎えた倉臼は、少し硬くなっていた。千春はそれを見て、笑みを浮かべた。ちょっとからかうような笑み。主導権を握らなければと思っていた。またフェミニンなワンピースを着てきた。靴もヒールの高いものを選んだ。千春は聖母と女王様の折衷を狙った。

倉臼はうまいうまいと食が進んだ。久しぶりに手料理というものを食べたと喜んでいる。ワインはほどほどに飲む程度だが、酔いが回ったようによく話した。

先日の後悔にまつわる話はしない。仕事について熱く語った。将来の夢も明かした。倉臼はいつかホテルを経営したいのだそうだ。こぢんまりとした隠れ家のようなホテルを一から作り上げるのが夢だと、照れたように言った。千春は偉そうに大きく頷いた。すると倉臼は、褒められた子供のように嬉しそうな顔をした。

倉臼は千春の過去について訊いてきた。先日、アパレルに勤めていることなど、適当なプロフィールは話していた。千春は以前にキャバクラでバイトをしていたことがあると教えた。倉臼はだから話を聞くのがうまいのかと納得していた。

「あと、ＳＭクラブで女王様のバイトをしていたこともあるんです」千春は嘘をついた。

倉臼は目を丸くして、驚いた。

「別にそういう趣味があるわけじゃないですよ。バイト代がよかったし、風俗ですけど体を触られることがないので、いいかなと思って。触ってきたら、鞭で叩いてやりますから」

倉臼は笑った。

会社の経営者など、割と地位の高い顧客が多いクラブだったと説明した。ストレスを抱えているひとも多く、終わったあとのリラックスした表情をみると意外にやりがいを感じる仕事だった、と適当なことを言った。倉臼はまた笑ったが、疲れたような笑顔だった。

好きな仕事とはいえ、経営者の重責を担っているのだから、疲れているだろうし、ストレスも溜まっているだろう。その上、夫婦生活がうまくいっていないとなれば尚更だ。先日この部屋にきたとき、最後に倉臼が語ったのはそんな話だった。夫婦仲を壊し、過去を後悔するようになった理由。それが千春を激怒させた。

　倉臼夫妻は結婚以来四年間ずっと子供を切望してきたが、授かることはなかった。昨年、検査をしたところ、倉臼が無精子症であることが判明した。手術で精子を採取し体外受精を試みても、うまくいかなかった。望みは薄いが、まだ諦めたわけではない。その諦めの悪さが夫婦の関係をぎくしゃくさせたようだ。倉臼は週の半分は家に帰らず、ここに寝泊まりしている。自分がいけないのだと倉臼は言った。きっとばちが当たったのだと。過去の悪い行いにより子供の作れない体になったのではないかと、半ば本気で信じているようだった。

　ふざけるな、種なし野郎と思った。子供ができないくらいでめそめそするなと、怒りが燃え上がった。こっちは竿がないばかりか、自らの意思で玉も取り、種もない。子供など端《はな》からできないが、そんなことで悩んだことなどない。そんな次元ではないのだ。

　過去の行いのせいでそんな体になったのではないかと考えているのもむかつく。ではペニスを失った千春も、何か過去の行いが悪かったとでもいうのだろうか。そんなわけはない、お前のせいではないかと千春は憎しみで心が冷え冷えとした。

　一生懸命後悔すれば、事態が好転すると思っている節がある。思い切り悩めば、救われると思っているのではないか。弱さを見せて、女の歓心を買おうとするおまけまでついた。

「私ばっかり飲んでる」千春はそう言って、空いた倉臼のグラスにワインを注いだ。

倉臼は千春が買ってきた総菜をたいらげた。仕事の話も尽きたのか、会話が途切れがちだった。目が少ししょぼしょぼしてきている。

千春は「コーヒーの淹れ方を教えてください」と頼んだ。

ふたりでキッチンに立ち、コーヒーを淹れた。ケトルをゆっくり回しながら、均等にお湯を注ぐのがこつだそうだ。肩が触れるくらいまで千春が近づくと、倉臼の動きはいくらかぎこちなくなった。

それまで床に座って飲み食いしていたが、コーヒーはソファーにふたり並んで飲んだ。小ぶりなカリモクのソファーだから、どうしても接近してしまう。肩が触れ、不自然な体勢で離れてみたり、またくっついてみたり、倉臼は落ち着かなかった。コーヒーについてのどうでもいい会話が途切れたとき、最高に空気が怪しくなった。それに堪えきれなかったのだろう、倉臼の手が、膝に置いた千春の手に重ねられた。

顔を向けると目が合った。重ねられた手に力がこもる。

「いけません。奥さんに悪いです」千春は手を引っ込めて言った。

まさかそんなドラマのせりふみたいなことを言う日がくるとは思わなかった。爆発しそうな笑いを、千春は必死に封じ込めた。倉臼を睨んでやる。

「すまない」倉臼は手を宙に浮かせた。

「謝らないでください。奥さんに悪いと思っただけです。私はうれしいです」

倉臼は開いた口から、はっと息を呑み込んだ。宙に浮かせた手を恐る恐る伸ばしてきた。

千春の腕を摑み、引き寄せた。千春は倉臼の胸に顔を埋める。すぐに胸に手を当て離れた。

「やっぱり、だめ。倉臼さん、いまそんなことをしたら、奥さんとほんとにだめになってしまいますよ。そんな覚悟はあるのですか」

倉臼は目を見開き、溜息をついた。顔をうつむけ、自分の膝に手を置く。

「俺は結婚をするとき、かみさんを幸せにしようと本気で思っていた。あれから五年しかたっていないのに、いまはどうしたらいいのかわからないんだ」

また泣き言だ。それで赦されると思っているのか。倉臼はうつむいたまま何か呟く。

「倉臼さん、しっかりと体を休めていますか」

「ここのところ、ボイラーのオープンで忙しくて、ほとんど休みなんてなかった。だけど、大丈夫だ。そんなのは慣れているんだ」

「ベッドにいきましょう。少し休んだほうがいいです」千春は立ち上がり、さあ、と言った。

立ち上がった倉臼は、歩きだした。言われるがままで、何も考えていない様子だった。

寝室にいき、パイプベッドに倉臼を寝かせた。

「待って。帰るのか」

千春が部屋をでようとしたら、倉臼が呼び止めた。

「いえ、すぐ戻りますから」千春はそう言ってリビングダイニングにとって返す。バッグをもって、寝室に戻った。

ベッドの上の倉臼は目をつむっていた。千春はベッドの傍らにひざまずき、倉臼の額を優しくなでた。倉臼は目を開けた。

「かわいそう。色々と溜まっているんですよね」

「俺がかわいそうだって？　かわいそう」千春はただただみっともないだけだ」

「そんなことない。かわいそう」千春は指先で額をさすり、手で目を覆った。

倉臼が目を閉じたのを確認して、手を移動させる。倉臼の股間に手を置いた。

倉臼は体をびくっと震わせ、目を開いた。

「硬くなってる」

「しないんじゃなかったのか」倉臼は強ばったような笑みを浮かべて言った。

「このまま帰れません。倉臼さんがかわいそうです。私が溜まったものを解放してあげます。リラックスして休んでほしいんです」

千春は円を描くように股間をさする。倉臼の手が千春のほうに伸びてきた。

「だめ、触らないで」

倉臼の手が慌てて引っ込んだ。

「私は、倉臼さんの夫婦関係を壊したくないんです。だから、私をそういう商売の女だといまは思ってください。これはただのプレイだと考えてください」千春はバッグをもって立ち上がる。「手足を伸ばしてください」と言ってバッグから手錠を取りだした。

「えっ」と倉臼は声を漏らした。「俺はそういう趣味はないんだが」

「大丈夫、ＳＭプレイをするつもりはないですから。これは心も体もすべてを解放させるための小道具です。私を信じてください。リラックスさせてあげます」

倉臼は頷くと、腕を上に伸ばした。

千春は倉臼の右手首に手錠をはめ、ベッドのパイプに通して左の手首にはめた。倉臼は視線をさまよわせ、千春に向けた。大丈夫、リラックスして、と倉臼の胸をさする。そして、バッグからもうひとつ手錠を取りだした。

なんでそんなものがバッグからぽろぽろでてくるの、と千春は自分で突っ込み、笑った。

倉臼はどう思っているのだろう。訊いてみたかった。

パイプの間に通して、左右の足首に手錠をはめた。「口でしてあげます」

倉臼がごくりと唾を飲み込んだ。

ジーンズのボタンを外し、ジッパーを下ろす。ボクサーパンツの上から手を当てた。哀しいばかが、これでもかと硬く反り返っていた。パンツをずらすと、弾けるように顔をだした。

ちょっと待っててと言って、千春はバッグからクレンジングシートを取りだし、口紅を拭う。そして、自分にためらう隙をあたえず、倉臼のペニスにしゃぶりついた。

手でしごき、頭を動かす。気の利いた女子高生ほどのテクニックももたない千春は、ただ、力とスピードで攻めた。それでも気持ちいいのか、倉臼は小さく声を漏らす。

「大きく息を吸って、リラックスして。まだいっちゃだめ」倉臼を口に含みながら言った。

「だめだ、いきそうだ。気持ちいいよ」

ほんとにばかだ。千春は手でひとこすりして、動きを止めた。

「そんなに気持ちいいの？　お前、ばかだろ」千春は立ち上がった。

倉臼の目が開いた。きょとんとした顔で千春を見上げた。するつもりはないと伝えたＳＭプレイが、始まったと思っているのかもしれない。

「まさか、あたしのフェラが気持ちいいだなんて驚きだ」

倉臼の表情がかわった。千春は声を低くし、地声で言ったのだ。

「だめだ、いきそうだ、だって。あんた、男にくわえられても、いけるじゃん。試してみれば、男同士も悪くないだろ」

「えっ」と言って、倉臼は首を突きだした。

「俺が誰だかわからないか」

　倉臼は開いた口を歪め、なんともいえない表情をしていた。目の前にいる者が誰だか、考えようともしていないだろう。ただ、男であることは、はっきりわかったようだ。

「ひどいな、顔を覚えてないのか。俺はあんたのことをはっきり覚えていたよ。忘れるわけがないよな。じぶんのちんこを切り落とした男の顔を」

　倉臼は目を見開いた。怯えた顔をした。千春は倉臼の股間に視線を向けた。急におりこうさんになった倉臼のペニスは、いくらか力を失ったようで、下腹部のほうに倒れかけている。それでもまだ大きい。

「逃がさない」千春はしゃがみ込むやいなや、ペニスを摑み、口でくわえた。

「やめろ！」倉臼は大声で叫び、暴れた。

　千春は片腕で倉臼の腰を抱え、押さえつけた。舌で亀頭を転がし、手でしごいた。

「ほんとにやめてくれ」

　硬さが戻ることはなさそうだが、完全に萎《しな》びてしまわなければなんとかなる。千春は手の動きを速めた。

「ごめんなさい。何度でも謝ります。なんでもします。だから、やめてくれ」

　ほとんど泣き声だった。千春の心は冷え冷えとしてきた。容赦はない。

「本当に悪いと思ってます。だけど、あれは加賀谷《かがや》がやれと言ったことなんだ。俺はただそれに従っただけで——。だからごめんなさい。赦して——」

見苦しいやつだ。あのとき、仲間に命令していたのは倉臼だ。そんなことを忘れるとでも思ったのだろうか。

「ああだめだ。やめないと、たいへんなことになる。ほんとにだめだ、ああ……」

さらにペニスは柔らかくなったが、絶対に逃がさない。ぎゅっと握りしめて、ペニスに集まった血を止めた。亀頭がぱんぱんに膨らんだ。千春は口でしごいた。

倉臼は叫び続けていた。断末魔の叫びともいえそうな声が、ひときわ大きく響いた。そのとき、生暖かいものが千春の口のなかにほとばしった。さすがに気持ち悪く思ったが、満足感のほうが強かった。千春は立ち上がった。

倉臼はベッドの上でぐったりした。口を半開きにし、目に涙を溜めている。千春は倉臼の顔に精液を吐きかけた。倉臼は口をきゅっと閉じ、顔の筋肉を引きつらせた。

「後悔したきゃ後悔すればいい。なんで男にしゃぶられるはめになったのか、しゃぶられてなんで射精を止めることができなかったのか、じっくりと後悔し続ければいいわ」

千春は女の声でそう言った。

キッチンで口をすすぎ、倉臼の部屋をあとにした。

酔いはほとんど感じなかった。足取りが重いか軽いかといったら、ちょっと重い。けれどそれはさすがに疲れただけで、気分は上々だった。

復讐を遂げて気分が晴れることはないと、誰か偉いひとだか、映画のなかの登場人物だかの言葉を聞いた覚えがある。そんなものかもしれないと千春も思っていたが、意外にも復讐を遂げてすっきりしていた。今日の自分の行動を振り返り、仄暗い満足感を湧き上がらせた。

もう明日から、倉臼に囚われることはないだろう。

路地から交通量の多い表通りにでてきたとき、千春はふいにおかしなことに気づいた。

千春が口でしているとき、倉臼は千春への暴行は命令されただけだと言った。あの状況から抜けだすために適当なことを言っているだけだと思い、深く考えることもなかった。しかし、あらためて考えるとおかしい。

加賀谷とはいったい誰だ。千春に暴行したとき、倉臼の他に三人いた。その名前も千春は覚えている。そのなかに加賀谷という名の男はいなかった。

どういうことだ。あのとき倉臼はパニックになっていたから、名前を間違えたのだろうか。しかし、倉臼はここ最近、過去の行いを後悔し、あのときのこともよく思いだしていたはずだ。パニックになっていたとはいえ、間違うものだろうか。

千春は踵《きびす》を返した。

加賀谷という人物は本当にいたのか。倉臼に何かを命じたのだろうか。しかし、それが自分への暴行にどう関わるのか見当もつかない。戻りたくはないが、いって訊いてみるしかない。復讐してすっきりしたはずなのに、もやもやしたものを残したくはなかった。

部屋の前までできた。インターホンを鳴らそうかと思ったが、千春がでてきたときのまま、鍵はかかっていなかった。ドアを大きく開き、黙ってなかに入った。

倉臼はまだ寝室のベッドの上だった。部屋をでる前に手首の手錠は外していた。鍵はベッドの下に置いておいたから、足首の手錠を外して自由に動き回ることもできるはずだった。

「なんで戻ってきた」倉臼はこちらに目も向けずに言った。

「加賀谷って、誰?」

千春は戸口に立って訊ねた。

「見事なもんだな。どう聞いても、女の声だ」自嘲するような笑みが口元に表れた。

「訓練を受けた。だけど、もともと声は高かった。——加賀谷って誰なの」

「後悔してるよ。警察にあのひとのことも話してしまえばよかったと。それで何かがかわっていたかもしれない」

よくはわからないが、それで子供ができる体になっていたとは思えない。

「加賀谷っていうのは、先輩だ。まあ、ろくでもないひとだ」

「そのひとが何をしろって？」

「きまってるだろ。お前を襲えと言われたんだ」

「嘘だ。あたしは加賀谷なんてひとは知らない。襲われる理由なんてない」

あの当時、不良グループとの関わりなどまるでなかった。誰だろうと、自分を襲う理由をもつ者などいるはずがない。

「俺もよくはわからないが、あのひとも誰かに頼まれたようだった」

やはり信じられない。わざわざひとに頼んでまで自分に危害を加えようとする者がいるなんて。それに、そもそも、倉臼たちとは荒川の土手で偶然でくわしたのだ。誰かに頼まれて襲ったというのでは辻褄が合わない。千春はそう言った。

倉臼は小ばかにしたような笑い声を上げた。「おめでたいね。俺たちと、あそこで偶然会ったとずっと信じていたのか。いいか、俺たちは、あそこに連れてこられたやつを痛めつけろと言われていたんだ。なかなかこなくて、あのときはいらいらしていた」

「連れてこられたって、じゃあ――」

あのとき、図書館の前で健太と会って、それから土手にいったのだ。土手にいって話をしようと言ったのは――、健太だ。

「尼崎が連れてくることになっていた。男だと聞いていたから、女の格好をしたあんたがそうだとは、最初、わからなかった」

そういうことだったのか。千春はすっかり理解した。あのとき倉臼はいきなり健太を蹴りつけた。それは、健太が女と一緒で、約束の男を連れてこなかったと勘違いしたからなのだ。

健太は倉臼たちと仲間だった。ずっと友達だと思っていたのに。その衝撃に心がぐらぐらと揺さぶられた。けれど、重要なところはそこではなかった。

いったい、誰がどんな理由で自分に危害を加えてほしいと思ったのだ。

第二章　ハロー、新世界

1

「加賀谷は刑務所に服役中らしい」

尼崎健太はアイスコーヒーに手を伸ばし、目を伏せた。

「健太君、ありがとね。さっそく調べてくれたんだ。刑務所にいるんじゃ、誰に頼まれたか、まだわかってないんだよね」

千春は体を低くし、健太の伏せた目に無理矢理視線を合わせた。

「ああ、わからなかった」

「もちろん、これで終わりじゃないよね。刑務所に面会にいったりするつもりなんでしょ」

「いや、そこまでは……。ちょっと遠いみたいだし」

「あっそう。じゃあ、どうすんの。あたしを襲うように言った人間をどうやって見つけるつもりか聞かせてちょうだいな。健太君、あたしのためならなんでもやってくれるんだよね」

千春の視線から逃れるように、健太は体を横に向けた。

「その、健太君と呼ぶのやめねえか。なんだか、ちょっと怖い」

「じゃあ、なんて呼べばいいんだ。このクズ野郎とか、友達面するんじゃねえよ三流ＤＪとか呼んでほしいのか、おい」

それほど大きな声ではなかったが、荒っぽい口調に周囲の視線が集まった。

今日、健太と会っているのは、いつものトランクホテルではなかった。はしたない言葉をぶちまける可能性があったから、渋谷駅に近い高架下にある騒がしいカフェで落ち合った。前回会ったときも同じで、そのときは、店から摘みだされかねないほどヒートアップした。

「そんな風に呼んでくれてかまわないぜ。俺みたいなクズ野郎は、ぶん殴って、叩きだしてやればいいんだ。二度と顔を見せるなと、蹴り飛ばせばいい。それが当たり前の感情だ」

「お前はほんとに、糞の卑怯者だな。そんなにあたしから離れたければ、自分の足でここをでていけばいいだろ」

健太は肩を落とし、首を振った。「そうか、お見通しか。ほんとにダセーな、俺」

「健太君、きみがあたしから離れると言うなら、別に止めはしませんよ」

しかしこちらから、どこかへ消えろと蹴り飛ばしてはやらない。

三日前、健太と会い、お前が倉臼たちの仲間だったことを倉臼から聞いたと告げた。健太は言い訳しなかった。頼まれて千春を土手に連れていったことを認め、ずっとお前を騙していた、俺は最低な人間だと、さっきみたいに自嘲の言葉を繰り返した。

もちろん、千春も罵倒した。その言葉を受けて、健太はこれでもかと萎んでいったが、どこかほっとしているようにも見えた。

実際、健太はほっとしていたのだろう。真実を知った千春に絶縁でもされれば、もう会わないですむ、後ろめたさから解放される、といった気持ちだったのではないか。

千春は健太を放す気はなかった。それは、自分への暴行に荷担し、その後ずっとそしらぬ顔で友達面してきた男に復讐心が芽生えたからではなかった。もちろん、健太の行為に対して怒りはあったし、当初は健太との関係はもう終わったような感覚でいた。ただ、健太が自分から離れたがっているとわかったとき――前から、うすうす気づいてはいたが――、千春は少年時代からの唯一の友達を手放したくないと思えた。昔とかわらぬ態度で振る舞える友達を、残しておきたかった。健太君と呼んで慇懃《いんぎん》に接するのは、嫌味でやっているわけではない。そうしなければ、それこそ嫌味な言葉ばかり並べて、友人関係が決定的に壊れてしまうと思ったからだ。千春を暴行するよう加賀谷に依頼した人間を突き止めろ、と健太に命じたが、そのために関係を維持したいわけではなかった。

千春を襲わせた者を見つけだして、復讐しようとは考えていなかった。復讐はすでに終わっている。千春のペニスを切り落としたのはあくまで倉臼の意思であって、加賀谷からそこまでやれとは言われていない。先日倉臼は、はっきりとそう認めた。だから、暴行を依頼した者に、そこまでの感情は湧かないのだ。ただ、自分の人生を大きくかえることになった事件の発端を知りたかった。誰がどんな理由で自分を襲わせたのか。

「健太君、健太君。あなたはあたしの頼みをきいてくれるんですか。どうなのよ」

「わかってるんだろ、俺がお前の頼みを断れないって。――なんとか探りだす」

健太の顔がいくらか引き締まった。

「刑務所までいくの」

「俺、加賀谷の妹を知ってんだ。……ちょっとつき合ってたことがある。そんな繋がりがあったから、加賀谷から誘われたんだ」

「へー、健太君、あのころもう童貞じゃなかったんだ」

「そんなこと、どうでもいいだろ。とにかく、連絡をとってみる。あのとき、最初に誘ってきたのは妹のほうだから、何か知っている可能性はある」

千春は頼んだよと言った。礼は言わないと決めていた。

健太はすぐに動いてくれた。翌日の夜には、暴行を依頼した者がわかったと連絡してきた。

「山本詩音《やまもとしおん》って覚えてるか」

覚えてるかと訊くくらいだから、自分と接点のある人物のはずだ。しかし、その名を聞いても記憶の扉はぴくりとも反応しなかった。

「そうか覚えてないか。実は俺もまったく覚えてなかった。俺たちが通っていた絵画教室で一緒だったらしい。学校は違ったみたいだけど、同じ学年の女だって」

そう聞いても思いだせなかった。千春が通っていたひまわり絵画教室は学年ごとに分かれていなかったので、同じ学年だからといって、必ずしも印象に残るものではなかった。

山本詩音は加賀谷の妹、姫那《ひな》と小学校の同級生だったそうだ。山本は、千春を痛めつけてほしいとまず姫那に頼んだ。姫那がそれを兄へ下請けにだしたようだ。山本から姫那へは二万円の報酬が約束された。千春は自分のペニスが二万円と引き替えに失われたような気がして、軽いショックを受けた。

「その山本詩音はなんであたしを痛めつけたいと思ったの」

「むかつくとか、そういうようなことだったと思うって、そのへんはちょっと記憶があやふやな感じだった。覚えてないってことは、すごい衝撃的な動機ではなかったんだろう」

衝撃的な動機などあるわけがない。あの教室で自分は絵を描いていただけだ。

そもそも、どんな動機があろうと不可解だった。山本詩音が中学の終わりまで絵画教室に通っていたなら、いくらなんでも千春は覚えていたはずだ。覚えていないということは、通っていたのは小学校までかもしれない。そして襲うように頼んだのは高校三年に上がる春休み。自分と山本の間に何かあったとして、そんな、何年もたって復讐しようと思うだろうか。

山本詩音に会わなければならない。千春は、どこにいけば山本に会えるか、姫那に調べてもらうよう健太に言った。報酬が必要なら五万円だすからと言い足した。健太はそんなにいらない、あいつには二万円もやれば充分だと言ったが、千春は五万だすと健太の提案を退けた。いまさらだが、自分のペニスの値段を吊り上げたかったのだ。

2

マンションの部屋の前に立ち、インターホンを押した。なかからの応答に、千春は名前を言った。やや時間をおいてロックを外す音が聞こえた。

千春がドアを開けたとき、雅樹《まさき》は廊下を戻り始めていた。「久しぶり」と声をかけたら、「なんできたの」とかったるそうに言った。ドアを開け、自分の部屋に入っていく。

靴を脱いだ千春は、廊下を進み、雅樹の部屋の前に立った。

「自分の家に帰ってきちゃ悪い？」

返答はなかった。思春期の少年をそれ以上刺激する気はなく、お母さんはどうしたかだけ訊いた。「買い物」と、どうにか聞こえた。

父親違いの弟は現在高校二年で、もう四年ほどまともに口をきいていない。女の形になったとき雅樹は小学生で、お兄ちゃんはけがをして、それを隠すために女になることになったと、懇々と説明した。最初困惑していたが、すぐに慣れ、それまでとかわらない態度で接してくれた。それが中学に入ったあたりから、急に態度がぎこちなくなった。二年生になると、ほとんど口を利かなくなった。綺麗なお兄ちゃんに嫌悪感を覚えるようになったのだろう。ある意味、男の子として順調に成長している証だとは思う。とっくに家をでていたからまあいいのだけれど、精神状態によっては無性に苛立つこともあった。

ダイニングでひとり待った。母は十分ほどして買い物から帰ってきた。

「ひっさしぶりじゃん。元気そうね。この間うちの店の子が、あんたのＤＪ、見たってよ」

母は被っていたパーカのフードを脱ぎ、髪に指を滑らせた。金髪のボブが似合っている。世間一般の五十代女性と比べれば、というだけだけれど。

「へー、どこでだろ」

母はとくに考える素振りも見せず、首を捻った。冷蔵庫に向かい、買ってきた食料をぞんざいに詰め込んでいく。

「夕飯、食べていくんでしょ。雅樹の誕生日、よく覚えてたわね。たいしたものないけど、少しだけ今日は豪華だから」

雅樹の誕生日などすっかり忘れていた。千春がみやげに買ってきたケーキの箱を冷蔵庫に見つけ、母はそんな風に勘違いしたのかもしれない。

誕生日に、気色の悪い兄と顔を合わせることになった雅樹に、千春は少しだけ同情した。

「近くに用事があったから寄っただけ。食事はまた今度――」

どうせ、買ってきた総菜が八割。また今度で、かまいはしないだろう。

冷たいお茶をもってきて、母は千春の向かいに座った。「はー、眼福、眼福」と千春の顔をじろじろと見た。「あんた、あたしより化粧うまくなったよね」と、褒めてるのかけなしているのかよくわからないことを言った。

母は娘ができて喜んでいる。本物のトランスジェンダーではないから、心情的な面で女として語り合えることはないが、外見的なことでは女同士の情報交換程度の話はできた。

もちろん、事件当時や性転換手術をする前など、親として悩んでいるようだったし、真剣に話し合ったりもした。しかし、千春の意思を尊重し、女の姿になることが決まってからは、あっけらかんとしたもので、女にかわっていく息子を日々目にしながら、その眼差しは明るく、のりは軽かった。化粧の仕方を嬉々として教え、似合う髪型を一緒になって考えた。ファッションについてもアドバイスしてきたが、それはよけいなお世話で、ちょっとヒッピーがかった何世代も前の美容師スタイルを貫く母から、吸収できるものはないと思っていた。

ともあれ、純粋な男であったころよりいまのほうが、表面上、母と円滑なコミュニケーションがとれている気がした。母はもともと、自分の人生を楽しむことを優先するひとだった。子供のことを考えていなかったわけではないだろうが、しょせん別個の人間、と突き放しているところがあった。子供にかかりきりでは人生を楽しめない。めげないひとで、二度の結婚に失敗しても、皺が目立つようになっても、恋することを諦めたりしなかった。

そんな親を見ていたからか、事件のあと、千春は死にたいと感じても死のうとは思わなかった。人生は悲劇ではないとどこかで信じていた。体の中心を失い、人生を楽しもうとまでは思えないが、それでも居心地のいい場所を求めるのは、母の影響である気がした。

同じ母親に育てられた雅樹はどうだ。不機嫌な顔をして、人生をどう捉えているのだろう。異常な兄の存在が、青年になりかけた少年の心にどれほど暗い影を落としているのか、多少なりとも気にはなった。千春は、やってきたときの雅樹の態度を母に伝えた。

「いつも、そんなもんよ。あたしとだって話なんてしやしないから」母は気楽な調子で言った。「でも大丈夫。あの子は普通の高校生。スマホでポルノハブとか見てるみたい。女子高生ものがお気に入りみたいだから、普通普通。不機嫌な顔してても、ちゃんと楽しんでる」

半分は冗談だろう。けれど、雅樹は心配ないと思っているのは本気のようだ。母親の言うことを信じよう。ただし、その言葉のデリカシーのなさに、苛《いら》っとはしたが。

ポルノサイトを見て普通と言うのは、母の下着を着て悦んでいた千春と比較しているようにもとれる。異常なあんたと比べれば普通だわ、と千春には聞こえた。他人の言葉より家族の言葉は、いやに心を波立たせる。それも実家に寄りつかない理由のひとつだ。

三十分ほど話をして、千春は腰を上げた。これから千春は山本詩音の家を訪ねる。

「千春、夏彦《なつひこ》おいちゃん、東京に戻ってきてるみたい。あんたに会いたがっていたから、電話してやって」

「へえー。東京のどこに暮らしてんの」

「どこだったかね。忘れた」

普通の姉弟でもそんなものか。

夏彦おいちゃんというのは母の弟だった。保育園のころは近所に住んでいたので、千春はよく遊んでもらった。大好きな叔父だった。小学校にあがったころ、急に叔父を見なくなった。誕生日も何も訪ねてくることはなく、次に会ったのは三、四年たったときだった。

のちに母から聞いて知ったが、叔父は昔からそういうひとだったそうだ。ふらっと旅にでてどこか知らない町で暮らし始めてしまう。それまで住んでいたアパートの退去など、母は何度もそのあとしまつをさせられたそうだ。いってみれば、我が家のフーテンの寅さんだった。

そんな調子で海外でも暮らしたことがあるらしい。千春が知る限り、ここしばらくは沖縄だか奄美大島で暮らしていたはずだ。最後に会ったのは、もう四、五年も前か。山本詩音との対決が無事終わったら、今晩にでも電話してみようと思った。

ダイニングをでて廊下を進む。雅樹の部屋のドアをノックした。誕生日おめでとうと兄らしい声で言った。

3

住宅街を二十分ほど歩き、最後はスマホの地図アプリを見ながら、辿り着いた。

花崗岩の塀に囲まれた古い家は、築六十年とか七十年とか、歴史的建造物のレベルだった。すごいのは、隣が、建築雑誌にでも載りそうな鉄骨造りの未来的な家であることだ。外壁などはほとんどガラス張りだ。対照的な二軒が並んだ風景はシュールにも見えた。

門に山本の表札があり、その下の郵便受けのスリット横に、「広告入れたら警察呼ぶ、罰金百万。隠し監視カメラ作動中」と、殴り書きされた紙が貼りつけられていた。監視カメラより何よりも、住んでいるひとのやばさが伝わり、充分効果があるだろう。

この家に暮らしているのは、山本詩音ひとり。元々祖母が住んでいた家だそうだ。山本は定職についていないというから、引きこもりのような生活をしているのではないだろうか。五万円の効果か、加賀谷姫那は山本の親から色々と聞きだした。小学校の卒業アルバムのコピーも健太経由でもらった。眼鏡をかけた真面目そうな女の子。何も記憶は甦ってこなかった。姫那によれば、中学からは中高一貫の進学校に進んだそうだ。

千春はインターホンのボタンを押した。二度鳴らしても応答はなかった。郵便受けの張り紙を見たときから、居留守を使うタイプだと覚悟はしていた。

時刻は四時半。まだ部屋の明かりをつける時間ではない。千春は、比較的新しい鉄の門を開き、敷地に入った。踏み石の上を歩き、玄関に進む。手入れのされていない庭は木の枝が伸び放題で暗かった。こんなところに住んでいたら、心まで暗くなりそうだった。

玄関の前に立ち、古い木製のドアをノックした。

「山本さん、こんにちは」女の声で叫んだ。「昔、ひまわり絵画教室で一緒だった尼崎という者です。覚えてますか。山本さんにどうしても会いたくなって突然おしかけてしまいました。ちょっとだけでもいいので、顔を見せてもらえませんか」

ノックを続けた。「ひまわり絵画教室で一緒だった尼崎です」と繰り返す。

強く叩いたら外れてしまいそうなドアに耳をつけてみた。きしみひとつ聞こえず、ひとの気配は感じられない。本当にいないのかもしれない。

千春はドアを離れた。踏み石を進み、門のところまできたとき、背後でもの音が聞こえた。振り返って見るとドアが少し開いていた。隙間からひとの姿が覗いている。

「詩音ちゃん！」千春は甲高い声で言った。

「誰？　尼崎君じゃないでしょ」女にしては低めの声だった。

「私よ、誰だかわかる」千春は玄関のほうへゆっくりと足を運んだ。とんぼ捕りと一緒だ。逃げられないよう、慎重に、気配を消して——。

細くなった隙間から、目がひとつ覗いていた。小さな目は猜疑《さいぎ》心で黒光りして見えた。

千春はドアの手前で足を止めた。「私は鞠家よ。覚えてる？」

覚えているはずだ。しかし、反応はない。千春はそーっと右足を前にだす。

「僕だよ、鞠家千春だよ」

千春は男の声で言いながら、体を前に傾け、腕を伸ばす。ノブを摑んで思い切り手前に引いた。がつんと手に衝撃を感じたが、ドアは大きく開いた。ドアチェーンが壊れたようだ。

山本詩音の姿が露わになった。口をぽかんと開け、目を瞬いた。

写真で見た小学生のころより、ずいぶんと太っていた。かけている眼鏡は赤いフレームで、写真のまま。くすんだグレーのスウェット上下は、何日も着続けているように見えた。

「よかった、会えて。十二年前のことで、話をしなければならないから」

「なんの話?」

詩音はようやく口を開いた。ふてぶてしい表情をしていた。

「もちろん、わかってるよね。加賀谷姫那に、僕を襲うように頼んだだろ」

「あなたは、男?」

「鞠家千春だよ。顔はかわっていない。よく見て」

詩音はかえって目をそらした。確かめる必要もないのかもしれない。

「あたしは、あなたを責めようと思っているわけじゃないの。いったい自分に何が起きたか知りたいだけ。だから、本当のことを話して。じゃなければ、ここを動きませんから」

千春は女の声に戻して言った。

何を言っても、詩音の反応は薄かった。小さな目は怯えるでもなく、驚くでもなく、たえず視線を動かしていた。あちらこちらに飛ぶが、必ず千春に戻ってくる。

「立ち話もなんだわね。なかに入るよ」千春は足を前に踏みだした。

三和土《たたき》に裸足《はだし》で立つ詩音は、とくに抵抗しなかった。千春が肩を押すと、威嚇的に首を突きだしはした。千春が横をすり抜けるとき、くんくんと匂いを嗅ぐような素振りを見せた。

「詩音ちゃんって、いま何してるの」廊下にどっかり腰を下ろして言った。

「鞠家君は、詩音ちゃんなんて呼び方をしなかった」

「――だよね。なんて呼んでたの。覚えてないわ」

詩音は口を歪めた。なんだか悔しそうな表情だった。

「私、いまイラストレーターをやってる」

「わー、すごいね。ひまわり絵画教室が役に立ったんだ」

「私には才能があった。誰にも負けない才能があるっていうのは強いね。こつこつ勉強して東大に入ったけど、そんなのあまり意味なかった。私を輝かせているのは絵の才能のほう」

「えっ、大学、東大だったの」

「まあ、いちおう、卒業しました」詩音はついっと顎を上げた。

どこまで本当かわからない。たぶん、イラストレーターをやっているというのは嘘だろう。

「すごいね。まるで別世界のひとだ。それがなんでそれがなんであたしなんかを襲おうと考えたの？」

千春は声を荒らげ問い詰めるつもりでここへきた。そんな自分の姿を漠然と想像していたが、詩音を目の前にしたらそんな気は失せた。頭のなかに妖精でも飼っていそうなこの女には、なだめすかすほうが効果があるように思われた。

「あなたが言ってること、全然わからない。私が、なんで襲わなければならないの」

とぼけるな。正直、この手の表情のないふてぶてしい顔は、見ているだけで苛々する。

「だから、あたしも知りたいの。あなたみたいに才能のあるひとが、ただのガキだったあたしにどういう感情をもったのか。本当にそれだけ。教えてくれたら助かります」

詩音が表情をかえた。どういう心情を表すのか、顔の筋肉をむにゅむにゅと動かしていた。

千春は背後を振り返り、廊下の先に目を向けた。「誰かいるの」

床が軋むような音が聞こえたのだ。

「誰もいない。ここは私がひとりで住んでいるんだから」詩音はいくらか声を高くした。

「そう、ここがアトリエってわけね。見てみたいわ。どんな作品がここで生まれるのか」

「だめよ、ひどく散らかってるから」

汗臭さから散らかっている様子が想像できた。

「でも、ちょっと上がってく？　昔の話を少ししてみたい気もしてきた」

「もちろんよ。あたしも最初からそう言っているの。昔の話をしましょうよ」

詩音に二階に案内された。外から見たとき、平屋に見えたから、階段があるのを不思議に思っていたが、屋根裏部屋みたいな簡素な部屋が一間あった。窓がひとつあり、隣の未来的な家が見えていた。窓に近寄ると、三階にいる小さな子供が手を振った。

「詩音ちゃんって、いつまで教室に通ってたんだっけ。小学校を卒業してやめたんだっけ」

畳に腰を下ろして訊ねると、詩音は「えっ」と声を発し、驚いたような表情を見せた。

「覚えてないの？　私、中一の途中まで通ってた」

「あたし、詩音ちゃんみたいに頭よくないから、全然、覚えてないんだよね」

「じゃあ、私がなんでやめたか覚えてないってこと？」詩音は強ばった表情をしていた。

「とくに仲がよかったわけでもない子のやめた理由など、知るわけがない。

「どうしてやめたの？」千春は訊ねてみた。しかし詩音からの返答はなかった。そのかわりに千春を見つめて「綺麗」と言った。

「写真撮りたい。カメラ取ってくるから、待ってて」急にそんなことを言って立ち上がる。

「じゃあ、あたしは、おトイレに――」

「トイレはだめ。汚いから。綺麗なときに言ってくれる」

いまいきたいんですけど、と思うが、ひとまず我慢はできる。千春は頷いた。

詩音は階段を下りていった。

階下でひとが動く音が聞こえていた。千春は腹ばいになり、畳に耳を押し当てた。

下からひとの声が聞こえた気がしたのだが、やはり聞こえた。しかし不明瞭なその声は、誰かと会話しているのか、独り言を言っているだけなのか、判別できなかった。

声が消え、足音が聞こえた。階段を上ってくる音。千春は畳の上に座り直した。すぐに詩音が姿を見せた。コンパクトなデジカメを手にもっている。

「ちょっと立って」

「えっ、本格的に撮る気。ちらっと横顔くらいならいいけど、全身はだめ」

千春は女の姿になってから、仕事でもなければ写真に収まることはなかった。自分はしょせん偽物。写真に残して見るようなものではないし、偽物であることが写真ではっきりわかるような気がしていやだった。

「どうして。ちょっと立って、カメラを睨むような感じの表情をしてほしいんだけど」

なんでそんな表情の指定までするのか謎だった。

「写真が嫌いなの」そう言っている間に、詩音はカメラをかまえ、シャッターを切った。

「ちょっと——」千春は素早く手を伸ばし、カメラを取り上げた。

「何すんの、返して」

千春は体を捻り、伸ばしてくる詩音の手をかわすと、立ち上がった。

「わかったわかった、返します。写真も撮らせてあげる。だけどその前に、昔話をしよう。なんであたしを襲うように頼んだの。理由を教えてくれたら、写真を撮らせてあげる」

詩音はそっぽを向き、遠くに視線をやった。

「さっきも言ったけど、僕はきみを責めたいわけじゃない。ただ、知りたいんだ」

男の声で言うと、詩音が勢いよく顔を向けた。

「なんで知りたいなんて言うの。なんで、あんたが覚えてないのよ」詩音は畳に座り込んだ。

「ひどいやつだね、鞠家君は。だから、懲らしめてやろうと思ったんでしょ」しゃがんだ千春は女の声で言った。「詩音ちゃんは悪くない。だから言ってやろう、鞠家君の悪いとこ」

千春は詩音の肩に手を置いた。半分口を開き、のぼせたような顔をした詩音は、「鞠家」と声を漏らす。口を閉じると、唾を飲み込むように喉が動いた。

「ディズニーランドにいきたかっただけ。受験の間、いろんなことを我慢してたから、神様がそのくらいのご褒美をくれるもんだと思うわよ。御三家のひとつに入れたから、無敵感いっぱいで、たいていのことは叶うと信じてた」

詩音は口元に笑みを浮かべた。千春は理解を示すように、二回、三回と頷いた。

「それで、ディズニーランドにいきたかった詩音ちゃんはどうしたの」

「どうしたもこうしたもないでしょ。鞠家君を誘いました。中学生になって割とすぐ、私とディズニーランドにいってくださいって。そうしたら、なんで俺がいかなきゃなんないのって。ブスとディズニーランドにいくわけないって思いっきり断られた」

詩音は掠れたような笑い声を立てた。

「嘘だ。あたしが言うはずない」自分はそんなことを言うタイプの少年ではなかった。名前も覚えていないような親しくもない女の子に、ブスとはっきり言える子ではなかったはずだ。

「言いました。いまでもその声を思いだせる。無敵感が砕け散ったときの、底が抜けたように落ちていく感じも。――はいはい、ブスです。でも、頑張っていい学校に入ったから、そんなの乗り越えられると思ったのに、どうにもなんないんだって、半分人生を諦めたね」

どうやら自分は傷つけるようなことを言ったらしい。あのころ、弟が生まれ、母親は再婚相手と早くも関係が悪くなり、家庭内は騒がしかった。不良に囲まれた中学校生活にも慣れず、気持ちが荒《すさ》んでいたのは確かだ。そんなことを口にする可能性はあったかもしれない。

「それで、あたしを襲わせようと考えたの？　五年もずっと恨みをもち続けたわけ？」

言われた本人が傷ついたというのだから、申し訳ないとは思う。しかし、それが襲わせた理由だと言われたら、そんなことで、と思ってしまう。

「私が何かしたって証拠はあるの」

「そういうの、やめよう。加賀谷姫那があなたから頼まれたとはっきり言っている。別に、警察にいこうとは思っていないんだから、素直に話してよ」

詩音は立ち上がった。喉が渇いたと言って一階に下りていった。

ペットボトルをもって、すぐに戻ってきた。キャップを開け、ボトルに口をつける。透明な炭酸飲料だ。ひとしきり飲むと千春にボトルを差しだした。千春は首を横に振った。

「高二の終わりに、鞠家君を見かけた」畳に腰を下ろして詩音は言った。「西新井の駅前で女の子と話をしていた。すごく楽しそうだった」

「それが気に入らなかったの？」

詩音は首を横に振った。「その子、すっごいブスだった。ええっ、て驚いた。ブスだからって、あたしの誘いを断ったのに、こんなブスと楽しそうに話してるんだから。あなたはこの女よりブスですと宣告されたようで、気が狂いそうになった」

「そんなことでか」

詩音はそっぽを向いた。「最初、その子に何かしてやりたいと思ったけど、名前も知らないし、女の子はかわいそうかと考え直して、鞠家君に的を絞った」

一緒にいた子は高校の同級生だろうか。やはり記憶になかったけれど、彼女に矛先が向かわなくてよかったと、今更ながら思えた。

「襲われたあたしがどうなったか、もちろん知ってるよね。加賀谷から聞いてるでしょ」

事件後、千春の襲撃について誰にも話すなと、加賀谷か姫那から釘を刺されたはずだ。

「あたしに起こったことを聞いて、詩音ちゃんはどう思った。正直に言ってみて」

口を開かない詩音に「怒んないからさ」と耳元で囁き、優しく肩に手をのせた。

それでも詩音は口を開かなかった。いやに深刻な顔をし、視線をいったりきたりさせて三度目に千春を見たとき、口元に笑みが浮かんだ。

「正直、いい気味だと思った」

千春は詩音の肩を突き飛ばした。詩音はごろんと床に転がった。

「何すんの。怒らないいって言ったじゃない」

「怒ってないよ、このブスが」千春は立ち上がって言った。

実際、ほとんど怒りはない。正直な感想を言ってもらって感謝している。その言葉で、詩音の心を傷つけたことが帳消しになった気がした。ブスと言ったことを謝る必要はないし、自分はこれまでどおり、完全なる被害者でいられる。

「ありがとう」過去にけりがついた。気持ちが晴れやかになるわけではないが、これで前に進むことができるとほっとする。千春は階段に向かおうと足を踏みだした。

「あっ、写真」起き上がった詩音が抑揚のない声で言った。

千春は自分がもっているものに気がついた。デジタルカメラを詩音に返した。

「ちょっと待って。写真、まだ撮ってない」

「写真なんてまだ撮りたいわけ」

突き飛ばし、ブス呼ばわりした女の姿を、なんで写真に残したいのかさっぱりわからない。

「撮りたいの」

むすっとした顔の詩音はカメラをかまえる。千春は背を向けて対抗した。

「撮らせてくれるって言ったでしょ。嘘ついたの」

「嘘ぐらいで、そんな驚いた顔しないでくれる。あたしはあんたのせいで大事なものをなくしたんだから」

「おじいちゃんが死んだ」

千春はまた踏みだした足を止めた。詩音の話が突然飛んだ。

いったいそれがどうしたと訊ねたら、詩音は首を横に振った。苛立たせる顔にかわりはないが、悲しそうではあった。再度、どうしたのか訊ねようとしたが、カメラをかまえたので千春は階段をおりていった。

トイレを借りようと、一階の廊下を玄関とは反対方向に進んだ。

戸が三つあった。突き当たりの大きな引き戸は、居間などに続いているのだろう。廊下の両側にそれよりも簡素な板戸があった。階段下に位置するほうがトイレだろうとあたりをつけ、戸を開いた。千春の背中に寒気が走った。

白い布の森。部屋いっぱいに白い布がかかっていた。ひらひらと風に揺れている。それだけのことだが、見た瞬間、不気味に感じた。

十枚ほどかかった白い布はすべて同じもの。袖のない簡素なワンピースだった。舞台の衣装みたいだと思った。あるいは、検診のときに着る服にも似ている。ああ、と千春は理解した。不気味に感じたのは、病院を思いだしたからか。いずれにしても、これだけの量があるのだから、個人で使用するものとは思えなかった。

洗濯物を部屋干ししているここは、洗面所だろう。トイレもあるのかと、なかに足を踏み入れた。すると、折り重なった布の向こうで、ひとが動く気配がした。はっきり見えたのは一瞬だった。また寒気が走り、体を凍りつかせた。

子供の後ろ姿が見えた。たぶん少年だ。もうひとつ戸があり、小さな後ろ姿がそこに吸い込まれた。千春は足を進め、戸口に立って隣室を覗いた。そこは台所だった。少年は細い腕や足をばたつかせ、さらにその奥へと消えていく。

「何やってんのよ!」

大きな声に驚き、千春は振り返った。詩音が目を吊り上げ、向かってきた。

「勝手にうろつかないでよ」

詩音にがっしりと腕を摑まれた。

「子供がいた」

「はあ、いるわけないでしょ」

詩音の呆れたような表情は演技にも見えなかった。千春はまたもや背中に寒気を走らせた。

「帰ってよ」詩音が腕を引っぱった。

「トイレを貸してもらおうと思ったんだけど」

「あんたが漏らそうと知ったことじゃない」

体重をかけて引っぱられたら、ひとたまりもない。千春は廊下に引きずりだされた。

「ねえ、あそこにかかっていた洗濯物は何？　何かの衣装？」

「あんたには関係ない」詩音はいっそう声を張り上げた。

確かに関係ない。この女もこの家も、自分にはもう関係がなかった。

「お邪魔しました。またきていい？」千春は靴を履きながら訊ねた。

もちろんそんな気はない。嫌がらせのつもりで言ったのだが、詩音は眉をひそめ、なんと答えようか迷っている様子だった。どうして迷う余地などあるのだろう。へんな女だった。

門をでて、西新井駅のほうに向かった。日が沈み、街路は青く染まっていた。とくに意識をしていたわけではないが、道の向こうから男が歩いてきているのに気づいていた。千春と同じ側の道端を進んできた男は、ずいぶん手前から道の真ん中にでて、千春に道を譲る。

十メートルほど進んで男とすれ違う。ふと男のほうに目をやると、男もこちらを見ていた。男の顔を視野に収めて驚いた。男は目を丸くし、口を半開きにし、まさに驚きの表情で千春を見ていたのだ。千春は眉をひそめて睨みつける。男は顔をそむけ、通り過ぎていった。

なんなんだいったい。スーツ姿の、地味な感じの三十代。パーティーで千春のＤＪを見たことがあるとも思えなかった。それでも、男の表情から自分を知っていることが窺えた。

千春は足を止めて振り返った。男は道の端に寄り、進んでいく。二十メートルほど離れて、男の影が止まった。家のほうに体を向け、門を開けているようだが、暗くてよくわからない。

千春は男のほうに向かった。すぐに男の影が見えなくなる。その位置を記憶に留め、進んでいく。詩音の家のすぐ近くまできたとき、男が入っていったのはここだと確信がもてた。

詩音の家を訪ねた男が、自分のことを知っていた。いったいどういうことだ。

あの表情は、知っていることを表していたわけではないのかもしれない。顔に何かついていて、ただ驚いただけ。千春は掌で頬をこすった。

また駅に向かって歩きだした。しばらく進むと女とすれ違った。まさかと思って女の顔を窺うと、女はこちらを見つめていた。千春より年がいっていそうな小太りのＯＬ風は、目が合うと慌てて顔を背け、通り過ぎていった。

千春は足を止めた。振り返って見ると、女も首を巡らし、こちらを見ていた。すぐに顔を正面に戻し、歩調を速めて薄闇の街路を進んでいく。

千春は遠ざかる女の背中を目で追った。予期していたとおり、女はしばらく進むと足を止めた。はっきりとわかるはずもなかったが、千春は確信していた。あの女が入っていくのも詩音の家。――あたしのことを知っていたのだ。

千春は駅までいかず、近くのショッピングモールにあるスタバに入った。三十分ほどそこで時間を潰し、日がとっぷり暮れてから、詩音の家に戻った。

音を立てないように気をつけて門を開けた。玄関へは向かわず、草木が茂る庭のほうに回った。掃き出しの窓に明かりが見えた。家のなかで音楽が流れているようで、ベース音が響いていた。引かれたカーテンは薄く、なかで動く人影をぼんやりと映す。それだけでは、誰が何をしているのか推し量ることはできない。千春は腰を屈め、窓に近づいていった。

窓にぴったりと張りつく。カーテンが合わさる中央部分が床近くで乱れ、隙間ができていた。地面に膝をつき、白っぽい光が漏れる隙間に、千春は目の高さを合わせる。流れる曲が、山下達郎の『ライドオン・タイム』だとわかった。

部屋のなかに視線を注ぎ、寒気が走った。あの白い洗濯物を見たときと同じ不気味さを感じたのだけれど、それよりも数倍強烈だった。

見える範囲に、三人の男女が立っていた。みな、洗面所に干してあったあの白い衣装を身につけ、体操のような動きをしている。腕をゆっくり上にあげていき、頭の上でしばらく手を合わせ、今度はゆっくりと下げる。ヤマタツの名曲の無駄遣い、曲のリズムをまったく無視している。逆にいえば、すごい集中力だった。ゆっくりとした動きを繰り返す。

服の下には何も身につけていないようだ。女の乳首の形がくっきりと浮かび上がっていた。男は勃起しているのか、股間の布地が突っ張って見える。

千春は位置をずらし、見えていなかった右手のほうを窺った。そこに四人の男女がいた。やはり白い衣装をまとい、同じように腕をゆっくりと動かす。しかし、ひとりだけ座り込んでいる者がいる。詩音が畳の上に胡座をかいていた。

偉そうにひとり座り込んでいるのだから、詩音はこの集まりのリーダー的存在なのかもしれない。いったいどういう集まりなのだろう。宗教的な怪しさがあるが、山下達郎の曲に合わせて体を動かすのは、どんな宗教にも当てはまりそうにない。自己啓発セミナーみたいなものだろうか。あれは、案外ばかみたいなことをやらされると聞いたことがある。それが正解かどうかわからないが、男女の動きがさらにおかしなものにかわった。

詩音を除くと、男女は三人ずつ。みな、三十代くらいで、一見、普通にお勤めしている真面目そうなひとたちだ。男と女は二手にわかれ、男が腰を屈めて、まるで襲いかかろうとするようにゆっくりと近づく。女は腕を組んだり、笑みを浮かべたりしながら、それを余裕で眺めている。なんだか芝居がかっていて、見ているこちらが気恥ずかしくなる。

すぐ近くまできた男たちを、女たちが蹴り飛ばした。かなりガチめな蹴りで、痛そうだ。男たちは畳の上に倒れ込んだが、それは大袈裟で、芝居がかって見えた。

あとはもう、無茶苦茶な展開だった。女たちは倒れた男の股間を踏みつける。踏むほうも踏まれるほうもどこか楽しげだ。ひとしきり男をいじめ倒すと、女は男の傍らにしゃがみ込み、男の衣装の裾をまくった。何も身につけていない男の下半身が露わになる。すでに男たちのものは硬く反り返っていた。女たちはそれを咎めるように手ではたく。いったい、この茶番劇はなんなんだ。

女たちが男のものをくわえた。やらしさはあまり感じないが、手と口を使って、しっかりと刺激を与えていた。これは新手の風俗なのだろうか。東大出身の頭のよい詩音が考えた、凡人には理解できない特殊なプレイだったりするのかもしれない。

どっかと座り込み、無表情で眺めていた詩音が動いた。腰を上げ、のそのそと歩いて男たちの頭の側に立った。ラスボス登場的な貫禄が、開いた足に見えた。

詩音は男に尻を向けた。白い衣装の裾を摘むと、いきなり男の顔の上にしゃがみ込んだ。

——違う、絶対違う。これが風俗のわけがない。詩音は次々に男の顔を尻で押し潰していく。三人にやり終えると壁際までさがり、立ったまま男女の絡みを眺めた。

千春は詩音を見ていた。この男女の行為の意味を考えていた。だから、詩音のすぐ後ろにあるものがなんであるのか、すぐには気づけなかった。

詩音のすぐ後ろ、先ほどまで詩音が胡座をかいていたあたりの壁に、額装された写真が立てかけられていた。一メートル四方くらいの額に入った大きな写真は、女性のヌードだった。とくに興味はひかれなかった。女の顔が自分に似ていると見た瞬間思っても、まさかそんなと慌てもしなかった。しかし、全裸の体を見た。横たわるベッドのシーツが目に入る。それらが見慣れたものだとわかって、千春は目を剝いた。

——あれはあたしだ。

なんであんなものがここに。いや、どこにだろうと、あんな写真が存在することが信じがたい。千春はもっとよく見ようと窓に近づき、頭をぶつけた。がつっと大きな音を立てた。

詩音がこちらに顔を向けるのがわかった。足を踏みだすのを見て、千春は立ち上がった。灌木《かんぼく》をかき分け、表に向かう。逃げる必要があるのかどうかもわからなかったが、とにかくここを離れ、落ち着いて考えたかった。

自分はいったい何者なのだ。

4

「赤坂《あかさか》君、考えてはいけないよ。俺の言葉を感じるんだ。感じたまま、行動に表せばいい」

冬治《とうじ》がそう言うと、赤坂は顔を上げた。問いかけるような目を向けただけで、まだ口を開かない。回転椅子に腰かける赤坂と目の高さを合わせようと、冬治はベッドに腰を下ろす。ちくっと刺すような痛みが走り、腰を浮かした。腰を下ろしたところに目を凝らしたが何も見えない。尻に手を当てると、また痛みが——。指で探るとハーフパンツの生地に何か刺さっていた。それを摘んで目の前にもってくる。ポテトチップの小さな欠片《かけら》だとわかった。恐ろしい、と冬治は思った。一見、なんの害も及ぼしそうもない小さなものこそ、警戒するべきなのだろう。パリパリと砕けるポテチと侮ってはいけない。親指と人差し指ですり潰そうと力を込めても、堅固な欠片はびくともしない。指の腹に尖った断片が刺さり、顔が歪むほどの痛みが走った。

自分たちもこうあるべきだろう。核となるのは少数精鋭で、強固な結びつきをもつ小さな集団であるべきだ。権力からの弾圧を受けてもけっしてばらばらにはならない。かえって相手に痛みをもたらす。そんな組織でありたいと思う。

中心となるメンバーのリクルートは、この赤坂でひとまず打ち止めにしよう。手足となって動く兵隊は何人いてもいいが——実際、志願者は続々と増えているが、自分と心を通わせ、本当の使命をもって動く者は四人もいればいまのところ充分だった。

「赤坂君、もう準備はできているはずだよ。この部屋からでていくときがやってきているんだ。仲間が君を待っている。一緒に世界をかえよう」

冬治は再びベッドに腰を下ろし、赤坂の目を覗き込んだ。

「俺にできるのかな」

赤坂はようやく口を開いた。その言葉は、自信のなさの表れではなく、何者も信用できなくなっている閉じた心が言わせたのではないかと思った。誰も――お前も、自分も信じない。黒目がちの目には、常態化しているであろう猜疑の色が浮かんでいた。

「できるさ、信じろ。君はここで成長していたんだ。わかるだろ、この部屋は何もかも小さくなってしまった。大きくなった君は、広い世界にでるべきだ」冬治は部屋中に散乱したカラフルなゴミを眺め回した。

「それに、暴力の必要性もすでに実感しているんだろ。それを知っている君ならできる。父親、母親をぶちのめすだけではもったいないよ。その拳を正義のために振るうんだ」

冬治がそう言うと、赤坂の背筋がびくんと伸びた。いったん怯えたような表情を見せたが、すぐに目がぎらぎらと輝きだした。振り上げた拳をデスクに叩きつけた。

赤坂が家庭内で暴力を振るっていたかどうかなど、冬治は知らなかった。世田谷区にあるこの戸建ての家にひとりで住んでいるのはそういうことだろう、と想像しただけだった。

この男のことはだいたい想像ができる。かつての自分とほとんど同じなのだから。赤坂は高校生のときから八年、この部屋にひきこもっているらしい。同級生からいじめられ、登校拒否からずるずると部屋にこもる生活に入った。ゲームとネットが中心の生活。恋も喧嘩もそのなかですませた。世間のあらゆることに怒りを燃やし、くだらないと見下しながら、自分の生活こそがくだらないと気づいている。このまま人生が終わるのでは、と焦っている。

　冬治は中学生のときから十三年ひきこもり、昨年部屋からでて、現実の世界を歩き始めた。もう以前の生活に戻ることはない。汗と精液の臭い。散乱したスナック菓子とカップ麵のパッケージ。何年も電源を落としたことのないパソコン。何もかも一緒だ。思いがけないところからひょいと現れるポテチの欠片まで一緒だった。

「やっちゃって、いいんですかね」赤坂が顔をうつむけて訊いてきた。

「やっちゃえよ」と促したら、赤坂は顔を上げた。まだ猜疑のこもった目をしている。

「赤坂君、君はやればできる子だよ。それは自分でもわかっているはずだ。連絡をとってきたのは君のほうからだよ。君ならできる。俺もそう思っている」

　赤坂は胸苦しさでも感じたように、Tシャツの胸のあたりを摑み、引っぱった。そこにプリントされたアニメのキャラクターも顔が歪み、苦しそうだ。

「俺を殴ってみなよ。きっとそれで踏ん切りがつく」視線を落とし、口を尖らす赤坂に「さあ、やっちゃいな」と声をかけた。赤坂は戸惑ったように、ゆっくりと腰を上げる。

　冬治は、立ち上がった赤坂を見上げた。自分よりいくらか低いが、赤坂の身長は百八十センチ以上あった。高身長のデブ。それも自分と一緒だ。

「……えっと、グレートベイビーを殴ってもいいんですかね」

「本人がやれって言ってるんだから、ためらう必要はない。殴ってこい」

赤坂は、丸めた自分の拳を見つめていた。意を決したように一歩近づき、拳を繰りだした。

赤坂の拳が肩を打った。

「肩かよ。殴るといったら、顔だろ。しっかりやれ」

そう言ってやったが、赤坂が繰りだしたのは平手だった。頬をなでるよりいくらか強い程度。「なんだ、親しか殴れんのか」と言ったら、赤坂は目を剝く。いきなり拳が降ってきた。

目の上を打った。デブだけになかなか重いパンチだ。

「まだまだ。そんなんじゃ、パパ、ママにしか効かな――」

言っている途中で、赤坂が拳を繰りだす。一発、二発、どんどんパンチが重くなる。四発目を繰りだしてきたとき、冬治は腕で拳を払った。

「お前、やりすぎなんだよ」ベッドから腰を上げた冬治は、赤坂の顔面に拳を叩きつけた。

後ろに倒れ込んだ赤坂はデスクに体を打ちつけ、床に膝をついた。

「たまには殴られるのも、悪くないだろ」冬治は袖で鼻血を拭った。

赤坂は頰を押さえながら立ち上がった。荒い息をつき、ふて腐れたような表情で冬治を睨む。怯えてはいないし、痛みを苦にする様子もない。やはりこの男は準備ができている。

「ここはせまいな。もっと広いところにでよう。思い切り暴れられるぞ」

「別に暴れたくないけど」

「ひとの役に立ちたいんだろ」

赤坂はいくらか表情を緩め、目を瞬いた。

「世間のばかどもにくらべて、自分の魂がはるかに高級であることを証明したいはずだ」

赤坂はさまよわせた視線を、冬治に向けた。そして、ゆっくりと頷いた。

「さあ、パソコンの電源を切れ。俺と街にでかけよう」

赤坂はまた何も答えなくなった。目に猜疑の色が現れている。

「まだ腹を決められないのか。ここで決断しなければ、一生このごみ溜めからでられないぞ。体が朽ち果てる前に、精神が腐りきる。その腐臭を自分で嗅ぐのは辛いことだ」

「あなたは、本当にグレートベイビーなのか」赤坂はこれまでになく大きな声で言った。

「それを確信できるものをまだ見せてもらってない」

冬治は音が鳴るくらい強く息を吸った。「おい、本気で疑っているのか」

「そこまでもないけど、なんか動画で見るより小さい気もするから」

「そんなことは最初に言ってくれ」さんざん話をしたあとに訊くことじゃないだろ。まったくひきこもりの猜疑心というのは限度を知らない。

「あとで火炎放射器を見せてやる」

「だめだ。ここをでる前に証明してくれ」赤坂は強く首を横に振った。

「納得できたら、俺についてくるんだな」

「ああ、この部屋をでる」

赤坂は嚙みしめるように、ゆっくりと言った。

「わかった」と冬治は言ったが、いまこの場でグレートベイビーと証明できるようなものは何もなかった。襲撃時の動画も携帯に保存していないし、ここからアクセスもできない。

「証明は無理だが、納得はさせよう。君のほうから俺にコンタクトをした。きっと強くひかれる何かを感じたんだろう。何か――サムシング、それは君にもはっきりわからないはずだ。俺から漂いだすサムシング。君が感じ取ったサムシングの源に俺は心当たりがある」

冬治はそう言いながらハーフパンツの紐を解いた。

「俺はグレートベイビーと名乗ったことはない。誰かが勝手にそんな名で呼び始めただけだ。しかしいままでは俺も自分をグレートベイビーだと思っている。ずっと以前からグレートベイビーだったような気がしてならないんだ」

誰が言い始めたか知らないが、冬治はその名が気に入っていた。俺はグレートベイビー、そう呼ぶしかない人間だと思っていた。

ハーフパンツから手を離すと、足元まで滑るようにいっきに落ちた。ボクサーパンツのゴムに手をかけると、赤坂が目を剝いた。

「何すんですか。俺そういうの、得意じゃないっていうか、なんていうか……」

「黙って見ろ。グレートベイビーのサムシングがわかる」

冬治はボクサーパンツを膝まで下ろした。冬治の下半身が露わになる。

目を細めた赤坂は、体を後ろに退いた。

「股間を見るんだ」

そう言ったのはよけいなことだったろう。体を後ろに退いたままだったが、赤坂は首を前に突きだし、視線を冬治の股間に向けていた。目を見開き、口をあんぐりと開けた。

「ハロー」甲高い、子供のような声色で、冬治は言った。

赤坂の視線は動かなかった。力が抜けたみたいに、すとんと膝を床につけた。

「グレートベイビー」掠れた声がその口から漏れた。

冬治は頷き、パンツを引き上げた。「俺が何者かわかったろ。この部屋をでていくな」

赤坂の視線がようやく股間から離れた。目を合わせ、しっかりと頷いた。

「俺、やります。あなたのために暴れます」赤坂は立ち上がって言った。

冬治は自分に似た若者の肩に手をかけ、首を横に振った。

「俺のことなんて考える必要はない。未来を生きるひとのために暴れろ。いつかきっと俺たちの偉大さに気づいてくれるひとたちのためにな」

5

宮益坂の雑居ビルにあるロックバーで、千春は盛大に酔っぱらった。ウィスキー、ジン、メスカル、それぞれをストレートで空けるうち、糞みたいな酔っぱらいができあがった。バーテンダーのダイキさんに、ここにあるレコードでいちばんかけたくないのは何かと訊ねると、クイーンのあの名曲を小声で挙げた。それをリクエストしたら、糞酔っぱらいと烙印を押された。かけている途中でもっと爆音で聴かせてと頼んだら、出禁にするぞと怖い顔で脅された。そんなことで糞酔っぱらいは怯まない。出禁にしたら、この店はトランスジェンダーを差別しているとSNSで広めてやるからと逆襲してやった。どうやらシャレが通じなかったようで、強面のバーテンは暗い顔して離れていった。爆音にはならなかったし、近くにこなくなったし、言った自分が損をしただけ。寂しいかぎりだ。

差別ネタは効きすぎる。以前、きまっていたアパレルブランドの仕事がキャンセルになった。イベントの内容が変更になったものでと簡単な説明があったが、聞こえてきた噂によると、一緒にブッキングされた大物ＤＪがニセモノＤＪと同じブースに立つのをいやがったためらしい。千春はブランドの担当者のところにいき、トランスジェンダーを排除するんですねと詰め寄った。ダイバーシティーが重要視されるこの時代にそんなことでブランドなんてやっていけるんですかと息巻いた。結果、仕事は復活したし、その後も何度か仕事が回ってきた。ただ千春に接する担当者の態度が腫れ物に触るような感じになったのは辛い。後ろめたさもあり、いつも以上に熱を込めて現場に臨んだ。ひとが作った音源を流すだけの、ニセモノＤＪであることにかわりはなかったけれど。

ＤＪだけでなく、そもそもトランスジェンダーという点でもニセモノだ。誰かからそれを責められたことはないけれど、そんなことを考えた千春はむらむらと腹が立った。じゃあ、本物の自分はどこにあんのさ、とグラスの酒を呷った。

「もう一杯」グラスをごんとカウンターに叩きつけた。

もうひとりのバーテンダー、タモツ君がなだめるような愛想笑いを浮かべて飛んできた。

いったい自分は何者。詩音のところで自分の全裸の写真を見て以来、その疑問が、これまで以上の不安感を伴って千春の心に居座った。

自分の知らないところで、自分が何者かになっている。そう思ったとき、これまで暮らしてきた世界が足元からすっかり崩れてしまったような感覚に陥った。少し大袈裟に言えば、そんな気分だった。ずっと前に見た映画で、主人公の暮らしてきた世界はすべてテレビのセットで、生まれたときからずっとその人生を隠しカメラで捉え、バラエティー番組として放送されていたという話があった。あの写真を見たときの千春の心情は、自分の人生の秘密に気づいたときのその映画の主人公の気持ちに近いものがあった。

　気味の悪さは詩音たちに対してだけでなく、自分に対してもある。だから、引き返していって、いったいこれはなんなのだと問い詰めることができないでいた。当然するべきこと――いつかはするだろうけど、いまはアルコールの力で気をそらしたかった。自分は何者――ニセモノ。胸を割ってその核心が飛びだしてきそうになるのを押しとどめてほしかった。どこにも似たものがいない、世界でただひとつのものが現れるのを阻止してほしい。

　おかわりをもってきたタモツ君からグラスをひったくり、それを飲み干した。

「さあ、ぼやぼやしないで。もう一杯」千春はグラスを突き返す。

　飾り気のないジャック・ホワイトのギターリフが酔っぱらいのロック魂に火をつけ始めたとき、店のオーナーの代田《だいた》幸司《こうし》郎《ろう》がやってきた。

「メルちゃん、あまり首を強く振らないほうがいいねえ。だいぶ酔ってるように見える」

　代田は千春がキャバクラで働いていたときの客で、キャバクラ時代の呼び名でいまも呼ぶ。

「たちの悪い酔っぱらいがいると聞いて、追っ払いにきたんですか」

「そんなはずないだろ。たまたま寄っただけだ。久しぶりに会えて嬉しいよ」代田は目を細めて、にこやかな顔を向ける。「よいしょっ」と、千春の隣のスツールに腰を下ろした。

千春が働いていた店は若くてぎらぎらした客が多かった。そんな店に珍しく、代田は初老の紳士だった。アパレルの工場を経営しており、この店は趣味の延長のようなものらしい。

代田はクラフトジンを注文した。グラスを運んできたダイキさんに、「メルちゃんはたちの悪い酔っぱらいだった？」と訊ねた。ダイキさんはそんなことありませんとオーナーの気持ちを忖度して答えた。千春はダイキさんのほうにグラスを掲げて乾杯と言った。

「乾杯」と横から代田の声が聞こえた。

代田は頭髪は薄いが、白い髭をたくわえ、質のいいスーツを着こなし、男目線で見ると格好のいい大人だった。口調も穏やかで、初めて席についたとき、珍しく好感がもてた。その後、指名をもらうようになり、同伴やアフターに連れ立つようになっても、下心を覗かせることはなく、たわいのない話をしていれば満足のようだった。親戚の娘に見せるような気遣いも窺え、千春としては接客していて気が落ち着ける――同時に気詰まりを感じることもあった。好感をもつ相手にどう振る舞ったらいいのかわからないのだ。女として接するのは騙しているのとかわりない。キャバクラの接客とはもともとそういうものだとしても。

何も求める様子もなく、かわいがってくれる代田は、もしかしたら千春がもともと男であることに気づいているのではないかと思った。後ろめたさもあったから、夜の世界から足を洗うと決めたとき、代田にすべて打ち明けた。まったくの勘違いで、代田は驚き、心臓が止まったのではないかと心配になるくらい固まってしまった。やがて大声で笑いだした。人生経験を積んだつもりだったのに、男女の見分けもつかないなんてと。代田は、千春が店を辞めても、かわらず気にかけてくれた。

代田が現れたとき、頼れるひとがやってきたような気がしてふっと気持ちが軽くなったが、それは錯覚だった。代田に生活の相談などすることはあっても、内面的なことまで相談したことはなかった。特殊なセクシャリティーの自分の葛藤など、誰にも理解できないと思っていたからだ。いまも、心の内を明かすつもりはなかった。結局、代田が現れても何もかわらない。いやむしろ、暴れる気持ちをそのまま外に表せなくなって苦痛に感じる。自分によくしてくれる代田の前で、醜態をさらしたくはないのだ。

「どうしたんだい。怖い顔で私を見ているねえ」代田は耳馴染みのよい高めの声で言った。

「あたしを女として見る変態がやってきたから」千春はカウンターに額をくっつけた。

「難しいことを言うねえ。最初に会ったとき、疑いようもなく女だったからね。——メルちゃんはどう見られたいんだい。できるだけ、期待に沿えるよう頑張ってみようと思う」

「難しいこと訊きますね」

実際、それに答えるのは難しい。このひとの前で、自分をどこのポジションに置くか、以前から決めかねていた。嘉人の前では女、仕事関係のひとの前では元の性が見え隠れするトランスジェンダー、健太や家族の前では気ままに——かといって以前の男のままというわけではないが——、赤の他人の前では見た目どおりの女と、ある程度自然に使い分けられた。けれど、代田の前だとそれがわからず、キャバクラ時代のまま女として振る舞うことが多い。それで居心地が悪いわけではないが、真っ当な人付き合いではない気がした。

「機嫌が悪いようだねえ。この店が、メルちゃんの心を盛り立てる助けになっていないようなのが残念でならないな」

「ここは最高ですよ。非常識なトランスジェンダーをも温かく迎え入れてくれる」

カウンターのなかのダイキさんと目が合った。

「もちろんスタッフ総出で歓迎するよ。何か悩みごとでもあるのかい。相談にのるよ」

言葉を促すように、代田の指がカウンターを這い進み、千春の前でかたかた音を鳴らした。千春は指がタップを踏むのをぼんやり見つめた。今日はターコイズブルーなのだなと代田の指を見て確認する。代田は左手の人差し指にだけいつもマニキュアを塗っている。全体的に趣味のいいひとだが、このセンスだけはいただけないと思う。

「ノーマルなひとになんて相談する気になりません。そのかわり、胸糞悪くなるような話を聞かせてくれませんか。長い人生経験のなかで、いちばん胸糞悪いやつをお願いしやす」

「よかった、メルちゃんには私がノーマルに見えるのか。ノーマルな私の胸糞の悪くなる話――。そうだね、面白いかどうかわからないけれど、こんなのはどうだろう」代田は天井を見上げていた顔を千春に向け、にこりと微笑んだ。

あたしが立っているのは壊れた世界であることを教えてほしい。千春は代田に頷きかけた。

「最初に断っておくけれど、これは本当に起きたことなんだ。私の身に起きたのだから間違いない」代田は正面に顔を向け、乾いた声で言った。「十年ほど前、中国に出張にいった。アパレル工場の技術指導でね、何もない田舎町に二週間ほど滞在した。もう本当に退屈でね、一日の指導が終わったら、夕飯を食べて宿で寝るしかないんだ。冬で寒くて散歩をする気にもならない。日本に戻ったらあれしようこれしようと、そんなことばかり考えていたよ。一週間も過ぎたころ、こちらの心中を察したのか、向こうの社長が夜の街にいってみるかいと誘ってくれたんだ。表だって営業している夜の遊び場なんてないから、裏町でひっそり営む怪しいところなんだろうと察したが、興味が湧いた。遊ぶ気なんてないよ。中国のそういうところがどういうものか見てみたいと思ったんだ。ほんとに退屈だったから」

代田は社長と中国人の通訳と三人で町の中心街に向かったそうだ。冬、雪が積もった街は、店も早々とシャッターを下ろし、人通りもなかった。目的地はその中心街からさほど離れていないところにあったらしい。やはり裏通りでひとけなく、暗くうち沈んでいた。古い雑居ビルの一階から明かりが漏れていた。

白い吐息。冴え冴えとした青白い明かり。千春の頭に情景が浮かんだ。

「日本ではなかなか見ることがない荒んだ風景だった。空気が澄んでいて、建物の明かりを美しくも感じた。まるで映画のシーンのようだった。中国のうらぶれた売春宿に向かっていくなんて、非日常の極みだからねえ。入り口は引き違いのサッシで、なかがすっかり見通せてねえ、すぐそこに女の子がひとり座っていた。オランダの飾り窓の女と一緒で、客に品定めさせるようになっていた。ただちょっと普通じゃないのは、女の子が食事をしていたんだ。あれはじゃぶじゃぶ麺だったのかねえ、スツールに腰かけ、麺をすすっていた。若い女の子で化粧っけもなく、ジーンズにタートルネックのセーターを着ていた。昼間はそのへんの商店で働いていそうな子なんだ。非日常のはずの売春が日常と境目をなくしてそこにある感じだった。――ああそうか、いま気づいた。日常と近かったから、あんなことが起きたのだな」

代田はグラスに口をつけた。まるで千春が隣にいるのを忘れたように黙って飲む。

「何が起きたの、さっさと話しなさいよ」と千春は促した。

「すまん、すまん。そこで引き返せばよかったんだよなと考えていた。実際あのとき、見学なら、もうこれで充分だと思っていたんだ。ただ社長がね、サッシをがらがらと開けてずん入っていった。まさに日常の気軽さでね。それで私もあとについて入った」

なかにはあとふたりいて、ひとりは婆さん、もうひとりは最初に見た子よりもさらに若く、十代に見える少女だったそうだ。彼女は床に座り勉強をしていた。やはり日常に徹し、客に色目など使うこともなくそこにいた。もしかしたら、ふたりは売春宿を経営する家の子供たちなのではないかと考えたが、すぐにそうではないとわかった。婆さんと話していた社長が、通訳を介して、どちらにするかと訊いてきた。

「私は見学するだけだと言ったんだがね、どうも社長は自分がしたかったようだ。ここで私がやらないと言ったらきっと社長も帰るだろうから、それも申し訳なく思ってねえ」

代田は十代の子のほうを選んだ。この幼くも見える子が、目の前で買われていくのを見るのがしのびなかったからだそうだ。代田はこの段階でもする気はなかったという。

「接客する部屋はそこから二分くらい離れた集合住宅にあってねえ、通訳もいれて五人で向かった。通訳に、私は何もしないからと伝えてもらおうかと思ったが、それを耳にした社長がいやな気をすると思ってやめにした。女の子たちは冗談でも言い合っているようで、楽しそうだった。一度、私のほうを振り向いて爆笑した。きっと、日本人に関する冗談を言ってたんだな。日本人と接するなんて初めてだったろうから。私が現れて彼女たちの日常に亀裂が入ったのかもしれない」

「いったい何が起きたんですか」

亀裂が入った日常は、やがて壊れる。破滅を迎えたのは女の子たちなのか。千春は何を期待しているのか自分でもよくわからなかったが、とにかく結末に強く興味をひかれた。

「急かさないでくれるかい。記憶を整理しながら話しているんだ」

コンクリートの階段、切れかかった蛍光灯、部屋は三階か四階にあった。代田は階段からすぐ近くの部屋で、社長は奥のほうで離れているようだった。通訳はしばらくこのへんにいるから、何かあったら呼んでくれ、と言って階段を下りていった。

部屋のなかは、セントラルヒーティングが効きすぎていた。代田は上着を脱いだ。少女もダウンジャケットを脱ぎ、セーターの裾に手をかけた。代田は彼女の腕を押さえて、「ノー・セックス」と伝えた。それで通じると思ったが、少女は首を捻った。もう一度言うと、少女は表情を緩めて頷いた。今度はジーンズのボタンを外し始める。代田は慌てて、「ノー、ノー、アイ・キャント・プレイ・セックス」と言った。少女は手を止め、また首を捻る。代田はキャントがキャンに聞こえたのではと思い、キャント、キャント、キャントと繰り返した。すると少女は理解したというように顔を綻ばせた。「カント、カント、ディック、カント、ディック」と言いながら、代田のベルトを外そうとする。英語圏の客をとったことがあるのかもしれない。

少女は卑猥なスラングを知っていた。代田はノー、ノーと少女の手を払った。

「またひとつ間違いをおかした。そのとき通訳を呼べばよかったんだ。なかなか笑顔のかわいい子だったから、そんなもどかしいやりとりをもう少し続けたくなった。私は彼女の頭をなで、トゥーヤングと言った。あなたが若すぎるからできないと伝えたつもりだった」

考えるような表情をした少女は、突如理解したとでもいうように目と口を大きく開いた。ベッドから離れたので、ようやく通じたと思った。彼女は中国語で何かまくしたてた。「ヤング」という言葉が聞こえたので、代田は頷いた。少女も嬉しそうな顔で頷いた。

少女がダウンジャケットを着てドアに向かった。帰るのかと思い、代田も慌ててドアに向かったが、少女に押しとどめられた。あなたはここにいろと伝えているようだった。

少女はひとりで部屋をでていった。いったいどういうつもりかわからない。たぶん、少女はお役ごめんと帰ってしまっただけで、このまま戻ってこないだろう考えていた。しかし、少女は五分もたたないうちに戻ってきた。しかもひとりではなかった。彼女よりもさらに幼い少女の手を引いていた。

小学校高学年くらいの子で、上着も羽織らず、寝間着のような上下お揃いのカットソーを着ていた。戻ってくるまでの時間を考えても、この集合住宅に暮らす子供なのだと推察できた。「ユア・シスター？」と訊ねた。少女は頷きながら、何か中国語で答えた。代田はしゃがみ込み、こんにちはと子供に挨拶をした。次の瞬間、起きたことに唖然とした。

少女が子供のズボンを引き下ろした。薄く毛の生えた陰部が露わになった。シャツもまくり上げた。代田はノーと叫びながら立ち上がった。シャツを摑んで下ろす。ドアのほうを指さし、でていきなさいと強い調子で言った。どんな言語だろうとそれでわかると思った。実際、少女は理解したのだろう。子供のズボンを引き上げ、不満げな表情で代田を睨んだ。代田に向かって手を差しだし、マネー、マネーと叫びだした。

「眠くなったかい。話が長くなったな。もうすぐ終わるよ」代田は淡々と言った。

もうすでに胸糞悪かったが、まだ先があるようだ。千春は精いっぱい目を見開いた。

「少女の腕を摑んで廊下に引きずりだした。少女はまだマネー、マネーと叫んでいた。いくらかの金をやっていれば、あとのことは起こらなかった、と思わないでもないが、いま考えてもその選択肢はあり得ない。子供の裸に金を払うなんて――」

少女だけでなく、子供のほうも金には拘っていた。財布を探しているらしく、尻のあたりを触ってきた。代田は女の子の腕を摑み、引き離した。女の子は興奮したように甲高い声で言葉を発し始めた。裸を見るだけ見て金を払わない男に悪態をついている感じだった。

「そのとき、階段を下りてくる足音が聞こえた」と代田は言った。ああ、破滅の足音だな、と千春は心臓をどきどきさせた。

階段から飛び降りるように男が姿を見せた。一瞬立ち止まってこちらの様子を見ると、怒りの表情を浮かべて向かってきた。まず少女を突き飛ばす。次いで子供の腕を摑み、庇うように自分の背中側に移動させた。それで代田は悟った。この男は女の子の父親なのだと。

父親は代田を睨み、早口で何かわめき立てた。声が廊下に響き渡った。この父親は勘違いをしている、どうにかしなければと思ったが、父親に胸ぐらを摑まれても、手を振り、ノーノーと言うしか術《すべ》がなかった。頰を拳で殴られた。

また足音が聞こえたのは、二発目を受けたときだった。通訳の男が声を聞きつけてやってきた。社長も部屋から飛びだしてきた。ふたりして父親に殴りかかった。代田は止めたが、父親が反撃するものだから収まらず、結局父親が廊下に伸びるまで続いたそうだ。

「娘を助けようとしただけの父親をぼこぼこにしてしまった。鼻血を流し、娘の前でみじめに床にうずくまっていた。そうなるのを私は止められなかった。そもそも父親が詰め寄ってきたとき、いい年をして、ひとりで対処できなかった。なんだかねえ、胸糞悪くなるよね」

代田と目が合い、千春は頷きかけた。まずまずの話だったと思う。世界は壊れていると思えなくもないが、中国は怖いという話のような気もして、それほど心に刺さらなかった。

「これには続きがあってねえ」千春の心を読んだように代田は言った。「帰る途中、何があったのかをふたりに話した。娘を守ろうとしただけなのだから、何もあんなに殴らなくてもというようなことも言った。社長は、あの男もぐるで脅して金をとろうとしたに違いないと、気にも留めなかった。通訳も同じ意見だった。私はとてもそんな風には思えなかった。とにかく、それで私はどっと疲れてしまって、予定より早く帰国した。そして、それから四年たって、また工場の指導に中国を訪れたんだ。前とは違う工場だったが、偶然にも通訳が前のときと一緒だった。その通訳から、あの夜の顚末《てんまつ》のようなものを聞かされた。あれから一年ほどのち、あの売春宿は放火されたらしい。女主人と娼婦がひとり亡くなったそうだ。放火した男も炎に巻かれてその場で死んだ。その犯人が、あのときの父親だったのだ」

通訳はニュース番組で写真を見てあのときの男だとわかったそうだ。

「一年もたっているから、あのときのこととは何も関係がないでしょうと通訳は言っていた。その可能性もあるのだろうが、私にはそうは思えなくてねえ」

「あのとき、日常が壊れ始めたんですね。よそ者がやってきて、亀裂が入った。もちろん、外側が壊れただけじゃなくて、なかに溜まっていた膿《うみ》が溢れでてしまったんでしょう」

千春がそう言うと、代田は驚いたように眉を上げ、頷いた。

「私もそんなことを考えていた。そう、日常に亀裂を入れるのはいつもよそ者だ。だけど、そこから噴きだすのは、もともと日常で溜め込まれたもの。よそ者の私にはあずかり知らぬことだが、あのときもっとうまく対処できなかったものかと、後悔はあるよ」

日常の亀裂。代田がこの話をしようと思ったとき、そんなことを考えてはいなかっただろうが、千春の心情にマッチした話だった。今日、あの写真を見て、千春の日常に亀裂が走った。そして、自分は何者だと普段から心に積もっていた澱《おり》が噴きだした。それだけのことだ。詩音がなぜあの写真を飾っていたかわかったとしても、自分の心が安らぐことはない。何者だと知ることなどできないのだ。だから詩音のことをことさら深刻に捉える必要はない。このまま放っておけるわけはないが、人生で最大級の危機が訪れたわけでもない。

千春はそんな風に考えいくらか気を軽くした。代田のおかげだ。

千春はスツールから腰を上げた。代田の肩を抱き、「代田さんはダンディーで素敵ですよ」と言った。実際はこれまでよりも少しくすんで見えたが、お礼代わりの言葉だった。

店はいつの間にか、客で溢れ返っていた。糞酔っぱらいが陣取っていたカウンターにも、びっしりひとが張りついていた。カウンターを離れ、エントランスに向かった。糞酔っぱらいは人気者のようで、いくつかの視線が追ってくる。さよなら、日常の脇役たち。

スクランブル交差点を渡り、道玄坂を上った。帰らなきゃと思ったが、足はマンションから離れていく。なぜか次にいく店が決まっていて、そこへいかなければと考えている。秋風が吹いているというのに、ハーフパンツ姿の男たちが目につく。それもおかしなことだ。こいつらも日常にできた亀裂なのではないのか。みな上下真っ黒だからそう思えた。

最近できたお洒落なラウンジバーを目指してやってきたのだけれど、三十分後には、怖い男たちに囲まれていた。暴力の匂いをさせた男たちはいきりたっている。男たちよりも、自分の日常が本当に壊れ始めているのではないかということが恐ろしかった。

6

ごきげんよう、世界。

エントランスでは、しゃきっとした顔をどうにか作り、千春はラウンジバー「美破《ビバ》」に潜り込んだ。平日の夜だから客はさほど多くないが、世界のセレブがそこかしこにいて、取り巻きたち——国内のそこそこ有名人たちが盛り上がっていた。

スーパーラグジュアリーブランドのデザイナーと大物ラッパーがやたらにハイタッチをしていた。そのふたりほど有名ではないが、そこそこ名の知れた若いタイの映画監督が地味にターンテーブルを回している。

近年、この界隈では海外のセレブも珍しくない。何かのイベントで来日すれば、アフターパーティーを開いて自らＤＪブースに立つのは当たり前、フロアーでがんがんに踊る者もいる。屈強なボディーガードが周りを囲み一般人を寄せつけない、なんてことはなく、みんな普通に遊んでいた。実際、千春も遮られることもなく、ふたりのセレブの近くを通ることができた。どれくらい近くかというと、大物ラッパーの視線が自分の胸に向けられたのがわかるくらい。光栄なことだ。

　ふたりの近くに渋谷のキングの姿もあった。千春が勝手にそう呼んでいるだけだが、根津《ねづ》いっきは四十を過ぎてもなお、この界隈で夜な夜な遊んでいる珍しいひとだ。ただ遊んでいるだけでなく、若いミュージシャンや俳優を引き連れ、いちばん勢いのある遊び人。だからキングだった。本業は何をしているのかよくわからないひとだが、ドキュメンタリー映像を撮ったり、イベントを主催したり、店舗のプロデュースをしたりと、若いころからメディアにはちょろちょろ顔をだしていた。メディアにでる前はニューヨークのインディペンデントマガジンでインターンをやっていたらしく、そのころの人脈で、海外セレブが来日するとアテンドを頼まれることが多いようで、今日のように、えっと驚くような大物と一緒のところをちらほら見かける。ラジオのDJもやっていて、いまや若い男の子が憧れる不良おやじナンバーワンの座を不動のものにしている。でも、何をしているかはよくわからない。

　千春はひとりで飲んで、ふらふらと店内をさまよった。いったい自分はなんでここへきたのだろうと、ときどき思いだしたように考える。顔見知りは誰もいなかった。ただひとり、「この間のオープニングパーティーでDJ見ましたよ」と言ってくれた男の子がいた。こんなニセモノＤＪに声をかけてくれてありがとうと涙ぐみそうになった。

何度目かセレブたちの近くを通ったとき、根津に声をかけられた。「マリアちゃんだよね」と言うから「マリヤです」と教えてあげた。「一緒に飲まないか」と低い声で誘われた。

「以前にご挨拶したことありましたっけ」

今年の初め、自治体主催のイベントで一緒になったことがあると言われて思いだした。根津は街の活性化について考えるシンポジウムに登壇した。

飲もう飲もうと誘ってくれるフレンドリーさに悪い印象はなかった。ただ、根津と一緒にいる男たちがラッパーで、首やスキンヘッドの頭まで、びっしりタトゥーが施されているのが怖かった。女になって、この手のひとたちと交わることもできるようになったが、もし自分が男のままであったら、会話の糸口すら見つけることができなかっただろう。要は苦手なタイプだった。千春は友達と待ち合わせしているので、と断った。

「きたら、友達も一緒に飲めばいい」と根津はしつこい。「俺がフックアップすれば、ＤＪとしてすぐにブレイクしちゃったりするかもよ」と低い声で茶化したように言う。話の展開が早くてついていけない。手も早く、千春の腰に手を回してきた。

「あたし、男ですけど」と言ったら、わかってると返ってきた。「俺、そういう垣根を簡単に飛び越えられちゃうんだよね。男も女も関係ない。もちろん人種も関係ないし」

話が斜めに飛ぶひとなのだと理解した。根津のお仲間が千春に目を向け、男なのかとざわめいていた。

根津はとくに千春に関心があるわけではなく、ただ俺はすごいやつ、いいやつと誇示したいだけなのだとなんとなくわかった。この年で無邪気に自慢できてしまうのはちょっと怖い。きっと自分が好きなのだろう。そこは素直にうらやましいと思うが。

「根津さんなら、生物の垣根も越えられそう。山羊《やぎ》とかとやってそうですもん」

「お前、俺をおちょくってるの」根津は意外にも穏やかな声で返した。

そのかわり、取り巻きの反応がものすごかった。「いっきさんをばかにしてんのか」、「口の利きかた知らないのかこいつ」と、おのおの口にしながら千春に向かってきた。

「口の利きかたは悪くなかったろ。内容が悪いだけだ」

根津はそんなユーモアを交えて男たちをなだめる。いや、なだめてはいないか。いやに青白い顔をしたラッパーが、「お前、内容が悪いんだよ」とそのままの言葉で凄む。金縁眼鏡の奥の目には知性のかけらも見えない。千春は存在しない睾丸がすくむような感覚を覚えた。

「きっと俺が気に障ることを言ったんだろう。悪かったな」

根津はあくまで大人の対応をする。それをつまらないと千春は思う。

根津の取り巻きボーイズたちも矛を収めて、ソファーに戻った。こちらに目を向けることもなく、怒りは収まったように見えたのだが——。

　それから、一杯カクテルを飲んで店をでた。滞在時間は二十分ほどだが、名残惜しいとも思わない。なんでここへきたのかわからずじまいなのがもどかしかった。

　ラウンジの入ったビルをでると、ホテル街の静かな道に男たちがたむろしていた。煙草をふかしながら、スウェットシャツにプリントされた英文を解読しているらしく、無邪気で楽しげだった。根津の取り巻きボーイズたちだ。とくに待ちかまえていたわけではなさそうだったが、千春に気づくとつかつかとやってきて、ゆくてを塞いだ。

　三人のラッパーはデブ、やせ、チビと体形が綺麗にわかれていた。しかし、服の外まではみでたタトゥー、愛嬌のない一重の目、質感はよく似ていた。仲間とはそうあるべきだろう。ぜひ仲間うちだけで仲良く遊んでもらいたい。千春は進行方向をかえ、先へ向かおうとする。男たちはすばやく移動し、また進路を塞いだ。

「俺たちは女には手出しはしない。だけど、お前は男だ。しっかり話をつけようぜ。ひとに対して失礼なことを言うやつが俺は大嫌いなんだよ」

　顔を近づけ、舐めるように言ったのはやせのラッパーだった。

「あたしが男に見えるの、ばかじゃない」千春は何も考えずにそう言った。

「男だって言っただろ」やせは、眉をひそめ体を引いた。

「元男だって意味に決まってるでしょ」

「なら、男だ。男の要素をもって生まれてきたなら、いまでも男同士の話ができるはずだ」

「勝手に決めないでよ。だいたい男同士の話ってなんなの。頭、おかしいでしょ」

いったいこの男たちの目はどうなってるんだ。女の姿をしている自分をどうして男あつかいできるのだ。普通、千春が元男だと知っている者でも、見た目に惑わされ、どこかで女あつかいする。あの健太でさえ、そういうことがある。それなのに、この男たちは千春に暴力を向けようとしている。こいつらは、男の血の臭いでも嗅ぎわけられるのだろうか。見た目は無視して、それに反応するのだろうか。そんな人間がいるのだとしたら恐ろしい。

どうしてあんなこと言ったんだ、ひとに失礼なことしたら謝るもんじゃねえのか、お前ひとの話きいてんのかよ。ラッパーたちは、韻も踏まずに責め立てる。千春は頭がくらくらした。男の姿に戻ったような錯覚をした。けれど、体の中心は絶対に戻らない。

千春は足を踏みだした。肩をぶち当て、男たちの間を抜ける。しかしすぐに腕を取られた。

「なんだお前、男のくせに逃げんのかよ。最低だな」

お前は最低、俺たちは最高。デブのつり上がった目がいやに澄んでいた。千春は、腕を掴むデブの肩を殴りつけた。それほど強くはなかったが、後ろから頭を叩かれた。

振り返った千春は、そこにいたチビの顔を叩く。両腕を摑まれた。また頭を叩かれた。

「やめてよ、なにすんのよ、叩かないでよ――」

千春は意識的に言葉を重ねた。この男たちに千春が女の外見であることを、いま一度意識させようとした。自分を男と同等にあつかうのがいまだに信じられない。

「放してよ」

「放すから、ちゃんと謝れ。ここに正座して謝れ」やせたラッパーが足元を指さした。

千春が頷くと、すぐに手は自由になった。千春は動いた。こんな頭のおかしな連中からは早く離れなければとまた突破をはかった。伸びてきた手を払いのけ、いけると思った。そのとき足を引っかけられ、千春の体は宙を舞った。

無様にアスファルトを転げた。無様であることなど気にしない。痛みだって気にならない。千春は体の中心をえぐり取られるような恐怖を感じた。また存在しない睾丸がすくんだ。三人のラッパーが見下ろしていた。腰を爪先で小突かれた。千春は目を閉じアスファルトに頭をつけた。諦めた。何を諦めるのかわからないが、そう考えると少し楽になる。

頭をつけたアスファルトに軽い振動を感じた。ぼやけていたその振動が急速にはっきりしだす。足音が近づいてくる。千春は目を開いた。

千春の視界に影が飛び込んできた。チビのラッパーに飛び蹴りをくらわせ、弾き飛ばした。男たちはどよめいた。チビはアスファルトに膝をついたが、すぐに立ち上がり、怒りの声をほとばしらせた。

蹴りをくらわせた影が、千春の足元からすっくと上に伸びていた。背中を向けていた影がこちらを振り返る。千春はぽかんと口を開いた。そこに立っていたのは紅だった。

「なんだ、お前。邪魔すんな。こいつが失礼なことして謝らないから、礼儀を教えていただけだ。いいか、こいつは男なんだ」やせが、意外にも穏やかな声で言った。

「千春さんをいじめるやつは赦さないからな！」紅は体を揺らし、ありったけの声を放った。

「俺もお前を赦さないいんだけどな」チビが言った。

「よせよ」紅に向かうチビを、デブが押さえた。「こいつは女だ。相手にするな」そう言われて、チビのラッパーはすかした感じで肩をすくめた。

かわりに紅が男たちに向かっていく。肩を怒らせ、動きがぎこちない。

「さあて、戻るか」やせのラッパーが背中を向け、雑居ビルのほうに向かう。残りのふたりもそれに続いた。

「戻ってくんなよ」紅が追い払うように足を宙に蹴りだした。

ラッパーたちがビルのエントランスを潜るのを見届け、千春は体を起こした。

三人は本当に女には手を上げなかった。本気で千春を男とみなしていたということだ。千春はあらためて恐ろしさを感じた。

「千春さん大丈夫ですか」

　千春を覗き込む紅の目がまだつり上がっていた。

「大丈夫」と膝に手を当て立ち上がる。紅が肩を支えてくれた。紅から見て、自分は支えるべきか弱い女なのだとわかり安心した。「ありがとう。助かった」

「なんなんですか、あいつら。頭おかしいですよ」

「そう、いかれてるんだと思う。あたしもよくわからない」

「もう今日は帰りましょう。いかれた人間はまだまだいっぱいいます。こわいこわい」

　紅はふっと息をつき、ようやく表情を緩めた。

「ええっ」千春は急に当たり前のことに気づき驚いた。「紅ちゃん、なんでここにいるの。偶然なの。あたしが襲われているとき、たまたま通りかかって助けてくれたっていうの」

　千春はまた足元の世界が崩れるような不安感を覚えた。

「千春さん、何いってるんですか。新しくできたラウンジにいこうって誘ったの、千春さんですよ。ロックバーからDMくれたでしょ」

「ああっ」と声を上げたが、千春は思いだせなかった。ただ、「美破」にいかなきゃと思えたのは、だからなのかと合点がいった。「忘れても、ちゃんとここまできたのは偉いでしょ」

「自慢になりませんよ。酔っぱらいすぎです。ほんと今日は帰りましょう」

確かに、酔いすぎだ。もう少し醒まさないとマンションには帰れない。お茶でもしようと誘ったが、紅は星空が何よりの酔い醒ましになると言った。空を見上げても星などでていなかったが、ラブホテル街の駐車場に座り込み、コンビニのカフェラテを飲んだ。

温かいコーヒーで体と心が解れた。秋風がいくらか頭をしゃきっとさせる。それで何かが好転するわけではない。壊れたかもしれない日常をどうやって修復させればいいのかも、見えてこなかった。千春にとっての日常のひとつは、女の姿になり、暴力の脅威から逃れられているという安心感だった。

千春が女の姿で生きようと思ったのは、ペニスを失い、男として心と体の収まりが悪いと感じたからだけではなかった。ひどい暴力に心を打ちのめされた千春は、過度に暴力を恐れるようになった。そんな恐れから解放されるにはどうしたらいいかと熟慮した結果でもあった。

個人差はあるだろうが、もともと男は日常的に暴力を意識している。少なくとも女性にくらべ、普段からそれを恐れて行動に気をつけている、あるいは潜在的な暴力への恐れが、行動に表れるものだ。白熱した議論をしていてもどこか抑制をきかせている。人混みで肩がぶつからないように気をつけているのもそうだ。千春がそんなことをとくに意識するようになったのは、高校生のころ、家の近所を歩いているときだった。車道と歩道が分離していない、路側帯のみの道を歩いているとき、前から男のひとがやってくると、たいていすれ違えるように道を開ける。それどころか、何メートルも手前から、道の反対側に移るひともけっこういる。千春もそうだった。女性はどうかというと、路側帯の真ん中を歩いてきてよけるそぶりもないひとがけっこういる。しかたなく、路側帯の外にでて、車にひかれないかひやひやした経験が何度もあった。雨の日、すれ違うときに傘が当たらないように傾けるのも圧倒的に男が多い。女性はレディーファーストの観点からそうしているのだろうが、暴力沙汰に巻き込まれる心配をしていないからでもあるのだろう、と千春は推察した。

事件のあと、千春はあらためてそのことについて考えた。確かに、女性が普段生活していて、殴られるような暴行を受ける状況は考えにくい。道を譲らず肩がぶつかっても、痛い思いをするのは女性のほうで、いてえじゃねえかと胸ぐらを摑む男に出会う可能性は低い。女性の姿になれば、過度に暴力を恐れて日常生活を送らなくてすむと思えた。

弱い女性こそ男の暴力の脅威にさらされていると女性は反論するだろう。しかしそれは、密室やひと目のないところで起こること。普段、当たり前に行う買い物や仕事の場面でびくびくしないですむのならそれで充分。何より重要なのは自分自身そう信じられるかどうかだ。

効果は抜群だった。女になってびくびくするどころか、強気にでるようになった。道は譲ってしまうが、それは習い性。時折、ひょんなところで無性に怯えることはあっても、普段の生活では、事件前男であったときより、のびのびできているように思える。

先ほどのラッパーたちは、女の姿をしていても容赦がなかった。元が男だとわかっているからだし、酒も入っていたからで、普段、道ですれ違ったトランスジェンダーにいきなりからんだりはしないだろう。めったにいないタイプだろうし、親切にも外見を中身に揃えてくれているから、避けることは難しくない。酔いが醒め始めた頭で、そんな風に考えてみるのだが、なんとなく残る不安が消えてくれなかった。このなんとなくが厄介だった。

いくらかでも不安が薄まればと、過去の事件は端折って、紅にそんな話をした。

「大丈夫。あたしが守ってあげますから」と紅は言ってくれたが、心は軽くならなかった。今日みたいな偶然が続くわけはなく、リアリティーのない話だ。その上、千春の話を聞くうち紅の顔も曇っていき、意気消沈したような表情で言ったものだから、なおさらだった。

「どうしたの」と訊ねてみた。紅はカップから口を離し、ふーっと大きく息をついた。

「男なんて消えてしまえばいい」

紅の声は古い玄関チャイムのように、いきなりマックスで耳を驚かせた。

「そうなったら、いまよりずっと平和になるね」千春はなだめるように言った。

「本当に消えてくれたらいい。ついでに、過去も消えろ」紅は顔をうつむけて言った。

「過去の男も消えろってこと?」

紅は何も答えない。男運がないんだねと千春が言うと、顔を上げ、首を横に振った。

「父親さえ消えてくれればいいんです。そうしたら、いまのあたしは幸せになっている」

「お父さんが、紅って名前をつけたから？」

「そんなことじゃないです。うちの父親、ひとを殺したんです。仲間と強盗に入って、その家のひとを殺したんです」

7

紅は小さく震えていた。千春はジャケットを脱いで、その肩にかけてやった。

ラガーシャツ一枚の紅はもともと寒そうに見えた。言葉を吐きだし、空っぽになった心はさぞ冷えるだろう。

紅の不幸を聞いた。――胸糞悪くなるような話も。

紅に同情した。優しい気持ちになれた。他人に対してまだそんな気持ちになることがあるのかと、千春は意外に感じた。自分自身大きな不幸を背負っていると思っているから、他人の不幸には冷淡になる。これまであまり関心をもたなかった。

紅に同情が湧いたのはなぜなのかよくわからない。まだ酔いが残っているせいもあるだろう。八つ年が離れた紅に幼さを感じて、保護者意識が芽生えたからというのがいちばんあり得る気がした。要は、年をとったということだ。

紅に感謝する。ひとに優しさを向けると、自分の心の強ばりもほどけるのだと知った。詩音の家で写真を見て以来の懊悩《おうのう》も、ラッパーにからまれて芽生えた不安もだいぶ薄れた。

これでマンションに帰れる。嘉人としっかり対決することができるだろう。

紅は膝を立て、そこに顎をのせていた。千春はその横顔をただ見つめるだけで、かける言葉が浮かばなかった。年を重ねただけで、なんの経験もしてこなかったのだと痛感する。いまはとにかく経験より、言葉が欲しいと思った。

背筋を伸ばした紅が、ジャケットの前をかき合わせ、背を丸めた。

「寒い？」

「千春さんの気持ちが温かいっす」

いつもの冗談めかした言葉にほっとした。

「──まさか。あたしは氷のように冷たい女だよ」

「じゃあ、温かいのは男の成分ですか」

つっかかるような言い方は冗談なのか本気なのか判断がつかず、千春は言葉に詰まった。

「──ねえ、紅ちゃんから見てあたしは何？　女？　男？」

いる可能性が高いのだ。

千春はほっとした。紅が自分を男の変形とでも捉えているのなら、消えてほしいと思っている可能性が高いのだ。

重罪を犯し、紅の人生を狂わせた父親も男、人殺しの娘だと紅をいじめたのも男だった。男なんて消えろ、と紅が思っているのはそういうわけだ。

紅の父親が事件を起こし逮捕されたのは、紅が小学校五年生のとき。高校時代の遊び仲間と民家に押し入り、強盗を働いた。縛り上げ口を塞いだその家の主人が、窒息死したのだそうだ。強盗殺人の罪で有罪となり、いまも刑務所に服役しているらしい。

紅の家族は、もともと住んでいた埼玉から母親の姉が住む神奈川の綾瀬に引っ越した。そこで父親のことを隠して暮らすつもりだった。しかし、早々にばれてしまった。どうも、漏らしたのは母親の姉の旦那だったようだ。ここでも苦難をもたらすのは男だ。

殺人犯の子供とわかり、中学でひどいいじめにあった。紅はいじめと言ったが、それはいじめではなく、れっきとした犯罪だった。紅をトイレに連れ込み、性的な暴行をした。殺人犯の娘には何をしてもいいのだと男たちは思っていたようだ。それが正義だとすら考えていた。正義感に溢れる男子たちが、トイレの前で連日、列を作っていたそうだ。

高校に入り、その地獄からは逃げだせた。しかし、地獄の鬼は追いかけてきた。トイレで撮った暴行時の写真で脅し、紅に関係を迫ってきた。高校にとてもいい先生がいて、紅はその先生に相談した。結果、そんな男ども何人かを少年院送りにしたそうだ。ただし、撮られた写真はいまでもネットのどこかをさまよっているでしょうと、紅は暗い笑みを浮かべた。

男の暴力性、性欲、正義感、どれも気持ち悪くてしかたがないと言った。その気持ちは男だった千春にも充分理解できた。普段接するくらいなら問題ないが、男を信頼できないし、好きになることもない。いまはとにかく、居心地よく生きることを模索しているそうだ。

居心地のよい場所を探しているのは千春も一緒だった。同情以上のものを覚えるが、自分のことなど他人にわかるはずはないと千春同様に紅も考えている気がして、共感めいたことは口にしなかった。どうせ、聞いたばかりのいまだけの優しい気持ちだろうし。

精算機の生真面目な音声案内が夜のホテル街をひやかした。見ると、カップルが駐車料金の精算をしていた。車の邪魔にならないよう、千春と紅は立ち上がった。

強い風が吹いていた。そんななか、紅がジャケットを返して寄越した。「大丈夫、寒くない？」と芸もなくまた訊ねた。

「寒くないです。風もそんな冷たくないから」

どうやら、寒がっているのは自分だけなのかもしれない。千春はジャケットに袖を通した。

「台風が近づいているから、風が湿ってるのかも」

「また台風がきてるの？」

先月大きいのがきて、千葉県に甚大な被害をもたらした。

「知らないんですか。ニュースでさんざんやってますよ」と紅は呆れた顔をした。雨の日でも傘をもたない紅に、天気のことで呆れられるのは、なんとなく楽しかった。

数十年に一度のとてつもなく大きな台風が日本に向かっているのだという。

「そう、大きな台風がくるのね。ちょうどいい。これから、一緒に暮らしている男を問い詰めにいくところだから」

そう言って千春は歩きだした。どういうことです、何をするんですかと紅が追ってきた。

ホルモンバランスのせいか、ひとより寒気を感じるし、以前より気圧の変化に影響を受けやすくなった。けれど、台風が近づいていると聞いただけで興奮してきたのは、プラシーボ効果みたいなものだろう。嘉人との対決に、気持ちが前のめりになっていた。

詩音の家で見た裸の写真を撮ったのは嘉人しか考えられない。写真に写り込んでいたシーツの麻の葉文様は、マンションの寝室で使っているものだった。なんのために写真を撮り、それが詩音の手に渡ったのか。なんだ、そんなことか、と穏やかに納得できる答えはどうやっても想像できなかった。

千春はエレベーターを降り、廊下を進んだ。

答えがえられようとえられまいと、嘉人との関係はこれで終わり。つまり、住むところも失うのだ。それでもなんのためらいもないのは、台風が近づいているからだろう。

自分で鍵を開けて部屋に入った。明かりがついていた。嘉人の靴が並んでいる。

「ただいま」と大きめの声で言うと、寝室のドアが開いた。「お帰り」と嘉人が顔を見せる。廊下にでてきて、ドアを閉めた。いつも通りの素っ気なさだが、普段とどこか違う。

「飲んできたの？」と言いながら、嘉人はリビングのほうに向かう。

「嘉人も帰ってきたばかり？」千春が訊ねると、嘉人はそうだよと振り向きもせず答えた。

日常の亀裂を見つけた。普段、嘉人は外から帰ると真っ先に書斎にいき、部屋着に着替える。その習慣を崩したことはこれまで一度もなかった。それなのにいまは、スーツの組下のパンツを穿き、ワイシャツのまま。でてきたのは寝室からだった。

千春は踵を返した。寝室に向かい、ドアを開く。嘉人の慌てたような声が背後に聞こえた。

明かりをつけた。すぐに、ベッドの真上にあるライトのカバーが取り外されているのに気づく。白いプラスチックのカバーはベッドの下に転がっていた。

ベッドに近寄り、カバーを取り上げた。丸い皿状のカバーに目を近づける。

「明かりの調子がおかしかったから、ちょっと見てみたんだ」

やってきた嘉人が横から手を伸ばしてくる。カバーを掴んだ。千春は体を捻ってその手を振り切った。顔を近づけてよく見る。すぐにそれを投げ捨てた。

プラスチックのカバーに小さな穴が開いているのが確認できた。

千春は作り付けのクローゼットを開いた。蛇腹の扉がガラガラと音を立てる。帰ってきてから、そんな音は聞いていなかった。ここではない。

「どうしたの、何か探してるの。――おかしいよ」

嘉人はいつもとかわらぬ淡々とした口調だった。けれどどこか違和感を覚える。

枕の下を確認し、床に座り込んでベッドの下も覗いた。何もない。

「ほんと、どうしたんだい」

千春は立ち上がり、正面から嘉人を見た。ふーっと溜息をついた。

「ねえ、ここに立ってくれる」千春は自分の足元を指さした。

「なんで」

「なんでもいいから。お願い」少し甘えた声で言うと、千春はベッドから離れた。

嘉人は片手をポケットに突っ込み、入れ替わるようにベッドの脇に立った。

「嘉人、かっこいいわよ」

さっき寝室からでてきたときもポケットに片手を突っ込んでいた。普段の嘉人はポケットに手を突っ込んだりはしない。先ほど感じた違和感はそれだったのだ。

千春は足を踏みだし、嘉人に体当たりを食らわせた。やせ形の嘉人はあっけなくベッドに倒れ込む。千春は素早く視線を走らせた——ポケットから抜いた嘉人の手、ズボンのポケット。ポケットに膨らみを見つけて、嘉人の腰に組みついた。

ポケットに手を滑り込ませる。予期したような抵抗はなかった。千春がポケットのなかのものを摑んだとき、嘉人の手が口に向かうのを見た。嘉人が口のなかに何かを放り込む。

嘉人が体を起こす。千春は嘉人の胸に肩を打ちつけ、ポケットから手を抜きだした。すぐさま立ち上がると、自分の手のなかのものに目を向けた。それは小さな金属の箱だった。箱からは短いコードが伸びているが、それがなんなのかを考える余裕はなかった。

嘉人が苦しそうに呻き声を上げた。吐くのを堪えるように口をすぼめ、ぐふぐふと喉から音をたてる。千春は金属の箱を投げ捨て、嘉人の傍らに腰を落とす。嘉人の肩を揺すった。

「ねえ、どうしたの。何を口に入れたの」

嘉人の顔が赤くなっていた。手で口を押さえ、体を前後に揺すっている。

——毒だ、と千春は咄嗟に思った。嘉人は自分がやったことを永遠に封じるため、毒を飲んだのだ。日常の亀裂がとうとう破局を迎えた。

千春は嘉人の背中をさすった。自分の手には負えない、救急車を呼ばなければとパニックになった頭で考える。嘉人は胸を叩き、断末魔かと思わせる呻き声を喉の奥から響かせた。これは本当に毒によるものだろうかと疑問が浮かんだのは、嘉人は目を白黒させ苦しそうなのに、その割には胸を叩く拳が力強かったからだ。そもそも毒はこんなにも早く効くものか。

「大丈夫か、何か喉に詰まったの」

そういう苦しみ方にも見えた。嘉人の背中を強く叩いた。拳をみぞおちあたりにぐりぐりと押しつける。「さあ、吐きだして。おえって、するのよ」

嘉人が吐きだそうとしないのは、やはり何か証拠を隠そうと口に入れたからに違いない。意識的に飲み込もうとしたのか、誤って喉に詰まらせたのかわからないが、普段の嘉人からは考えられないマヌケな行為で、かえって怖いと思えた。顔色がもう紫色だ。こんなになっても吐きだそうとしないのは本当に恐ろしい。「何やってんの。あんた、死ぬよ」

思い切り背中を叩いた。拳をみぞおちに叩き込むと、嘉人はひどく背中を痙攣させた。ぐえっと息を吐きだし、舌を口の外に露出させた。その瞬間、黒い影が口から飛びだした。

ベッドの上に吐きだされたのは、黒いボタンのようなものだった。コートのボタンよりはやや小さい。千春は立ち上がり、唾液にまみれたそれを指で摘み取った。

「これ、隠しカメラだよね。これであたしの裸を撮ってたんだ」

ボタンの中心に穴が開いていて、レンズのようなものが見て取れる。たぶん、さっきの金属の箱と繋げ、映像を送信できるようになっていたのではないか。

嘉人は背中を丸め、まだ苦しそうに息をついていた。顔色は急速に白さを取り戻している。

「それは……、それは隠しカメラだと思う。誰かがここにしかけた、みたいだ。ライトを調べているとき、たまたま見つけて……。君を怖がらせないようにと思って……」

「あたしを怖がらせないために口のなかに放り込んで隠したって言うの。――気持ち悪いこと言うな。あんた、もっと賢いでしょ。そんな見え透いた嘘、言わないひとでしょ」

嘉人がおかしくなっている。カメラを飲み込んだばかりか、まともな言い訳すらできなくなっている。そんな姿も恐ろしいが、そこからわかることが千春を恐怖させた。嘉人にとって――たぶん詩音たちにとって、あの家に飾られていた千春の写真は重要な意味をもっている。自分の知らない自分が大きな存在となってあそこにいる、と実感させられた。

「山本詩音から、カメラを始末しろと、連絡があったんでしょ」

「なんの話をしているのか、さっぱりわからない。山本なんとかさんって、誰?」

「とぼけんな、詩音に言われて、あたしと暮らすことにしたんだろ。最初、店にきたのも、あの女の指示だったんだろ」

「違う、誰の指示でもない」と嘉人は答えた。隠しカメラを見ていなければ、その言葉を信じようとしたかもしれない。この一年の生活が、詩音の手の上でくるくる踊らされていたようなものだったとは考えたくない。しかし、きっとそんなものだったのだろうと思えてきた。

「じゃあ、なんで男と暮らそうと思ったんだ。女の形をしていても、いちばん重要な穴をもっていないあたしと、いったいなぜだい」

嘉人は「それは」と口にしただけで、黙ってしまった。

「なんか言えよ。賢いあんたなら、気の利いた言い訳くらい、いくらでもできるだろ」

なんか言って安心させろよ、ばか。黙り続ける嘉人にめらめら怒りが湧いてきた。千春はもっていたカメラを投げつける。平手で嘉人の頬をはたいた。

嘉人は頰を押さえ、頭を下げた。何か呟いたのだが、それがありがとうとも聞こえて千春は逆上した。横から頭をはたいた。また頭を下げた嘉人は、今度ははっきりと聞こえる声で、ありがとうございますと言った。千春は振り上げていた手を止めた。

「なんなの。あたしは叩かれてありがたがる存在なの、叩かれても叩き返さないの」

「叩き返したりしない。だから気がすむまで叩いて。気がすんだら、それでもうこの話は終わりにしよう。僕たちの関係、こんなことで壊れたりはしないよね」

つーんと鼻に刺激をもたらす嘉人の言葉だった。千春は目をつむり、刺激をやり過ごしてから言葉を吐きだした。「もう壊れている。なんでそんなことがわからないんだ」

「壊れたって修復することはできるはずだよ。また一からやり直せばいい」

「そんなレベルのことじゃないだろ」

この男にはもう言葉が通じない。そう悟った千春は、思わず飛び上がっていた。

蹴りだした足が嘉人の胸を捉えた。吹っ飛んだ嘉人は壁に頭を打ちつけ、ベッドに倒れた。

「終わりだ。あたしたちは終わったんだ。いいな」

嘉人は体を起こした。打った頭を押さえ、息をついた。

「わかりました。終わりです。受け容れるしかないのですね。――別々に暮らすことになりますが、いつからにいたしましょう」

「いまからに決まってるだろ。すぐにでていく。荷物だけしばらく置かせて」

「いえ、私がでていきます。引っ越し先が決まるまで、あなたはここで暮らしてください。一ヶ月くらいあればなんとかなりますね。それぐらいを目処に、準備を進めてください」

「なんでそんな気を遣ってくれるの。――っていうか、なんで急にそんな事務的な話しかたになるんだ、気持ち悪い。てきぱきやめろ」

切り替えスイッチでも押したように、顔つきから何からいっきにかわった。

「気を遣うのは当然のことです。私のほうに非があったのですから」嘉人は立ち上がった。

「カメラを仕掛けたのを認めるんだな。――だから、なんでそんな話しかたなんだ」

「私が悪かった、と言うだけではだめですか」

まさに言うだけで、悪びれた様子は窺えない。いつもの嘉人ではあった。

「いいよそれで。もう疲れた」

嘉人はすみませんと言って、書斎に向かう。十分もかからず荷物をまとめた。とりあえず、今晩必要なものだけもってでるようだ。

「詩音の家にでもいくの」玄関で靴を履く嘉人に訊ねた。

「どこかホテルに泊まるつもりです」

「そうか、嘉人も詩音の家で、あの白い服を着て踊ったりするのか」千春はその可能性に思いいたった。「小芝居をして最後には女たちにしゃぶられるだなんて――。嘉人がねえ」

靴を履いた嘉人は勢いよく背筋を伸ばし、くるりと踵で回転して向き直った。

「なんだよ、怒ったのか」

「怒っていません」硬い口調はやはり怒っているようだった。「一般論ですが、傍《はた》から見たら滑稽でも、本人たちは真剣で、社会のためになると信念をもって行っていることもある。結果はどうあれ、その心情は尊く美しい。一概にばかにできるものではないと思います」

「あれが、社会のためになる行為だって言うの」

嘉人は首を横に振った。「ただの一般論です」

もちろん、詩音の家でのことだろう。

嘉人はトートバッグを手に提げ、ドアのほうに体を向ける。こちらに顔を戻した。

「ありがとうございました。一年間、幸せでした」

嘉人は白い歯を見せ、ぎこちない笑みを浮かべた。恋する少年のような顔だと思った千春は、思わず手を振り上げた。しかし、すぐに下ろした。

「鞠家さん、最後にひとことだけ」嘉人は笑みを消して言った。「あなたがご自身のことで悩んでいるのはわかっています。自分が何者か、というようなことなのでしょう。しかし、それを追求することは、自分に囲いを作ることになりかねません。ひとが他人に囲いを作ると差別になります。自分に作るとどうなるのでしょう、孤独でしょうか。囲いがあるなら、それを取り払って周りと融け込むことを考えるほうが未来に繋がる気がします」

「いらないアドバイスよ。あたしは居心地のいい場所を探しているだけだから」

見つけた場所が孤独であるなら、それでかまわないとも思う。

「見つかることを願っています」

ドアを開いた嘉人は、口のなかで、もごもごと何か唱えた。千春のために祈っているのかもしれない。冗談のつもりか、鞠家様といやにかしこまって呼ぶのが聞き取れた。

8

囲いは誰が作るの。それは高いの低いの？

嘉人のやつがよけいなことを言ったのが悪い。部屋でひとりになって、あれこれ考え始めてしまい、マンションの下で待っている紅のことをすっかり忘れていた。

紅は千春が部屋を追いだされたら自分のところにくればいいと、待機してくれていた。いけねっ、と気づいたときには、下で別れてから一時間以上がたっていた。すぐに電話をかけてみたが、応答はなかった。退屈して帰ってしまったのだろうと思いながらも、千春は部屋をでて、下まで降りてみた。

エントランスをでたあたりにひとの姿はなかった。遠くに視線を伸ばすと、マンションの敷地をでたところに人影が見えた。男と女。女がしゃがみ、男がつっ立っている。犬の散歩をする近所のひとだろう。この時間、歩いているひとの半分はそうだ。もう一度あたりを見回しエントランスに引き返そうとしたとき、声が聞こえた。

「すみませーん」と男の呼ぶ声。自分に向けられたものだとすぐにはわからなかった。目をやると、敷地の外に立つ男が、こちらを向いて手を振っていた。しゃがんでいた女性も立ち上がり、こちらのほうを見ている。千春は訝りながらも足を向けた。

近づいていくと、ふたりとも、デザイナーもののジョギングウエアーを着ているのがわかった。犬は連れていない。男のほうがまた「すみません」と言った。

「もしかして、お友達を捜していますか」

男の言葉に驚きながら、千春は「はい」と答える。驚きはすぐに不安にかわり、足を速めた。「何かあったんですか」

女性がまたしゃがみこんだ。入り口の植え込み——高さ五、六十センチほどのコンクリートでできた土台の陰に視線を向けている。そこに何かがある。

男がマリアさんですかと訊いたときには、もう目の前まできていた。千春はふたりの背後に回り込み、植え込みの陰に目を向けた。思わず大きく息を吸い込んだ。「紅ちゃん」

紅が植え込みの土台にもたれて座りこんでいた。鼻血と口の端から垂れた血が混ざり合い、一本の筋になって滴り落ちる。その痛々しさに千春は顔をしかめた。

「どうしたの」千春はしゃがみこんで言った。

「どうもしない。ちょっと転んだだけ」

笑おうとしたのか、紅の顔が引きつった。左の瞼が腫れていた。

「転んだだけのわけがないでしょ」

「でっかい犬にも襲われたかも」紅は疲れたように目を閉じた。

「ずっと、こんな感じなんですよ」女性のほうが初めて口をきいた。「何があったのか、はっきりしなくて。救急車呼ぼうか、警察呼ぼうかと訊いても、大丈夫大丈夫って言うばかりですし。友達が迎えにくると言うので、ちょっと様子を見ていたんですけど――」

ふたりがこの近くまで走ってきたとき、男たちが三人いたそうだ。暴行しているような感じではなかったが、近づいていくと、さっと小走りで離れていった。男たちがいたところに目をやり、うずくまる紅を見つけたという。

「三人って、まさかさっきのラッパー？」

紅は首を振って「まさか」と言った。考えてみればそれはないだろう。ここまできて紅に暴行するなら、あそこで殴っているはずだ。

「わかった。とにかく、私の部屋にいきましょう、大丈夫、立てる？」

紅が頷くのを見て千春は振り向き、カップルに礼を言った。肉体的にも社会的にも健やかそうなふたりは、いらぬ好奇心を発揮させることもなく、すぐに立ち去った。

紅がアスファルトに手をつき、腰を上げた。千春は腕を摑んで引き上げた。

「大丈夫です。足とかは全然平気だから」

紅は立ち上がって歩きだした。足を引きずるようなことはなかったが、体全体が強ばったように、ぎこちない動きだった。千春が腕を摑んで支えると、紅は体を寄せてきた。

「何があったの」

「……ちょっと、知ってるやつに会っちゃった」間をおいて紅は言った。

「ここで、偶然に？」

「わかんない。どこかで見かけて、ついてきたのかも。とにかくもう大丈夫。これで気がすんだはずだから」

女の顔を思い切り殴らなければ気がすまないようなできごとがあったということか。

エントランスを潜り、エレベーターに向かった。「警察にしらせる気はないのね」と訊ねると紅は頷いた。「じゃあ、危ないから、今晩はうちに泊まっていきな」

「わあ、助かります。なんかもうぼろぼろで、帰る自信がなかったから」

紅は血に染まった歯を見せて笑った。千春は、みすぼらしい子と思ってしまった。本来は暴力を受けたかわいそうな子であるはずだが、そう思う優しい気持ちがにわかにかすんだ。

紅のわざとらしい態度が気になっていた。暴力に対する怯えや怒りがあるはずなのに、無理に明るく振る舞っている。心配をかけまいとやっているにしては大袈裟だった。これは深刻なことではありませんよと、ことさら小さく見せようとしている気がした。警察に通報したらと強く勧めているわけでもないのだから、本来そんなことをする必要もないのに。

「あっ、言うの忘れてた。話がついたってほどすっきりはしなかったけど、男のほうがでていった。引っ越し先が見つかるまでは、ここにいられる」千春は結果を報告した。

「そうなんですか、よかったですね」

紅は声を大きくしたが、最後のほうは息切れしたように萎んだ。やはり無理をしている。

「だからあたしとふたりきりになる。それでも大丈夫？」

一瞬きょとんとした紅は、すぐに「ああ」と声を上げた。「大丈夫ですよ。さっきも言ったけど、千春さんは男じゃない。怖くはないです」

千春はエレベーターの前で足を止め、頷いた。見上げる紅の目に怯えの色は浮かんでいなかったけれど、どこか不安げにも感じた。腫れた瞼のせいかもしれない。

エレベーターのなかで沈黙ができた。壁にもたれた紅を振り返って見た。こちらを見ているような気がしたが、うなだれ、足元を見ていた。千春は口を開いた。

「ねえ、前に話したっけ。あたし、下のほう、手術してるから」

紅が顔を上げた。薄い笑みを浮かべて頷いた。同時にエレベーターが止まり、扉が開いた。

紅は壁から体を離して扉に向かう。エレベーターをでたところで追いつき、千春の腕に自分の腕をからませてきた。紅の安心感が体温と一緒に伝わってきた。自分が安心しているだけか、とも思ったが、紅の気持ちを確かに感じる。

なんだかへんな気分だった。ペニスを切り落とされたことが、誰かの安心に繋がっている。皮肉な話だし、怒りを催しそうな気配もある。同時に、まあそんなこともあるよねと気楽に捉えてもいた。それは紅の体温を感じているからだろう。優しい気持ちも戻ってきた。

部屋に入り、簡単に傷の手当てをした。出血はそれほどでもなく、汚れを取り除いてやると痛々しさはだいぶ薄れた。それでも目の周りの裂傷はそれなりで、腫れがひいても青痣が残りそうだった。明日も仕事があるそうだが、紅本人は痣ができようがあまり気にしていないようだ。「あたしそういうタイプじゃないから、誰も気にしませんよ」と言った。

紅が属するらしい顔に青痣ができていても気にされないタイプ、というのがわからなかった。強いてあげれば、タトゥーを入れていることを指しているのかもしれない。紅は手鏡で自分の顔の変化をしげしげと眺めた。眉をひそめたり、唇を尖らせたり、大袈裟な表情を作る。皮膚にできた傷——最新の文様が似合うかどうかを確かめているようにも見えた。「なんか、女ボクサーみたいで、いい感じだよ」と言ってやると、紅はまんざらでもないらしく、きりっと表情を引き締め、鏡に見入った。

シャワーを勧めたが、今日はやめときますと紅は首を横に振った。そして、かわりに何かお酒を飲ませてくださいと言った。それこそ今日はやめといたほうがいいと忠告すると、千春さんだけ気持ちよく酔っぱらってずるい、ずるいずるいと百万回くり返す。今晩飲みに誘ったのは自分のほうらしいし、傷によくないなどと説得するのもめんどくさかった。冷蔵庫にビールがあるから適当に飲んでてと言って、千春はシャワーを浴びにいった。

シャワーを浴びてリビングに戻ってみると、紅はすっかりできあがっていた。ビールばかりか、嘉人のワインの栓まで開けていた。さあ一緒に飲みましょうと、寝る準備ができている千春に無理矢理グラスをもたせ、ワインをどぼどぼと注ぐ。

飲みたくはなかったが、飲まずにいられるのは紅のおかげでもある。紅がいてくれることで気が紛れ、詩音や嘉人のことを考えずにすんでいる。まだ一時を過ぎたばかり。少しくらいつきあってもいいだろう。つまみになりそうなものをもってきて、ソファーに腰を据えた。

酔いが回った紅は、リラックスして見えた。とくに無理をしている様子もなく、くだらない話をしては笑い転げていた。千春はマンションの外で何があったのか再度訊ねてみた。

「ああ、あれね。――さっき駐車場で話したじゃないですか、高校生になって、あたしを脅してきたやつを少年院送りにしてやったって。そのひとりに見つかっちゃったんです。もう五年たつのに、ばかですよね、いまだに恨んでるなんて」

「そうだったの。ほんと糞みたいなやつだね」

千春はそう言ったが、紅の話を信じてはいなかった。酔いが飛んだように、紅はすらすらと話した。きっと、今度訊かれたら、そう答えようと決めていたのだろう。

訊かなければよかった。紅にいらぬ嘘をつかせてしまった。千春はそう考えて、はっとした。あたしはいつから聖人になったのだろう。嘘を責めず、嘘をつかせてしまったことを後悔するなんて、優しさを超えて人間愛にきらめいている。自分がそんな人間のわけはない。やはり今日はおかしい。おかしくなってもしかたのない日ではあった。

「ねえ、千春さんの心のなかって、どうなっているんですか」

二本目のワインを開けたとき、紅が訊いてきた。これまで、紅が千春の心のなかに踏み込んでくるようなことはなかった。いまも、酔っぱらいがただ無邪気に訊ねているだけに見えた。だから、千春も気軽に答える。

「どうなってると思うの。見た目どおりのエレガントな女があたしの中心にいると思う。アラサーのおっさんがどっかりと腰を据えているかも、と思わない？」

「えっ、千春さんのなかにおっさんがいるんですか」紅は大袈裟に驚いた顔をした。けっして怯えた顔ではなかった。「こんな綺麗な体のなかにおっさんがいるなんていやだ」

酔っぱらいの紅は、やだやだやだと首を強く振った。取り憑いた悪霊でも祓《はら》うように、腕を摑んで千春の体を揺する。「ちょっと、興奮しないでよ」と、千春は紅の腕を取った。

「あたしのなかにおっさんがいたら、どうなのよ。紅ちゃん、気持ち悪いの？　怖い？」

紅は動きを止め、千春をじっと見つめた。「怖くはないです。——やっぱり、ひとは見た目が九割ですね。中身がどうでも、見た目が千春さんですから、かっこいいですから」

「そうなんだ。中身が男でも怖くはないんだ」

紅は頷いた。しかし、咎めるような目で睨み続ける。「おっさんなんだ」

「おっさんというのはちょっと盛ったね。正直、おっさんぽいところはないと思うけど、でも、男だよ。あたしの心のなかはシンプル。ストレートな男がいるだけ。ゲイではないし、女に生まれたかったとも思わない。ただ女の外見で生きていこうと決めた男がいるだけ」

どうよ、驚いたか、と訊いた自分が驚いている。正直にすっかり話していた。

「驚かないけど、なんだか信じられない。女の心がないんですよね。でも、――ないんですよね」紅はそう言って、千春の股間のほうにちらっと視線を向けた。

紅の顔に怯えはなかったが、酔いが醒めたような憂いが見えた。千春は事故でペニスを失ったのだと話した。男としての中心を失い、女として生きることに決めたのだと。

「じゃあ、千春さんは、女の子が好きなんですか」

「どうだろ。男を愛せないことははっきりしてる。女性を愛せるかどうかは、わからない」

わからないままでいいと思っていた。要は誰も愛さなければいいということだ。性器がない自分は性から距離を置いていればいいとも思っていた。ペニスを失い、性を楽しむことができないことにショックを受け、女になることでその事実を受け容れてから、ずっとそこに意識を向けないでこられた。それが崩れたのは嘉人と暮らすようになってからだ。男は性の対象にならないとはっきりしたとき——もっと言えば、対象でない男に抱かれ、心が疲弊した真夜中のベランダで——、このまま愛を知らずに生きていくことに、漠然とした不安と憤りを覚えた。自分が何者なのか問うようになったのはそれからだった。

「ねえ千春さん、女風呂に入ったことありますよね」紅がいやに声に勢いをつけて言った。

「——何それ。入ったことないけど、それがどうかした」

「嘘ですよね。女の体になってから、スーパー銭湯とか、温泉とかいってないんですか」

「ないよ。だから、それがどうしたのよ」

紅は肩を落とし、溜息をついた。「はっきりしました。千春さんは女に興味がないんです。だって、透明人間になって女風呂に忍び込むのが、男どもの絶対的な夢じゃないですか。千春さんはそれができるのにやらなかった。千春さんのなかにいる男は、本物ではないんじゃないですか。おっさんは間違いなくいませんね」

「なんでそれだけで決められんの。たまたまいく機会がなかっただけかもしれないでしょ」

本物の男ではないと言われて反発を感じた。自分自身、思っていることではあるけれど。

「男なら何がなんでもそういう機会を作りますよ。あののび太だって、ことあるごとに、しずかちゃんの風呂場に突撃するじゃないですか。千春さんは女に欲情しないってことです」

風呂場はないが、キャバクラ時代、女子更衣室には当たり前に足を踏み入れていた。男のいないところでの言葉や所作のあまりの汚さに辟易したものだ。あれですっかり女に幻滅したのか、下着姿を見ても、一度も欲情などしなかった。

「欲情しなくても、愛することは可能でしょ」

「そういう例もあるでしょうけど、一般的に、恋愛の初期にはそのふたつがセットになっているもんじゃないかな。とくに若い男が欲情しないなんて、あたしは信じられない」

反論する気はなかった。紅との対話は、いつも心のなかでしている自分自身との対話をなぞったようなものだった。自分の答えに反論を重ねていく不毛の思索。答えなどでない。

「千春さん、一緒にスーパー銭湯にいってみよう。まずは試してみるのがいいと、あたしは気づきました」

「タトゥーはどうすんの」と千春が問うと、紅は一瞬黙り込む。

「じゃあ、いまから一緒にお風呂に入ろう」紅はあったまろうと言って腕にしがみついた。

酔っぱらいにしてもはしゃぎすぎ。酔い醒ましに、紅のおでこを強めにはたいた。

二時を過ぎても紅はまだ寝そうになかった。千春は先に寝るよと洗面所にたった。歯を磨いて戻ってくると、紅はあっけなくソファーの上で寝息をたてていた。いびきも混ざる。なんだろう、子供とおんなじだ。まるで自分とは違う生きもののような気もした。八歳年が離れているし、紅が生まれながらの女であることを考えると、実際にそれくらいの違いがあるのかもしれない。千春は紅のラガーシャツの襟ぐりを引っぱり、なかを覗いた。白い肌に黒っぽい影が見えた。死に神の断片か、黒く尖ったタトゥーは、顔にできた傷以上に、紅に痛みをもたらすもののように見えた。目の周りの痣を指でなぞり、ソファーを離れた。

寝室にいき、すぐにベッドに入った。ひとりになるとまた心が乱れた。誰かに見られているような気がしてくる。詩音の家で見た写真が頭に浮かぶ。裸をひとに見られることはさほど苦にならなかった。それより、自分が知らないところで何かの役割を与えられていることが気持ち悪い。自分自身のことなのに、自分の手では何もコントロールができないのがもどかしかった。誰の人生もそんなものなのかもしれないが、それにしても、と思う。

夢はコントロールできない。しかしコントロールしようともがくこともない。眠けが訪れたとき、千春はそんなことを思った。たぶん寝ているときは、素の自分にいちばん近いのだろう。何者でもない、ただ生命活動を行い、夢をみるだけのひと。人格はあるが、属性はない。教養は必要ないし、愛も必要としない。いつもひとりだけれど、孤独を感じたことはない。社会もひとの目もない世界で、束の間、ひととして整えられていく。まるでサウナだ。狭い部屋、汗まみれの平たい胸。少年のころの自分がいた。――夢だ。一瞬眠りの世界に落ちた。意識のある自分が触れることのできない、もうひとりの自分。うらやましい……。

――ふっと目が開いた。カーテンの向こうに朝の気配があった。背中に硬い異物を感じた。首を巡らすと、紅の額が背中に張りついていた。息が酒臭い。それを不快には思わず、以前インフルエンザにかかったときのことを思いだした。あのとき、ベッドで眠り続けた自分の息もそんな匂いだった。病気になったときの心細さを思いだしながら、枕に頭を沈めた。

寝息が聞こえた。千春はその寝息に合わせて呼吸をした。それで、眠りの世界にいる紅と繋がることができればと願った。属性のない眠りの世界で会えたならば、ひととして深くわかり合える気がした。どうしてわかり合いたいと思ったのかは、自分でもなぞだった。

9

詩音の家にいったのは、ぎりぎり午前中だった。希にみる大型の台風十九号接近のニュースを見て、焦るような気持ちでやってきた。

朝起きたら、紅はもういなかった。「おはよう　仕事にいってくるよ」とだけ書かれた置き手紙があった。あの顔で――たぶん寝る前より痣がひどいことになっているだろう顔で、本当に仕事にいったようだ。酒も抜け、睡眠で昨晩にひと区切りをつけた千春は、詩音と対決する気力を取り戻していた。いちだんと近づいた台風の影響もあっただろう。

勇んでやってきたものの、詩音はいないようだった。嘉人から聞いて、千春が早々にやってくる可能性を詩音はわかっていたはずだ。それで、逃げだしたのかもしれない。

庭に回って、なかの様子も窺ったが、ひとの動く気配はなかった。門のほうに戻るとき、庭との境をなす灌木に白い布のようなものが引っかかっているのが見えた。手に取ってみると、景品で配られるような薄手のタオルだとわかった。白く見えたが、薄汚れていた。見た目だけで汗臭さが伝わってくるようなもの。千春はタオルを放って灌木に戻した。

タオルから視線を上げて、はっとした。ひとの視線を感じたのだ。正面の未来的な隣家の窓――。二階のガラスに子供の姿があった。昨日、こちらの視線に気づいて手を振っていた男の子。いまは無表情で、じっとこちらを見つめる。千春が手を振っても、まるで反応しない。なんだか気味が悪くなってきて視線を外した。そのまま進んで門をでた。

駅のほうに戻り、ショッピングモールのスタバで軽い食事を摂った。そこで時間を潰して、夕方にでもまたいってみるつもりだったが、叔父に電話をしたら急遽会おうということになった。先ほどの訪問から二時間もたっていなかったが、千春は再び詩音の家を訪ねた。

門を潜って、すぐに変化に気づいた。灌木に引っかかっていたタオルが消えていたのだ。あたりを見回しても、どこにも落ちていない。千春は玄関に突進した。

玄関のドアに鍵はかかっていなかった。ドアを開き、大声で名乗りを上げようと息を吸い込んだとき、廊下の奥、戸の開いている居間のほうで、ひとの動く気配がした。人影が動く。影が姿を現して千春の背中に寒気が走った。思わず、後ろに飛び退いた。

影が立ち上がって歩いてきた。真っ黒い影が——。そんな錯覚をしたのも無理はない。姿を見せたのはすらっと背の高い黒人男性。アフリカ系の外国人など見慣れているはずだが、詩音のこの古い家で出くわすのは完全に不意打ちだった。しかも上半身裸の短パン姿。

男も千春を見て驚いたらしい。「きゃっ」と声を上げて壁の陰に隠れた。筋肉質な体に似合わず、子供のような、女の子のような声だった。

壁の陰から顔だけが覗いた。顔の造作はよくわからなかったが、白目がよく映えた。そのくりくりした目に愛嬌を感じた。千春は「こんにちは」と声をかけ、玄関のなかに入った。

「ようこそ、かわいこちゃん。ごめんなさいね、こんな格好で。山本さんに用？」

男は腕で胸を隠してでてきた。綺麗な日本語だった。体も彫刻のように美しい。肩をすぼめた仕草はキュート、クィアな感じだった。

「彼女、いるのね」

「それが、珍しくでかけているみたいなの」男がそう言ったあと、ふいに空気がかわった。はっと息を呑む音。男は大きく口を開け、反っ歯を剝きだしにした。「いやっ」と声を上げたとたん、ものすごい勢いで廊下を後退しだした。お尻から吸い込まれるように居間に入り、また壁の陰に隠れた。

尋常じゃないその動きに千春は呆気にとられた。また日常の亀裂を見た気がした。いったい、何が起きたのだ。千春は背後を振り返ってみたが、開いたドアの向こうに変化は何もない。正面に目を戻すと、壁の陰からわずかに男の顔が覗いていた。

「急にどうしたの。あなた、あたしのこと、知ってるのね」千春は低い声で言った。

「知らない。顔は知ってるけど、僕はここのひとじゃないから、よく知らない。――こっちにこないで。僕に近づかないで」

「知らないのに、なんでそんなに怯えるの。あたしはいったいなんなの」

答えがなかったので、千春は靴を脱いだ。「答えないなら、そっちにいくよ」

男は「いやーっ」と悲鳴を上げ、背後を振り返った。「サヤカちゃん、大変よ。マリア様がきてる。本物のマリア様が、動いているのよー」

千春が廊下に上がったとき、サヤカちゃんと呼ばれた女の姿が居間の奥に見えた。携帯電話を耳に当てた女は、ごつい顔をしていた。しゃくれた顎、細くつり上がった目。千春以上に強気な顔だ。タンクトップから伸びる腕は細いが、筋張っている。

「いないのもだけど、タオルが気になるのよ。それってトウジのタオルのような気がする」

女は携帯に向かってそう話しながら、男に近づく。しかめ面で男を睨む。クィアな男は壁から半身を覗かせ、千春のほうを指さした。

女が廊下にでてきた。ナイロンのトレパンがシャカシャカと音をたてる。がに股気味に歩く姿を見て、この女はダンサーなのだと悟った。たぶん半裸の男もそうだろう。

女は足を止めた。しかめ面だった女の表情がかわる。目を見開き、口をぽかんと開けた。

「もちろん、あたしのこと知ってるね」千春の腹の底が冷えた。言葉も冷たくなった。

女は顔を強ばらせ、視線を外す。あとでかけ直すと言って携帯を切った。千春に視線を戻す。「山本さんはいまでかけています」

「それはさっき聞いた。それより、あたしはあんたたちにとって、なんなの。なんでそんなに怯えるの。答えなさい」千春は女のほうに一歩踏みだし、訊ねた。

「それは……、いえ、怯えたりはしていません。私たちはただ……」

「怯えてるじゃない。おしっこチビりそうなくらい怯えてるでしょ」

千春が居間のほうに顎をしゃくると、女は振り返った。

「あれは、私たちの会員ではないです。だから、何かちょっと勘違いしているようで」

「勘違いじゃない！」男は壁を摑み、金切り声で叫んだ。「マリア様は男嫌いで、気に入らないやつのおちんちんを切り落とすって教えてくれたの、サヤカちゃんじゃないの」

女が千春のほうに顔を戻した。それこそ怯えたような表情をし、顔の筋肉を強ばらせた。

「トト、あんた、ほんとにばかなの？　そんなの冗談に決まってるでしょ、本気にする？　しかも、こんなときになんで言うかなあ」

「ひっどい。僕は心が純粋なだけ、ばかじゃない」トトと呼ばれた男は立ち上がった。

「冗談にしても、趣味が悪すぎるね」

「この子がしつこくマリア様のことを訊くからつい……」言葉を詰まらせた女は、勢いよく頭を下げた。「すみません。その通りです。言うべきではなかったと後悔しています」

「後悔しても遅いわよ。僕、おしっこチビった。サヤカちゃんのこと少し嫌いになった」

「ちょっと黙っててくれる。あんたには関係ないことだから。トイレにでもいってれば」

トトは素直に動いた。横目で千春を窺いながら、洗面所に入っていった。

「あたしはここでマリア様って呼ばれているの？」千春は女に向き直って言った。

サヤカと呼ばれたダンサーは、視線をそらして曖昧に首を振った。

「――で、あたしはなんなの。ここでどういう存在なのか教えて。これは命令だよ」

「いや、そういうことは山本さんから話したほうがいいかと……。私には……」

サヤカは逃げるように後退し、居間に戻った。

「誰が話したっていいでしょ。あたしが話せって言ってるんだよ」

千春はサヤカを追い、居間に入った。四、五十センチの距離でサヤカと睨み合う。視線を揺らした千春は、部屋の様子に気づいて目を丸くした。

――なんだこれは。千春はその異様さに息を呑んだ。

部屋のなかがひどく荒れていた。床には食べ物が散乱し、何か液体がこぼれていた。割れたガラスのコップも転がっている。千春は視線をさまよわせた。あるはずのものが見当たらない。サヤカの肩を押しやるようにして奥に向かう。

庭に面した窓のところに額縁を見つけた。千春の写真が収められていたものだ。写真はびりびりに破られ、傍らにうち捨てられていた。

「いったいどうしたの、これは」千春はすぐ後ろにやってきたサヤカに訊ねた。

「わからないです。私はダンサーをしています。昼間、ここで時々ダンスの練習をさせてもらっているんです。山本さんはめったにでかけないんで、たいていはいるんですけど、今日はいないし、部屋がこの状態で、ちょっと気になって色々電話していたところだったんです」

千春は女に向き直った。「ちょっと気になったって――、この状態は、どう考えても普通じゃないでしょ。強盗でも入ったのかもしれないじゃない」

「強盗が入ったなら、なんで山本さんはいないんでしょう。強盗がその家の住人を連れ去ったりしますかね。山本さんは繊細なひとです。時折、精神的に不安定になることもある。だから、これはご自身でされたのでは、と私は考えました。だとしても、そんな精神状態でどこへいったか気になります。それで、ちょっと気になるという言い方をしました」

詩音は携帯をもっていないので連絡はとれない。今晩、ここで会合が予定されているから、詩音が戻ってこない場合を考え、関係者に連絡をしていたところだったそうだ。

「あんたたちはここで何をしているの。昨日の夜、この窓から覗いてみた。おかしな儀式のようなことをやってたけど、あれはなんなんでしょう」

「勉強会です」とサヤカは言った。どんな勉強会なのと訊ねたら、「女性の未来について考える勉強会です」とすぐさま返ってきた。

「男もいたね。男に奉仕しているように見えたけど、あれも女性の未来？」

サヤカは顔を強ばらせた。「そうです。あれは女性の未来のためにやっていることです。性的な行為とは関係ありません。ましてや、男への奉仕なんかじゃないです」

「じゃあ、その勉強会で、あたしはどんな役割なの」

これまでテンポよく答えていたサヤカが言葉を呑み込んだ。「……それは、やはり山本さんから話すことだと……。山本さんが戻ってきたら、マリア様が知りたがっていたと伝えておきますので、どうか今日のところはお引きとりください」

サヤカの携帯電話が鳴っていた。サヤカはそれにでず、「お願いします」と頭を下げ続けた。床に膝をつけそうな気配を感じて、千春は「わかった」と引き下がった。

　また出直すからと言って千春は玄関に向かった。いずれにしても、詩音とは対決しなければならないのだ。電話にでたサヤカは見送りにはでてこず、居間で話していた。

　玄関をでると、その傍らに黒人のダンサーが座っていた。門のほうに顔を向け、千春に目を向けない。千春がドアを閉め、さよならと言うと、ようやく顔を上げた。

「ごめんなさい。僕は、あなたを傷つけるようなことを言っちゃったのよね」

「べつにいいよ。気にしてない」

「あなたは美しくて、神秘的。だからそんなこともあるかと信じちゃったんだ。許してね」

　トトは手を合わせて言った。

「許すから、ここのことを教えてくれる？　ここで何が行われてるの」

「ここのことは秘密でもなんでもない。ホームページだってあるぐらいだから。ここはマザーズって名前の会で、やがてやってくる女だけの未来を考える会なんだって」

「女だけの未来って、なんなの。そういう架空の世界を考える会ってこと？」

　トトは驚いたように大きく口を開け、ピンク色の舌を覗かせた。「やだ、マリア様が知らないなんて。数百年先か数千年先か、男が地球上から消滅するのは確実みたいよ」

　千春は「なるほどね」と言った。やはりその手の怪しい団体なのかと納得した。

「それで、マリア様っていうのは、どういう存在なわけ」

「いやよ、もうあのことは言わないからね」トトは拗《す》ねたように頬を膨らませた。

「あのこと以外に、何か見たり聞いたりしたことはない？」

「サヤカちゃん、マリア様の写真に手を合わせていた。目をつむって、何か願いごとをしている感じだった。マリア様はもちろん、なんか、サヤカちゃんのその佇まいまで美しく見えた。だから、僕も写真のなかの美しいひとに手を合わせたの。そのとき、マリア様はオリジンで偉大なクリーチャーだって教えてくれた」

「何それ。また適当に答えただけじゃない？」

「僕がしつこく訊く前に話してくれたことだから、会で本当に言われてるんだと思う」

オリジンで偉大なクリーチャー。それが自分を表す言葉だというなら、不快感を覚える前に笑ってしまう。——うける、うける、ほんとにばかじゃない。

「ちょっと、トト、何やってんの」

声に目を向けると、ドアが開く。ドアの陰からサヤカの顔が覗いた。

「オリジンで偉大なクリーチャーって、いったい何」千春はサヤカに問い質す。二度とその言葉は言いたくないと思うくらい、口にした自分がまぬけで腹立たしくなった。

「トト、またよけいなこと言って。早く入って、練習だよ」

「よけいなことじゃない。マリア様には知る権利があるはずだよ」

「そのとおりだけど、無責任なことは言えない。しかるべきひとが、しっかりと答えるべきなんだ」サヤカは千春のほうに顔を向けた。「すみません、それも山本さんが語ったことで、真意は山本さんから説明するのが誤解がなくていいと思うのですが、よろしいですか」

「ああ、いいよ」と千春は答えた。それは詩音の口から説明を聞きたかったからではなく、時間がたてばその言葉のばからしさもいくらか薄れるかもしれないと思ったからだった。

10

叔父は釣りがしたいから赤坂見附で待ち合わせをしようと言った。

赤坂のお堀で、ボートに乗りながら釣りができるのだそうだ。昔、叔父とよく荒川で釣りをした。そんな思い出があるとはいえ、五年ぶりに会うのに何もわざわざ釣りをしなくてもとは思う。しかし、叔父は今日はどうしても釣りがしたい日なのだと主張した。

結局、渋谷で待ち合わせをした。千春は健太と約束があることを思いだしたのだ。今週末のDJの打ち合わせを五時からトランクホテルでやることになっていた。

ホテルのラウンジに現れた夏彦叔父は、フィッシングベストを着ていた。釣りにいきたかったという抗議の気持ちを表明しているのかもしれない。叔父は昔から、大人げないユーモア精神を発揮することがよくあった。

スウェットシャツの上にフィッシングベストを着てサンダル履き。がたいがよく、彫りの深い顔立ちだから、何を着てもとりあえずさまになるひとだった。とはいえ、どんな職業の人間か見当もつかない怪しさは残る。その場の視線を思わず引きつけるほど目立っていた。

実際、叔父の職業が何かと問われても、甥の千春でさえなんとも答えられなかった。特定の業界や職種に長いこと携わっていた様子はなく、フリーターと呼んでしまえば話は早いが、そう断定するにも、叔父の生活を知らなさすぎた。そんな反省をふまえて、叔父の近況報告にじっくり耳を傾けた。

この五年ほど、沖縄で暮らしていたという叔父は、向こうで意気投合した男と、バーを開いたのだそうだ。辺鄙なところにあるぼろい家屋を改装して作った店が評判となり、最終的には三軒経営するまでになった。戻ってくるとき、経営権を売ってきたそうで、しばらくはその金で生活するつもりだと、叔父はモヒートをおかわりしながら語った。

ふらりと立ち寄った旅先で、三軒の店をもつまでになった。どこまで本当の話なのかはわからない。それでも、叔父の物腰にはよゆうが感じられた。お金に困っていないのは、たぶん本当なのだろう。いずれにしても、叔父には生きる才能がある。生活の基盤ももたずに五十をすぎるまで飄々と生きてきた。うらぶれた感じはまるでなく、年齢なりの貫禄すら見える。もっとも、髪の白さが年齢を感じさせるが、顔立ちそのものは昔とさほどかわっていなかった。若いというより老けていない。いい年のとりかただと思う。

才能とはいったが、そんな生き方ができたのは所帯をもたなかったからこそだろう。たまたまなのか、そういう主義なのかは知らないが、叔父はこれまで一度も結婚したことがなかった。千春も端から所帯をもつ気はない。そういう意味では、叔父の生き方は参考になりそうだが、やはり才能の多寡は問われそうで、まねをしてもうまくやれる自信はまったくない。

千春には人生の参考になる先行モデルがなかった。ゲイでもなくトランスジェンダーでもなく、ペニスがない女の形をしている男がどんな人生を歩むのか、モデルケースを知らない。広い世界には同じような人間はいるのだろうが、千春は見たことも聞いたこともなかった。ゲイでもトランスジェンダーでも、こうありたいと思えるモデルがきっとあるだろう。自分にも、そんな先人がいてくれれば、未来がそこまで怖くはなくなるはずだ。自分が何者であるか、曖昧なままでも気にならないかもしれない。夏彦叔父が千春の近況を訊いてきたので、キャバクラをやめてＤＪをやっていることを話しながら、そんな、愚痴をこぼした。

叔父は「いやはや、なんとも」と言った。それは叔父の口癖であり、昔好きだった漫画のタイトルでもある。「ほう」とか「まあそうだな」とか、そんなニュアンスで使っている。

「お前の気持ちはわからないでもない。確かにお前の、そのなんだ……、セクシャリティーとかというやつは特殊なものなんだろう。たぶん自分自身でも、いまだに混乱しているところはあるだろうから、孤独や不安を感じるのは無理もない。仲間を求める気持ちも、自分が何者かと悩む気持ちも自然なことだと思うよ」

夏彦叔父は耳触りのいい低めの声で、ゆっくりと語りだした。

「だけどな、突き詰めて言えば、同じ人間なんてこの世界にひとりとしていやしない。それぞれの人間の中身は想像する以上にばらばらだよ。少なくとも俺はそう思っているし、これまで自分に似た人間なんて会ったことはない。生き方の参考になる人間もいなかったし、こいつらは俺の仲間だ、仲間に加わりたい、と思えるような集団にも出会わなかった」

「おいちゃん、友達はいないの？」

「いやはや、なんとも」と叔父は苦笑いを浮かべた。「本当の友達と呼べる者はいなかったかもな。友達づきあいをしていても、自分をさらけだせる相手はいなかった。——ともかく、ひとはそれぞれ違うということだ。小さな共通点を探して一喜一憂する必要なんてあるかね。何者かなんて答えはわかりきってるはずだよ。自分は自分なんだ。千春は千春という生きものであるのは間違いない。どう外見がかわろうと、それさえ確かならよくないか」

叔父はグラスに口をつけ、眠たげな目を千春に向けた。

「少なくとも、俺にはそれで充分だ。千春は千春、俺にとって大事な甥だ。――いや、甥でも姪でも呼び方はなんでもいい。他の誰にも似てない、かけがえのない存在だ」

叔父の声がぶっきらぼうに響く。叔父らしくもなく、ユーモアのかけらもなかった。

「おいちゃん、ありがとう」と千春は言った。叔父の言葉は素直に千春の耳に響いた。それで悩みが解決することはなかったが、心は温まった。

二十歳のとき、手術を受け、すっかり女の形になったあと、しばらくぶりに叔父と会った。そのとき夏彦叔父が最初に言った言葉は、もちろん「いやはや、なんとも」だった。ついでた言葉は「綺麗になったな」だった。男から女にかわった驚きなどまるで見せず、久しぶりに会った甥の成長を喜ぶどこにでもいるおじさんのようだった。それまで、手術を受け、ぽんと女に生まれかわったようで、根っこをなくしたような感覚があったが、叔父の態度で手術の前から連続した人生を歩んでいるのだと実感でき、安心した覚えがある。そんな叔父の言葉だから、いまもすっと受け容れることができた。

夏彦叔父は自分を愛せと言った。自分を認めること、赦すことができれば、ひとと違っていても怖くなくなると。千春はまたもや素直に聞いた。ニセモノである自分を認められるようになろうと心に留めた。そして叔父に訊ねた。「おいちゃんは自分を愛せている？」

「愛せるよう努めてるよ」叔父は無精髭の吹いた頬を歪ませ、笑みを作った。

そうか、おいちゃんは自分を愛せるようになるため、旅にでるのか。千春は突如理解した。

叔父はそろそろ帰ると、四時過ぎに腰を上げた。健太がくるまでまだ時間があったので、駅まで送ることにした。

明治通り沿いの歩道を歩きながら、叔父は渋谷の街の様変わりに驚いていた。宮下公園がなくなったのかと、通りの向こうに目を向けながら、溜息をついた。デザイン学校に通っていたころ、そこで友達と殴り合いの喧嘩をしたのだと懐かしそうに話した。

宮下公園の跡地は商業施設になるようで、横に長い建設途中の構造物がフェンスの上から覗いていた。ああいう横に長い商業施設は地方にありがちでダサイねと、公園を潰された腹いせか、叔父はぶつぶつと文句を言った。

確かに、郊外のショッピングモールを思わせるフォルムで、都内ではあまり見かけないものだ。だからといって、ダサイと切り捨ててしまえるものでもないだろう。おじさんたちはすぐ嘆く。バーのオーナー代田も、古い建物が取り壊されるのをよく嘆いている。思い出のあるものがなくなるのは寂しいだろうが、何かが新しくなると聞くと反射的に拒絶しているようでいただけない。ただ、そうなるのもしかたがないと思えるほど、怒濤のように変化の波が次から次へと押し寄せている気がする。街だけの話ではなく、この国のなかだけでもなく、この先もずっと続きそうな気配があった。そういう時代に突入しているのだろう。

未来の大きな変化をひとつ思いだした。男が消えた女だけの世界。あらためて考えても、やはりあり得ないことのような気がした。

美竹通りの交差点で信号待ちをしているとき、夏彦叔父は、もうこのへんでいいよと言った。千春は頷いたが、青にかわったらそのまま叔父と並んで歩いた。

「今週末、ものすごい台風がくるらしいな」

「進路がそれてくれればいいけど。日曜に野外のイベントの仕事が入ってるんだ」

台風が関東に接近するのはいまのところ土曜日の夜とみられている。事務所に確認したところ、イベントの主催者は開催するか中止にするかの判断をまだ下していないようだった。

叔父が足を止めた。千春も足を止めたとき、脇道からゆっくりと車がでてきた。

黒いベンツを見ても最初は気づかなかった。車道をいく車が途切れるのを待ってベンツが停まったとき、ふいに視線を感じてベンツのサイドウィンドウに目を向けた。運転手と視線がぶつかる。――倉臼だった。

首を巡らし、こちらに顔を向けていた。ベンツがでてきたのは倉臼が経営するミュージックバーのある坂道だったから、それほどの偶然というわけでもない。倉臼は驚きを示すように目を見開く。口は半開き。顔の筋肉が強ばるのが見て取れた。

あたしはばけものか。そんな風に思わせる倉臼の表情だった。自分の復讐がしっかりと倉臼の心に傷跡を残した。そう考えても、なんら喜びは湧かなかった。

ずいぶん長いこと、目が合っていたような気がする。倉臼は顔を正面に向け、ベンツを発進させた。車道にでて流れに乗ったが、きわどいタイミングで、あとからきていた車に盛大にクラクションを鳴らされた。

「ベンツのドライバー、なんか、こっちを見ていたよな。お前の知り合いか」歩きだした叔父が訊いてきた。

「さあ、見たことない」自分でも驚くくらい冷たい声で言った。「おいちゃん、忘れたの。おいちゃんのかわいい甥っ子は、いまや男なら誰でも振り返る美人にかわったんだよ」

「そうだったそうだった」叔父はからからと明るい笑い声を上げた。「俺はあまり美人に関心がないからな。——いやはや、なんとも」

11

「本当にデブフェスはやんのかね」セットリストの説明を終えた健太が訊いてきた。

「まだわかんないよ。やるとは決めてないみたいだ。中止の可能性も高そうだ」

台風が夜のうちに通り過ぎても、停電や交通機関の混乱など、翌日にも影響が残る可能性があった。先月の台風が大きな爪痕を残したから、慎重になっているのだろう。週末は三連休で、都内はイベントだらけ。屋内、屋外を問わず、どこも判断には苦慮しているだろう。

千春が出演予定のデブリ（瓦礫）フェスティバルは、円山町にあるビルを解体したあとの更地で、新ビル着工前のタイミングで行う、一回こっきりの野外イベントだった。もし開催できたとしても、会場はひどいぬかるみだろう。

「中止になったら、ギャラはでないんだろ」健太は眉をひそめ、窺うような目をした。

「もちろんでない。──そうか、健太は自分のギャラを心配してるのか」千春はそう言ってポーチのファスナーを開けた。「中止でも決行でも払うよ。作ってもらったんだから」

千春は謝礼の封筒を取りだし、健太に渡した。健太は封筒をポケットに突っ込み、首を突きだすようにして頭を下げた。千春はベンチに置いたカップを取り上げ、口をつけた。

叔父を渋谷駅まで送って戻ってくると、ラウンジの席は埋まっていた。だから外のデッキにあるベンチに腰を下ろして打ち合わせをした。台風が迫っているとは思えない穏やかな陽気は、日が落ちる時間になってもかかわらず、かえって気持ちがよかった。

「日曜のイベントだから、まだやれる可能性があっていいよな。土曜日に予定してたものは完全にぽしゃった。俺は全感覚祭に参戦するつもりだったんだけど、中止だ。残念すぎる」

「全感覚祭ってなんだ」

「――えっ、マジ。お前、知らないの」

本気で驚いた顔をした健太は、それがなんなのか説明した。

全感覚祭とは、インディーズバンドの雄、ＧＥＺＡＮが主催する本格的野外フェスで、チケットなしのフリー、投げ銭制で運営されるものだそうだ。スポンサーもなしで、あり得ないのは、エントランスどころか、会場に出店するフード類までフリー――の投げ銭制なのだ、と健太は興奮した面持ちで語った。

「お金のない若者だってライブを観たい。音楽は平等であるべきなんだ。金額が決まっていなくても、感動すれば必ずお金を払ってくれる。音楽の力を信じてるんだ。これは、既存の経済制度への小さな、――だけど、とてつもなくかっこいいプロテストでもあるんだ」

それが土曜日に千葉で開催される予定だったが、この状況では決行は絶望的だと、熱を帯びていった健太の言葉が萎んだ。

千春は健太の熱にあてられ、気分が高揚した。中止であるのは残念だが、そんなフェスの存在を知ったばかりのいまは、すごいことを考えるなと興奮が上回った。やはり時代の変化が起こっている。主催者側の思いが先走っただけのイベントではない。その思いに賛同し、対価を払って参加する者は大勢いる、と健太の熱と自分の興奮に照らし合わせて確信した。

「かっこ悪いプロテストも、相変わらず勃発してるけどな。昨日の夜、グレートベイビーがまたやらかしたみたいだ。知ってたか？」

千春は首を横に振った。

「根津いっきが餌食になったみたいだ」

「ほんとか？」千春は思わず声を上げた。

「美破ってラウンジ、できただろ。あそこで、因縁つけられたらしい」

美破で根津いっきが――。千春は事件の現場に居合わせたような高揚感をかすかに覚えた。

「とはいっても、グレートベイビーが直接おでましになったわけではないらしい。グレートベイビーにそそのかされたフォロワーが数人で襲ったようだ」

「グレートベイビーにフォロワーなんているのか」

「いるさ。まあ、感度の悪いやつらなんだろうけど、グレートベイビーの動画を観て、かっけえって心酔してる連中さ。同じような真っ黒の服を着て荒ぶってるらしいぜ」

「あっ、それ、昨日見た」

美破にいく途中、黒ずくめのハーフパンツボーイたちとすれ違った覚えがある。

「そうか見たか。俺はまだだけど、ネットによると、道玄坂、円山町界隈に増えてるって」

気のせいか、健太は悔しそうな表情をちらっと見せた。

「それで、フォロワーは四、五人で美破に乗り込んだ。最初、根津さんにせがんで一緒に写真を撮ったんだけど、そのとき根津さんの頭にシャンプーハットを被せたんだ。周りはちょっとやばい雰囲気になったけど、根津さんはノリノリでさ、怒らせようと思っていたフォロワーたちは焦ったんだろうな、根津さんの頭からビールをぶっかけた。それで大騒動さ」

「ずいぶん、詳しいな」

「もう、動画が配信されてるんだ。すぐに編集して、午前中にはアップしてんだよ。現場に御大《おんたい》は現れなかったけど、映像ではグレートベイビー本人が声明を入れてるんだ」

これまでは、襲撃から一日、二日おいて動画が上がっていたはずだ。

「だけど、それが本人だと確認できんの。また目出し帽着用なんだろ」

「そりゃあ誰かが、確認してるんだろ」

「誰かって、誰だよ」

「ネットの住人には、なんかそういう技術をもったやつがいるだろ。本物だって言ってるコメントが多かったから、そのうちのだれかが確認してるさ」

かなり適当な推測だった。

「とにかく、俺はその動画を見たんだ。ビールをかけたあと、根津さんの仲間たちともみ合いになった。今回のはいつものように一方的に襲いかかったわけじゃない。店をでて、廊下で殴り合いを始めた。武器を使うわけでもなく、ただ拳で殴り合うんだ」

GB《グレートベイビー》のフォロワーはやはりオタク風で強そうには見えなかったそうだ。実際、最初はやられるばかりだった。しかし、根津たちのほうは酔っぱらいだ。殴られても殴られても向ってくるフォロワー軍団に、しだいに押されだしたようだ。

「正直、なんかいい感じなんだよ。もともと喧嘩をふっかけたわけだけど、強面の連中にやられっぱなしだった弱そうなやつらが、耐えに耐えて劣勢を撥《は》ね返すって展開は、なんか青春映画でも観てるような爽快感があってさ。あと、さすが役者が違うっていうか、根津さんもいい感じでさ、あのひとも大人だから最初はやめろって止めてるんだけど、殴られたら殴り返すわけ。終始煙草をくわえっぱなしで、やる気のなさがかっこいいっていうか――」

説明するのがめんどくさくなったのか、健太は携帯をだして、その動画を千春に見せた。

確かに、聞いたとおりの展開。根津に対する悪ふざけにはいらつくが、強面のラッパーに向かっていく姿はひたむきで、青春のきらめきを感じた。

今回の音楽はエミネムではなく、レゲエが全篇に流れている。軽快なリズムが暴力性を薄め、コミカルな印象を与えているのがいいと、音楽にうるさい健太が及第点をつけた。

幕切れは突然訪れた。根津がげーげーと胃のなかのものを戻し始めた。根津の取り巻きボーイズが、大丈夫ですかと根津に駆け寄る。カメラはうずくまる根津にじっと向けられる。見覚えのあるデブのラッパーが、「撮るなよ」とカメラに向かい、腕を伸ばしてくるが、カメラマンに殴りつけられたのだろう、後ろに吹っ飛んだ。そこで喧嘩の場面は終わり、外の街路に場面は切り替わる。GBのフォロワーたちは、ただ肩を組んで歩いている。傷だらけの顔は満足そうだった。やはり青春のきらめきを感じた。

「この動画を撮ってるやつがいちばん強そうだね。それがGBなんじゃないの」

「コメントでもそんなこと言ってるやつがいたけど、どうだかな」

画面ではGBが犯行声明をだしていた。根津は高校時代、オタクは気持ちが悪いと同級生を執拗にいじめた。いまも心に傷が残る同級生にかわって天誅をくだす、という主旨だった。

健太によれば、以前、根津が高校時代いじめをしていたとネットで話題になったことがあるそうだ。複数の証言があって、ネットのなかではもはや事実として定着しているようだ。

「この程度じゃ、たいして天誅になっているとも思えないけど」

「もともと、火炎放射器の派手さはあっても、襲われた人間はたいしてけがもしてないんだから、そんなもんだろうよ」と襲われた人間が言う。なるほどと千春は思った。これまででいちばん被害が大きかったのは、車を壊された健太かもしれない。

「もしかしたら、これは、仲間を集めるために作ったのかもしれないな。俺たちと一緒に暴れようぜ、楽しいぜって」健太は携帯をポケットにしまいながら言った。

「確かに、そんな感じはする。この連中は直接GBと繋がっているのかね」

「それはないだろ。グレートベイビーはいちおうお尋ね者なんだから、ネット上でやりとりしただけだと思うぜ。警察に辿られないよう、色々、警戒はしているようだ。動画をアップするアカウントも、パスワードを盗んで乗っ取ったものらしい」

「ずいぶん詳しいな。健太、お前、GBに夢中だろ。それこそ一緒に暴れたいとか、思ってるんじゃないのか」

「よせよ。俺がこんなオタク連中と、交わるわけないだろ。クラブを襲うのか、DJの俺が。――だけど、関心がないこともない。グレートベイビーの名付け親、実は俺なんだよ」

　健太が襲われたとき、車の上で暴れる怪物を見て、思わずグレートベイビーと言葉を漏らしたそうだ。そのとき一緒にいた友人――大麻で捕まった創磨が携帯で動画を撮っていた。のちに創磨は動画をインスタにアップしたが、それを観ると、グレートベイビーと漏らす健太の声がはっきりと聞き取れるらしい。そこから広まったと健太は確信している。

「だから、なんか気になんのさ。正直、俺の言葉をみんな勝手に使いやがって、とも思う」

「健太さん、使わせてもらっています、ありがとうございます。――これで満足か」

「よせよ」と健太は言って、大きく伸びをした。「ああ、なんか虚しくなってきたぜ」

健太の声が響き、風に流れた。

静かだった。恐ろしい台風が迫っているというのに、なんでこんなに平和なんだろう。千春もベンチの背にもたれ、空を見上げる。目をつむった。

一分ほどそうしていただろうか。ふいに眠気に襲われ、かくんと頭が後ろに垂れた。

その一瞬前、頭に映像が浮かんだ。幼い少年の姿。何かを求め、手を前に伸ばしてくる。

目を開けた瞬間、映像の意味を見失った。ただの夢だったのか、かつての記憶だったのか。詩音の家で見た隣家の子供のような気もした。いや、記憶であるならもっと古いか。

心臓の鼓動が速くなっていた。掌がひんやりとする。妙に心が騒いだ。

「どうした？」健太の声が聞こえた。それでスイッチが入ったように、ざわざわしていた心がいっきに暴発した。苛立ち、怒りが対象も見えないまま噴き上がる。千春は立ち上がった。

これはきっとホルモンのせいだとわかる。なんの実体もない感情だと自分に言い聞かせるが、効果はなかった。健太はくだらない人間だ。叔父はありきたりの助言しかしない。苛立ちのタネが次々に頭に浮かび、本物の怒りに育った。千春は振り返り、ベンチに置いた紙のカップを掴む。それを思い切り投げつけた。

売店の近くまで飛んだカップは、デッキに叩きつけられ、中身をあたりにまき散らした。

「おいっ」と健太の声が聞こえた。振り返ると、健太の怯えたような顔が目に入った。

千春はホテルを離れた。マンションへは戻らなかった。

二日続けて、夜の街で荒れた。ただ酔っぱらい、バーテンにくだを巻いただけだが、心は立派に荒れている。美破にもいってみたが、根津はもちろんやってこない。黒い服を着たGBのフォロワーも見かけず、街は静かなままだった。

一時前にはマンションに戻ってきた。敷地の入り口にある植え込みに紅が腰かけていた。

「えっ、ここに帰ってくる予定になってたんだっけ」

千春は驚き、慌てて記憶を探った。

「朝ここからでかけたから、帰巣本能というか、戻ってきてしまったという感じですかね」

紅はあさっての方向に顔を向け、飛びでた前髪をつまんだ。「昨日泊めてもらったお礼も言っていなかったから、っていう理由じゃだめですか」

紅が勢いをつけて、千春のほうに顔を向けた。寄り目はわざとなのだろうか。左目を囲う痣が意外なほどその顔になじんでいた。

「今日はだめ。気持ちが荒れてるから」

「昨日も荒れてませんでしたっけ」

「昨日はぐだぐだに酔っぱらってて、いくらか心が麻痺してた。今日はそれほどでもない。

なんか気持ちが男に寄ってる気がする。だから――」

心が暴れる。何かを壊したいような衝動が心の底から染みでてくる。それはたぶん記憶のせいだ。ホテルで一瞬見えた映像は、ただの夢ではなく、遠い記憶だと確信し始めていた。心の底にあるそれが、なんだかわからないが、ゆさゆさと心を揺さぶっている。

「千春さんが男でもいいですよ、あたしは」

「こっちだってなんだっていい」千春は吐きだすように言った。

本当にどうでもいいことだった。ただ、男が嫌いだと言った紅に気を遣っただけ。自分のことで精一杯で、ひとの気持ちなどこれまでどうでもよかったはずなのに、なんでこんな小娘に気を遣うんだ。そんな自分の気持ちもぶっ壊したくなる。

「わかりました。すみません、押しかけたりして」紅は頭を下げ、ゆっくりと歩きだした。

遠ざかる背中を目で追う。ままならぬ心が口を開かせた。「タクシーに乗るお金ある?」

声は届いたはずだが、紅は反応せずに歩き続けた。昨日と同じ黄色と紺の縞々ラガーシャツが夜の闇に紛れていく。きっと大丈夫なのだろう。千春は紅に背を向け、歩きだした。

エントランスの手前まできたとき、足音が聞こえた。振り返ってみると、紅がこちらに向かって駆けてきていた。千春は足を止めた。

「やっぱりお金貸してください。タクシー代、ないんです」紅は軽く息を切らして言った。

千春は溜息をついた。「最初からそう言えばいいんだ」

「タクシー乗りたくなかったんです」

そう聞いてはっとした。男と狭い空間でふたりきりになることを恐れたのではと――。

「いつもですけど、今月はとくにお金がピンチで。だけど、ひとりでこれからファミレスとかで時間を潰すのも地獄かと――。さくっとタクシーで帰ります」

気の回しすぎだったようだ。千春は財布を取りだそうとして止めた。

「ねえ、一緒にファミレスいく？　泊めないけど、外ならつき合ってもいいよ」

「いくいく、いきます。ひとと一緒なら、何時間でも潰せます」

千春はポーチのジッパーを閉めた。じゃあいこうと歩きだした。

「お茶して荒れた気持ちが収まったら、マンションに泊まってもいいよ」

「えー、どうしたらいいんですか。おだてたりしたら、早く機嫌がよくなりますかね」

紅はそう言って腕に絡みついてくる。千春は体を捻り、その腕を振り払った。

「おだてになんてのるか。――っていうか、あたしをおだてられる？　ちなみに、綺麗とか言われても、ぜんぜんうれしくないから。男だからね」

「マリヤさんのＤＪ最高ですねっていうのは、どうでしょう」

「あたし、選曲、自分でやってないんだよね、ぶっちゃけ」

「えっ、マジですか」

紅は目を剝いた。

「はい、次」

「胸の形がいいっていうのはだめですよね」

「手術した医者の腕がいいだけ」

「素敵なマンションに住んでらっしゃる」

「あたしのもんじゃないし、近々、でていかなきゃなんないの知ってるでしょ。はい次」

「えっ、えっ――」紅はパニックを起こしたように視線をあちこちに飛ばした。

店に着くまでやらせてみたが、的外れなものばかり。唯一、服のセンスがいいと言われてちょっと喜んだぐらいだ。

思ったとおり、ニセモノをおだてるのは難しいのだとよくわかった。

12

四日続けて詩音の家にいった。

ふたりのダンサーに会った翌日の、三回目の訪問では誰にも会うことはできなかった。家のなかにひとの気配はなく、がっちり鍵がかかっていた。詩音はまたでかけているのか、あるいはずっと帰っていないのか――。答えは四回目の訪問で得られた。

玄関に立ってノックをしようとしたとき、これまでなかったことが起きた。ドアが内側から開いた。千春は慌てて体を退き、ドアをかわした。

「あっ」と発した声が聞こえた。ドアの陰から顔を覗かせたのは、サヤカだった。

「またきたよ。――昨日もきたけど」

「山本さんはいません」サヤカは視線を合わせないまま低い声で言った。

「誰かきたの？」と家のなかから声が聞こえた。女の声だが、詩音の声ではない。

サヤカは「別に」と答えて外にでてきた。ドアを閉めると、千春のほうに向き直る。

「いって。早くここを離れて」

「はい？」わけがわからない。「どういうこと」

「お願いだから、早く」焦りが声に表れていた。

誰かがいるのだ。マリア様に会わせたくない人物――それはマリア様の重大な秘密を千春に語ってくれる人物ではないのか。最初そんな風に考えたが、サヤカの切迫感のある表情を見ていたら、なんかまずいことが起こるのではと思えてきた。玄関のドアが開くのが見えた。

女がでてきた。「ねえ、どうしたの」と戸惑いの表情を浮かべる。

少女といえるくらい若く見えた。若いというより幼いと表現したほうがよさそうな、アリスっぽいワンピースを着ていた。女が千春に目を向ける。顔が醜く歪んだ。

大きな悲鳴が上がった。千春の体は固まった。何がなんだかわからないが、恐怖が足元から昇ってくる。悲鳴を上げながら女が迫ってきた。

千春は後退した。伸びてきた女の手をどうにかかわす。少女にも見えた女の容姿が、いっきに中年女にまで老けた。それが実年齢に相応《ふさわ》しい評価だろう。

女の姿がふいに消えたような錯覚をした。突然千春の足元にひざまずいた。「マリア様、マリア様」と唱えながら、千春の脛をさする。祈るように頭《こうべ》を垂れた。

さまよわせた視線が、サヤカの視線とぶつかった。サヤカは眉をひそめ、肩をすくめた。

「カナユウ、やめてよ。マリアさん、完全に怖がってるじゃない」

女は顔を上げた。「何いってるの。なんでマリア様が私を怖がるのよ」

「怖いよ。足をさするの、やめてもらえませんか」千春は言った。

女は目を丸くし、慌てて立ち上がった。「申し訳ありません。あたし、マリア様にお会いできて感激してしまって——。なんてお美しいんでしょう。永遠に眺めていたくなります」

「永遠に眺めていたいっていうのも、怖いでしょ。さっさと離れて口を閉じてな」

サヤカは千春との間に割り込むように入り、女を押しやった。

「山本さんはいません。なんなら、家のなかを確認してもらってもいいですよ」

「彼女はどうしたの。あのあと帰ってきた？」

サヤカは首を横に振った。詩音からなんの連絡もないらしい。しかし警察に届ける気はない。「山本さんの持ち物を確認してみたら、スーツケースやよく着ている服など、いくつか見当たらないものがありました。たぶん、旅支度をしてどこかにでかけたんだと思います」

「だとしても、誰にも何も言わずにでかけるのは普通のことではないでしょ」

「まあ、山本さんは普通のひとではありませんから」

「そうそう、プライムマスターですから」と若作りの女が合いの手を入れる。

心配ではないのかと訊ねたら、そんなことはないですけどと、ふたりとも素っ気ない。

「マザーズの活動に意義は感じるけど、山本さんにはついていけないところもあったから」

「カナユウ、喋りすぎ」とサヤカがたしなめた。

千春は念のため、家のなかに入った。監視のつもりかふたりの女もついて回った。

カナユウと呼ばれる女は、カナイユウコという名であることがわかった。ちなみに、サヤカはイシバシアヤコが本名で、サヤカはダンサーとして活動するときの名前らしい。「サヤちゃん、本名じゃなかったの」とカナイユウコが驚いていた。

ざっと見て回ったが、やはり詩音はいなかった。荒れていた居間は片づけられていた。破り捨てられた千春の写真も破片すら見当たらない。千春は床に置かれた額縁を取り上げた。

「これにあたしの裸の写真が収められていたよね。あたしはここで、どういう存在なの」

しばらくの沈黙のあと、「あたし、ドトールいきたい」とユウコが遠い目をして言った。

マリア様と一緒にドトールにいけたら最高だという。一緒にいけばマリア様について話してくれるのかと訊ねたら、そうだというので、千春はいくことにした。

西新井の駅前まで三人でいき、コーヒーショップに入った。ドトールではなかったが、ユウコは気にしない。サヤカはユウコが喋りすぎないよう、睨みをきかせるつもりだろうと思ったが、そうでもないようだ。サヤカは会の成り立ちについては率先して語りだした。

未来の女だけの世界を考える勉強会。近い将来、男たちは絶滅する。女たちしかいない世界でどう生きるか、自分たちはその道しるべを作ろうと真剣に取り組んでいると語った。

「男が絶滅したら、人類は滅んでしまうよね」と千春は懐疑を隠さず口にした。

テーブルを挟んで座る女たちは、嬉しそうに首を横に二回振った。サヤカが口を開く。

「人類は滅びません。女だけで子供を産むようになるからです。これはけっしてSF小説のなかの話ではなく、科学的にみて遠からず現実に起こると予測されていることなのです」

スマホを操作していたユウコが、画面のほうを向け、千春に差しだした。

「本当です。NHKで特集が組まれたぐらいですから。これを読んでみてください」

13

ひとの性を決定するのは性染色体だ。X染色体のみの精子が受精すると女になり、Y染色体をもつ精子が受精すると男になる。確か、そんなことを学校で習った覚えがある。

その男性の性を決定づけるY染色体が、進化の過程で劇的に縮小しているらしい。遅くとも五百万年後には消滅する可能性があるというのだ。スマホの画面に並んでいたのは、「Y染色体　消滅」の検索結果で、その手の記事がいくつも見られた。権威のある学者が唱えている説であり、NHKで特集が組まれたのも本当だった。否定する意見や権威のある学者の反証なども散見されたが、最近の記事を見てもほぼ事実として受け止められている。遠い未来のことと考えれば、あり得ることなのかもしれないと千春は考えをあらためた。

しかし、Y染色体が消滅したあとに起こることについて、確定的に語る学者は見当たらなかった。Y染色体を用いずに男の性を決定できるように進化するとか、男は絶滅し、女だけで生殖が可能になるとか、可能性を提示するだけだった。そんななか、詩音が主宰するマザーズは、女だけで生殖が可能となり、男のいない世界がやってくると信じているようだ。

「Y染色体が消滅するのは遅くても数百万年後。ただ、早ければ来週に起きてもおかしくないという学者もいます。さすがにそこまで早くはないでしょうけど、百年先、二百年先にはどうなってるか――。ひとの進化でみたら、百年なんてあっという間です。そのときが近づいて慌てないように、いまからできる準備をしておこうというのが私たちの会なんです」

男が絶滅していく過程での、女社会へのスムーズな移行のスキームを考えたり、女だけの警察や軍隊のありかたなど、国家的なことから、男の視線を気にしないファッションなど生活に関することまで、想像したり、議論したりしているそうだ。

「あなたたちにとって、その未来は明るいものなの?」

「もちろんですよ。男がいない世界なんですから」ユウコが答えた。

「男が嫌いなの?」千春は訊ねながら紅のことを思い浮かべた。

「あたしは嫌いってほどではないです。でもいっさい受けつけないってひとが、うちは案外多いですかね。意外ですけど、サヤちゃんは男もいけたりして」

ユウコの言葉の意味をはっきり理解するまで少し時間がかかった。千春は「ああ」と声を漏らし、ふたりの顔を交互に見た。「もしかして、あなたたちはレズビアンなの」

「気づいていなかったんですね。マリア様なら、そういうこと、すぐにぴんとくるものかと思ってました」ユウコは咎めるように眉間に皺を寄せた。

「マザーズの会員になる唯一の条件は、ビアンであることなのです。女だけの世界を考察するんですから、私たちこそふさわしいと思いませんか」サヤカが言った。

「だけど、会には男もいるでしょ」

「男は賛助会員です。私たちの活動に賛同してくれたひとたちです。女だけの世界とはいえ、女だけではものの見かたが偏ってしまう可能性がありますから」

詩音もレズビアンだそうだ。中学のとき千春とディズニーランドにいきたいと強く願った詩音が、レズビアンであっても不思議なことではない。

「それじゃあそろそろ話してよ。いったいあたしはあなたたちのなんなの」

ユウコもサヤカも口を開かない。それぞれ、抹茶オレとアイスコーヒーに口をつけた。千春もヘーゼルナッツ入りのラテに口をつけた。ナッツをがりがりとかじりながら、席を立つ。引き留めないなら本当に帰るつもりで通路のほうへ移動したが、「待ってください」とユウコが止めた。千春は席に戻り腰を下ろした。「さあ、話して」

「こう見えても、カナイさんもばかではないんです。会でのマリア様の位置づけが、鞠家さんにとって不快なものであるとわかってる。だから、口が重くなるのだとご理解ください」

「あたしがばかに見えるって言うの」ユウコは目を剝き、激しく抗議した。

千春はばかに見えないから話してごらんと優しく言った。

「マリア様は未来の世界を暗示しているのです。男が消え、女だけの世界がくることを、その体で表現している。そしてセックスに拠らずに子供を作るようになることもです」

そして、そのマリア様を創造したのは自分だと詩音は主張している。自分の力によって生みだされたクリーチャーだと紹介したらしい。

補足したサヤカによれば、マザーズの会員の多くは、マリア様の美しさに魅了されたという。外見だけでなく、存在そのものが美しい。ペニスを失い、女性に生まれかわるのを選んだこと。ヴァギナをもたない永遠のヴァージンであること。それらから浮かぶイメージが悲劇的で美しいのだと——。

「オリジンというのは何？」

「マリア様が女に生まれかわり、私たちが目覚めたということです。マリア様の縁に引き寄せられ、私たちは集まったと」ユウコは顔色を窺うように上目遣いで視線を寄越した。

「くっだらない。あたしとあんたたちと、なんの関係があるっていうの。あんたたちは、詩音に言われれば、なんでも信じるわけ」

「それはちょっと違うと思いますね」サヤカが言った。「進化というのは、一見、関係しないことが関係し合って起こるもののようです。Y染色体が絶滅後、女性のみで生殖できるようになる可能性を学者が言及していますが、このふたつの事柄は関係しているようで離れたできごとですよね。別の個体で起きるわけですから。進化は飛び火するんですね。とくに人類はサバイバル能力に長けていますので、進化の兆しを敏感に嗅ぎ取って、身体的に適応させるだけでなく、その行動も無意識に変化させているようなんです」

ユウコがくすっと笑った。「あの話を教えてさしあげたら。あれはすごい発見だもの」

ユウコはそう言うと、口の前に軽く握った拳をもってきて、前後に振った。

「あんた、昼間っから、そういうのやめてくれる。ほんと理系の女ってそのへんのデリカシーに欠けるよね」サヤカは意外にも顔を赤らめた。

なんの話か、千春はわかった。先日覗き見た女と男の儀式——女が男のものをくわえていたあの行為について、何か語るべきことがあるというのだろう。

「マリア様には別の話をお聞かせします」サヤカがユウコを睨みつけて言った。

千春は何も期待していなかった。しかし、話を聞いたら、案外興味深いものだった。

世界的に見て、女性の社会的地位向上が近年急速に進んでいる。ウーマンリブ運動が盛り上がったのは半世紀も前のこと。日本でさえ男女雇用機会均等法は三十年も前に施行されている。それでも、女性が当たり前のように国家首脳の地位に就いたり、世界的企業の経営陣に名を連ねるようになったのはこの十年ほどのことではないか。それはちょうどY染色体が消滅するのではないかという説が世に広まった時期と重なっているのだという。

世界を陰で操る組織が関与する陰謀論的な話かと思ったが、全然違った。サバイバル能力に長けた人類が、女性だけの未来を無意識のうちに感知し、行動や考え方をかえていった結果、女性のリーダーが増えてきたのだという。この一、二年の間に広まった、女性の性暴力被害を告発する#ＭｅＴｏｏ運動もその流れのなかにある。

信じる気などなかったが、うまくこじつけるな、と感心した。

「人類が女だけの未来に無意識に反応していることで、わかることがひとつあります」サヤカは続けて言った。「Ｙ染色体が消滅するのは何百万年も先の話ではないということです。そんな先のことであるなら、ひとは反応しないはずですからね」

なるほどと千春は思った。なんだか本当にそんなことが起こっているような気がしてくる。

「じゃあ、女性の体には何か変化が起こっているの」

「いまのところ、見当たらないんです。学術論文のようなものにも当たっているんですが、それらしいものが見つからなくて。正直、ちょっと焦っているところではあります」

何か適当な事象をまたこじつけて語るかと思っていたので意外だった。

「このまま、なんにもかわらなかったら怖いよね」ユウコはスマホをいじりながら言った。

「それでも人類は滅亡しないと思いますけどね」サヤカは迷惑そうな目でユウコを見た。

「男が消えることもないんじゃない。百年も先なら、技術の進歩で、なんでもできそう。子供は工場で製造されるようになるかもしれない」千春は思いつくままに言った。

「ありうることです。男たちは自分たちの種を残すためにあらゆることを試みるでしょう。自分たちが消えていくことをはかなんで、女たちを迫害したりすることも想像できる。それにどう対抗するか、難しい問題です」サヤカはテーブルに視線を落とし、顔を曇らせた。

「未来の女たちの前に、あたしたちが迫害されたりしてね」とユウコが言った。

「なんかあるの、そういうことが」

サヤカが首を横に振った。「詩音さんは、最初からそういうことに気をつけていました。会を大きくしたり、目立つことをしたりすると、こういう集まりはすぐに叩かれるので、ひっそり目立たないように努めていました」

「会はどのくらいの規模なの」

「会員は五十人くらいですかね。でも、ちゃんと活動しているのはその半分ぐらいです」

「マスタークラスはさらにその半分ですね」ユウコが横から言った。

「あんた、ほんとに、うざっ」サヤカがユウコの脇を小突いた。「マスタークラスは、会の運営に関わる理事みたいなものです。詩音さんが選びます」

サヤカとユウコもマスタークラスで、古参の会員や詩音に気に入られた者がなるようだ。

「あたしが三日前に見たのは、マスタークラスの活動だったんじゃないの」

サヤカが「そうです」と答え、すぐに何か言い足そうと口を開いたが、千春は手を振り、それを遮った。「大丈夫。何をやっていたかとかはもう訊かないから。——でも、ちょっとだけ教えて。男のひともマスタークラスなの？　何人くらいいるの？」

男は四人だけで、賛助会員ではあるが、マスタークラスと同等の扱いなのだそうだ。

「成田《なりた》嘉人もじゃあ、そうなのね」

「ああ、成田君はちょっと違うよね」そう言ったユウコがサヤカに目を向けた。

「元々は普通の賛助さんだったけど、いまは詩音さんの秘書みたいな感じよね。勉強会にも何にもでてこないもの。ぶっちゃけ、あのふたり、できてるよね。絶対、やってる」

「あんた、なんでここで、ぶっちゃけるの」とサヤカがユウコの肩を叩く。

思わず息を吸い込んだ千春は、鼻を鳴らした。「嘉人と詩音ができてるですって？」

ふたりとも口を開かない。否定しないことで、それが真実だろうと察した。

気持ちが悪かった。身もだえしたくなるような不快感が体の奥のほうからしみでてくる。嘉人を介して詩音と肉体的に繋がった。その性的な嫌悪感は同性に向けるべきものである気がした。つまりこれは、女としての感覚なのだろうか。間に入った嘉人との性的関係に対するそもそもの嫌悪感が関係しているようにも思える。女、男。頭のなかで視点がめまぐるしく入れ替わる。何も考えを深められないますぐに思考は擦り切れ、千春はぼんやりした。

突然、少年の映像が脳裏に現れた。助けてと請うように手を伸ばす。一瞬で消えた。

——カップに口をつけていた。唇にヘーゼルナッツがあたった。ラテと一緒に吸い込み、がりがりと音を立ててかじっていると、ユウコが何か言ってきた。

聞き取れなかった千春は、ユウコに視線を向けた。ユウコは口元を綻ばせ、目を瞬く。

ユウコに目を向けたサヤカがぽかんと口を開ける。「あんた、何言ってるの」

「別におかしなことは言ってないでしょ。それが絶対にいいと思うのよ」

「カナユウ、あんた、たまにはいいこと言うね。確かに、それなら、より美しい未来になる気がする。完璧な神話が完成するね」

「なんの話してるの。別にどうでもいいけど」

ふたりが千春に目を向けた。一度顔を見合わせてから、ユウコが言った。

「マリア様、私たちの会のリーダーになっていただけませんか。そうなったら私たち、未来のひとたちのために、もっと頑張れると思うんです」

思いがけない言葉に千春は息を呑む。吐きだしながら、声を発した。

「ばっかじゃない。なんであたしがあんたたちのリーダーに——。そもそも、なんの知識も思い入れもないあたしをリーダーにすえて成り立つ会なんて、続けていく意味ある？」

「知識なんていいんです。象徴と言ったら、語弊がありますかね。私たちを見守ってくだされればいいんです。時折、頑張れと声をかけてもらえたら、私たちはそれで充分ですから」

「声なんてかけてくれなくてもいいです」サヤカが畳みかけるように言った。

「私たちの存在を認めてくださるだけでけっこうです。会の意義を認めてくださるだけで——」

視線を向けたサヤカにユウコが頷きかける。ふたりしてお願いしますと頭を下げた。

「詩音はどうすんの。彼女が会を主宰してるんでしょ」

「詩音さんはこのまま戻らない気がするんですよね。それに、ここのところ、詩音さんの言動に疑問があるというか。やはりあれですよね、成田君との関係は、みんな引いてる感じで。会則じゃないですけど、私たち、男とセックスしてはいけないことになってるんですよ。なのに自分はね——。詩音さんのこと尊敬はしてますけど、正直、ちょっと醒めてきている。でも、この活動には意義を感じている。だから、マリア様に——」

「意義を感じているなら、いいじゃない。詩音から離れて、会員だけで勉強会をやればすむことでしょ。あたしに何かを求めるのはやめてくれる」

求めるのは本当にやめてほしい。ひとから何かを求められたことなど、ほとんどなかった。

「マリア様、すみません、めんどくさいこと言って。でも実際、それほど面倒をかけることはないと思うんですよ。気楽に、ちょっと名前を貸すくらいの気持ちで——」

「ふざけんな！　気楽になんて引き受けられるわけないだろ」

気楽という言葉が気に入らない。どうやったって、気楽にひとと交わることなどできない。

すみません、ごめんなさい、と萎れた声で言った。ふたりとも肩を落とし、頭を垂れている。「お願いします」と小さいけれど、必死な声が聞こえた。

「あんたたちおかしいよ。ちんぽこのない男をどうして美しいと思うんだ」

顔を上げたユウコは口元に笑みを浮かべた。サヤカは顔を強ばらせ、視線をさまよわせた。ふたりの目に映るマリアは、実はまるで別のものだったりするのかもしれない。

「あんたたちにとって、あたしは男なの女なの。答えなさい」

千春は心臓の鼓動が速くなっていくのを意識した。自分が男であるか女であるか、ふたりの答えで決まるような錯覚をした。誰よりも自分を求めているひとたちの答え。

ふたりともなかなか口を開こうとしない。そんなに答えにくいことなのだろうか。サヤカが尻をもぞもぞと動かし、居住まいを正す。千春に視線を据え、口を開く。千春がごくりと唾を飲み込んだときだった。女の悲鳴が上がり、店内の空気が凍りついた。

こちらに向かってくる女が目に入る。眼鏡をかけた小柄な女。ザビエル襟のブラウスだけが華やかだった。千春と目が合ったとたん、口を大きく開き、「マリア様」と叫んだ。

千春の傍らにくると、女はひざまずき、手を伸ばしてくる。千春は思わず足を蹴りだした。

靴底を胸に受けたザビエル襟は、カフェの床に転がった。

これはたぶん喜劇なのだと思う。しかし千春は、笑えないどころか、怖いと思った。

14

パートの主婦と思われる店員がやってきて、次に騒ぎを起こしたら退店していただきますと毅然と言った。千春としては一発退場でかまわなかったのだが、店員の立派な態度に感心して、他の三人と一緒にただ頷いた。

やってきた女はマザーズの会員だった。ユウコが、マリア様とコーヒーを飲みにいくと、何人かの会員にLINEでしらせたようで、ザビエル襟の女――チガヤは、それを知ってすぐに仕事を抜けだしてきたという。千春はチガヤに見覚えがあった。先日の夜の集まりに参加していたひとりだろう。

チガヤは立ち直りが早く、周囲の冷たい視線に気まずげな表情を見せたものの、隣のテーブルをくっつけ、椅子に腰を下ろすと、何も気にせずしゃべり始めた。本当に気にしないひとで、先にきていたふたりにかまうことはないし、自分と千春との関係性も気にしない。何年も前からの知り合いのように、マリア様、マリア様とどうでもいいことを話してくる。

去年入社してきた社長の息子が懐いて困るそうだ。周囲の社員がやっかんで嫌味を言う、と半分は自慢話のようだった。みかねたサヤカが、そんなことマリア様に関係ないでしょと話に割り込んだ。そして語りだしたのは、韓国人のバレエダンサーへの一方的な恋心――やはり悩み相談だった。ユウコがそれも関係ないでしょと咎めると、男とのセックス禁止は会の決まりだからまったく関係ないわけではないとサヤカは反論した。

「やっぱり男の話。だったら、男に恋して困ってるって言えばいいじゃん。韓国のバレエダンサーとかって情報、いらなくない。自慢にもならないけど、その自意識が聞いてて辛い」

サヤカは顔を赤らめ、何か言い訳じみたことを口にした。ちょっとかわいそうに感じた。

ユウコは何も相談してこなかった。ただ話の合間に、マリア様とニコタマにいきたーいと二回ほど口にした。トランスジェンダーのＤＪである自分と二子玉川という街があまりにも結びつかなかったから、思わず、なんでと訊ねてしまった。教えようかなどうしようかなと、ユウコがもったいぶるので苛っときた。教えてくれなくてけっこうと言おうと思ったら、チガヤが「カナユウは、幸せなひとが世界でいちばん多く集まる場所がニコタマだと思ってるのよね」と言った。そんなことないようと、ユウコはかわいそうなくらい必死に否定した。

そんなこんなで、マリア様は男なのか女なのかという質問は立ち消えになったが、どうでもいい。彼女たちがマリア様に求めているのは、キャバクラ時代、客が千春に求めていたものと大差ないとわかり、冷めてしまった。金を払いもしないのに、客よりもめんどくさい。

またリーダーになってくれとうるさく言い始めたので、千春はさっさと店をでた。駅の改札を潜り、ホームに降りると、三人がぞろぞろとやってきた。もうリーダーになってくれとは言わなかったが、かわらずマリア様、マリア様とどうでもいい話をしてくる。それでも、しつこくあとをついてくることはなく、それぞれの乗り換え駅で降りていった。表参道でダンスのレッスンがあるサヤカだけは、渋谷で降りる千春とずっと一緒だった。

サヤカはひとりになると静かだった。アクティブなイメージのダンサーであるし、強気な男顔だが、今日いた三人のなかでは、いちばん繊細な神経をしている気がした。接客を長年やっていた千春は、黙られると気をつかってしまう。韓国人のバレエダンサーとはどんな感じなのと、まるで興味はないが訊ねてみた。熱意のなさが伝わったのか、それはもういいですからとサヤカは話に乗ってこない。しばらく沈黙が続き、千春はまた言葉をかけた。

「なんで百年も二百年も先のひとのために活動するの。結果どころか、うまくいきそうかどうかの感触もつかめそうにないじゃない」

いくらか興味のあることを訊ねた。すると、今度はちゃんとした答えが返ってきた。

「結果が見えないからこそ、みんな集まっているんだと思います」サヤカは口の端を曲げ、皮肉っぽい笑みを見せた。

「私たち、けっこう真面目なんです。みんな社会のために役立ちたいと本気で思ってる」

それは納得できた。きっと、とびきり真面目なひとたちなのだろう。

「役には立ちたいけど、活発に行動できないタイプなんです。環境問題など、いまが旬の課題に取り組んだりすると、活発に動かなければならないし、ガチな活動家も多そうで、萎縮しちゃうというか、そのなかに飛び込んでいく勇気がまず湧かないというか――」

Y染色体の消滅は未来の話で喫緊の課題ではない。だから、プロの活動家が入ってくることはないし、政府に働きかけたりすることもない。結果が生きているうちにでることはないから、失敗もないのだ。絶対に人類の役に立つと信じられれば、喫緊の課題に取り組むのとかわらないやる気と、社会に貢献しているという満足感を得ることができるのだと言う。

千春はなるほどと思った。詩音がそこを狙ったのかどうかはわからないが、ニッチな社会の役に立ちたい層にうまくリーチしのだろう。サヤカは言及しなかったが、彼女たちが活発に動けないのは、レズビアンというマイノリティーであることと関係しているのではないかと思った。一般の集団のなかに入っていくことにためらいがあるだろうし、これまでひととの関わりで何かいやな思いをしたことがあったのかもしれない。それでも社会に目を向け、ひとの役に立ちたいと考えるのは立派なことといえる。

自分はひとに目を向けることもない。だから、ひとの役に立ちたいと思うこともなかった。しかしそのくせ、ひとの目やひととの関わりをいやに意識している。自分が何者であるか考えるのはそういうことだ。

千春はサヤカと一緒に表参道で降りた。目指す出口が違うので、改札で別れた。千春は最後に、なんでひとの役に立ちたいという気持ちが生まれるんだろうかとサヤカに訊ねた。

ジムバッグを肩に担ぎ上げたダンサーは、しばらく考え、口を開いた。

「それは、自分を好きになりたいと思ったからですかね。ひとに愛される資格が欲しかったというのと同じことかな。なんだか、わかりづらいですね。でも、そんな気持ちです」

「わかる」と千春は言った。自分も同じような心のメカニズムをもっている気がした。

サヤカは「ありがとうございます」と言った。さらに何か言いたそうな顔をしたが、結局口を開かず、頭を下げると背を向けて歩きだした。仕事モードに切り替えたのか、去っていくサヤカの足取りは、これまでになく自信に満ちて見えた。

千春は階段を上がり、地上にでた。恐ろしい台風が明日に迫っているとは信じられないくらい、表参道は普段とかわらず人が多い。

交番の横から細い裏道に入っていった。テイクアウトカップをもったスケーターが前からコロコロと進んでくる。すれ違いざま、千春を二度見した。ださいシティーボーイだ。

壁から突きでた鉄の看板。ビストロを思わせる、くすんだ赤のファサード。紅が働くコーヒーショップ、レッドアイ・コーヒークラブの前に立った。

ドアが開いていたが、なかには入らず、テイクアウトの窓口から店内の様子を窺った。

紅は、客と話をしながらドリップでコーヒーを淹れていた。紅はなかなかこちらに気づかない。三分ほどたったとき、客の女の子がこちらを指さした。振り向いた紅は、顔の開口部を全部広げて驚きを示した。

客にカップを渡してから、紅はやってきた。窓を開けると「きゃー、千春さん」と、仕事中とは思えない嬌声を響かせた。悲鳴のような声を上げられるのは、今日二回目だ。いや、三回目だったか。紅とは昨日の朝方別れたばかりで、なんとも大袈裟だった。

「千春さん、ちょうど連絡しようと思っていたんです」ひとしきり、ワーワー、きゃーきゃー騒いだあと、紅はそう言った。「明日の晩、マンションに泊めてもらえませんか。明日、台風で午後から電車が運休するらしいんです。だから、お店をあがったら千春さんのところに泊めてもらえないかと。お願いします、どうか――」

千春はすぐには呑み込めなかった。言っていることはわかるのだが、なんだか色々、間違っているような気がした。それとも自分が勘違いしているのだろうか。

「別に、泊まってもいいけど、お店は何時に閉めるつもりなの」

「この店、八時閉店なんです」と紅は言った。それは、明日も八時に閉めるという意味かと訊ねたら、紅は不思議そうな顔をして、そうですよと答えた。

「電車が止まるんだから、そんな時間まで誰も原宿にはいないよ。電車のある時間に閉店して帰ればいいと思うんだけど、間違ってる？」

　飲食店のことはよくわからないから、少し控えめに否定した。

「間違ってます」紅はきっぱりと言い切った。「原宿にあるのはお店だけじゃなくて、オフィスもあるし、色々なひとがいるんです。土日も出勤で、明日は会社に泊まり込むって言うお客さんもいました。明日、どこも開いてないから、食べ物が困るって嘆いてたんです」

「そんなの、あらかじめコンビニで買い込めばどうにでもなると思うんだけど」

「いつも飲んでる温かいコーヒーがあれば、台風のさなかでも心が安らぐと思うんですよ」

「台風のさなかにコーヒーを買いにくるものかな」

「少なくとも、うちが開いていることで、安心感を与えることができる。いざとなればレッドアイが開いている、ひとりじゃないんだって心強く感じてくれる気がします」

　それはもうファンタジーだ。けれど、そんな紅のファンタジーに共鳴する客も、世の中には大勢いそうだ。台風のさなか、紅がショップをオープンさせているとＳＮＳで知って、温かい気持ちになるひとを容易に想像できた。

　そんなのはあらためていうほどのことでもないか。母親の手作り弁当がおいしいのはファンタジーだし、愛国心なんてどう考えてもファンタジーだ。社会のそこら中に転がっている。

　自分はファンタジーを楽しむ力が弱いのだろうか。自分の心を窺ってみると、そういうわけでもなさそうだった。少なくともファンタジーを求める気持ちはある。それこそ、紅が働くこの店にやってきたのも、ファンタジーを求めた結果といえそうだった。

「ショップの店長だかオーナーはどう言ってるの。開けていてもいいって？」

紅は頷いた。「気をつけてねって、言われたぐらいで」

「そんなもんなんだ」

自分がとやかく言うことではないのかもしれない。いちばんの問題は、台風のさなか、出歩くことのリスクだが、それだって一種のファンタジーだろう。外で亡くなるのは河や用水路に流されたり、屋根から落ちたひと。都会で街を歩いていて亡くなったというニュースはあまり聞かない。ずぶ濡れになるし、風で前に進めないのは不快だろうが、それだけのことだ。

「わかった。いいよ、泊まりたければ泊まっても」

紅はまた悲鳴を上げて喜んだ。

ものごとの本質が急に見えるようになってきている、とこのとき千春は思った。それはもちろん、おごった考えだ。自分が何者かもわからないくせに、どうしてそんな勘違いができたのだろうとあとになって思う。

翌日、台風が関東に上陸したのは夜の七時を過ぎてだった。紅から電話がかかってきたのは八時前、死にそうなほど雨が降ってるけど帰るね、と半ばやけになったように笑いながら言った。それから、三十分たっても、紅はやってこなかった。どんなにゆっくりでも、それだけの時間があれば到着するはずだった。携帯に何度もかけたが、紅はでない。

部屋のなかでも吹き荒れる風の音が聞こえた。雨粒が弾丸のように窓ガラスに降り注ぐ。びしょ濡れになるだけでたいしたことはない、と気楽にかまえてはいられなかった。千春は部屋着の上にコートを着込み、希にみる強大な台風が吹き荒れる街に飛びだしていった。

15

「赤坂君、こっちもためしてごらんよ。おいしいよ」

ダークさんが自分の前の焼きそばを指して言った。

赤坂天《かける》は素直に頷き、箸を伸ばした。

「どう?」口に運ぶと、ダークさんはすかさず訊いてくる。赤坂は麺を呑み込みながら、うまいっすと答えた。最高ではないが、うまい。ソースではなく塩だれだけれど、うまい。カップ焼きそばは麺の味が命です、と赤坂はあらためて感じた。四、五日前にも、家でひとりベッドの上で食べたばかりだったが、飽きることはない。みんなで食べれば、よけいにおいしく感じるものかどうかはよくわからなかったが、テーブルの上に焼きそばの四角い容器が五つも並んでいるのは、確実に気分がぶち上がる。ひとりではできないことだ。

カップ焼きそばの食べ比べ。台風で家に閉じこめられているなかでの、ちょっとしたアトラクションだった。カップ麺はすべてこの家の主、ジミー君がストックしていたものだから、ジミー君とはたぶん気が合う。焼きそばのなかにひとつだけあぶらー麺を混ぜるセンスも似てる。麺の味が焼きそばとは異なるが、それだけに箸休めとしていいアクセントになる。

四人で五食分を用意した。しかし、グレートベイビーが席を外して戻ってこないから、三人で食べることになりそうだ。ちょうどいい量だ。

グレートベイビーに仲間に誘われてから四日がたつ。あの日、世田谷の家からでた赤坂は、多摩川を渡った川崎の家に連れてこられた。GBのコアな仲間であるジミー君の自宅で、ここ最近はこの家を活動拠点にしているらしい。

初めて足を踏み入れたとき、この家の息づかいを感じた。ひっそりと圧し殺したような息づかい。視線も感じた。誰もおらず、しんと静まり返った家には緊張感が漂っていた。きっとそれらは、家の記憶なのだと赤坂は思った。たぶん、自分の家も同じだ。他人が足を踏み入れたなら、そんな気配を感じるだろう。この広い家にジミー君はひとりで暮らしているというから、自分の家と似たような記憶をこの家ももっているはずだ。

その後、深夜にジミー君は帰ってきた。渋谷でひと暴れしてきたようだった。

ジミー君はカップ麺の好みだけでなく、長年、引きこもりであったことや、長身のデブであることなど、自分と共通点が多い。とっつきの悪いところも似ているが、話してみると案外いいやつで、ため口でいいよと言ってくれた。赤坂はそう言われて素直にため口に切り替えてみた。しかし、よくよく聞いてみると、ジミー君は自分より二歳も年下で、ため口でいいよというよりお前がもう少し敬語を使えよ、という話だ。ＧＢの仲間という点では向こうのほうが先輩なわけだから、それも仕方がないかと赤坂は自分を納得させていた。

ただ、自分は本当に仲間なのかという疑問が残る。みんな本名は名乗らず、ジミー、ダークと愛称で呼び合う。まだ会ったことはないが、マリンというひともいるようだ。いまのところ赤坂は赤坂のままで、愛称を決めようという話もない。それに、面接のようにあれこれと質問をしてくる。何か宗教は信じているかとか、ジェンダー差別の問題と環境問題ではどっちに興味があるかとか、はたまた、シェルドレイクの仮説を信じるかという質問もあった。

シェルドレイクの仮説――形態形成場論はオカルティックなニューサイエンスの部類で教科書に載るようなものではないが、ＧＢは知っているかとも訊かず、信じるかと当たり前のように訊ねてきた。それを不思議に思った赤坂は理由を訊いてみた。ＧＢは、引きこもっていてネットに張りついているようなやつなら、それぐらい知っていて当然だと言った。そんなことも知らないようなら、俺たちの仲間にはなれないとダークさんが横から言った。自分は試されている、まだ仲間として認められていないのではないかと感じた。

質問は環境問題、地球温暖化についてが多かった。温暖化否定論についてどう思うかと訊ねられたが、赤坂はそんな論があるんですかと思わず訊き返した。地球温暖化はもう定説で、どこかの国の大統領を筆頭に、いちゃもんをつける者はいても、せいぜいその程度で、まともに取り上げられるような否定論があるとは思ってもみなかった。

あとは、Y染色体が減り、男は絶滅すると言われているがそれをどう受け止めるかと、GBはまた当然のことのように訊いてきた。赤坂もその説は知っていた。それは実際に起ることかもしれないが、SF小説のなかの話のようで実感はわかないと、思うところを素直に伝えた。するとダークさんが、温暖化否定論を知らないくせにY染色体消滅説は知っているのかい、と皮肉るように言った。ダークさんはその名のとおり、悪意をあからさまに見せるひとだった。そういう役割分担を意識的に引き受けているような気もした。この隠れ家では異色の、やせ形の中背でちょっとちゃらい感じのするサラリーマン風だった。

最後に、SF小説を読むかとGBは訊いてきた。それほど熱心ではないが、話題になったものくらいは読む。赤坂はそう伝えた。

「男の消える未来というのは確かにSF的だけど、赤坂君が暮らしているいまの世の中も、じゅうぶんにSFのなかの世界みたいだと思わないか」とGBは続けて言った。

AIが実験の段階でなく、社会のなかに実装され始めた。電気自動車が街中を走り、自動運転車が技術的にほとんど可能になっている。家のなかでは、掃除ロボットが動き回っている。そんな技術的なことだけでなく、東日本大震災の様相はSF的なまでのスケールだったし、温暖化による地球規模の危機というのも完全にSFの世界だと根拠を並べた。

人類がSF的世界に移行したのは二十一世紀に入ってからで、その幕開けとなったのが9・11のニューヨークのテロ事件だったとGBはいう。旅客機が突っ込んだ高層ビルが崩壊するのをリアルタイムで見ていたGBは、異星人が攻めてきたようなあり得ない光景を見た気になったそうだ。その後のスマトラ沖の大地震による大津波を見たときも、同じような感覚に襲われたそうだ。

GBはさらに語る。——自然現象も含まれるから、このSF的世界への歴史的変化は、技術の進歩や人々の心の変化から生まれたものではない。かといって、神が導いた流れだとか、星の配列が影響しているとか、スピリチュアルな話にもっていく気はない。ただ、たんなる偶然とも片づけられない。これからも大規模な災害が続くはずで、それは宇宙規模の災害かもしれない。地球外の生命体が地球に接触してくる可能性すらある。

赤坂は理解した。GBが言うSF的世界というのは、想像を超えたことが起こる世界ということだろう。確かに、ＳＦ的な大津波の発生とＳＦ的なテクノロジーの発展に因果関係はないはずだが、それらが同じ因果律――歴史的な文脈のなかで語られるべきことであるという考えを、赤坂は直感的に正しいと思った。そして、想像もしなかったような大きな災害はこれからも続く気がした。気がするだけで確信などない。それはＧＢも一緒のようで、何が起きるんですかねと訊ねたら、さあねと首を捻った。起きるかどうかわからないものについてあれこれ想像を巡らす暇などなく、関心があるのは現在起きていることだと言った。

そんな話をしていたのが食事前だった。カップ焼きそばができて声をかけたが、ＧＢは二階に上がったまま、下りてこなかった。

二階には誰かいる。ＧＢを呼びに上がったとき、ドアの閉まった部屋から声が聞こえていた。男か女か判別できなかったが、ＧＢ以外の声が確かにした。今日、この家にやってきたのは午前中で、長いこといるのに誰もそんな話はしていなかった。一階に戻っても、誰も何も言わないから、赤坂も訊かなかった。やはり自分はまだ仲間とは認められていないのだろう。

焼きそばの五つの容器にそれぞれ少しずつ残した状態で食事を終えた。三十分ほどして下りてきたＧＢにダークさんが残りものを勧めたが、ＧＢはなめてんのかと声を荒らげ、容器をひっくり返した。赤坂は、怒るのも無理はないと思ったが、もったいないとも感じた。

ＧＢはそれ以上の怒りを見せることはなかった。ダークさんに容器をかたづけるように命じると、赤坂に声をかけた。「ちょっと散歩にでかけようか」

赤坂はそれを冗談だとは思わなかったが、台風のなか、本気ででかけるつもりもないだろうと思っていた。きっと、何か重要な話を始める、前ふりのようなものと推察した。しかし、GBはリビングをでた。ついてこない赤坂を振り返り、「どうした」と怒鳴った。赤坂は慌ててあとを追った。

「SF的世界がやってきている。つまり、映画のなかの世界に入り込んだような、はらはらしたり、わくわくしたりする生活を、誰でも味わえるようになってきたということだ」

GBは玄関に腰を下ろし、ブーツを履きながら言った。

「俺たちは、長年、部屋に閉じこもってつまらない生活を送ってきた。だから、誰よりもそんなエモーショナルな生活を送る権利があると思うんだ」

「台風のなか散歩するのも、映画のなかの世界のような行動というわけですか」

批判的な響きが表れたかもしれない。GBはきつい視線を向けた。

「ひとつひとつの行動に、そういった意味や価値を求めているわけじゃないし、意識してもいない。俺についてくれば、そういう生活をすることになると言いたかっただけだ」

GBは立ち上がった。「地球の声を聞きにいくんだ。台風のなかに身を置けば、きっと聞こえる。俺たち人間にさんざん痛めつけられた地球が、泣いているのか、怒りに荒れ狂っているのか、それを確かめにいくんだ」

　ＧＢは玄関のドアを開けた。恐ろしい音を立てて、雨風が吹き込んできた。

　映画じゃないか。いまのＧＢのセリフも、台風のなかに前のめりで踏みだす姿も、まるで映画のワンシーンだった。意識はしないと言ったが、絶対にＧＢは意識している。格好をつけただけの空虚な言葉だと思った。

　赤坂も玄関を潜った。雨が弾丸のように降り注ぎ、一瞬で全身がびしょ濡れになった。前をゆくＧＢの姿がよく見えない。何か声をかけてきているようだが、聞き取れなかった。

　雨音以外、世界から音は消えてしまった。風が体の自由を奪った。

　これに意味があるのかどうかはわからない。ただ、さっきのＧＢの言葉が空虚なものではなかったと知った。まだ家の敷地からでてもいないが、赤坂はすでに地球の声を聞いていた。地球が怒り、泣き叫んでいるのが、はっきりとわかった。自分たち人間は地球から責められていると、自然と理解することができた。

16

　この日千春は、ずっとマンションにこもっていた。明日のイベントの準備をしたが、それくらいでは時間は潰れず、あれやこれやといらぬことを考えた。まったくいらぬことで、詩音はどうしたのだろうかと考えている時間が長かった。心配してやる義理などないが、本当に自らあの家を離れただけなのだろうかと気になりだした。

話もしたくなかったが、嘉人の携帯に電話をかけた。詩音が家に帰ってないようだけど恋人のあなたは何か知っているのか、と単刀直入に訊ねた。先日同様、詩音との関係をはぐらかすのではないかと思ったが、意外にも嘉人は動揺したような声で答えた。

三日前、詩音は嘉人が泊まるホテルにくることになっていた。千春が警察に訴える可能性を考え、しばらく身を隠すつもりだったようだ。しかし詩音はホテルに現れなかった。詩音が携帯電話をもっていないのは本当のようで、嘉人も連絡がつかないのだそうだ。いったい彼女はどうしたんだと思うと、お門違いにも千春に訊ねるしまつだった。嘉人も警察には届けていない。それでも、詩音の身を案じていることは電話口からも伝わってきた。

詩音はいったいどうしたのか。積極的に心配してやる気などなかったが、普段感情を見せない嘉人の動揺は、こちらまで不安な気持ちにさせた。

紅から電話がかかってきたのは、そんなときだったから、最初からそわそわと落ち着かなかった。そのくせ、三十分たつまで動かなかったのは、昨日、台風下の街歩きに実害なしと嘯《うそぶ》いたことにこだわっていたからかもしれない。千春は激しく後悔しながら、雨が滝のように降り注ぐ街に飛びだした。

マンションをでて原宿方向に向かった。その後どういうルートをとるべきか迷った。紅が入り組んだ住宅街を選択するとは思えず、シンプルにキャットストリートを進むことにした。

希にみる大型の台風の威力はすさまじかった。雨に打たれて手が痛い。目つぶしされそうで、顔を上げられなかった。雨にくらべて風はそこまで強くない。それでも普通の台風なみではあるはずで、雨の勢いを凶器と呼べるほどまでに強め、断続的な突風が前進を阻んだ。

少しでも雨風を凌げればと最初は建物に沿って歩いたが、道の反対側を紅がやってきたら絶対に気づけない。千春は道の真ん中にでて、紅ちゃんと時折声を上げ進んだ。

表参道に近づくにつれ、嫌な予感がした。風が強くなっている気がしたのだ。それは気のせいではなかった。もうそろそろ表参道だと、下げていた頭を上げた。とたん、体が後ろに押しやられるほどの突風に襲われた。

幹線道路など幅のある道では風が強くなる。表参道でも強い風が吹き荒れ、それがキャットストリートに吹き込んでいるようだった。果たしてそんな状況の道を紅は歩くだろうか。風を避けて住宅街のなかを進んだかもしれない。千春は徒労感を覚えた。同時に焦りも。紅はこの嵐の街のどこかにはいるのだ。

千春はそのまま先を目指した。参道に上がる階段に足をかけた。手すりを掴み頭を低くして、風に抗い一歩ずつ上る。手を離したら後ろに飛ばされそうだと恐怖を感じた瞬間、風にフードが吹き飛ばされた。バケツの水をかぶったように、一瞬で頭がびしょ濡れになった。

いったいここはどこだ。東京、原宿。あと数段あがったところにあるのは、表参道とかいう世界に名だたるファッションストリートらしいが、そんなのはただの記号だ。東京で三十年近く暮らしてきたけれど、いま初めて東京の街に自然を感じた。ひとの姿もなく、店も閉まっている。自分と街との関係において都市の機能などまるで作用しておらず、いまここで自分に働きかけるものは雨と風以外になかった。背中を丸めて階段を上がる。手すりを強く握る。これまでに感じたことのない孤独に襲われた。千春は手すりから手を離し、階段の上の歩道に手をついた。這いつくばって上っていく。フードを被ったら、なかに溜まっていた雨水が背中に流れ込み、いっきに気が萎んだ。

なんとか表参道の歩道に這い上がった。早いところ表参道を上り、紅を捜さないと。立ち上がろうと体を起こす。青山通りから吹き下ろす風で、体が浮き上がりそうになった。千春は慌てて路上に這いつくばった。そのまま手足を動かし、坂を上る。

闇雲に手足を動かしていたら、車道のほうまできてしまった。こんなものは邪魔だと、結局フードを剝ぎ取った。千春は垂れた前髪をかき上げる。薄目であたりを窺った。

雨のベールを透かして、建物の影がうっすら見える。まだ全然坂を上っていない。自分の位置を把握した。キャットストリートの角に建つジャイルまで這っていき、ショウウィンドウに手をついて立ち上がった。建物の際はいくらか風が和らいでいる。腰を屈め、ウィンドウに手をついたまま、いくらか早足で進んだ。しかし、すぐに慎重になる。ラグジュアリーなファッションビルの敷地はタイル敷きで滑りやすかった。

「紅ちゃん！」と大声で叫んだ。とたん、突風が押し寄せ、雨とともに声がウィンドウにびしゃりと張りついた気がした。これではどこにも届きはしない。

千春は息を溜め、もう一度叫ぼうとした。そのとき、何かが聞こえた。ひとの声のような気がして耳を澄ます。切れ間のない雨音と風切り音が、他の音を街からしめだしていた。気のせいだったのだろう。千春は動きだした。ウィンドウに手をつき、歩を進める。「紅ちゃん」と叫んでみた。すると、また聞こえた。雨風の音ではない。いったい、どっちのほうからだ。千春は頭を振り、大声で紅の名を呼んだ。

風が途切れた。そう気づいたとたん、闇雲に坂の上のほうに向かって駆けだす。いくらもいかないうちに足が滑り、尻から激しく転んだ。

痛みで動けない、と思ったが動けた。ウィンドウに手をつき、腰を上げて耳を澄ます。音が――声がした。やはりそれはひとの声。また闇雲に動きだしたくなるのを抑え、声のする方向を見極めようと意識を集中させる。

「紅ちゃんなの？」喉がひりっとするくらいまで声を張り上げた。それに応えるように声がした。千春はコートのポケットを探り、スマホを取りだした。紅の携帯に電話をかけてみたが、コール音は途切れない。手にもっていなければ、この雨音で着信音に気づくことはないだろう。電話を切ろうとしたとき、雨音の隙間にかすかな音を捉えた。声ではなく機械的な音。着信音だ——と希望的に判断した。これも方向はわからない。

坂の上のほうに進んでみた。すぐに建物は途切れ、脇道の入り口にでた。音は大きくなっている。こっちで間違いない。しかし、どうもおかしいと千春は気づいた。千春の耳に音が届くのだから、紅に聞こえないはずはないのだ。「紅！」と叫び、耳を澄ましたが、声は返ってこない。音は着実に大きくなり、着信音だと確信がもてた。

突風が吹き寄せ、千春はビルの角に手をついた。生きもののようにうねる雨のベールに目を凝らした。音が、近づいている。

強風に押しだされるように、人影がベールの向こうに現れた。紅、と声を上げようとして呑み込んだ。人影は腰を屈めていたが、あきらかに紅より大きい。たぶん男だ。白っぽいポンチョを頭から被っている。着信音はその男から聞こえているようだ。千春は発信させたままだった電話を切った。歩道の中央をゆく人影は、風に追い立てられるようによろよろと千春の前を小走りで駆け抜ける。着信音は、消えた。

「ちょっと、そこのひと」千春は男に声をかけた。

男がこちらに顔を向けたが、マスクをしていて顔の造作はまったくわからない。足を止める気配はなく、白いポンチョをはためかせて遠ざかる。歩いたり、小走りになったり、よろけたり、風に操られるお化けみたいだった。いったいなんなんだ。どうして紅の携帯をもった男が、嵐の街を歩き回っているのだ。シュールな映画でも観たような、とりとめのない不安と困惑が心に広がった。

千春は壁際から離れ、歩道にでた。「ちょっと待って！」と叫び、男のあとを追う。強風に押され、勝手に歩調が速まる。垂れてくる前髪をかき上げ、目を細め、白いお化けに視線を注いだ。

それは目の前で起きたことだが、何がどうなっているのかほとんど理解できなかった。ショウウィンドウが途切れ、明かりが乏しくなったあたりに男がさしかかったとき、横から何かがぶつかってきたように見えた。転んだのか、男の姿が消えた。しかし、誰かいる。小柄なシルエット。激しく動く。言い争うようなひとの声。男の声と女の声だ。

雨のベールを突き破るように、ふたりに近づいていく。それでだいぶ様子が見えてきた。小柄なひとが棒のようなものでポンチョの男を打ち据えていた。立ち上がった男が小柄なひとを突き飛ばす。倒れた小柄のほうに向かっていく。千春が認識していたのはそれだけだが、体が反応した。「紅！」と叫びながら足を速める。白いポンチョに体当たりした。

男は倒れ、千春もアスファルトを転げた。

スウェットパーカのフードを被った小柄が、立ち上がりやってきた。

「ナイス、千春さん」まぎれもなく紅の声だった。

紅は手にした傘で倒れた男をぶっ叩く。男は「ぶっ殺すぞ、オリャッ」と叫んだが、強そうな感じはしなかった。それでも男だ。仰向けのまま足を繰りだし、紅を転ばせた。

千春は立ち上がった。強風に押しやられるまま男に近づき、起き上がろうとした男の胸を踏んづけ乗り越えた。傍らに転がる紅の手をとった。「いこう」

赤いコットンのパーカはぐっしょり濡れていた。フードに包まれた紅の顔は、理不尽な叱責をうけた子供のように、もの言いたげだった。手を引いてやると紅は立ち上がった。傘を振り回しながら、腰を曲げ、アスファルトに手を伸ばす。携帯電話を取り戻したようだ。

「さあいこう、走るよ。頭を低くして」

頷いた紅はすぐさま反転し、立ち上がった男の顔に傘を叩きつけた。男は悲鳴を上げた。

街路樹をなぎ倒さんばかりの突風が、唸りを上げて三人に襲いかかった。ポンチョの男は前に押しだされて紅にぶつかった。紅のフードは風に吹き飛ばされ、青ざめた顔を露わにした。

千春は風に押されるまま紅の手を引き、駆けだした。

「ぶっ殺してやる」

男の声が追ってきた。男自身が追ってきているかは確認していない。必死に駆けた。スピードはどうでもよく、風に転ばされないよう必死だった。階段で必死に手すりを摑み、もう一方の手で必死に紅を支えた。あまりに必死で、足首を捻った痛みも感じはしなかった。

参道からキャットストリートに降りても走った。ぶっ殺すは聞こえてこなかったから男はもう追ってきていないだろうと思っていたが、風は表参道ほど荒れてはおらず、建物のほうに寄ったら雨もそれほど気にはならなくなって、フードを被らず原宿の自然を感じながら駆けた。紅の手をしっかり握って――。

走りながら、あの男はなんだったのか紅に訊ねた。むすっとした顔をしていた紅は、「あれは男です。あれこそばかな男の見本です」と教えてくれた。

紅が店を閉めようとでたところ、あの男に襲われたそうだ。いきなり抱きついてきた男に、蹴りを入れ、傘を叩きつけ、どうにか難を逃れることはできた。ただ、落とした携帯電話を奪われてしまった。それを取り返そうと、男を捜していたそうだ。

「たぶんあいつはうちのお客さんです。うちのSNSをフォローしてます」

千春もたぶんそうだろうなと話を聞いていて思った。

紅は台風のさなか店を開けていれば、お客さんの励みになると考えた。しかし白ポンチョの男は、誰もいない台風の街で女の子がひとり店を開けているとSNSで知り、よからぬ妄想を膨らませたのだろう。

「千春さんの言うとおり、電車の止まる時間に店を閉めればよかったんです。結局お客さんなんて誰もこなかった。きたのはあの変態だけ」

「開いていると知って、安心していたひとはきっといるよ」と千春は慰めた。表情は晴れなかったが、紅は頷いた。できれば紅にはファンタジーを信じ続けてほしかった。

「ごめんなさい」と言って紅は足を止めた。千春も止まった。

「何が?」

「千春さんからもらった傘、こんなぼろぼろになっちゃった」

骨が折れ、布が垂れ下がった、もう使えそうにない傘を、紅は握りしめていた。

「いいよ。それで紅ちゃんは助かったんだから」

紅が男を捜していたのは携帯を取り返そうと考えたからでもあるが、傘がぼろぼろになったのが悔しくて、とっちめてやりたくなったからなのだそうだ。傘の恨みを傘で返す。そんな気迫が、先ほどの紅の攻撃には確かにあった気がする。

「とにかく、無事でよかった。あたし、いいタイミングだったでしょ」

「ほんとに神かと思いました」

「マリア様だからね」つまらない軽口を言った。

紅はぽかんと口を開けていた。どういう意味かと戸惑っているのだろう。

「あたしは誰でもないよ」あるいは誰でもあるのか。

びしょ濡れの紅の顔に手を伸ばした。指で雨を拭う。紅も千春の顔に手を伸ばし、したたる滴を払った。「一緒だ」と紅は笑った。水になりたいと千春は思った。水は「誰」の境界もなく、合わせれば完全にひとつになれる。紅とひとつになりたいと思った。

消し忘れたのか煌々と明かりが灯るショウウィンドウに身を寄せていた。千春はウィンドウから離れた。紅の腕を摑み、その体を引き寄せた。大粒の雨がふたりをひとしく水のベールに包んだ。紅の顔に自分の顔を近づける。紅はまた「一緒だ」と言った。何が一緒なのかわからないが、きっと一緒なのだと信じた。千春は薄く開いた紅の唇に自分の唇を重ねた。水の味がした。雨がふたりの間を隙間なく埋めてくれるような気がした。けれど、吸っても吸ってもひとつになれる気はしなかった。

唇を離した。紅は目を開いた。眠たげな目をして、「帰ろう」と言った。

「走ろう」千春はそう言って紅の手を摑む。また駆けだした。

歩道に川のような流れができていた。それは走るのに苦にならなかったし、じゃばじゃばと足を突っ込んだときのかすかな抵抗感が心地いいアクセントになっていた。じゃぶじゃぶとふたりのリズムが綺麗に揃うようになってからはなおさらだった。風はマンションをでたときより弱まっている気がした。それでも、時折、ゆくてを阻むほどの突風が吹いた。そのときは無理をせず立ち止まり、キスをした。

マンションに近づいてくると、さすがに大自然を感じなくなってきた。疲れてもいたから、じゃぶじゃぶを楽しむより早く部屋に戻りたくなった。マンションの敷地に入り、歩調を速めた紅も同じ気持ちだったろう。

玄関を入り、キスをした。その場で上着を脱ぎ、靴と一緒に靴下も脱いで廊下に上がる。ふたりで服を脱ぎ散らかして風呂場までいった。

シャワーを浴びながら抱き合った。密着させた肌を水が隙間なく埋めた。足をからめ舌をからめ、額をこすり合わせた。ひとつになるには食べてしまうしかないのだとわかってきた。もどかしさを爆発させないよう、紅にしがみついた。

風の音を聞いた。嵐が体のなかを駆け巡る。嵐は出口を探しているのだとわかったが、それがどこにあるのか、千春も見つけられなかった。

17

希にみる大型の台風は、真夜中には関東を離れ、海上に抜けていったようだ。

千春のなかの嵐も去っていった。

風呂場をでてそのまま寝室に向かった。ベッドの上で抱き合い、のたうち回った。千春は紅のなかに指を埋めた。紅の喘ぎ声を聞き、反り返る姿を見ていたら興奮した。変な興奮だった。内側から湧き上がるのではなく、目の前で興奮が発光しているような感覚。性的な興奮であるのは間違いないけれど、妙に優しい。明るい。淫靡《いんび》な後ろ暗さをあまり感じない。

――愛だ。これが愛だと千春は直感した。愛だ、愛だと心が騒ぎだす。さらに興奮が高まり、いつの間にか、体を駆けめぐっていた嵐は消えていた。

紅の腰の動きに寄り添うように、千春も腰を動かした。絶頂に達することはなくても、紅の悦びを自分のものにし、満足感をえた。これは本当にセックスなのだろうかと、どこか冷めた頭で考えた瞬間もあったが、紅の肉体の反応がその不安を打ち消してくれた。

受け容れた千春を紅は男と見ているのか女と見ているのか、千春にはわからなかった。それどころか、自分自身、紅を女と捉えているのかは不確かだった。紅を女と捉えているなら、他の女性も愛せる可能性があるはずだが、そんな気はしないのだ。

気にするほどのことではなかった。ひとを愛することができたのだから、それで充分だ。この世界で自分はひとりぼっちではないと確信できるなら、いま何も望むものはない。千春は、平穏な心を十数年ぶりに手に入れた。

ずいぶん長い間、重なり合っていた。はっきりとした終わりのない千春が、やめどころを見失っていたからでもある。紅がもう疲れたよと音を上げ、ようやく体を離した。

会話は少なく、ぎこちない空気が流れていたものの、満ち足りた心は温かかった。こんな時間が永遠に続けばいいと思った。紅も、ずっと一緒にいたいと言った。嬉しい言葉であるが、驚きでもあった。いまだけの気持ちだとしても、こんな男だか女だかもわからないニセモノとずっと一緒にいたいと思えるほど、紅の心は孤独なのかと――。

「紅ちゃんが飽きるまで、一緒にいてあげる」と千春は答えた。傲慢な言葉だけれど、紅が好きなマリヤは、そんなことを言うひとだろうという気がした。紅が自分のことを男と捉えているのか、女と捉えているのか千春はあらためて訊ねてみた。紅は「わからない、とくに意識していない」と言ったが、自分がレズビアンであることをカミングアウトした。男に拒否感を覚えると言っていたのだから、とくに驚きはなかった。

紅が体を寄せてきたので、千春は腕を回し、紅を抱きすくめた。死に神のタトゥーのある背中をさすったとき、紅の体が一瞬こわばるのを感じた。

翌日は晴れ。激しい雨にすべて洗い流され、世界が一変したように青空が広がった。

　千春の心模様も同様だった。一片の曇りもなく、澄み切っていた。朝、目覚めたとき、世界はかわったのだと思った。眠気を感じたが、ベッドから離れることに苦痛も未練もなかった。愛が自分を動かしていると感じた。シャワーを浴びてコーヒーを淹れた。起きてきた紅とコーヒーを飲みながら、未来の話をした。未来といっても、遠い先のことではない。昨晩の一緒にいたいという言葉を具体的に掘り下げた。このマンションをでて部屋を借りなければならないが、そこでふたりで暮らさないかと、恐る恐る——というほどでもないが、その返答にさほど期待せずに訊ねた。紅は、いまの部屋気に入ってるからなあと迷いを見せた。気に入る部屋を一緒に見つけることも可能だとは思うけどと千春が水を向けてみたら、ようやくその気になった。昨晩ほどの熱がないのは気にしない。千春の新世界は続いている。

　仕事にでかけたのは十一時過ぎ。いつになく千春は張り切っていた。ニセモノDJと自分を卑下することはない。立派な仕事をしよう、紅に恥ずかしくない仕事をしようと思った。マザーズのサヤカがひとの役に立ちたい理由を訊かれ、愛される資格が欲しかったからと答えたが、それと似たような気持ちだ。愛はひとをかえる。自分はそんな単純な生きものだったのかと呆れた。同時に愛しくも思えた。

　一回目のステージは三時から始まった。異様に盛り上がっているのは、心を入れ替えた自分のサービス精神のたまもの、と考えたいところだが、まったく関係ないようだ。連休の初日、台風で一日家に閉じこめられていた鬱憤をここで爆発させている。たった一日、外にでられないだけで、そこまでエネルギーが溜まるものだろうかと呆れるくらい、はちゃめちゃだった。千春のＤＪそっちのけで、昨晩の雨でぬかるんだ地面にダイブしたり、泥を投げ合ったりして楽しんでいる。デブリ・フェスのはずが、マッド・フェスに様変わりした。

そんななか、泥んこ遊びに興じることなく、ステージ前で音楽と戯れる男がいた。スーツ姿でなかったから最初は気づかなかったが、時折姿を見せる、あの踊るサラリーマンだった。ぬかるみで動きにくいのか、ステップは最小限だが、腕を振り回し、本格的に踊っている。飛んできた泥の礫《つぶて》を浴び、多くの観客とかわらず、泥だらけではあった。

千春は頭をめまぐるしく回転させた。みんなが泥んこ遊びをしたいなら、それもいい。さらに盛り上げてやろうと、スマホをＣＤＪに繋げ、健太のセトリの合間に自分の選曲をぶち込んだ。流れだしたのはクリームの『ホワイト・ルーム』。勇壮な太鼓の音から、弾けるボーカルとギターリフ。いっきに六〇年代のまさに泥臭いフェスにタイムスリップする。

エネルギーが台風のように渦巻いて見えた。それは自分のエネルギーだったのかもしれない。ここで暴れているのは、昨日、たった一日エネルギーをもてあましただけの連中だ。自分は十年の間エネルギーを溜め込んでいた。昨晩、放出させたが、それで涸《か》れ果てたりはしない。観客のエネルギーを増幅させ、今日のパーティーが特別の思い出になるよう念じた。

立て続けに、ザ・フー、カンとロッククラシックを流した。ステージ前の彼も気に入ってくれたようだ。Tシャツを脱いで、千春にピースサインを送って寄越す。泥まみれの顔が怖いくらいに恍惚としていた。

ハロー、新世界。千春は拳を突き上げ、昨日とは違う今日に挨拶をした。

二回目のステージは、日の暮れた九時半に終わった。泥んこ遊びにあきた連中をしっかり音楽の世界に引き込み、満足のゆくできだった。ただし、踊るサラリーマン風の姿が途中で見えなくなり、飽きさせてしまった可能性がある。反省材料がないわけではなかった。

十一時にフェスは終わり、十二時からは貸し切ったクラブでアフターパーティーが行われる。アフターパーティーはいってみれば、関係者の慰労会だが、入場料をとって一般客も入れるクラブイベントでもあった。千春は紅と一緒に参加するつもりだった。カフェを閉めたら、デブフェスの会場にやってくることになっていたが、遅れそうだから直接クラブにいくと紅からLINEに連絡がきていた。

紅は、今日が二十歳の誕生日の客を、他の客と一緒にお祝いしてあげることになったらしい。ひとりぼっちの二十歳の誕生日と聞いてほっとけなかったらしく、営業の終えた店で誕生日会を開くのだという。紅がまだファンタジーを信じているとわかり、千春は安心した。

まだ時間は早かったが、千春はひとりで道玄坂にあるクラブに向かった。オープン前でも、関係者なら入れてもらえるだろうと高をくくっていたが、いってみたら、関係者も十二時まで待てとバウンサーはつれない。千春は歩道の植え込みに腰を下ろした。クラブで待っているとと紅にＬＩＮＥを送った。

そのままスマホで紅のインスタグラムを開いた。考えてみれば、まだ紅のことをよく知らない。このインスタを見るのも初めて会った日以来だ。

最近のポストのなかに、見覚えのあるものが写っていた。ベッドの上に置いた折り畳み傘の写真。千春が買ってあげたあの傘だ。画面をタップして表示させると、「あたしに傘を持たせる神が現る」とコメントがあった。ずいぶん、安っぽい神だなと千春は笑った。

スクロールして見ていく。自室で撮った写真が多かった。何を食べたとか、どこへいったとか、日記的な写真は少ない。タトゥーの他に、指やへそなど、体のパーツを撮ったものも目立った。自分を愛したがっている、ひとから愛されたがっているのだな、と千春は感じた。

おやっと思い、スクロールしていた指を止めた。珍しく建物の写真があった。洒落た感じのビルは何かの商業施設だろうか。ふいにどこかで見たことがあるような気がしたが、細部がわからない。タップしようとしたとき、「千春」と声をかけられ、顔を上げた。

健太が立っていた。ちょっと気まずげな表情なのは、先日、トランクホテルでの別れ際が悪かったせいだろう。

「なんだ、きたのか」

アフターパーティーに健太も誘っていた。気が向いたらいくよと言っていたので、たぶんこないだろうと思っていたのだが。

「違うんだ。パーティーにきたわけじゃなくて、千春に会えるかと思ってきてみただけで」

縦に横に、いやに首を振った。なんだか興奮しているようだ。

「どうしたんだ。なんか用？」

「ああ、そうなんだ。全感覚祭にきてみたら、もう入場受付を締め切ったって言うんだよ。まだ諦めずに並んでるひともいるけど、誰か関係者に知り合いでもいればなんとかなるんじゃないかと思ってさ。お前、誰か知らないか」

健太はやはり興奮したように、早口でいっきに言った。

「なんの話だ。全感覚祭って、昨日、中止になったんだろ、千葉でやるやつ」

「――知らないのか。中止になったけど、今日、渋谷の箱でやることが急遽決まったんだ」

「急遽って、一日やそこらで、そんなことできるのか」千春は思わず男の声をだした。

「できたんだよ。七つの会場を押さえたんだ。だからすごいんだよ。これは絶対に見逃しちゃいけないやつなんだけど、出遅れちゃってさ――」

「あなた、ばかですか？　なんでそんなすごいこと知ってて、出遅れるの」

健太は仕事があったんだと怒ったような顔で釈明した。「とにかく、なんか業界関係で顔がききそうなひと知らないか。ちょっとでも観られればいいからさ」

「そんなこと急に言われたって――」急じゃなくてもかわらないか。健太も自分もDJを名乗っているが、吹けば飛ぶような小者。無理がきくような知り合いなんているわけがない。

なんでもっと早く教えてくれないのかと腹が立った。ステージが終わって、すぐに会場に並ぶこともできたのだ。

とにかく、健太と一緒に会場に向かった。道玄坂を渡り、円山町のラブホテル街を目指した。坂を上がるにつれ、深夜とは思えないほど、ひとの密度が濃くなっていく。ラブホテル街に入ると、進むのもままならないくらいに歩行者が渋滞していた。なんとか会場のひとつである、オーイーストまできたが、完全にひとの流れは止まってしまった。会場スタッフが、入場受付を締め切ったと大声で告知しているにもかかわらず、会場前に集まった群衆は動かない。群衆整理の警察官が、車が通るので道を開けてと叫んでいる。

デブフェスとはくらべものにならない量の熱気が渦巻いていた。警官やスタッフの叫びが飛び交い、傍から見たら、暴動でも起きかねない殺伐とした光景にも感じられただろう。しかし、そのなかにいて実際に感じる空気はいやに穏やかだった。これから始まる前代未聞のイベントに接して興奮しているだろうし、観られないかもしれない焦りを感じているはずだが、スタッフに詰め寄る者などおらず、これだけのひとが密集している割には静かだった。

しかし、エネルギーの量だけはハンパない。そんな不思議な場だった。

台風が過ぎ去り、世界は本当にかわった。こんなすごいことが起こる時代になったのだ。

人類はこれまで自然災害にいいようにやられてきた。しかし、今回のような希にみる大型の台風の直撃を受けても、ひとの心は折れることなく立ち上がれる、とこのイベントは証明して見せた。告知する期間もなかったはずなのに、これだけのひとを集める力が音楽にはあることも証明している。そもそもがフリーエントランスでフリーフードというあり得ない形態であることを考えると、これはもう奇跡に近い。そう思っているのは自分だけではないだろう。観られないかもしれないと焦りながらも、みな奇跡に立ち会えた幸運を噛みしめている。この穏やかな空気はそういうことだろう。

千春は健太とともに、他の会場を回った。センター街のクアトロでもスペイン坂のWWWでも、並んでも観られませんとアナウンスされているのに、長蛇の列ができていた。みんなこのイベントに接して、諦めなければなんとかなることを学んでしまったのだ。千春も諦めたくはなかった。とはいえ、当てもなく漫然と並ぶ気もない。オーイーストのほうまで戻ったが、状況はさらに悪化し、会場に近づくことも難しい。健太がマークシティ裏手のラ・マならそこまでひとはいないだろうと言うので、いってみることにした。

人混みをかきわけ進むうちに健太とはぐれてしまった。道玄坂に抜けでてしばらく待っても健太は現れない。携帯に電話してみようかと思ったが、ラ・ママに向かっているなら、そこで会えるだろうと、そのまま歩きだした。それよりも電話をしておかなければならない相手を思いだした。紅にアフターパーティーの会場にいないことを伝えておかなければならない。紅に電話をかけようと思ったのは、そんな理由だったが、もっと重要なことがあると千春は気づいた。紅はフリーのパーティーに日常的に潜り込んでいる珍しい人種ではないかと。

千春はスマホを取りだした。開きっ放しになっていたインスタグラムのアプリを閉じ、紅の携帯にかけた。でるまでに少し時間がかかった。紅は開口いちばん、ごめんなさいと言った。結局、誕生日会の主役は現れず、無駄に遅くなってしまったという。さすがにしょげた声をだした。またファンタジーに裏切られたのだ。しかし、全感覚祭の話を聞かせると、それはすごいと興奮した。GEZANのライブめっちゃ観たいとわめいた。そうだよ、すごいんだ、そういう時代がやってきたんだ。気持ちが通じ合ったようで千春は嬉しかった。

紅は誰かにLINEで訊いてみると言った。潜り込めるかどうかわからないが、確実に知り合いの何人かはその場にいるだろうと。千春は期待に胸を弾ませ、道玄坂を渡る。ひとの少なそうなラ・ママに向かっていることを伝えて電話を切った。

横断歩道を渡り切った千春は、スマホをしまいかけたが、思い直して画面に目を向けた。インスタのアプリを開くと、先ほど見ていた紅のアカウントがそのまま表示された。何か気になるものを見た覚えがあったが、それがなんだったかすっかり忘れていた。健太がやってきて確認しそびれたのだと思いだし、記憶が甦った。――これだ。

洒落た建物の写真。以前に見たことがあるような気がしたのだ。千春は写真をタップした。画面いっぱいに拡大された建物を見て、やはり覚えがあると思った。外壁がガラス張りになった構造は商業施設のようにも感じるが、それほど大きなものではないのかもしれない。

道玄坂をそれ、寂しい路地に入っていく。あたりが暗くなり、集中力が勝手に増す。外壁のガラスに染みのようなものを見つけた。たぶんこれは人影だ。目を凝らしてみてもそれは人影で、はっきりとしたひとの姿にはならなかったが――、千春にはわかってしまった。その人影のすべてを、この写真が何を写したものなのかを。胸で小さな爆発が起きたみたいに急に息苦しくなった。千春は喘ぐように息を吸い、足を止めた。

これは詩音の家の隣にあった未来的な住宅。ガラスを透かして見える人影は子供だ。千春もその姿を見た。角度からいって、詩音の家の二階から撮ったものであるのは間違いない。

いったい紅はどこからやってきたんだ。どうしてあたしの前に現れたのだ。千春はがたがたと震え始めた。

18

気づいたら坂の途中にいた。

ぼんやりと心を閉じたまま坂を下りてきたようだ。千春は明かりの乏しい街路を見回した。昼間とかわらぬほど賑やかだった道玄坂とはうってかわり、ひとの姿は目に入らない。ああ、ここはちょうど、料理研究家の藤枝にはめられ、げーげーと嘔吐したその場所だと気づいた。あのときの反吐《へど》の臭いを思いだして胃がむかついたが、吐くようなことはない。千春のなかは空っぽで、吐きだすようなものは何もなかった。

紅は詩音と繋がっている。嘉人と一緒で、なんらかの目的をもって自分に近づいたのではないか。疑念が津波のように襲いかかり、感情をさらっていった。だから怒りも悲しみもなく、ただはらはらするように、心臓の鼓動が速まっていた。

あの写真はたまたまひとからもらっただけで、紅と詩音が赤の他人である可能性もなくはない。しかし、最初に出会ったとき、紅は自分のことを尾行してきたのだ。それだけではない。この路地にやってきて思いだしたことがある。藤枝にはめられたとき倉臼が助けにやってきたが、倉臼は千春たちが会食している店を紅から聞いてきたと言った。しかし、千春はその店を紅に伝えた覚えがなかった。そのときはあまり深く考えはしなかったが、いまあらためて考えると怪しい。あの日も千春のあとを尾行していた可能性がある。

紅が自分に近づいた目的――詩音に命令され実行していたことを、具体的に知りたいとは思わなかった。自分の愛が届いていないとわかり、何がどうでもいい気がした。それでも、自分がひとを愛せた事実は消えない。空っぽの心にほんの小さな灯りだけは残った。

全感覚祭もどうでもよくなっていた。あと少し坂を下り、右に曲がればラ・ママはあるが、想像しただけで足が重くなる。千春は坂を見上げた。上るのもまた億劫で、動けなくなった。

坂を下りてくる人影が目に入った。千春は健太だと直感した。ゆっくりと下りてくる様はこちらを意識しているように見えた。話をするのもめんどくさっ、と千春は溜息をついた。

近づいてきて、人影は健太ではないとわかった。健太はTシャツ姿だったが、男はシャツを着ていた。だらしない感じで裾をだしていた。だらしないと感じたのは、カジュアルなシャツではなく、ウエストがシェイプされたドレスシャツ風のシルエットだったからだろう。全体的にスマートなシルエットだ。まだ顔の造作ははっきりしなかったが、千春はまたもや直感した。近づいてくるのは倉臼ではないかと――。

藤枝にはめられたとき、この坂で倉臼に助けられた。そんな記憶が認知を歪ませているのだろう。そう論理的に解釈し、驚きを収めた。ここで再び倉臼と出くわすはずがない。それでも、人影がこちらを意識しているのは間違いないようだったが——。

さらに男が近づいてきて、はっきりとわかった。千春は再び驚いた。背筋を震わせた。坂を下りてきたのは、本当に倉臼だったのだ。

なぜ、ここに——。これは偶然なのか。千春は偶然などないと思った。紅のインスタにあの家の写真があったのと同じく、これも偶然ではない。台風が過ぎ去り、世界は変質したのだ。おかしなことがいくらでも起こりうる世界に突入した。ぼさぼさの髪、にやけた口元。これまでと違う印象の倉臼を目にして、千春はそんなことを思った。

倉臼が口を開いた。大きな声、明るい声で言った。「ここで会ったのは偶然じゃない。お前のあとをずっとつけてきた。ひとけがなくなるのを待ってたんだ」

千春はあたりを窺った。確かにひとけはないが、逃げようという気にはならなかった。

千春が逃げだすと思ったのか、突然倉臼は足を速めて千春のそばまできた。千春の腕を強く摑む。「これを見ろ」と倉臼は言った。腕を摑むのとは反対の手にナイフが握られていた。

「これは、お前のイチモツを切り落としたナイフだ」

その言葉を聞き、千春の心はすくんだ。怯えているが、暴力に対する怯えではない。

倉臼は見え透いた嘘をついた。いま手にしているナイフがあのときのナイフでないのは明らかだった。倉臼はそんなどうしようもない嘘をつくタイプの人間ではなかったはずだ。狂気のようなものを感じて生理的に怖いと思った。

「なんなの。またあたしを痛めつけたくなったの。それとも、またしゃぶってほしくて、あとをつけてきたわけ？」千春は言葉を選ばず、頭に浮かんだまま口にした。

「黙れ」倉臼は千春の髪を掴み、引っぱった。「俺は、お前の罪を暴きにきたんだ。お前はかわいそうな被害者なんかじゃない。俺に傷つけられて当然の人間だった」

「いいんじゃない。そう思いたければ。俺は悪くないって思っていればいいじゃない」

いったいこの男はどうしたのだ。酔っているようにも見えるが、酒臭くはなかった。

「俺は自分を正当化しようとしてるわけじゃない。そんなことはどうでもいいんだ。俺は真実が知りたい。邪悪なお前らが許せない」

倉臼はナイフを千春の顔の前にもってきた。

千春は怖くなかった。暴力が怖くて女の形にまでなったというのに、ナイフを突きつけられてもなぜか怖くない。命などどうでもいい気がした。

「お前らって誰のこと」冷静でもあった千春は、倉臼の言葉のおかしさにふと気づいた。

「とぼけるな！」

強く髪を引っぱられ、千春はのけぞった。

「お前はあいつとどういう関係なんだ。いったいいつから知ってるんだ。俺をなぶりものにすることで、いったいお前らは何が得られるっていうんだ」

倉臼の顔が醜く歪んでいた。有能な経営者の面影はまるで見えない。

「なんの話をしているのか、まったくわからない。刺したいなら刺してもいいけど、あたしに何か話をさせたいのなら、ちょっと冷静になって、わかるように説明してくれない」

「気持ちが悪いってことだ。俺はお前らのようなやつらを見ると、虫酸《むしず》が走るんだよ。近寄るな、と思う。なのに、なんで俺にかまうんだ」

相変わらず要領を得ない。お前らのようなやつらとひとくくりにするのだから、倉臼が呼ぶあいつというのはトランスジェンダーとかそれに近い人物なのだろうとは推察できた。

「あの土手で起きたことも、あたしのほうから近づいたと思ってるの」

「ああ、そうだ。結局あれは、お前に引き寄せられたんだ。お前があんな格好をしていたのは、そういうことだろ。俺に嫌がらせをしたかったんだ」

まったく支離滅裂だったが、そう信じているなら、千春に落ち度があったと考えるのもある程度は理解できた。

倉臼が背後を振り返った。千春もナイフから視線を外し、坂の上のほうに目を向けた。何人か、ひとが下りてくるのが見えた。倉臼がこちらに顔を戻したとたん、腹を強く殴られた。死にたくなるような痛みに、声もだせなかった。脱力した千春を抱え、倉臼は動いた。

坂道から脇道に引きずり込まれた。飲食店が建ち並んでいるはずだが、ひとの気配は感じられない。どこだか、階段のようなところに座らされ――、また腹を殴られた。

「時間がない。早く言え。あいつとお前はどういう関係なんだ」

「……昔からの知り合い」千春は声を絞りだした。「あのひとも近所に住んでいた」

苦しまぎれの作り話。殺されるならまだいいが、殴られるのはいやだ、痛い。

「もしかして、子供のころから知っているのか」倉臼は驚いたように言った。

「そう、小さいころから知ってる」

「じゃあ、お前も俺と同じなのか」

何が？　と思うが、かまわず「そう」と答える。思い切り頬をはたかれた。

「嘘をつくな。お前と俺は違う。俺はお前みたいに……、気持ち悪くない」

千春は乱れた髪を払った。「時間がないんだろ。だったら、ちゃんとわかるように説明してくれ。あいつというのはどこの誰なんだ」

男の声で言ったら、倉臼は驚いたように目を剝いた。口が歪む。ナイフの切っ先が千春の顔に向く。刺される、と千春は瞬間的に思った。

しかし、倉臼は動かなかった。口を開くこともない。こちらに視線を向けているが、自分を見ていないと千春は気づいた。倉臼は怯えている。きっと、ずっと怯えていたのだろう。

「あいつ」に怯えていた。それで、まともに説明もできなかったのだ。

「やあ、今晩は」

明るい声が聞こえた。視線を向けると、路上に人影が見えた。三人いる。倉臼が千春の腕を摑んだ。やはり、声のほうに顔を向けていた。

「何やってんですかねー」

のんびりした声で言ったのは、真ん中に立つ小柄な男だった。

「酔ったこのひとを介抱しているだけだ。心配いらない」

倉臼は怖いくらいまともな声をだした。千春の脇にナイフの切っ先を当てる。

「頰が赤くなってる。女性に暴力はいけないな。いや、このひとの場合、女なのか男なのかは微妙か」

小柄な男がそう言うと、千春の腕を摑む倉臼の手に力がこもった。

三人の人影は近づいていた。影だったものが、すっかりひとの形になったとき、千春はまたもや世界の変容を知ることになった。

真ん中の小柄の男を知っていた。名前も知らないが、何度も見たことがある。今日も見た。DJブースの真ん前で踊り狂っていたあの男だった。

踊っているときとかわらない軽薄そうな笑みを浮かべていた。かなり小柄に見えたが、両脇に立つ男たちが縦にも横にも大きいものだからそう見えただけで、そこまで小さくはない。

「お前たちには関係ない。消えろ」倉臼は圧し殺した声で言った。

「確かに、あなたとはなんの関係もないけどさ、そこのお綺麗な男性に用があるんですよ。だから、あなたが消えてくれます？」

「ふざけたこと言うな。こっちは気が立ってるんだ。――消えろ」倉臼はそう言って、男たちのほうにナイフを突きだした。

男は一瞬驚いた表情を見せたが、すぐににやついた顔に戻った。

「時間がない。あの男を排除しろ」両隣にいる、背の高いデブに命じた。

「ダークさん、あいつナイフもってますよ」右側にいるデブが言った。

「赤坂君、きみはなんのために分厚い脂肪をまとっているんだ。平気、平気。がつんとぶつかっていきなよ」

見た目どおり言葉も軽かった。赤坂君と呼ばれたデブは、納得した様子もなかったが、もうひとりのデブが動き始めると、一緒に前に進みでた。

希にみる大型の台風が去ったあとの世界は、まったくおかしなことが起こる。自分を奪い合って戦いが起ころうとしている。ダークさんと呼ばれたこの男は、いったい自分にどんな用があるというのだ。頭のおかしくなった倉臼といるよりはましな気もしたが、何もおとなしくついていく必要はなかった。千春は腰を上げた。

ふたりのデブがスピードを上げ倉臼に向かう。階段を下りた倉臼が、ナイフを突きだす。三人がぶつかるのが見えた。倉臼はあっけなく吹っ飛ぶ。二人がその上に覆いかぶさる。

千春は男たちに背を向け、よろよろと階段を上がった。ビルに入りかけたところで腕を摑まれた。あの軽薄な男、ダークだった。

男は小柄で非力そうに見えた。自分のほうがさらに小柄でも、大柄な女として強気に生きてきた自信が立ち向かわせた。繰りだした拳が綺麗に男の顔面を捉えた。しかし、拳の感触に酔いしれた一秒足らずの間に、形勢を逆転された。子供の喧嘩のように闇雲に振ったダークの拳を二発受け、千春はうずくまる。たいしたことないと立ち上がろうとしたとき、より強い力で押さえつけられた。デブがのしかかってきた。

「よし、こいつを抱えて駐車場まで突っ走ろう。できるな」

「たぶん走れると思うけど、ひとの多い道玄坂を突っ切るのはやばくないですか」

「大丈夫、大丈夫。下り坂だから、スピードに乗っちゃえば、誰も止められないさ」

軽い言葉が妙な説得力をもって響いた。デブにもそう聞こえたのか、腕を摑んで千春を立たせ、「大人しくしていろ」と千春の腹にパンチをいれた。

いっそ殺してくれ、と思えるほどの痛みにうずくまる。肩に担がれる一瞬前、腿に刺さったナイフが痛々しい倉臼の姿を路上に見た。傍らに呆然とした赤坂が立っていた。

肩に担がれ運ばれる千春は、家畜になったような気分になった。これでもかというくらい体が揺さぶられ、腹の痛みに気持ちの悪さが加わる。男でも女でもなく、前例のない存在である自分は、もはや人間扱いされないのだなと、この状況に自分なりの解釈をつけた。

女の叫び声が聞こえた。千春は目を開けた。坂の下のほうに人影が見えた。「千春さん」と叫びながら駆けてくる。赤坂が近づき、女を押さえた。路上に引き倒し、蹴りつける。

やめろ、あれは紅だ。千春は手を伸ばした。伸ばせば届くと思った。自分に向かって手を伸ばす紅の幻が見えた。

紅は自分を助けるために存在するのではないかと突然思えた。料理研究家の藤枝にはめられたとき、倉臼に場所を教えたのは紅だ。根津の取り巻きたちに囲まれたときには助けに現れた。そして、いまも——と考えた千春は、あともう一回、助けられている可能性に気づいた。マンションの前で、殴られたような傷を負ってうずくまっていたことがあった。あれは千春を守ろうとして暴力を振るわれたのではないか——。

千春は体を揺すった。紅のところへ向かおうと思った。それだけでなく、この家畜のような扱いをやめさせようとしたのだ。それは愛される資格が欲しいというのと似た感覚。自分が人間扱いされないということは、紅をも侮辱する行為のような気がした。千春は、ふざけるなと激しく足をばたつかせた。さすがのデブもたまらず、足を止めた。

デブが背を屈め、千春の足が路面に届いた。紅のほうに駆けだそうとしたが、がっちり腕を摑まれた。また腹をやられた。内臓が破裂したと思った。動けない。また肩に担がれた。

紅と離れていく。街が賑やかになった。「あれ、死体じゃねっ」という声が聞こえた。

第三章　愛しのアバター

1

車に押し込められた千春は、デブふたりの間に挟まれぐったりしていた。

右隣に座るのは赤坂と呼ばれたデブで、何度も「あの男、大丈夫ですかね」と、倉臼のけがを気にしていた。それは倉臼の身を心配しているわけではなく、自分が背負うことになるかもしれない罪が気になっていたのだろう。ダークもそう受け取ったようで、運転しながら「気にすることないよ。なんといっても、ナイフはあの男のものだ。向こうから襲ってきたと言えば、正当防衛が成立するさ」と気楽に言った。

その主張があってるかどうかも怪しいが、正当防衛と聞いただけで頭が悪そうと感じたのは、中学のとき、やたらに正当防衛という言葉を使う不良がいたからだ。最近、紐解くという言葉を使うひとを見ると頭が悪そうに感じるのと似たようなことだろう。

左隣にいるデブは、ジミーと呼ばれているとわかった。一度、「俺、長袖のシャツ、あまりもってない」と言っただけで、あとは口を開かなかった。千春を容赦なく殴りつけたが、もの静かで暴力的な感じはしない。それは他のふたりも同じだった。粘着テープで目隠しをされ、手首を縛られていた。その上、ぐったりしているから、安心しきっているのか、三人とも千春に意識を向ける様子はない。話題にもしないし、暴力を振るうこともなかった。

どう頭を捻っても想像つかないだろうから、この先、自分がどうなるのか考えないようにしていた。紅の顔が頭に浮かんでも、あれこれ考えず、ただその顔を浮かべ続けた。

三十分ほど走ったあと、車が止まり、建物のなかに連れ込まれた。安っぽい芳香剤の匂いがした。靴を脱いで上がったので、民家なのだろう。畳敷きらしい部屋に入り、そこで目隠しを外された。狭い和室だったが、塗り壁で高級感のある造りだった。

部屋の引き戸が開いたとき、銅鑼《どら》の音が聞こえた気がした。部屋に入ってきた三人目のデブが、何か特別な雰囲気をまとっているように感じたのだ。ゆったりとした動き。それに貫禄を感じただけなのかもしれないが、ここへ連れてきた三人とはどこか質感が違う。

目が細く、ふてぶてしい感じがするのは他のふたりのデブとよく似ていた。若くも見えるが、自分と同じくらいの年齢のような気もした。Tシャツとハーフパンツの上下はともに黒で、この男によく似合っている。——いや似合っているのではなく、似ていると感じたのだ。黒いTシャツとハーフパンツ姿のあの男。ネットの動画で見たあいつに似ている。

畳に正座する千春を、男は見下ろした。巨大な赤ん坊に見えないこともない。

いったい、背の高いデブというのは、世の中にどれほどいるのだろう。ここに三人いる。さらにグレートベイビーがどこかにいても不思議ではないだろうが、この場の密度の高さはなんなんだ。自分の人生を振り返っても、高身長のデブを一度に複数見かけた記憶はない。

「そうだ、俺がグレートベイビーだ」男は低く通りのよい声でそう言った。

千春は頷いた。この男はグレートベイビー。自分とはどんな関わりもないはずだが、ニセモノDJを渋谷で担いで拉致する者、と考えたら、いちばん納得のいく答えである気がした。

千春が見上げ続けていると、グレートベイビーはぱちぱちと細い目を瞬いた。

「いったい自分をどうするつもりなのか、普通は訊くものじゃないのか」

「訊いても、理解できるようなまともな答えが返ってくるとは思えないから」

「確かに、にわかに理解できるような答えを俺は用意していない。――さすがマリア様だ」

千春はびくっと背筋を震わせた。やはり、この世界はおかしなことが起こる。GBと詩音のマザーズは繋がっている。驚くべきことだが、だからどうしたとも思う。さんざん驚かされた上に、またひとつ追加されただけだ。千春はふいに、倉臼のことを思いだした。

あの男はなんだったのだろう。言っていることは支離滅裂でほとんど理解できなかった。

「あいつ」は本当に存在するのだろうか。

「やっぱり、自分がマリア様と呼ばれていることを知っているんだな」

「あたしの名字は鞠家って言うんですけど、知ってました？」

「知っている。それ以外のことも。お前の性器がないこととか」

千春は目をそらした。そのとたん、GBはひときわ大きな声を発した。

「これから鞠家千春の裁判を行う。判決は死刑か無罪の、ふたつにひとつ。一回の審理で即決する」

千春は声の大きさに驚いただけで、まともにその意味を理解できなかった。左隣にいた赤坂も同様だったようで、「なんですか、それ」と小声で呟いた。

「それでは法廷に参ろうか。——俺が検事で裁判長だ。よろしく」

法廷はリビングダイニングだった。廊下を挟んだその部屋に移り、千春はソファーに座らされた。千春に向けてビデオカメラがセットされている。GBはダイニングの椅子に座り、マグカップをテーブルに打ちつけ、開廷を告げた。

部屋を移動する間に、千春は裁判について訊ねていた。なんの罪かと訊ねたら、「マザーズの女たちをそそのかし、未来に向けて、おかしな活動に駆り立てている。罪深いことだ」と言った。反論しようとしたが、それは法廷でしろと遮られた。

「最初から死刑と決まってるんでしょ。検事と裁判長が同じなんだから」と千春が言うと、

「俺ほど公平無私な人間はいない。お前の釈明に納得すれば、無罪を言い渡す可能性もある。だから、しっかりと質問には答えたほうがいい」とGBは励ますように言った。しゃれでやろうとしているわけではなさそうだった。狂ったなりに真剣であるなら、無罪も本当にありうるのでは、と希望を捨てずにソファーに腰を下ろしていた。

開廷を告げたGBは、いま一度、千春の罪を詳述した。

女だけの未来を研究するマザーズのメンバーをやる気にさせているのが、マリア様こと鞠家千春。マザーズの活動が大きなムーブメントになると、人類にとって危険なものになる。つまり、そのガソリンとなりうるマリアも危険な存在ということだ。だから、極刑をもってその存在を消し去るしかないと主張した。

「何か反論はあるか」とGBは訊いてきた。

「あたしはマザーズとはなんの関係もない。彼女たちの活動を応援したこともないけど、それでもあたしの存在は罪になると言うんですね」

「そのとおり。この法廷で、お前に悪意があるかどうかを問うつもりはない。存在が罪になるかどうかを裁くだけだ」

「本丸はマザーズなんですよね。マザーズが消えれば、あたしはどうでもいいわけですよ

ね」

ＧＢはそれもそのとおりで、マザーズを潰すことも考えていると認めた。ただ、ひとりひとり死刑にしていくわけにもいかないから、まずはマリアを――、ということのようだ。

「そもそもマザーズの活動が危険だと考えるのはなぜですか」

「それは彼女たちが集団で活動を行っているからだ。彼女たちの活動が広がれば、人類に脅威を与える可能性がある。――お前はシェルドレイクの形態形成場論を知ってるか」

「あれですよね、知識を共有する場が自然界にはあるというような説でしょ」

「なんだ、知っているのか。女の形をしていても、やはり男なんだな」

こんなことで男だと認定されるとは思わなかったが、確かに千春は、男だったころに読んだ本格ミステリ小説のなかで紹介されていて、その説を知ったのだった。

生物学者シェルドレイクが四十年ほど前に提唱した形態形成場論は、自然界のあらゆる形態は「場」に記憶され時間や空間を超えて伝播する、というもので、形態はものの形だけでなく、行動や知識も含まれる。シェルドレイクは自説を証明するため、大がかりな実験を行った。テレビ放送を通じて、パズルのような問題の解答を視聴者に伝える。そして、このテレビ放送が行われていない遠隔地で、放送の前後に同じ問題を解いてもらう。すると、放送の後で解いたグループのほうが二倍ほど正答率が高くなった。つまり、放送で答えを見たひとたちの知識が「場」に共有され、問題が解きやすくなったと考えられる。

いわゆるトンデモ科学に近いもので、いまとなれば無条件に信じたりはしないが、当時高校生だった千春はまるごと信じ、自然の不思議さにわくわくしたものだった。

「俺は形態形成場論を信じているわけではない。ただ、知識や行動がなんの因果もない他者に伝播するという事象は、様々な実験や事例から、起こりえることだと思っている。祈りの実験は知ってるか。入院している患者をふたつのグループに分け、片方のグループだけクリスチャンに祈ってもらった。結果は明らかで、祈られたほうが大幅に回復が早かった。この手の実験は形をかえていくつも行われているが、祈りに効果があるのは間違いないようだ」

それは初めて聞く話だった。断言されるとそういうこともありえるのかなと思えてくる。

「つまりその実験は、ひとの思いが集まると、他者に影響を及ぼすことを明らかにしている。マザーズが人類に脅威を与えるというのはそういうことだ。連中は、女だけの未来を熱心に想像している。その思いが集まるといったい何が起こると思う？」

ＧＢが返答を期待しているように思えなかったので、千春は口を閉じていた。

「連中は、近年、社会における女性の活躍がめざましいのは、女だけの世界がやってくることが認知され、人々の思考に変化が起きたからだと考えている。もちろんそれは、シェルドレイク的に、そんな世界がくると知らないひとにも無意識に影響を与えたという意味だ」

確かに、マザーズのサヤカがそんなことを話していた。進化は飛び火するとも言った。それも含め、シェルドレイクの仮説をなぞったような話だといまさらながら気づいた。

「社会で女性が活躍するのはなんの問題もない。俺が危惧するのはそれとは真逆のことだ。昨今、若い男が劣化しているという考察が目につく。例のOECDの学力テストでは、近年とくに重視されている読解力で、各国、男子より女子の得点が上回るようになった。欧米では大学への進学率が女子に逆転された。それらは、女だけの未来世界を認知するひとが増え、その知識を無意識のうちに受け取った男子が、やる気を失った結果だと思っている」

「それが危機だと言うのね」

「似たような活動を行っている団体は他に見当たらない。連中さえ潰せば、劣化の速度は抑えられる。これから人類にとって大事なときを迎えるのに、肩を落としている場合じゃないんだ。未来を生きる少年たちを劣化させてはならない」GBはテーブルに手を打ちつけた。

「人類にとって大事なときって、なんです」

「そんなのは決まってる」と言ったが、答えはない。GBは急に眠気にでも襲われたようにうなだれ、目を閉じた、と思ったら、かっと目を見開き大声を発した。

「ここで証人を呼ぶ。――ジミー、証人Aを連れてこい」

部屋をでていったジミーは時間をかけずに戻ってきた。ずっと消えていたダークの顔も見えたが、証人Aは別にいた。部屋に入ってきたその姿を見て、千春は思わず声を上げた。

ダークに腕を摑まれ入ってきたのは、山本詩音だった。真夜中の法廷に引っ張りだされた緊張感などなく、千春と視線が合っても、とくに表情をかえることはなかった。

まるで外国の囚人服のようなオレンジ色のパンツスーツを着た詩音は、裁判長に命じられて千春の隣に腰を下ろした。「あんたも捕まってたんだ」と千春が声をかけると、詩音は眠そうな顔を千春に向ける。ふいに笑みが広がった。

「あたし、ばかになったかも。あんたにナプキンもってないか、訊きそうになっちゃった」

千春は思わず噴きだした。「ありえないでしょ、あたしに訊くなんて。世界がひっくり返っても、あたしに生理はこないから」

「だよね」と詩音は深く頷く。正面にセットされたカメラに顔を向け、乱れた髪をなでつける。千春は手を伸ばし、詩音の肩に落ちた抜け毛を払ってやった。同じ囚われの身。いまだけなら、この女と友達になれそうな気がした。

ビデオカメラの前に詩音と並んで座っている。きっとこれが、台風のあとに訪れた、おかしなことが起こる世界のクライマックスだろう。この夜を越えれば、徐々にまともな世界に戻っていくのではないか。詩音に紅のことを訊ねるのは、そのあとにしよう。

「さて、証人Aに訊ねる」GBが通る声で言った。「マザーズの主宰者で、マリアを創造したと自任するお前から見て、鞠家千春に罪はあると思うか。死刑に値すると思うか」

詩音は千春に顔を向けた。あの男、ばかなこと言っているね、とでも言いたげな疲れた笑みが浮かんでいる。千春は詩音に頷きかけた。

詩音は溜息をつくと裁判長に顔を向けた。「鞠家千春は死刑よ。この女は人類に危害を及ぼす可能性がある。あたしからマザーズを奪い取ろうとしてるんだから」

千春は怒りよりも冷たい感情に胸を詰まらせた。束の間の友達の肩に、パンチを浴びせた。

2

「マリアはあたしより人気がある。ただの写真なのにやばいでしょ。このままいくと、あたしにかわって、マザーズのトップに立つこともありうる」

パンチに怯むことなく、詩音はそう証言した。詩音の行方がわからなくなってからのサヤカたちの心変わりを、言い当てていた。鈍そうに見えるが、さすがプライムマスターだった。

「あんた、ひとを売って、自分だけ助かりたいの？」

「あたしはもう死刑が決まってる。だから、あんたと一緒にいきたいと思った。最初から、マリアと一緒に死ぬ運命だった気もするしさ」

「気がするだけだ！」千春は詩音の胸ぐらを摑んだ。

マグカップが大きな音を鳴らした。

「法廷で騒ぐな。もういい。証人を連れていけ」

ジミーとダークがやってきて、ぐずる詩音の腕を引っぱった。

「ちょっと待って。あたしは、マリアの罪を指摘したかったわけじゃない。そもそもあたしに罪がないってことを言ってるの。あたしは人類のために何かしたかった。それは冬治もよくわかっているでしょ。あなたのいまがあるのは、あたしのおかげじゃないの」

「黙れ！」GBはマグカップを打ち鳴らした。「俺の名前を呼ぶな。さっさと連れていけ」

ジミーとダークが腕を抱え、詩音を部屋から引きずりだした。

「へー、詩音と知り合いだったのね、――トウジ」

GBの表情が瞬時に怒りにかわった。「お前、生きてここからでられると思うなよ」

「最初から、期待していないですけど」

GBは名前を知られたくなかったようだ。つまりは、被告をここから解放する選択肢もあったということなのか。

「それとこれは別の話だ。俺は公平無私だと言っただろ。無罪の判決を下す可能性はある。――さあ、お前の最後の弁論だ。証人の発言を受けて、何か釈明することはあるか」

千春は深呼吸し、頭のなかをクリアーにする。なんとか反撃しなければならない。

「あたしが人類にとって有害とされるのは、男子を劣化させることに関わっているからだと理解しましたが、まちがいないですね」

GBはいったん眉をひそめ、やがて小さく頷いた。

「女だけの未来を想うことで、男が劣化すると信じているのなら、それで女性の活躍が増進することもありえると考えているんですよね――」

「言いたいことはわかった」GBは遮るように言った。「男は劣化し、女は優秀になる。だから、メリット、デメリットは相殺されると言うんだろ。それはそのとおり。それどころか、女が優秀になる度合いが大きく、人類にとってメリットとなる可能性すらある。しかし、その度合いを正確に測ることは不可能だ。だから、予防措置でお前は死刑となる」

「予防で死刑って、かわいそすぎませんか、あたしが」

GBは嗜虐的な笑みを浮かべるでもなく、ただ視線を向けるだけだった。

「――っていうか、死刑になるのは、鞠家千春ですか、マリア様ですか」

「それに何か違いがあるのか」GBは眉間に皺を寄せた。

「全然違うでしょ。マリア様は詩音が創作したただの偶像。それを死刑にするんだったら、生身のあたしを殺す必要はないと思うんですけど」

「どういうことだ。偶像を死刑にするというのがイメージできない」

「偶像を消し去ることが、偶像の死刑になると思いませんか。そして消し去るためには偶像のイメージを破壊してやればいい。男に戻れば、確実ですね。髪を短くして、髭を生やして、この雌豚どもが、とか汚い言葉で罵ってやる。幻滅してマリア様を崇めるのをやめるはず」

「確かに、偶像を消すことはできそうだ。しかし、生身のお前を殺すことに比べたらインパクトに欠ける。偶像を失っても活動を続けることはできる。しかし、自分たちが偶像に祭りあげたために殺されたと知れば、あの連中はショックを受けて活動から離れていくだろう」

「繊細なひとが多そうだから、そういう結果になる可能性が高いかも。でも、絶対ではない。心が折れないひとだっている。ひとりでもそんなひとがいたら、まったく違う結果になる。落ち込んでいるみんなを鼓舞して活動に向かわせるかもしれない。そして偶像として残るマリア様は、その悲劇的な最期により、いま以上の存在になる。それがマザーズの活動に拍車をかける。そんな可能性を否定できますか。絶対にないとは言い切れないでしょ」

　GBは視線を外し、口を開かなかった。否定できないということか。

　いったい何を目的としているのかわからないが、GBは自分たちに都合のいい論理を組み立て行動している。しかしその論理に対してはあくまで誠実であるように思えた。その論理からはみ出なければ、自分たちにとって都合の悪い結果も受け容れる気がした。

果たして、その予想は正しかったのか、ＧＢはわかったと言った。

「休廷しよう。そのあとに判決をくだす」

千春は大きく息を吐きだした。ＧＢは千春をどこかの部屋に連れていくよう赤坂に命じ、腰を上げた。しかし、中途半端な体勢で動きを止めた。

「お前は男なのか」ＧＢは千春に顔を向け、静かに言った。「さっき男に戻ると言ったが、男の心をどれだけもっているんだ。あれはただ外見を男に戻すという意味なのか」

「あたしは男です。生まれたときから男。女の外見はちょっとしたアクシデントです」

「そうか。きっとお前も劣化した男のひとりなんだろうな」

やはりそこに結びつけるかと、千春は思った。この男は話し好きだ。ネット界隈にいる人間はたいていがそうだろう。自分の主張をひとに聞かせたくてうずうずしている。

「むっとしたか。別に悪く言ったつもりはない。見てのとおり、俺も劣化した男だよ」

「女だけの未来の影響で劣化させられただけ。そう認めるのも苦ではないでしょ」

「そのとおり。劣化を恥だと思っていない。劣化と言っても、必ずしも質に問題があるわけではない。そのときの判断や行動に問題があっただけなら、修正すればすむことだ」

「あたしが女になったことが間違いだと言いたいの」

「むきになるな。実際に悩んだんだろ。自分が男なのか女なのか、どう生きていけばいいか、ずっと答えがだせずにいたんだろ」

「なんでそんなことを知ってるの。——嘉人に聞いたの？」

「そうだ、成田から聞いた」

「あなたは、マザーズの会員だったのね」

GBは顔をしかめ、頷いた。「とにかく、男か女か、そんなものはどうでもよくないか」

なんなのだ。グレートベイビーは励まそうとしているのか。気持ちが悪い。

「ダイバーシティーという言葉が近ごろなんだかうるさい。それとセットのようなLGBTも。ひとによっては、あれに急きたてられるような気分にさせられているだろう」

やはりGBは自分に助言を与えようとしている。なぜそんなことをするのだ。

「ダイバーシティーを重んじる社会が悪いわけがない。だが、いま進められているのはただのゾーニングだ。枠を決めて存在を認めるだけ。排除するよりはいいが、本当のダイバーシティーは、枠を取り払っていっしょくたに混じり合って生きていくことじゃないのか」

「あたしはその枠が欲しい。自分がどの枠に入ればいいのかわかれば、気が収まる」

「だったら簡単なことじゃないか。男の枠に入ればいい。男に戻るとさっき言ったろ」

ほんの気まぐれで女の形にかえたとでも思っているのだろうか。男の形に戻したからといって、そのまま男の枠にすんなり収まるわけはない。

「もし自分は男だと心底納得できたなら、お前を仲間に迎え入れてもいいと思っている」

「どういうこと。あたしが、あんたたちの仲間になるってこと」

「驚くほどのことじゃない。劣化した男の列に加えてやろうというだけだ。――まあいい、休廷だ。そういう選択肢もあるということを覚えておけ。選ぶのはお前自身だ」

3

連れていかれた二階の部屋は寝室だった。ベッドがふたつ並んでいた。入った瞬間、汗臭いと感じたのは、詩音がいたからだった。オレンジ色のスーツを着た詩音は、床に座りベッドにもたれていた。指で四角い枠を作り、そこから世界を覗いていた。

部屋のドアは開けっ放し。廊下にジミーがいるのは、たぶん監視の役目なのだろう。

「あたしはあんたと死にたくないからね」千春は挨拶がわりにそう言った。

詩音は指で作った枠を千春に向け、片目で覗いた。千春はベッドに腰を下ろした。

「あたしだって死にたくないわよ。あたしの人生で、ひとから注目されて、熱心に話に耳を傾けてもらって、尊敬の眼差しで見られることなんてこの三年の間だけ。短すぎでしょ」

「もし殺されなくても、あたしに会員を奪われるんじゃないの。実際、あんたの姿が見えなくなって、何人かがあたしにマザーズのリーダーになってくれって頼んできたわよ」

意地が悪いのは女の千春のせいだ。女の千春は強気だから、裁判の間はずっと女でいた。そう都合よくコントロールできるものでもないが、死刑の求刑にも心折れずに対抗できた。

言葉遣いも外見も、すっかり男に戻したら自分はどうなるのだろう。しょぼくれた中年の小男。そんな姿しか頭に浮かばない。きっとこの詩音を前にしても、もごもごと口ごもるばかりの小心者に成り下がるのではないか。

――紅。ふいにその名が浮かんだ。

紅を前にして、男の自分はその体に触れることもできないだろう。そもそも、男の姿に戻った自分を、紅が受け容れることはないのだ。いや、そもそもで言えば、紅は端から自分を受け容れていなかった可能性もある。何か目的をもって近づいただけだとしたら――。

「ねえ、紅はあんたのところの会員なんでしょ。嘉人と一緒で、あんたが命じて、あたしのことを探らせていたんじゃないの」

千春を見上げた詩音が眉をひそめた。「誰、それ」と言った顔は、この上なく真剣だった。

「いまさらとぼけないでよ」

「とぼけてなんかいない。ほんとに知らないよ」

「そんなはずない」

あのインスタグラムの写真は、間違いなく詩音の家から撮ったものだった。

「背は百五十五センチくらい。フラッパーヘアーで、地味な顔をしてるけど、背中に大きなタトゥーを入れてる。死に神と薔薇」

詩音は餌を求める鯉のように、ぱくっと口を開けた。「ああ」としきりに首を振る。

「それ、石田友美《いしだともみ》だね。うん、間違いないね」詩音はそう言って立ち上がった。

部屋の隅にいき、そこにあったトローリーケースから何か取りだし、戻ってきた。

詩音はデジカメをもっていた。ボタンを操作し、千春の顔の前に差しだす。「この子?」

画面を一瞥した千春は悲鳴を上げそうになった。そこに紅が映っていたのは、驚くべきことではない。愛嬌のある笑みを浮かべた紅は魅惑的だった。しかしそのすぐ隣にある顔が破壊的だった。詩音の顔。赤く火照った顔は、風呂上がりのおっさんのようでもあった。白い掛け布団から覗くふたりの肩は裸で、ベッドの上にいるのだとわかる。気づいたときには、詩音の手からカメラを叩き落としていた。「何すんのよ」と詩音は怒りの声を上げた。

千春は惚けたようにベッドに腰かけていた。嘉人を介して詩音と繋がっていたばかりでなく、紅を介しても自分はこの女と繋がっていたのだ。

「ごめんね。手が滑ったの」文句を言い続ける詩音にそう言った。「あたしに近づいたのはこの子だ。石田友美っていう名前なんだね」

「そうよ。うちの会員だった。もう一年ぐらい前にやめてる」

「また会員に手をつけたんだね」

詩音は「あはん」と変な声を上げた。「いいでしょ。別にあたしは聖人じゃないんだ」

相手が紅じゃなければいい。――紅ではないのか。なんて呼べばいいのだ。友美なんて糞な名前で呼びたくない。

「彼女をあたしに近づけさせたのは、あんたじゃないのね」

「あたしは友美ともうずっと会ってない。もしかしたら、冬治に命令されたのかも」

「冬治って、GBのことでしょ。GBと彼女になんか繋がりがあるわけ？」

「そりゃ、あるわよ。冬治もマザーズの会員だったんだから。それだけじゃない。友美がマザーズをやめることになったのは、冬治のせいだし」

詩音は暗い目をして、ドアのほうに顔を向けた。千春は何があったのか訊ねた。

「冬治がマザーズにいたのは半年くらい。最初入ってきたときはすごくおとなしかった。体はでかいけど、ちょっとかわいい感じだったのよ」

マザーズの賛助会員はしっかりとした会社に勤めている者、名の知れた大学に通っている者が多いなか、GBは高校中退の引きこもりで、マザーズに入会するころは時折バイトもするいわゆるフリーターだった。これまでにない経歴だが、頭は悪くなさそうだし、何より圧倒的に体が大きかった。ダイバーシティーを意識して仲間に迎え入れることにしたそうだ。

千春は、マザーズで男たちの役割はなんなのか訊ねた。サヤカが答え渋ったことだが、死刑が決まっているからか、詩音はとくにもったいぶることなく話しだした。

「あんた、あれを見たんだってね。なんか、へんな儀式みたいだったでしょ。あれはなるべくエロを排除しようと、わざと滑稽にやってるんだ。儀式でも余興でもなく、未来を見据えたあたしたちの真っ当な活動。勃起したペニスをくわえ、射精した精液を飲み干す。それを繰り返すことで、未来が開けるんじゃないかと考えてる」

「そんなことか」と千春は軽く言った。実際に思ったほどたいしたことではないと感じたし、紅も関わっていたことだから、あえて真剣に考えないようにしていた。

「軽く言わないでよ。人類の大きな進化に繋がるかもしれないことなんだからね」

詩音は説明を続けた。女だけの世界が成立するためには、女性だけで生殖が可能にならなければならない。あるいは、無生殖で子供を身ごもるようになるか――。しかしそんな兆しが見えず、焦っているようなことを、確かサヤカも言っていた。そこで進化を促そうと始めたのがあの儀式だった。繰り返し精飲することで、何かが起こる可能性があるという。

「――ねえ」千春ははっと息を吸い込み言った。「精液ってタンパク質だよね」

千春は恐ろしい可能性に気づいてしまった。

「水分が大半だけど、確かにタンパク質も含んでる」

「ひとがひとのタンパクを体内に取り込むんだよ。それはひとを食べるのとかわりないんじゃないの。狂牛病は牛が牛の肉骨粉を摂取したことで起こったんだよね。ひとだって同じことが起こる。日常的に精液を摂取していたら、プリオンタンパクが体内で悪さをして――」

「すごい！」詩音は感激したように、大声で千春の言葉を遮った。「なんであんたがそんなことわかるの。大正解じゃないけど、ポイントはついている。やるじゃん」

まさかほめられるとは思わなかった。「前にそういう本を読んだことがあるだけ」

「もしかしてあんたもあの本を読んだ。『眠れない一族』」

「まあね、読んだ」ネタバレしたような気恥ずかしさを覚え、ぶっきらぼうに答えた。

詩音が「気が合うよね」と笑いかけた。同好の士が見つかったからといって、喜ぶような本だったろうか。十年近く前、手術のあとの療養中に読んだから、千春にとって暗い印象が強いだけなのかもしれない。

その本はタイトル通り、眠ることができなくなり百パーセント死に至るという遺伝性の奇病をもったイタリアの一族の話を軸にすえ、狂牛病騒動や狂牛病の原因となるプリオンタンパクの発見にいたる研究者たちの狂躁的探究の歴史を絡めながら、やがては古代の食人の歴史までを暴き出す、スリリングでミステリアスなノンフィクション小説だった。たぶん面白くて、いっき読みしたと思う。けれど読んだあとは、心に暗い印象が残った。自分自身が我が家の奇病になったように感じた。あるいは、我が一族の奇縁により、自分はこんな姿になったのではないかという妄想が浮かんだ。寒い夏だったからだろうとも思う。

「確かに、食人が破壊的な健康被害をもたらす可能性がヒントになって精飲を思いついたところはあんの。ただ、あんたの認識、間違ってる。別に牛でもひとでも、共食いをしたらそれだけで病気になるわけじゃない。なんらかのプリオン異常をもった個体を食べた場合に、恐ろしい病気にかかる。精液の提供者が何百人もいるわけじゃないから、確率的にその危険は極めて少ない。ただ、散発的な変異の確率は上がると個人的には思っている。それこそが私が望んでいること。何か遺伝子に変化が起こればいいと願っている」

「願うしかないんでしょ」

「まあね。上がるといっても、低い確率であることは認めるよ」詩音は宣誓するように片手を上げて言った。まさに囚人ぽかった。

「でも、適当に当てずっぽうで始めたわけでもない。女たちに、あるいは社会に何か変化が起きていないか、あたしたちは絶えず監視してるんだ。その変化が女だけの未来の兆候ではないか検討している。その一環で、フェラチオの社会的変化に気づいたの。フェラチオは元々尺八と呼ばれていて、七〇年代までは主に風俗で使われるテクニックで一般的なものではなかった。とくに女性はそんな名称も聞いたことがないというひとが多かったらしい」

それが八〇年代後半、ビデオの普及とともに発展したＡＶの影響で一般にも認知されるようになった。そして、普通のカップルの間でも徐々に行われるようになっていったという。

「それでも最初はいやいやだったらしいけど、いまじゃ女子高生がセックスを覚える前に当たり前のようにやってる。男が消滅するかもしれないと認知されるようになってきたのと歩調を合わせるように、浸透していったんだ。つまり、進化に必要なことだから広まっていった可能性がある。あたしがあれを取り入れたのは、そういうわけ」

納得でしょ、と言わんばかりに詩音は大きく頷きかけた。千春も思わず頷いた。

信じたわけではない。それでも、うまいことこじつけたなと、以前にも感じた爽快感のようなものが、ふっと胸をよぎった。――フェラチオの話ではあるけれど。

「それでＧＢがどうしたんだっけ？」千春は話をもとの軌道に引き寄せる。

「そう、冬治よ冬治。あいつがおとなしかったってことは言ったよね」

見上げる詩音に千春は頷いた。

「それがいつのころからか、あたしの意見に反論するようになった。やたらに根拠を示すよう求めてくる。まったく頭がどうかしてる。あたしがそう思ったというのが何よりの根拠だよ。それを疑うようならそもそもマザーズに入会しようなんて考えないはずさ。そういうことが続いてね、今度言ったら会から放りだしてやると考えていたとき、あれが起きたんだ」

「あれ?」

「——そう、あれ」

もちろん千春にはなんのことかわからない。それなのに、足元から何かが這い上がってくるような不安感が湧き上がった。

「精飲の日で、冬治も参加する予定だったけど、体調が悪いって言うから見学にさせたんだ。ところが、途中でやっぱりやるって言いだした。ちょうどフェラを始めたところだったから興奮したんだろう。勝手なこと言うなとあたしはぴしゃりと言ってやったんだ。そうしたら俺に命令するなと冬治が切れた。あたしも切れたよ。お前はこの会にいる資格はない、いますぐでてけって、退会を言い渡してやった。もうそこからは修羅場さ」

冬治は追いだせるものなら追いだしてみろと啖呵を切った。詩音は横たわっていた男たちに追いだせと命じた。鈍重なただのデブだと思われた冬治——グレートベイビーが破壊王に変貌した。その体形に見合った力を発揮し、三人の男たちを蹴散らした。そして、ひとりの女にのしかかった。それが紅だった。

GBは紅の股の間に割って入った。腰を振り始める。男も女も、紅からGBを引き剝がそうとしたが、かなわない。詩音は台所にいき、包丁を引っ摑んでとって返した。

「あたしは、会員を見捨てない。どんなことをしても助けるよ。——自分にそんなことができるなんて、驚きだったけど」詩音はどんよりとした目をして笑った。

詩音はGBを刺した。どこを狙ったわけでもないが、腕に刺さった。ようやくGBは紅から離れた。自分から流れでる血を見てうろたえたそうだ。それでことは収まった。誰も警察を呼ぶことはなかった。GBは服に着替えてでていき、紅はシャワーを浴びた。

「なんで警察を呼ばなかったんだ」千春はGBに怒りを滾《たぎ》らせて言った。

「友美がいいって言うからさ。別にレイプされたといっても、冬治のなんてほんとそんな人並みのものじゃないし、本人が気にしないようにしようとしているのを大ごとにすることもないと思えたんだ。刺された冬治も通報する気はなさそうだから、そのまま帰した。もちろん、二度とやってくることはなかった。——今回、あたしを拉致するまではね」

マザーズとしても警察沙汰になって、世間の注目を集めるようなことは望まなかったのだろう。詩音の行方がわからなくなっても警察に届けなかったのと同じだ。

「友美はそれがきっかけでやめた。禁じられてる男とのセックスをしたから退会すると言ってね。そんなのは不可抗力で、やめる必要はないと止めたけど、あの子の気持ちはかわらなかった。色々な思いがあるだろうからね、あたしもそれ以上は引き留めなかった。個人的なつき合いもそれで終わり。あたしは去る者は追わない主義だから」

千春は「はあっ？」と声を上げた。何年もたって倉臼に襲わせたのはどこのどいつだ。

詩音は気にした様子もなく、かつての恋人に想いを馳せるように遠い目をした。

「あの子、きっと初めてだったんだよね、男に貫かれたの。なんか、少し頭のネジが緩んでしまった感じだった。その後、冬治が始めた勉強会に参加してるって噂が聞こえてきた」

「それ、ほんとの話？」

紅が初めてだったということも、GBの会に参加していたということも、どちらも驚きで、信じられなかった。

「たぶん、ほんと。もうひとり、うちの会から冬治の会に移ったやつがいて、そのあたりから伝わってきた話だから。ここにダークって呼ばれている男がいるだろ。あれは玉泉《たまいずみ》っていって、もともとうちの賛助会員だったんだよ」

踊るサラリーマン。イメージではないが、元マザーズだったようだ。いずれにしても、紅とは顔見知り以上の関係のはずだ。渋谷で追いかけてきた紅を、男たちは足蹴にした。少なくとも現在、紅はGBたちの仲間ではないということだ。

「彼女はほんとに初めてだったの？　中学のとき、学校で性的暴行を受けたって聞いた」

「そんな話きいたことない。そもそも、あの子、中高一貫の女子校に通っていたはずよ」

千春はぽかんと口を開けた。息を吸うのも忘れ、紅から聞いた話を喘ぐように語った。

「それ、完全に嘘だよね。あたし、友美のお父さんに会ったことがある。お父さん、元ヤンの殺人犯なんかじゃなくて学校の先生だよ。勉強にも生活にも厳しくて、友ちゃんは嫌いだったって。その反動で高校中退してタトゥーを入れて――。教師の子供あるあるだよね」

　紅という名が嘘だったのだから、そんな難読ネームをつけた伝説のアホ親が嘘であっても不思議ではなかった。

「なんでそんな嘘をついたんだろ。きっとあんたに釣り合う、悲惨なバックボーンがあったほうが、近づきやすいと思ったんじゃないのかね」

　感心するほど、この女は自分のしたことに反省がない。千春は「悲惨なバックボーン」と言いながら、詩音の背中を蹴った。「痛い、何すんの」と、詩音は千春の脛を拳で打つ。まるで友達みたい。本当に、仲のよろしくない友達と呼んでもいいような気がしてきた。

「彼女は、マリア様のことをどう思っていたんだろう」千春は訊ねた。

「控えめに言って、ドラァグクイーン以上の存在ではあったんじゃない」

「控えめに言わないでよ」こんと足で小突いた。

「ロックスターぐらいの魅力を感じてたかも。ヴァギナのない処女マリアのイメージが刺さったみたい。なんかヘヴィメタ感あるよね、その響き。あたし高校のころバンドやってた」

「もっとないの。なんか具体的なこと言ってなかった」

もっと欲しい。マリアが急速に自分と重なっていく。

「そうだね、マリア様から生まれたかったって言ってたかな」

「あたしから生まれたかったって……」いったいどんなイメージだ。想像できない。

「あたしが思うに、マリア様を浄化装置のように捉えていたんじゃないかね。その体内をくぐり抜ければ、綺麗に浄化されて生まれかわれる」

つまり紅にとって自分は、役に立つものだったのかもしれない。それでいいだろう。自分と接して紅が何かありがたがってくれていたならそれでいい。

「あたしがマリアを創ったんだよ。あたしが創造主だ。あたしより上にいくはずがないのに、どうだったんだろうね。負けてるつもりはないけどさ」

「だけどあんたも、マリア様が好きなんでしょ」

聞こえないふりなのか、詩音は顔も向けず、何かぶつぶつと呟いた。

「ねえ、GBは、マザーズ時代のあんたへの恨みでこんなことをやっているわけ？」

「さあね。ただ、ここで恨みごととかは聞いてない。あいつ、マザーズの活動がいかに男たちに悪影響を与えるかを力説したよ。あたしたちは人類の敵なんだってさ」

「じゃあ、本気で人類のために何かしようとしているのかね」

クラブ関係者を襲って動画で公開する。それが人類の危機とどう関係しているのか。

「あいつはかわった。最初はおとなしかったのに、しばらくして反抗的になった。そしていまは雄弁で、妙に貫禄をつけてる。ネット社会が加速して、あらゆるもののスピード感が増してるけど、ひとがかわる速度もなのかね。一年半で、あの男の印象はずいぶんかわった」

きっとかわることを求められたのだろう。誰が求めたのか知らないが、誰も求めてないのかもだが、かわらなきゃと急きたてるような声が聞こえたはずだ。千春にも覚えがあった。

ただ、それで誰もがかわれるわけではない。きっとGBにはかわる才能があったのだ。

休廷から一時間ほどして法廷に連れ戻された。裁判長兼検事はテーブルにマグカップを打ちつけた。判決は速やかに言い渡された。被告を死刑に処すとGBは声を響かせた。

「ただし、被告が俺たちの仲間になるというなら、特赦で死刑は執行しない。別に男の姿に戻れとは言わない。お前が仲間になるというなら、喜んで迎え入れる。そのときお前は速やかに我々の活動を開始しなければならない。ひとをひとり殺すんだ。できるか」

千春はソファーから腰を上げ、GBのほうに手を伸ばした。

「そんなのは簡単よ。ナイフを渡して。あんたを刺し殺してみせるから」

女の千春が勝手に言ったこと。芝居がかっていて気持ちが悪いと思う。

GBは笑みを浮かべ、頷いた。「その言葉は俺たちの仲間になると解釈していいんだな」

千春は首を横に振った。「まずは、あなたたちが何をしようとしているのか教えて。劣化した男に何ができるのか知りたい」

「本当に興味があるのか」疑《うたぐ》るような目をして訊いてくる。

「自分が劣化した男の枠に当てはまるのか、興味がある」それは本心だった。

眠気を払うように首を振ったGBは目を開き、やがて語りだす。

「俺はひとの役に立ちたかった」

4

ペチャは東南アジアのどこかの国の出身だった。カンボジアとかブータンとか、そういったあまりなじみのない国の出で、だからはっきりと記憶に残らなかった。

冬治がペチャと知り合ったのは、小学校四年のときだった。学校帰りにいじめられ、涙を乾かしながら、神社の隅の公園でひとりいじけていたら、目の前に現れた。

まさに現れた感じだった。半ズボンから伸びる足が視界に入って冬治は顔を上げた。同い年くらいの男の子が、中腰で尻を振りながら前をいったりきたりした。首をへんな角度に曲げ、口をすぼめた真顔で、じっとこちらを見ていた。興味が湧かない冬治は顔を伏せた。すると足が近づいてきた。冬治の前までできて止まったので、しかたなく顔を上げた。

「なんか、おかしい動きを思いついたから、やってみた」と自慢げな顔で言った。

思いついたというほどのオリジナリティーはなかったけれど、真顔で見つめるのはまあまあいけていたと当時も思ったし、いまでも思う。

「面白かっただろ」と訊いてくるので、冬治はとりあえず頷いた。

ペチャは同い年の四年生だった。少し離れたところにある団地のなかの学校に通っていると言った。南米からの労働者家族が多く住む団地だと、社会の授業で習ったばかりだった。

当初、ペチャを日本人だと思っていた。言葉にしても容姿にしても、なんら日本人とかわらない。背は高くないが活発な印象で、冬治の苦手なタイプだった。ペチャは以前に考えたというおかしな動きを次々と披露していった。冬治が関心を示さなくてもおかまいなしで、面白いだろと訊いてくる。なんだかこいつ必死だな、と見ているうちに冬治は思えてきた。

ペチャがおかしな動きを冬治の前で披露したのは、いじけていた少年を元気づけてやろうと思ったからだろう。なぜそう思ったのかを理解するのにそれほど時間はかからなかった。ペチャは、冬治と友達になりたかったのだ。自分と同じく、いじめられている様子のこの少年なら、友達になるハードルは低いと考えたようだ。

ペチャもいじめられっ子だった。おかしな動きを披露するのに飽きたのか、ペチャは自分のことを話しだした。日本人じゃないこと、あまり学校にいっていないこと、いじめられていることを、自慢話でもするようにいきいきと話した。

いじめられっ子同士だからといって、無条件に共感し合えるものではない。ただ、冬治とペチャには共通点があった。ふたりとも、黙っていじめられてはいなかった。相手がちょっかいだしてきたとき、言い返さずにはいられない質《たち》だった。いじめっ子を下等生物と見下していた冬治は、その頭の悪さを指摘し、ますますいじめられるということを繰り返した。

ペチャも、ちょっかいだしてくると、ひとりじゃなんにもできないんだろとか言い返すそうだ。やり返すこともあったが、それこそひとりでかかってきたとき、やり返しすぎて、親まで呼ばれてひどく怒られた。それでやり返すのはやめにしたと言った。

あいつらばかなんだよな、と言うペチャの言葉に、冬治はほんとにそうだと頷くことができた。それは自分同様、ペチャもいじめっ子たちに言い返しているからこそ共感できたことだ。そうでなかったらただの負け犬の遠吠えで、一緒にきゃんきゃん吠えるのは、いじめられっ子の小さなプライドが許さなかっただろう。

その日は自己紹介くらいで終わった。ペチャがまたここにくるから遊ぼうと言った。翌週、冬治が神社の公園を覗いてみたら、ペチャがいた。それから三日たって覗いてみても、やはりいた。ペチャは毎日きていたようだと冬治は悟った。

それから、ペチャとは週に一、二回くらいは会っていた。何をして遊んでいたかというと、何もしていない。ペチャが話すのを冬治は黙って聞いているだけだった。ペチャはアニメやバラエティー、テレビの話をよくしたが、冬治はその手の番組を観るのを親から禁じられていたので、よくわからなかった。あとは漫才の話もした。テレビで観たネタを実演してみせることもあった。なん回かに一回は冬治をクスリと笑わせた。

「ねえ、俺と一緒にお笑いコンビを組もうよ」と言ったのは、会うようになって二、三ヶ月たったころだった。デブとわけわかんない外国人のコンビは絶対にうける、無敵だぜと、ペチャは確信をもって言った。冬治は自分のデブがひとにうけるなんて想像もしたくなかった。即座に断ったが、ペチャはしつこく誘い続けた。遠い将来の約束だけなら、適当にやると言えたのだけれど、ペチャはまず来年の児童館の夏祭りで試しにやってみようと、早くもお笑いコンビを始動させる気でいたから、首を縦に振るわけにはいかなかった。

いじめられっ子は目立つことをしてはいけない。ペチャにはそういう当たり前の感覚がなかった。やはり外国人だからなのだろう。それにペチャはもともといじめられっ子のタイプではなかった。ペチャが日本人であったら、いや、団地で多数派の南米系の子供であったなら、いじめられることはなかったろう。だからいじめられっ子の作法がわからないのだ。ともかく、作法を抜きにしても、人前で漫才を披露するのは全力で拒否したいものだった。

しかしペチャは並の子供ではない。粘り強く、言葉たくみに冬治を説得した。俺たちが漫才でうけたら、いじめっ子たちは悔しがるし、俺たちに憎しみをもつ。憎しみを心にもつというのは、いじめられて心が潰れるのと同じくらいむしゃくしゃするものだ。いじめっ子をそんな気持ちにさせられるんだから、楽しくなるでしょと、楽しそうに言った。小学四年生だったが、ペチャはひとの心の綾がわかっていた。そんな話を繰り返されるうち、冬治もそれは楽しそうだと思えた。やつらに気持ちの悪い思いをさせてやろうぜというペチャの言葉に頷いた。悔しさでむしゃくしゃしたいじめっ子たちのいじめが激しくなることは想像がついたが、夏祭りは半年以上先だったから、ひとまず目をそらすのは難しくなかった。

ネタはペチャが考えた。三ヶ月もかけて創ったネタはくだらなかった。これでうけるのかと心配になったが、ペチャはいつもどおり自信満々だった。初舞台は絶対にうけなければならないから、低学年をターゲットに絞ったのだという。うんちとかお尻とかで笑い転げるがきどもなら、うけをとるのはたやすいと踏んだのだ。姑息な手だが、戦略としては正しい。

ネタの練習はいつもの神社の公園でやった。雨が降ればたいてい休むが、一度途中で降ってきて、ペチャのうちにいって練習したことがある。そこにはペチャの父親がいた。浅黒い顔をした父親は、ペチャと違って日本人に見間違うことはなかった。紫色の唇。黒い瞳は、暗い光に輝いていた。最初見たとき、怖い印象があった。ペチャが冬治を紹介するとにこにこと笑った。しゃべった感じでは優しそうだったが、それは日本語がたどたどしかったからなのかもしれない。父親に話しかけるペチャはどこか緊張しているようにも見えた。

ペチャの父親は母国にいるとき、反政府活動をしていたと、その日、初めて聞かされた。そのため政府から迫害を受け、家族一緒に日本に逃れてきたのだという。冬治はテロリストなのかと訊いた。ペチャは、違う、愛国者だと怒ったように言った。いまも母国で活動する仲間を支援しているのだと。四年生の冬治は、ペチャの父親がいいことをしているのか悪いことをしているのか判断できなかったが、ペチャが父親を尊敬していることはわかった。

冬治は親に対して愛着などもっていなかったから、そんなペチャを羨ましいと思ったし、嫉妬も感じた。しばらくは漫才の練習に身が入らなくなったほど。それでもペチャと離れようとは思わなかった。ペチャは相方。同じ目標に向かう相方だと認識するようになっていた。単に目標を達成できればいいわけでなく、ペチャと一緒に達成することが大切だと思えた。だから冬治は練習を続けた。しかし児童館の夏祭りで、相方と舞台に立つことはなかった。

五年生になり変化があった。最初に考えたネタからずいぶん内容がかわってきていた六月、公園に現れたペチャの顔が怪物になっていた。目の上が変色し、腫れていた。頬骨や口の端にも痣があった。それを見た自分まで痛みを覚えそうなくらい痛々しかった。

やられたのと訊ねると、ペチャは首を横に振り、やり合ったんだよと言った。小学生にしてはずいぶんハードボイルドだった。考えてみれば、あのころの日常がハードボイルドといえた。暴力を身近に感じ、男のプライドを少しでも守ろうともがいていたのだから。ともあれ、そこまで暴力の痕跡を体に残していたのは初めてだった。何があったのか訊ねた。

ペチャは、闘うのをめんどくさく思うことをやめた、と言った。相手が何人だろうと俺はやり返すことにしたと。その結果が怪物の顔だ。それ以上のことは、訊いても語らなかった。

次に会ったときもペチャは傷だらけだった。「五人やっつけたぜ」と残酷な笑みを見せた。しかし、すぐに疲れたような顔をしてしゃがみ込んだ。何が起きているのか語りだした。

ペチャの父親が警察に逮捕された。父親は同郷の男を襲い、けがをさせたようだ。金目当ての強盗だと新聞にはでたらしいが、そんなのは違うとペチャは声を震わせた。男も反政府活動をしていたが、ここ日本で母国に残る仲間たちを裏切る行為をしていると、ペチャは父親の口から聞いたことがあった。だからそれを懲らしめるため暴力を振るっただけで、強盗なんかじゃないと言った。すぐに噂は広まり、いじめっ子たちはお前の父親は強盗だ、犯罪者だとペチャにちょっかいかけてきた。ペチャは父親の名誉のため黙っていられず、いじめっ子たちに向かっていった。それが顔に傷をこしらえるようになった真相だった。

「やっぱ、めんどくさいけど、俺はあとに引かないんだ。学校にもいくようにしてる。でも、ちょっと疲れてきたから、ちょっかいだされても、すぐには手をださないようにしようと思ってる。学校をでてばらばらになったところを、ぼこぼこにしてやるんだ」

ペチャは漫才をやろうと言ったときと同じくらい明るい声だった。しかし冬治は恐ろしさを覚えた。いったい何が恐ろしいのかわからず、不安になる。すぐにその正体がわかった。ペチャが「一緒にいじめっ子を叩き潰しにいこうぜ」と言うのを聞いて、自分はこの言葉を恐れていたのだと悟った。

ペチャは相方。相方が困っているなら助けるのは当然。そう考える冬治でも、喧嘩をするのは無理だった。自分は暴力を受けるほうで、振るう立場ではないと役割分担を勝手に決め込んでいた。それは弱虫である自分にあぐらをかいているだけだとわかっていた。

ペチャは冬治の表情を読んだようで、無理だよな、お前は――、と言った。

「いいよ、一対一なら、俺負けないからさ」

慰めるような言葉だった。冬治は返す言葉がなかった。ただ自分の弱虫を呪っていた。

それからペチャに会ったのは二回だけ。七月に入って雨が続いたから、なかなか練習ができなかった。梅雨が明け、夏休みに入っても、ペチャは神社に姿を見せなかった。冬治は弱虫なだけでなく、肥満体で鈍重だった。それは肉体のみならず心もだ。ペチャはどうしたんだと思いながらも鈍重な冬治は動かず、神社を覗きにいくだけでそのうち夏祭りの日がやってきた。児童館にはいってみた。けれどペチャはそこにも姿を見せない。夏休みの間は公園を覗きにいったが、新学期が始まってそれもやめた。冬治の生活からペチャは消えた。

あれはなんのきっかけだったのか。たぶん、冬にしては暖かい日が続いたから、遠くまで歩いてみようと考えたのだろう。冬治はペチャが住む団地にいった。一度訪れただけだから探すのに苦労したが、なんとかペチャの部屋に辿り着き、勇気をだして呼び鈴を押した。

部屋からでてきたのは太った女のひとだった。てっきりペチャのお母さんだと思ったが違った。最近越してきたばかりで、ペチャの家族についてはまるで知らなかった。冬治は諦めて帰ろうとしたが、関西弁のその女のひとが、隣室のひとに訊いてあげると引き留めた。階段を挟んだ隣の部屋を訪ねた。ドア口に現れたのは彫りの深い顔をした、南米系の外国人だった。関西弁の女のひとは、マリアちゃんいますかと言った。男は日本語をうまく話せないらしく、話せる娘を呼んだようだ。

奥に引っ込んだ男と入れ替わりに、少女が現れた。娘のマリアを見て、冬治は驚いた。自分と同い年くらいに見える女の子は、はち切れそうなくらい体は太っているのに、顔はまったく太っていなかった。とても綺麗な顔をしているのだ。頭を失った体に別のひとの首をすげ替えたような不気味さが、冬治を驚かせた。

女のひとがペチャの家族のことを訊いてくれた。マリアはほとんど無表情で、とうとうと喋った。まるで何かが乗り移ったような話しかただった。おじさんは警察に捕まった。ペチャは河に流され、死んだ。おばさんはひとりで引っ越していった。

冬治は絶句した。ペチャが死んだという驚き。しかし、それは驚きだけで、五年生の冬治には死の悲しみは広がらなかった。すでにペチャは日常から消えていたので、喪失感があらためて湧き上がることもない。関西弁の女のひとのほうが驚いているようだった。お父さんは何をして逮捕されたのか、河に流されたのは事故だったのか、矢継ぎ早に訊ねていった。

マリアは父親のことについては何も言わなかった。ペチャが河に流されたのは事故だと警察はみているらしい。マリアはそんなことを言うと、冬治のほうに顔を向けた。まるで、そこにいるのに初めて気づいたとでもいうように、目を細めて冬治をしげしげと見つめた。そしてマリアは意外なことを言った。「あなたは、冬治なの？」

冬治は驚きながら頷いた。マリアは部屋の奥に引っ込み、すぐに戻ってきた。

「冬治ってやつがきたら渡してって、ペチャに頼まれてた」マリアは封筒を差しだした。ペチャのイメージには合わない、牛のキャラクターがちりばめられたかわいい封筒だった。シールを剝がし、便せんを取りだし、冬治はそこに書かれた文字を読んだ。

祭りに一緒に参加できなくなってごめんな、と謝っていた。お前は面白いやつだよ、とも書かれていた。冬治はそれを読んで戸惑った。ペチャは河に流されたため、夏祭りに参加できなくなったと思っていたが、違うのか。これを書いたのは夏祭りのあとのはずだ。

冬治は、ペチャが河に流されたのは、八月のなかばよりあとなんだよねとマリアに訊ねた。

マリアは首を横に振った。「違う、夏休みに入ってすぐ」と答えた。つまり、この手紙を書いたのは夏休み前。ペチャはもうそのとき、夏祭りに参加しないと決めていたことになる。河に流されると知っていたのだ。だとしたら、それは自殺ではないかと冬治は悟った。

何も口にはしなかった。手紙から顔を上げた。マリアと目が合った。

まるで他人の体の上にのっかっているようなマリアの首が、重々しく頷いた。

冬治は手紙をもって家路についた。まっすぐ帰らず、神社で何時間か過ごした。

ペチャは自殺だったと考えても、やはり悲しさは湧かなかった。涙を流すこともなかった。ただ、冬治は自分を責めた。いじめっ子を一緒にぶっ潰そうと誘われたとき、動くことができなかった自分を情けなく思った。自分が動いていれば、ペチャはいまも生きていたかもしれないと考えたら、悔しくて悔しくて――。

その後、悔しさをバネに心を鍛えて強い人間に変貌した、ということはない。肥満体の心をもつ少年は何も動かなかった。ただ、何もできない自分を赦すこともなかった。

しなやかな少年の心だから、時間がたつうちペチャのことを忘れても不思議ではなかったが、冬治の心にはいつまでも残った。それは、ペチャの痕跡が冬治の体に残っていたからだ。

冬治のペニスはねずみだった。亀頭が、大きな耳をもった、ねずみの国のスーパースターみたいな形をしていた。五年生の正月、勃起した亀頭がそんな形をしていることに気づいた。

成長するに従い、勃起しなくても、円をみっつ重ねて描いた、ねずみのキャラクターか金魚のらんちゅうを思わせる形に固まった。

漫才の練習をしていたとき、ペチャがお笑いタレントはいつでもどこでもパンツを脱げるくらいの厚かましさが必要だと言った。冬治にやってみろと命じたが、冬治は拒否した。ペチャはこんなの簡単だと自分が脱いで手本を示した。それでも冬治が拒むと、力ずくで脱がせた。いうことをきかないお仕置きだと、冬治のペニスを噛んだのだ。亀頭がおかしな形になったのは、そのせいだと冬治は信じていた。だから、トイレにいくたび、風呂に入るたび、ペチャを思いだした。そして、何もしてやれなかった自分をやんわり責め続けた。

中学に入っていじめは激しくなった。力で対抗するのは無理だが、口で言い返すことはやめなかった。それが、ペチャとの約束のような気がした。しかしそんなことを二年も続けるうち、疲れてしまった。冬治は学校を休みがちになり、三年の二学期からはまったくいかなくなった。高校に進みはしたが、入学式から一度も出席しないまま、一年で退学した。ほとんど外にはでず、部屋に閉じこもって過ごした。

暴力に怯えることもなく、心のなかはずいぶん平穏になった。それでも、心の半分は暴力に負けたことに打ちのめされ続けた。自分はなんの役にも立たないくずになると怯えた。

十年以上もそんな心模様をかえることなく、引きこもり続けた。ただし、体はすくすくと成長した。横ばかりでなく、縦にも伸びた。中学三年の終わりに声変わりしてから、急に伸び始めた。成人するまでに二十センチ近く伸び、気づいたらたいていのひとを見下ろすまでになっていた。とはいえ、部屋にこもっているから、実際にひとを見下ろすことなどほとんどなく、それが自分にとってどんな意味があるのか、想像すらできずにいた。

ペチャはずっといた。ひとの役に立ちたいという思いを心の隅で保ち続けることができたのは、そのおかげだ。社会から切り離された生活のなかで、多少、心は歪んでいる。それでも、自分が見据えているのは正義であると確信していた。

マリアに自分たちの活動を説明しながら、冬治は昔のことを思いだした。ペチャのことをこれほど鮮やかに思いだしたのは久しぶりだ。ペチャの存在はだいぶ薄れてきていたが、もう動き始めたから、相方がいなくても目標を見失うことはないだろう。

5

「俺はある日部屋の狭さに気づいて、外に飛びだしたんだ」グレートベイビーは大きなあくびをしながら言った。

GBはいじめに遭い、長いこと家に引きこもっていたと簡単に説明した。二十代なかばを過ぎて外にでるようになり、そのうちマザーズの活動に参加するようになった。

「マザーズの活動はそれなりに意義はあると思う。しかし、その活動の基本は考えること。未来を想像するだけで、行動しない。変異を促そうと、精飲に励むくらいがせいぜいだ」

「でも、そのフェラをしてもらいたくて、マザーズに参加したんでしょ」

千春は蔑むような目をしてGBを見つめた。

GBはふっと笑みを浮かべ、小さく頷いた。「否定はしない。俺は劣化した男だから、ろくでもないこともするさ。とくに、外に出始めのころはひどかった」

「最初のころはおとなしかったのに、どんどん偉そうになっていったと詩音が言ってた」

「あのころ、大きくなった自分をもてあましていた。外にでてみたら、みんな小さくなっていて、なんだか、偉くなったような気がした。だから、偉そうにもなっていたはずだ。マザーズを辞めたころが、くそのピークだった気もする」

「お前はそのとき石田友美を犯したんだろ」

千春はソファーから腰を上げた。赤坂がこちらに足を向けるので、腰を下ろす。

「ひどいことをしたものだ。あのころは暴れたくてしかたがなかったのだな」

「ひとごとのように言うな」千春は抑えた声で言う。

「自分がわからないのはお前だけじゃない。糞みたいな自分がいる一方、ひとの役に立ちたいとも思ってる。正義の側にいるつもりだが、いい人間であったためしはないし――」

「正義？　あれが」

「紛れもなくね。人類の危機に対処するためなら、なんだって正当化できるだろ」

「何をしようとしているの。人類の危機っていうのは何？」

「決まってるだろ。人類の危機といえば、地球温暖化以上に差し迫った危機など存在しない。俺たちはその危機に対処する手段を獲得するための土台作りをしている」

即効性はないが、いつの日か人類の危機を救うことになるだろう、とＧＢは言った。

「気候危機について興味はあるか」

「興味がないことはないけど、詳しくは知らない」

「とにかく、世界が温暖化に対処しようと動いている。現在、産業革命以前から世界の平均気温は一度上昇している。それは今後も上昇するが、パリ協定に基づき、温室効果ガス排出を削減して、一・五度に抑えようというのが現在の目標だ。しかし、各国の足並みは揃わない。先月の国連気候行動サミットで、二〇五〇年までに排出量ゼロを目指すと声明をだした国は半分ほどで、アメリカにいたっては、パリ協定の枠組みから離脱を表明した。――俺はパリ協定の試みは失敗すると思っている。一・五度の上昇に留めることはできない」

ＧＢは確信を込めたように、強く言葉を発した。

「難しいんだろうなというのはよくわかった。先月、国連で環境活動家の少女が発狂していたのはそういうことなんでしょ。それより、早くあなたのやっていることを教えて」

「仲間になるかもしれないのだから、お前には詳細を知ってもらいたい。どれほど切迫感のある話なのかをな」そう言ってＧＢはホットハウス・アースについて説明した。

平均気温が一・五度より上昇していくと、どこかで壊滅的な温暖化プロセスのスイッチが入る。様々な温暖化要因が連鎖的に活性化する。その状態をホットハウス・アースと呼ぶ。気温は五度、海面は十から六十メートルも上昇。地球環境は壊滅的な状況を迎える。

「もともとパリ協定は二度の上昇に抑えるのが目標で、一・五度は努力目標だった。しかしその後、二度目標の危険を指摘する声が高まり、事実上、一・五度を目標にかえた。二度の上昇でスイッチが入る可能性が高まるというが、実際それが二・三度なのか一・八度なのかわかっていない。だからたとえ一・五度に抑えられなくても諦めてはいけないんだ。少しでも低く抑えられるよう、あらゆる手段を尽くす必要がある。だから俺はいま行動を起こしている。いつか必要とされる手段を後世に残そうと思っている」

「手段を後世に残す？　なんで直接、いまやれることをやんないの」

ＧＢはうつむき、さもおかしそうに背中を揺らした。「いまできることは、みながやってるだろ。世界中の環境団体が真剣に取り組んでる。その手伝いをする手もあるだろうが、そんなのは誰でもできる。俺は自分にしかできないことをやる。俺がやるべきことを——」

　詩音たちと同じだ。誰も目を向けない、スーパーニッチな活動に手を染めたのだろう。

「男の暴力性は生まれもったものだと思うか」ＧＢは突如、叩きつけるような声を発した。

　声の勢いに促されるように、千春の思考は勝手に動きだす。

「男性ホルモンの作用によって攻撃性が増すとか聞いたことがあるけど、わざわざそういう質問をするくらいだから、あなたは、生まれつきだとは考えてないんでしょ」

「俺はそんな質問自体に意味がないと思っている。女にくらべて男のほうが圧倒的に暴力事件を引き起こしているのは事実。男は暴力的傾向があると認識できていれば充分だろ」

　千春は思わず頷いた。確かに、生まれつきかどうかはどうでもいい。自分が暴力的であろうとなかろうと、男には暴力がつきまとう。千春はそこから逃げだそうと、女に形をかえた。

「世界に目を広げれば、この日本で暴力を論じること自体、意味がないのかもしれない。それほど日本は暴力事件が少ない。ことに未成年者の殺人事件は圧倒的に世界最少——世界一ひとを殺さない若者がここにいる。女も含め、日本人は暴力的でないといえるだろう」

「それこそ、意味のない話でしょ。世界と比較して少ないから喜べとでも？　そうだとしても、現に暴力はある。あたしはそれを身に受けたし、怯えた」

　ＧＢは大きく二回頷いた。「確かに喜べはしないよな、日本の若者が暴力的でないと言われても。俺は恐ろしいとすら感じる。温暖化が進んだ未来で、いつか暴力が必要となる。そのとき日本の若者は何もできないのではないかと危機感を抱いた。それでいまの活動を始めたのだ。未来を生きる若者たちのために、暴力という選択肢を与えてやろうとね」

GBは何かを堪えるように拳を握った。目は涙ぐんでいるように見える。まったく感動的ではないけれど、真剣であることは伝わってきた。本気で人類を救いたいと考えている。

「俺は暴力を肯定しているわけではない。現実的なだけだ。それが人類のために本当に必要であるなら、なんであろうと行使すべきだと思う」

「本当に必要であるならいいけど」千春は大いに疑っていた。

「間違いなく必要だ。さっき言ったようにパリ協定の試みは失敗する。一・五度を超えたとき、いま以上に異常気象や災害が頻発するだろう。その影響をより強く受けるのは貧しい者たちだ。貧富の格差はますます開く。つまり、富をもつ企業の力がより強大になっている。政府はその顔色を窺い、ドラスティックな対策を行えない。企業も消費者にそっぽを向かれないよう、環境対策や災害支援などに金をかけるだろう。しかし絶対にやらないのが企業活動を縮小させることだ。一兆円稼げるのに環境のために五千億円に留めておこうとはならない。実行されるとしたら、地球環境が破局を迎える一歩手前。それじゃあ手遅れだ」

ではどうしたらいいか、おおよそ想像がついた。ひと呼吸おいたGBは、想像通りのことを言った。「市民が破壊活動によって、企業の経済活動を止めるしかない。もう本当にどうしようもなくなったとき、世界中で心ある者たちが立ち上がるはずだ」

まずはハッカーがコンピューターに侵入して生産ラインを止めようとする。しかし格差がきわまった社会では、富も情報もテクノロジーも企業に集中する。企業は鉄壁の防御をしき、個人のハッカーでは太刀打ちできなくなっているかもしれない。ハッキングで止められないとなったら、どうするか。「フィジカルでぶつかっていくしかない。暴力が必要とされる」

GBは声を潜めた。まるで秘密をいやいや打ち明けているようにも聞こえた。

「絶対にそうなるとは言い切れない。だが、起こりうることなら、そのために暴力を養っておく必要がある。発火点に達すれば世界では躊躇なく企業や政府に襲いかかるだろう。日本もそれに遅れてはならない。ひとを殺すことになろうと、人類を救うためにやるしかない」

ありえないという話でなければ、受け容れてもいいと思う。それより、根本的なところがひっかかる。日本人は本当に暴力的ではないのか。あるいは、実際にそういう傾向があったとしても、暴力を行使できる人間はいくらでもいるはずだ。千春はそう訊ねた。

もちろん暴力的な人間は一定数いるとGBは認めた。しかし、社会問題に関心がある層とほとんど重ならないのが問題だという。「暴力を行使できる層を広げなければならないということだ。暴力に対する拒否感を解消させる。それが俺の使命だ」

渋谷に現れたグレートベイビーは、そのために火炎放射器をぶっ放し、暴れた。動画配信でバズり、フォロワーを増やしている。いまのところ、まずまずの成功と言えるだろう。

「だけど、GBに憧れて暴れだした子たちは、社会問題に関心をもつ層と一致してるの」

「それはいまのところ気にしていない。先は長いから、ミスマッチがあったとしても、活動が広がっていくうちにある程度は解消されるだろう。それに、必ずしも実際に暴れて暴力に慣れる必要はない。心のなかで、暴力に対する拒否感が解消されればいいことだ」

「それはシェルドレイク的なことね」

実際に暴れて暴力に慣れ親しんだひとの心情が、そうでないひとにも伝染する。

GBは頷いた。「いずれにしても、多くのひとに活動に参加してもらう必要がある」

「そうやって、あなたは人殺しを増やそうとしているのね」

「俺はひとの命は大切だと思っている。だからこそこの危機をどうにかしなければと活動をしている。人殺しを増やすつもりはない」

「その割には、安易にひとを殺そうとしているじゃない。あたしもそうだし、詩音も殺そうとしている。男の劣化を止めるだけで、直接温暖化を止める役には立たないのに」

痛いところを突かれたのだろうか。むっとした顔をしてなかなか口を開かなかった。

「――劣化した男がやろうとしていることだ。矛盾はあるし、思い違いもあるだろう」

「劣化した男という言葉を便利に使ってるでしょ。なんでもそれで言い訳できる」

「確かに。しかし、言い訳にしているだけじゃない。劣化した男だからこそ、この活動をする気になった。俺は暴力に負けて引きこもった。いい年になるまで、何もしないできた。いまの子供たちは、未来に希望をもっていない。夢を見ないそうだ。そういう世界に自分がしたような後ろめたさを感じる。なんの役にも立ってこなかったが、体は大きくなった。そんな俺だからこそこの活動をやるのにふさわしいのだ」

複雑な人間のようでいて、実は単純なのかもしれない。この男の現在の心情を形成しているのは、ただただ背が高くなったという事実だけにも思えた。

「とにかく、俺たちがやろうとしていることはわかっただろ。他に何か質問はあるか」

千春が首を横に振ったとき、GBと千春の間にいた赤坂が「あのー」と静かに声を上げた。

「俺も誰かを殺さなきゃいけないんですかね」

「赤坂君、ここでそんなことを訊くのは、スマートではないね。だけど、あえて答えると、君には上にいる女を殺してもらう。俺はこのマリアを処刑する。そういう分担でいくよ」

「このひとが仲間になるなら、殺さないんですよね」

「それがどうしたんだ。不公平だとか言うなよ。公平、公正な組織では人類は救えない。どこかで限界がくる。突き抜けるんだよ、赤坂君。自分で限界を作るもんじゃない」

ＧＢは赤坂に頷きかけ、千春に視線を向けた。「どうなんだ。俺たちの仲間になるのか」

「もちろん。殺されたらかなわないから」千春は即答した。

「そんな消極的な理由でなら、こっちが断る」

「照れ隠しに決まってるでしょ。ぜひ仲間に、なんて言ったら、媚を売ってるみたいで気持ち悪い。グレートベイビーなら見ればわかるはずよ、あたしが本気かどうか」

千春は強気の声で言った。目を見開き、ＧＢの視線を受け止める。

「ああ、わかる、お前の考えていることが。マリアは人類の危機をほうっておけない。俺たちとともに、危機に立ち向かおうとするだろう。だがしかし、マリアはひとを惹きつける。そしてお前はそれに意識的だ。仲間になったら、俺にとってかわろうとするはずだ。マザーズでしたように。――仲間に迎え入れるわけにはいかない。お前は死刑だ。消えてもらう」

声が飛んできて、千春は思わず腰を上げた。「ばかじゃない。あたしが、なんでこんな集まりのリーダーになろうと思うのよ。くだらない活動にどんな魅力が――」

「そんなごまかしは通用しない。お前はマリアだ。俺を押しのけ、先頭に立とうとするに違いない。――赤坂君、こいつを二階に連れていけ。あとは俺がやる」

赤坂が何かに取り憑かれたような顔で向かってくる。背を向けた千春の腕を、握りつぶしそうな力でつかみ取った。

「放してよ、あたしはマリアじゃない。あたしは、あたしは……」

6

二階に連れ戻された千春は、死刑判決に意気消沈していた。しかし女の千春はただうなだれているだけではいられない。ベッドの上でいびきをかいて眠りこける詩音が腹立たしく、ボディープレスを食らわせた。

何ごとかと体を起こした詩音に、肩パンチを入れる。「あんたがマリアなんてキャラを作るから、あたしはここで死ななきゃならないんだ」

「ごめんなさい」と初めて詩音が謝ったのはただ眠かったからだろう。それでも、千春はいくらか怒りを収めた。詩音は眠気まなこで「一緒に死のうよ」と言った。

GBに仲間に誘われた話を詩音にした。結局は仲間に加わることを拒否されたが、GBが思い直す可能性も高いからまだわからないと強調しておいた。――可能性はある。千春はその思いにすがり、どうにか心の安定を保っていた。こんなところで死んでたまるか。

あと数時間で朝がやってくるというのに眠気がこないから、眠そうな詩音の邪魔をするつもりで、GBの活動の話を聞かせた。

「へー、そんなことやってるんだ」と詩音は目をこすりながら興味を示した。「冬治たち、ハンマーをもって火力発電所にでも乗り込むつもりかね。なんだかキャリー・ネーションを思わせる。あたし嫌いじゃないよ、そういう世界」

「キャリー・ネーションは女であることに意味があるんじゃないの。GBたちは男だよ。そもそも、乗り込んでいくのはGBたちじゃなくて、未来の若者たちだし」

「でも大雑把にいえば、キャリー・ネーションもGBもトリックスターといえるし、どっちも巨体だし、キャリーの斧に対して、GBは火炎放射器、共通点がいっぱいあるわけ。――知ってる？　キャリーは斧のレプリカを作ってお土産に売ってた。冬治もそのうち――」

詩音の言葉が途切れた。千春のほうに顔を向けると、いきなり抱きついてきた。

「あたし、嬉しいよ。だって、キャリー・ネーションの話をこんなに普通にできたの初めてだもん。だいたい、知ってるひとなんていないもんね。やっぱ、あんたとは繋がってる」

「どこが――。キャリー・ネーションぐらい知ってんでしょ、みんな」

キャリー・ネーションは、二十世紀初頭のアメリカで、アルコールによる男たちの堕落を憂え、斧と聖書を携え、酒場を破壊して回ったイカれたおばちゃんだ。みんなのアイドルではないが、サブカル好きの鉄板ネタくらいにはポピュラーではないのか。

千春は、近づいてきた詩音の顔に肘を当て、詩音の腕から脱した。

「あたし、別に、あんたに夢中なわけじゃないから。あんたと繋がっていて嬉しいんじゃなくて、繋がっている人間を見極めることができた自分が誇らしいだけだから」

「あんたの話なんてどうでもいいよ」千春はベッドから腰を上げた。

「そうそう、マリアの話よ、あたしがしたいのは。——あんた、自分が何者だか悩んでるんでしょ」詩音はベッドの上にあぐらをかいた。「自分なんてさ、案外簡単に見つかるもんよ。みんな勘違いしてるんだ、生まれながらの絶対的な自分というものがあるんじゃないかって。社会のなかで暮らしている人間は、ひとや社会の影響を受けて自分というものを形成している。何者というのは他者との相対でしか生まれないわけだし。そういう自分は、自分のなかを探すより、他人の目を鏡にしたほうが見つけやすいんだ」

「ひとの目を気にしろってこと？　それこそ自分が何者だかわからなくなるだけだ」

自分ではない自分を演じてしまいそうだ。

「周りに千人のひとがいたら、千人の自分がいる。実際、それほどばらつきはないだろうけど、それらは紛れもなく自分なんだ。多くの鏡に戸惑うなら、いちばん身近なひと、いちばん大切なひとの目を通した自分を見てみればいい。まあ、適当なこと言ってるけどさ。とにかく、ひとの目に映った自分は自分なんだってこと。そこよ、あたしが言いたいのは。マリアをあたしが勝手に創ったと思ってるだろうけど、そうじゃない。あたしの目に映ったあんたを形にしただけ。マリアはあんたなんだよ。あんたにとって自分のひとつなんだ」

「そんなことが言いたくて、あたしの悩みとからませてきたわけ？」

「本当のことを言っただけ。マリアはあんたなの。本物だから、みんな夢中になるんだ」

それが本当かどうか、深くは考えなかった。千春は紅のことを考えていた。紅は自分のことをマリアとして敬愛してくれた。そして紅は自分にとって大切なひとだ。

「あんた死にたくなったことないでしょ」詩音がまるで咎めるように言った。

死にたいと思ったことはある。けれど、本気で死のうとまでは思わなかった。

「あたし、何度も死にたくなったし、死のうとしたこともあるね。わかるでしょ、あたし、こんな感じだから、ひとから色々言われちゃうわけよ。――ああ、わかるに決まってる。あんたもあたしをぶす呼ばわりしたんだから」詩音は恨めしげな上目遣いで視線を注ぐ。

死をからめてこられると、さすがにいくらか後ろめたさが湧いた。

「引きこもるうち死にたいピークは過ぎたけど、あたしは死ぬこともできないのかと絶望感は増したね。ただ、絶望も度を越すと開き直りのように案外楽になるわけ。たいていのことはどうでもよくなって受け容れられる。ひとの目が鏡になると気づいたのもそのころ。ひとの評価をまるごと受け容れてみたら、意外と自分が見えてきた。それまで全力で否定してきた親の言葉とかさ、ひとまず受け容れてみたら、その存在をスルーできるようにもなった」

詩音は喋り疲れたように、大きく肩を揺らして息をついた。

「すべてを受け容れたと言っても、いまの世の中を受け容れられないんでしょ。だから、未来の男のいない世界を夢想している」

詩音は頷いた。「受け容れるというのは、諦めるのと大差ない。ひとを傷つけるばかりの世の中を諦めて、男のいない未来を考察し始めたのは偶然ともいえるし必然でもあった。ネットでそれを発信すると、ひとが集まってきた。そこでもあたしは、ひとの目を鏡にして自分を見つけた。レズビアンに目覚めたのもそうだし、マザーズを立ち上げリーダーにもなった。まったく新しい自分の発見だったね。あたしはマリアを創った。みんながマリアを育てた。そして本物のあんたがあたしの前に現れた。あんたの目に映ったあたしは、やっぱり絶望が似合う女だった。あんたは美人でその目のなかにアグリーなあたしがいた」

張りつめた声。目を向けると、詩音は情けない笑みを浮かべ、こちらを見ていた。

「何もかわってないのかも。あんたはそれを教えてくれた。だから、一緒に死のうね」

ひときわ大きな声で叫ぶと、詩音はまた抱きついてきた。なかば予想していた千春はうまく腕をかいくぐる。立ち上がろうとしたら、執念の腕が腰に伸びてきて引き戻された。

「そんなことはＧＢに頼みな」千春は上から頭を押さえつけて、なんとか腰を上げる。

「何言ってんの。心情的な話でしょ。あんた、ひとの心がわからないの」

掠れた声は、悲痛な叫びとなって耳に響いた。しかし千春の心には響かない。たぶん、詩音の絶望が大きすぎる。

「うるさい、何やってんだ」赤坂が開いた戸口に立っていた。

「このひとがあたしと一緒に死にたいって言ってる。だから、あなたがあたしとこのひとを一緒に殺してくれる？　それでこのひと満足だと思う」

赤坂は肉付きのいい顔を歪め、嫌悪感を表した。「なんで俺がふたりも殺さなきゃならないんだ。お前らを殺して死刑なんて、ばからしすぎる」

お前らと侮蔑を込めてひと括りにするのはいったいなんなんだ。

「ふたり殺したら死刑。あなたとGBは仲間なんだから、実際に手を下すのが別々でも、ふたりでふたりを殺したと見なされる。もともと捕まれば死刑なんだから一緒でしょ」

「なんだよ、脅かそうというのか」

「ただ事実を言ってるだけ」

法律の知識などなかったが、たぶんそういうものだろう。少なくともふたつの殺人を主導するGBは死刑になる可能性が高い。そう考えると、自分と詩音を本当に殺す気があるのか疑わしくなる。GBもさすがに死刑の覚悟まではないはずだ。

「揺さぶりをかけようとしてんのか。そんなもんは通用しない。俺は人類を救おうとしてるんだ。自分の命を犠牲にするくらいの覚悟はしてる。お前らには想像もできないことだ」

千春は隣に腰を下ろし、詩音の肩に手を回した。「あたしたちが人類の敵に見えるっていうの。頭悪すぎでしょ。ネットで笑いものになるよ」

千春は詩音と肩を組み、脱力した顔でピースサインをした。詩音はどういう意図か、カラテチョップのポーズをとる。天才と呼べるほどのおバカな佇まいで、赤坂を撃退する。一瞬、向かってこようとした赤坂は、背中を向けると逃げるように戸口から消えた。

千春は肩に回した腕を外し、立ち上がった。

「ねえ、あたしと一緒に死ねないなら、あたしと一緒に生きるっていう選択はあり？」

謙虚な訊き方に好感がもてたので、千春は答えてあげることにした。

「なし。あたしは地に足の着いた人生を送りたいと思ってる。あんたと人生をともにしたら、絶対に質の悪いファンタジーになりそうだからね」

詩音は盛大に溜息を響かせた。「だけどさ、地に足の着いた人生って何？　あんた、スーツとか着て、会社に勤めたいとか考えてるわけ。そういうの自分で想像できる？　絶対、ないわ。あたしにはわかる。あんたはあたしたちと同じ、こっち側の人間なんだから」

「一緒にしないでよ。だいたい、こっちってどっち」千春は床に腰を下ろした。

「こっちっていうのは、あっちの反対側。あっちは地に足の着いた暮らしをするまともな社会。こっちって一緒くたに言っても、様々なひとがいるから——」

詩音はまだ話していたが、千春は意識がそれて耳に入らなくなった。何か音がしていた。首を伸ばして見たが、話し続ける詩音に動きはなく、音を立てている様子はない。

途切れた音がまた鳴った。千春はカーテンの閉まった窓に視線を向ける。窓ガラスを何かが連打しているようだ。千春の視線に気づいたらしく、詩音も窓に目を向ける。

音が止んだ。外で何かが動くのがカーテンの隙間から見えた。窓に近づこうと千春はベッドの上に乗ったが、詩音が先に動いた。窓に近づいた詩音はいっきにカーテンを引き開けた。

窓の外に音の発生源を見つけて、千春は思わず大きく息を吸い込んだ。声を発しそうになったが、またもや詩音に先を越された。「うぇーっ！」と廊下まで響きそうな大声を聞き、千春は反射的に詩音に飛びつく。口を塞いだ。

窓の外にひとの姿があった。それだけでも驚きなのに、そのひとが紅であるから、頭のなかで何かが弾けて体が固まった。

胸から上の紅の姿が浮いて見える。かすかに笑みを浮かべたその顔に、千春は見とれた。永遠にも感じられる瞬間だったが、口を塞がれた詩音が呻くので我に返った。気配を感じたわけではないが、機転を利かせてカーテンを閉めた。

「何やってるんだ」

間一髪だった。振り返ると、赤坂が面倒くさそうな顔をしてドア口に立っていた。

「この女が一緒に死のうとうるさいから、口を塞いでただけ」

千春がそう言うと、「仲がいいね」と気の利かない嫌味を言って、赤坂は姿を消した。

千春は詩音と顔を見合わせた。何も言うなと、唇に指を一本あてた。ドアのほうを窺いつつ、カーテンを薄く開く。紅がカーテンの隙間に顔を覗かせた。

詩音が「友美、助けにきてくれたんだね」と小声で言った。

――違う。この子は紅だし、あたしを助けにきたのだ。

紅が何か書かれた紙を窓に貼りつけた。よく見ようと千春はカーテンの隙間を広げる。いやそんなことより、早く紅の声を聞きたい。窓の回転錠に手をかけた。

窓ガラスを叩く音が聞こえた。紅に目を向けると、盛んに首を横に振る。

「窓を開けるなって――」後ろから詩音が言った。「ここ、警備会社と契約してるから、窓を開けるとアラームが鳴る。逃げようとしてもすぐわかるって、冬治に釘刺されてたんだ」

千春は回転錠から手を離した。窓に貼りつけた紙に、そのようなことが書かれていた。

アラームが鳴るから窓は開けないで。いいタイミングがきたら教えるから、そのとき開けて。一緒に逃げよう。

千春は了解の印に頷いた。

一緒。紅と一緒に逃げるのだ。詩音と一緒に死ぬのとはわけが違う。

しかし、いいタイミングとはなんだろう。いったい、どうやってそのタイミングをはかるのだ。紅はＧＢの仲間だった。だからこの家にやってきたのだろうし、アラームのことも知っていたのだろうけれど、それにしてもどうやって――。

千春はガラスに額をくっつけた。なんだっていい。とにかくここから一緒に逃げるのだ。ガラスに掌を当てた。そこに紅の掌が重なった。

紅の温かさがガラス越しに伝わってきたときだった。弾けるような破裂音がどこかで響いた。千春はぼんやりしかけた意識を、カーテンの隙間の紅に向けた。紅が窓を叩く。ゆっくり動く紅の唇が、待ってと言ったように見えた。

紅が千春の背後を指さしている。――廊下だ。千春は窓から離れ、ベッドを降りた。

詩音が床にしゃがみ、トローリーケースに荷物を詰め込んでいる。廊下の様子を窺おうと千春がドアに向かっていたとき、また破裂音が響いた。続けて二回。たぶん、外から――。

廊下に顔をだすと、声が聞こえた。慌てたような男たちの声が階下からのぼってくる。階段に向かっていた赤坂が、こちらを振り返って足を止めた。しかしすぐに動きだし、階段を下りていく。千春は顔を引っ込め、窓に向かう。

「荷物なんてほっときなよ。さっさと逃げるよ」詩音に呼びかけ、ベッドに上がった。

窓の回転錠に手をかけ、十秒数えてから解錠する。窓を開いた。

セキュリティーの警報は聞こえなかった。千春はカーテンを払い、紅に手を伸ばす。

「一緒に逃げよう。ずっと一緒だよ」

紅の手も伸びてくる。

窓に浮かぶ紅を抱きしめた。髪の毛から漂う匂いが自分と一緒で、ほっとした。

7

紅は外壁に立てかけた脚立の上に乗っていた。千春の言葉に頷いていたが、言葉が途切れると、「とにかくここから早く離れないと」と千春を現実に引き戻した。

紅は機敏に脚立を降りていった。紅が地面に降り立つのを待たずに、千春も窓を越えて、脚立の上に立った。

「あんたも、あたしが降りたらすぐに降りてきて。あたしが、地上に降り立つまでは、降りてこないでよ」動きが鈍そうな女に念押しした。

千春は素早く脚立を降りていった。最後の数段を端折って、地面に飛び降りた。

「ありがとう。ずっとあたしを見守ってくれてたんだよね」脚立の脇に佇む紅に言った。

隣家まで、二メートルもない狭い空間だった。一階の窓から漏れる明かりに照らされ、紅の顔は青白い。強ばった表情をしていた。

「ごめん、あたし疑ったんだ、紅ちゃんがマザーズと関係があると知って。さっきまでどう考えていいかわからなかった。だけど、窓の外に紅ちゃんが現れて、すっかりわかったよ。紅ちゃんはあいつらからマリア様を守ろうとしてたんでしょ」

紅は沈んだ顔で頷いた。「……あたし、生きている意味がわからなかった。親から、産まなければよかったって言われるくらいだし、この世界にいちゃいけないんだとずっと思ってた。でもマリア様と出会って世界が少し明るく見えた。ひとはこんなにも穢《けが》れなく、美しく生まれかわれるんだって知って。自分がそうなれると思ったわけじゃないけど、でも、そういうことが起こるって知っただけで心に光が差した。生きる勇気が湧いてきたんです」

「――いや、穢れがないとかって、そんなの見てわかるもん？」

千春は実際とはほど遠い自分の話に戸惑いを感じた。

「ごめんなさい」紅はうつむいて言った。「あたしの勝手な思いこみです、わかってます。でも、あたしのなかにマリア様は確かにいて、時折語りかけてくれることもあって……。とにかくその存在は、命をかけて守らなければと思うほど尊いんです」

あなたが助けたのは千春だよ。そこに境目などないのだろうか。紅は顔を上げた。叱られるのを恐れる子供のように、かまえた表情をしている。千春はその顔に笑いかけた。

「あたしをマリア様として愛せたりするの？」

「もちろんです。あたしはずっと、千春さんをマリア様だと思って愛していました」

千春はその言葉を聞いて、紅を誰かに盗られたような感覚に囚われた。すぐに大きく首を振り、偏狭で堅苦しい認知を振り払う。紅は本格的に怯えた表情をしていた。

「なんでそんな顔してるの。あたしが、嫌がるとでも思った。そんなわけない、マリア様もあたしなんだから。きっと、紅ちゃんがマリア様としてあたしを見た瞬間から、あたしはマリア様だった。あたしもマリア様として紅ちゃんを愛するよ」

千春は紅の目を見ていた。そこに映るものを捉えようと、一心に見つめた。

「うあっ」とかすれたような紅の声が聞こえた。驚きに見開かれた目が潤んできた。

千春は紅を抱き寄せた。「いまからあたしはマリア様として生きる、ほんとに」

「ありがとうございます。たぶん、マリア様が考えている何十倍も、あたしはうれしく思ってます。自分もかわれる気がする。しっかりと足を踏みだす勇気が湧いてきました」

ぴったりと頬を寄せる紅の言葉が、千春の胸に響いた。

マリアになるということがどういうことか、細部まで想像ついているわけではないが、紅の目に映った者になるという考えに心が躍った。ただ、詩音に言われたことをそのまま実行しているのが、いくらか残念ではあった。

「ちょっと、危ないからどいて！」詩音の声が上から降ってきた。

見上げてぎょっとした。詩音が荷物を窓から落とそうとしている。紅の腕を摑み、慌てて脚立から離れた。ほぼ同時に、重い音を立ててトローリーケースが地面に激突した。

「マリア様、このフェンスを越えて、隣の家を通って逃げてください」

隣の家と境をなす、腰高のフェンスを指して言った。なんだか声が低くなった。

「この家の向こうに公園があります。多目的トイレがあってしっかり鍵がかかりますから、とりあえず山本さんとふたりでそこに逃げ込んでください」

「紅ちゃんはどうするの」

「やることがあるので、あとでまいります。もしあたしがこなかったら、朝までそこに隠れていてください。日中は人通りがあるので、朝になれば手出しできないでしょう」

「やることって、何？　なんでそんな硬い話し方するの」

顔つきもかわった。いつもどこかふざけたような顔なのに、いまはあまりにも真剣で、不穏な感じがした。

「冬治と決着をつけなければなりません。マリア様に二度と触れられないようにしないと」

紅は斜めがけにしていたバッグのジッパーを開ける。なかから取りだしたものを見て、千春は息を呑んだ。「やめて。何かんがえてんの。そんなものしまって」

千春は思わず大声をだした。紅の手に握られているのは、果物ナイフだった。

「紅ちゃんがそんなことする必要ない。警察に言って捕まえてもらえばいいだけでしょ」

紅は乾いた目を向け、首を横に振った。「冬治たちがマリア様を拉致する計画を知って、あたしが守るって決心したのに、今日、肝心なときにそばにいられなかった。だからここは、なんとしてでもあたしがやらないと――。マリア様にいただいた愛に報いたいんです」

「なんなの、マリア様の愛がそうさせるって言うの。だったらあたし、マリア様をやめる」

紅はまた首を振る。はにかむような笑みが表れた。「マリア様に愛され、あたしは生まれかわりました。一歩踏みだすことができた。あと戻りは、ないです」

「どこに踏みだしたの。どこにいくの。――あたしもいくよ。放さないから」

千春は腕を広げて紅に抱きつく。ナイフをもった紅は慌てて腕を下げた。

「だめです。マリア様は見守っててください。あたしにとってマリア様は帰る場所です」

「そんな勝手に――」千春は言葉を呑み込んだ。

紅の勝手なマリア様像が、自分の目指すものだったはずだ。

「いぎゃーっ」と汚い悲鳴が聞こえた。猫の絶叫かとも思ったが、視線を振ると、詩音が脚立の横で窓枠にぶら下がっていた。いったいどう下りたら、そんなことになるのだ。

「たいへん。マリア様、助けてあげてください」

たぶん力は紅より自分のほうがある。助けるなら自分がいくべきだが、しかし――。

「あたしはここにいます。だから、お願いします」紅は心配そうに二階を見上げる。

「わかった。ここにいてよ」

千春は紅のほうを窺いながら、脚立を上っていった。

「さあ、足を横に伸ばして脚立にかけて」ぶら下がる詩音の足の横まできて言った。

詩音は死ぬと喚きながら、片足を伸ばしてくる。千春は手を伸ばして引き寄せ、脚立に詩音の爪先を引っかけた。しかし、それだけでは詩音の体は安定しない。

「上から引っぱり上げてよ」と詩音が泣き声で言う。そうするしかなさそうだ。千春は眼下に紅の姿を確認し、脚立を上がった。窓枠を乗り越え、ベッドの上に降りた。

窓枠からぶら下がる詩音の腕を掴もうと、窓から身を乗りだしたとき、下界が目に入った。地上に紅の姿が見えなくなっていた。あたりを見回しても姿はない。

「いやーっ」と耳をつんざくような絶望的な悲鳴が上がった。千春は反射的に手を伸ばしたが、手遅れだった。スローモーションのように遠ざかっていく詩音の姿。足から着地したように見えたが、地面に伸びてしまった。

詩音は大丈夫か。それよりも紅を止めないと。千春は窓をまたいで、脚立に乗った。動けるようだが、いったいいまの声は――。

動きが止まるほどの悲鳴がまた上がった。目を向けると、詩音が腰を上げていた。動けるようだが、いったいいまの声は――。

詩音が一階の窓に向かって叫ぶ。錯乱したような言葉は意味をなさない。窓から何かが飛びでてきた。詩音に向かって投げつけられたようだ。そこに誰かがいるのだ。

千春は降り始めたが、またすぐに動きを止めた。脚立に不自然な振動が伝わった。視線を落とした千春は目を疑った。詩音が、立てかけられたこの脚立に肩をぶつけ、押し倒そうとしているように見える。

「何やってんの。やめろ！」と叫んでも、詩音は一心不乱に体当たりをぶちかます。立てかけられていた脚立が外壁を離れた。動きは止まらない。垂直に立ち上がった脚立は背中側に傾いていく。まずいとわかっていても動けなかった。千春は必死に脚立を掴む。

振り返ると、隣家の庭の樹木が急速に近づく。

千春は手を離した。体を捻りながら、顔を頭を腕で覆い隠す。

木々の枝が体中を鞭打つ、引っ掻く。なんの心の準備もできないまま、最後の衝撃。頭から落ちたと理解したのを最後に、暗い穴に意識が吸い込まれた。

8

何か悪い夢を見ていたようだ。少年が助けを求めるように手を伸ばしていた。眠りから覚めた千春は、仄暗い天井を見つめ、強く打つ心臓の鼓動を意識した。

どこにいるのかわからなかった。ずいぶんと長い間、寝ていた感覚がある。体のあちこちに痛みを感じたとき、寝る前——意識を失う前のことをはっきり思いだした。

ベッドの上にいた。布団がかけられている。助かったと安心してよいものなのか迷った。

布団を剝ぎ、手をついてゆっくり上体を起こしてみる。いちばん痛むのは右の前腕だった。手でさすってみたが、腫れはひどくない。骨折していないだろう。

カーテンの隙間から、日の光が漏れていた。仄暗い部屋を見回してみて、どこにいるのかようやくわかった。それは驚きでもあるが、ほっと安堵を感じるものでもあった。

千春は再び枕に頭を沈めた。ここは自分の部屋——嘉人のマンションだった。

あの家から、どうやってここへ——。詩音が連れてきてくれたのだろうか。いや、紅に違いない。千春は体を起こし、ベッドから降り立った。

ドアに向かおうとしたとき、廊下をやってくる気配がした。紅だろうと思った千春は、ドアに向けて笑みを浮かべた。ドアが開いた。そこに立つひとを見て笑みを消した。

「どうして」

「なんだ、もう起きたのかい」千春の言葉を無視して男は言った。

「なんで嘉人がいるの」

この部屋の主。だからといって、当然の顔でここにいていいわけはない。

「なんでって、今日は仕事やすみだよ。昨日、帰りが遅かったから、まだ当分起きてこないだろうと思ってたんだけど、けっこう早かったね。朝ごはん食べる？　僕もまだなんだ」

「もう一回訊くわよ。なんでここにいるの。いつ戻ってきたの」

「また飲みすぎたのかい。僕は三日前に戻ってきたじゃないか。すごい台風がくるからなんだか心配で、戻っていいかと訊いたら、いいよって言ってくれた。覚えてないのかい？」

「ばかなこと言わないで。そんなこと、あたしが言うわけないでしょ」

千春は思わず大きな声をだした。こんな明白な嘘を表情をかえずに言う嘉人が、不気味でならなかった。なんのために、そんなことを言うのか見当もつかず、頭が混乱した。

「どうしたんだい。おかしいよ。――まずは落ち着こう。さあ、ベッドに座って」

優しげな目。肩に置いた手。千春はすべて払いのけた。

「昨日、一昨日、嘉人はここにいなかった。あたしは紅といたんだ。あなたが石田友美として知っている子と、ここで愛し合った。いるはずないんだ。いったい、なんのつもり」

千春は嘉人の肩を手で突いた。嘉人は千春から離れ、小さくかぶりを振った。

「たぶん、ホルモンの影響なんだろうね。前にもあったよね。現実と夢を混同して、ひどく取り乱したのを覚えてる？　きっとそれだよ。頼むから落ち着いてくれよ」

以前そんなことがあった気がする。しかし、その記憶もおぼろげだった。まさか、これほどはっきりした記憶なのに、それが夢だったなどということがあるのだろうか。

——日常が崩れたおかしなことが起こる世界。

「あり得ない」千春はベッドに腰を下ろした。頭が痛くなってきた。

何か記憶が抜け落ちていることはあるかもしれないが、現にある記憶は鮮明で直線的だった。嘉人の怪しい言葉を信じる余地などなかった。

この男は詩音の手先。おかしなことを言うのは、詩音にそうするよう命じられたからだ。

「なんで、なかったことにしたいの。あたしが誰かに話したらまずいことでもあるの？」

詩音も被害者だ。そこまでして隠さなければならないことがあるとは思えない。あのあと、何かあったのだろうか。——そうだ。そもそもなぜ、あのとき脚立を倒したのだ。

「じゃあ、詩音と話をさせてよ。いまどこ……」

……紅はどうしたんだ。まさか、紅に何かあったのか。あるいは、紅が何か大変なことをしでかした――。

「――ねえ、石田友美はどうしたの。知ってるんでしょ。他はいいからそれだけ教えて」

「そんなに興奮しないで。だめだな。僕がいるとやっぱりよくないのかも」

嘉人は溜息をついて、ドアのほうに向かう。

「ちょっと待ってよ、逃げるの」千春は立ち上がり、嘉人を追った。

「ごめんね。すっかり混乱させてしまったね。僕はホテルに戻るよ」

リビングに入った嘉人は尻のポケットに財布を入れた。

「やっぱり紅に何かあったのね。話さないなら、どこにもいかせない」嘉人の腕を摑んだ。

「何を言ってるのかわからないよ。ただひとつアドバイスするなら、忘れたほうがいい。忘れるというのは、人間に与えられたすばらしい能力なんだ。忘れることで前を向ける」

「自己啓発セミナーでも始める気？　あたしは、そんな都合よく忘れてやらないからね」

あの家で何があった。

嘉人は背を向け、腕を伸ばす。ソファーに置いてあったトートバッグを取り上げる。

「無視すんな」と嘉人の腕を引っぱった。「手を離してくれるかな」と嘉人は振り向いて言ったようだが、千春は嘉人を見ていなかった。手を離し、嘉人の肩を押しやった。

千春が見ていたのは嘉人のバッグの隣に置いてあったものだ。ソファーに近づいた。

小さなポシェット型のショルダーバッグがソファーの上にあった。千春のものだ。昨日、あの家でGBたちに取り上げられ、そのあと逃げだしたから、返してもらっていない。なぜここにあるのだ。バッグを手に取り、なかを見た。携帯電話も財布も入っていた。

「なんでこれがあるのよ。おかしいでしょ。どうやってこれを取り返したの」

嘉人は薄く笑みを浮かべ、首を振った。「おかしいのは千春のほうだろ。昨晩、帰ってきてそれをそこに置いたのは千春だよ。自分のバッグだろ。当たり前じゃないか」

千春の頭はこれまでになく混乱した。夢、記憶、現実。一瞬、その境目がわからなくなった。——そんなのあり得ない。千春はソファーに腰を下ろした。

夢から覚めたと思ったらまだ夢のなかだった。そんな夢をこれまで何度かみたことがある。そのときの夢の世界の感触といま現在自分を取り巻く世界の感覚を、無意識に比べていた。ばかめ、と自分を罵る。夢や記憶違いなんかではない、昨日のことは現実。いや、すべてが幻だったとしても、紅だけは間違いなく存在する。そう考えた千春は、皮肉な思いに囚われた。吉沢紅という女は実在しないのだ。いまの状況はまるでそれを暗示させる夢のようだ。

「それじゃあ、僕はいくよ」嘉人はそう言ってリビングからでていった。

嘉人をこのまま帰してはいけない。何が起きたか知る糸口は、この男しかいなかった。

玄関にいくと、嘉人は座って靴を履いていた。「詩音はあんたのホテルにいるの？」と訊ねると、嘉人はこちらに顔を向け、「それ誰」と言った。

「何言ってるの、一昨日、詩音の行方がわからないって、電話で話したでしょ」

そう言っても、嘉人は首を傾げてとぼける。――ああ、と千春は気づいた。嘉人は嵐の前にきたという設定だから、その電話もなかったことになるのだ。さすがに抜かりはない。

千春はバッグから携帯を取りだし、通話履歴を開いた。二日前だからすぐに見つかると思ったが、ない。日にちを勘違いしたかと思い、少し溯ってみてもなかった。思いついて紅との通話履歴を探してみたが、ない。ない。ない。ひとつもない。

「大丈夫？　休んでいたほうがいいよ」

嘉人の声を聞き、顔を上げた。千春は掠れる声で「ない」と言った。

紅がいない。


嘉人の姿が見えなくなると、千春は少し落ち着きを取り戻した。自分は夢のなかにいるわけではないし、日常に亀裂が入ったわけでもない。ただ嘉人が嘘をついただけだ、とまともな認識ができるようになった。バッグがなぜあるのかはわからないが、携帯の通話履歴がないのは削除されただけで、驚くほどのことではない。隠しカメラが仕掛けられたベッドルームで頻繁に携帯を使っていたから、パスワードを知られていても不思議ではなかった。

調べてみたら、携帯の番号もＬＩＮＥもインスタグラムも紅のものは削除されていた。すべてなかったことにしようとするなら、それくらいのことは当然するだろう。しかしなぜ、なかったことにしたいのか、嘉人の——詩音の意図がまるでわからなかった。ひとまず、それは脇においておける。いちばん気にするべきは紅のことだ。

検索で紅のインスタグラムはすぐに見つかった。ＤＭで、無事であるなら連絡をくれるようにメッセージを送った。

返信をただ待ってはいなかった。昨晩のことに関係していそうな火事や事件が報道されていないか、ネットで調べてみた。物騒な事件は頻繁に起きていそうな気がするが、台風明けの連休最終日、首都圏は平穏で、火災のニュースそのものがなかった。

結局、ネットに張りつきながら、ＤＭを三回送信したが、紅からの返信はなかった。何が起きたのか、いまどうしているのか、まったくわからないまま一夜を過ごした。

翌日は詩音の家にいった。詩音がいないのは予想どおりで、誰かマザーズのメンバーに会えないかと期待していたのだが、この日は誰もやってこなかった。

その翌日はダンスの練習に来ていたサヤカに会うことができた。詩音とは連絡が取れていないという。千春は詳細を省いて詩音と話をしたことを明かした。詩音は冬治に命を狙われていると考え、姿を隠しているようだとだけ伝えた。サヤカはとくに驚きは見せず、神妙な顔で頷いていた。そして千春はマザーズのリーダーになってもいいと伝えた。

感激するサヤカを見て後ろめたさを覚えた。千春は紅のマリアになりたいだけだった。

二日後の夜、マスタークラスと男性賛助会員が集められ、千春のリーダー就任が決まった。そう言ってしまうとすんなり決まったみたいだが、そこまで簡単ではなかった。

とくに激しい反対にあったわけではないが、詩音が不在のなか、マリア様をリーダーにすることに疑問を感じる者が何人かいた。それはすなわち、プライムマスターである詩音への忠誠心が依然として高いひとなのだろうと思ったが、話を聞いてみると、そういうわけでもないとわかった。信義上、勝手に決めることに問題はないかと懸念しているだけで、忠誠心とは関係がない。それぞれ詩音に対する思いに温度差はあるにしても、現在はみな批判的な方向に傾いているようだった。

先日、詩音と嘉人との関係にみな引いているとユウコが言っていたが、詩音から心が離れることになった直接の原因が最近あったそうだ。「裸猫事件」と呼ばれるできごとについて千春は知った。

詩音の家の庭で、雑草とりをしていたマザーズ会員が、無毛の子猫を見つけたそうだ。その猫を見た詩音は、遺伝子が突然変異した猫だと断じた。これが自分たちのもとに現れたのは、女性の体が変異を見せる前兆の可能性があると、あぐらをかいた膝に、ピンク色した無毛の子猫をのせた詩音が、マスタークラスの会合で発表したそうだ。子猫と女性の体にどんな因果があるのかと千春は思うが、マザーズの面々はその手の神秘的な話が好きで、受け容れる素地はあった。しかし、詩音の腕に痛々しいひっかき傷があるのにみんな気づいていた。その数日前、ダンスの練習にきたサヤカは、大量の動物の毛らしきものがゴミ箱に捨てられているのを見たそうだ。よく見れば、カミソリ負けしたような跡の残る裸の猫は、そういうわけなのね、とすぐにマスタークラスの間に真相が広まった。

詩音としては、新たなアイコンを作って求心力を取り戻そうと画策したのだろうが、裏目にでてしまった。ばれてると気づいた詩音は、猫は誰かのいたずらだったようで、遺伝子の変異とは関係なかったと訂正した。裸猫はどこかに捨てられたようで、姿を消した。

詩音がいなくなったのは、そんなことがあって間もなくであったので、いたたまれなくなった詩音がしばらく姿を隠しているだけだろうと、みんなあまり心配しなかったようだ。

そんな話を聞いた千春はなんだかなと思った。詩音の行為を性懲りもないと思わないでもないが、裸猫とマリア様の間にどれほどの違いもないような気がした。作り物であるのはかわりないのだから、マリア様を崇めるなら、裸猫も信じてあげればいいじゃないと言って、みんなに気まずい思いをさせてしまった。ともあれ、それは千春の本音であり、千春はその点は詩音を擁護した。マリア様の擁護でもあった。

マリア様のリーダー就任については、チガヤが話をまとめた。マザーズにはもともとリーダーという役職はなく、マリア様はマスタークラスの心のリーダーという役割だと考えれば、プライムマスターの承認は必要ないのではないかと、躊躇していたひとを説得した。晴れて千春はマザーズ半公認、リアルマリア様に就任した。

マスタークラスは基本的に平等で階級的な役職はないが、事務関係を取り仕切る古参のチガヤが、詩音、嘉人に次ぐナンバースリー的な位置づけで発言権があるようだった。会がお開きになって、千春は会の名簿を見せてくれるようチガヤに頼んだ。冬治と石田友美の住所を知りたかった。あの踊るサラリーマン、玉泉の住所も。

あれから五日たつが、紅の消息はわからないままだ。ＧＢたちも鳴りを潜めていた。

チガヤは個人情報だからと最初は渋ったが、冬治たちと話をつけなければ詩音は怯えて戻ってこないからと千春は説得し、それぞれの住所を手に入れた。

これからは真摯にマザーズのマリア様を務めようと固い決意をもって、千春は会合に出席していたのだが、結局マリア様としての初仕事は、完全に個人的なものになってしまった。

9

この数日、何度か気が狂いそうになった。

三人の住所を訪れたが、どれもでたらめだった。マザーズに入会したとき、三人は仲間でなかったはずだから、示し合わせたわけでもないのに。まったくの徒労で、最後に訪れたGBの自宅と思われた家のインターホンを、叩き壊しそうになった。考えてみれば、怪しげな会の入会時にでたらめな住所を申告したのだから、危機管理ができた三人だとはいえた。

あれから一週間以上がたつが、紅の行方は杳《よう》として知れず、なんの前進もみられなかった。わずかでも、前進させる方法はわかっている。嘉人、詩音の口を割らせること。少なくとも、連れ込まれたあの家がどこにあるかはわかるのだ。千春は嘉人の携帯に何度も電話をかけたし、会社に押しかけてもみた。着信を拒否され、警備員に摘みだされただけに終わった。

そんな気分ではなかったが、マザーズの勉強会にも参加した。昼間、マスタークラスに加え、一般会員も集まるいかがわしさの薄い集まりだった。一般会員への初お披露目となる日、千春はマリア様らしさを極めようと、マメの黒いワンピースを着ていった。

あきれるくらいの視線を浴びた。集まっていたのは二十人弱。千春が腰を下ろすまで、視線がついて回る。車座になった集団から少し離れて座った。場の空気は意外にも健やかで、真摯な熱気に包まれていた。プロのマリア様はこんなときにどんな顔をするべきか決めかねているうち、おかしなことが起きた。女だけの世界において公共空間のトイレはどれほどの広さが適正なのかがその日のテーマで、男子トイレ分の広さを拡張してもまだ足りないという意見に、なるほどと思ったとき、体が突如燃えだした。そう思えるくらい皮膚の表面が急に熱くなった。最初はホルモンの影響だと考えた。しかし、皮膚がめくれるような感覚まで現れ、いつもとは違うと気づいた。周囲の話し声が遠のいていった。

肩を揺すられ、目を開いた。ほんの一分ほどの間らしいが、意識を失っていたようだ。千春は心配そうに見つめるチガヤに大丈夫と言って、トイレに立った。もう熱いとも感じず、皮膚のめくれるような感覚も消えていた。水で顔を洗い、鏡を見た。消耗した顔。見られて減るもんじゃないというが、確実に減っている。美しさをくすね取られた気がした。

アレルギー反応のようなものだったのかもしれない。自分に向けられる視線や意識に拒否反応がでたのではないかと考えた。ひとに見られるのは慣れているはずだが、マリア様を見る目はやはり特別なのか。不快なものは感じなかったけれど。

みんなが集まっている部屋に戻り、勉強会を端から眺めた。かわらず、視線や意識が向かってきたが、再び、体に変調を及ぼすことはなかった。

会が終わったのは夕方の四時。千春は実家に寄ってみることにした。天皇即位の儀式のため今日は祝日だったが、母はもともと休みのはずだ。

千春は何も連絡しないまま、部屋のインターホンを押した。いつもそうだ。いなければいないでいいと思っていたが、母がでた。とくに驚きもせず、すぐにドアを開けた。

「すごいタイミングで帰ってくるね。友達がきてるよ」母はからかうような顔をしていた。

「友達って、お母さんの友達？」

「違うよ、あんたのだよ」

「えっ、あたしの」靴を脱いで廊下に上がった。「健太がきてるの？」

友達と聞いて思い浮かぶのはそれくらいだ。

「違う。山本さん」

「誰？　どの山本さん」平凡な名字すぎて、誰の顔も浮かばない。

玄関の三和土を振り返った。母が絶対に履かない黒いパンプスがあった。――女。

「山本さん！」と叫び、千春は廊下を足早に進んだ。半分開いたダイニングのドアを体当たりするように開く。大きく息を吸い込んだ。

「ようっ」黒いパンツスーツを着た太った女が、額に指を当て、ちーっすと軽い挨拶をした。

世界は壊れているし、時空は歪んでいる。ありえないものをぽんぽんと目の前に出現させている。――うちのダイニングに山本詩音がいる。恐竜が椅子に座って食事しているのを見つけたのと大差ない驚きを味わった。

「ほんとすごいタイミング。めったに帰ってこないって、お母さんから聞いてたんだけど」

「——なんであんたがいるのよ」千春はようやく言葉を発した。

「久しぶりにこのへんにきたから、懐かしくなって訪ねてみたの」

「何言ってんの。久しぶりも何も、あんたこのへんに住んでんじゃない。今日はあんたのところへいってから、あたしはうちにきたんだよ」

まともな指摘をしても意味などないとわかっていながら、言ってしまう。

「あら、ほんとに仲いいのね。久しぶりに会ったわけじゃないの？」母が後ろから言った。

千春に友達がいるとわかり、うれしそうだった。そんな普通の母親らしさを見せられ、千春は心苦しくなった。この女とは、まったくまともな間柄ではないのに。

「すみません、ほんとは千春さんと、最近、会っていたんですよ」

詩音は背筋を伸ばし、軽く頭を下げた。

「いいのよ。話、楽しかったから」

母に背中を押され、ダイニングに入った。いったいどんな話をしていたのだ。やる気になれば、詩音もまともなコミュニケーションがとれるようだ。見た目もまるで普通のひと。ひとの記憶を夢だと思わせようと画策する、いかれたプライムマスターには見えない。

「よかった。私も楽しかったです。すみません、突然押しかけたりして」

「あら、もう帰るの」立ち上がった詩音に母は言った。

「千春さんには歓迎されないとわかってますから」

「そんなことない。あたしも詩音ちゃんに会いたくて、うちまでいったんだから」

気が収まり、母の前で適当なことを言う余裕が生まれた。

千春は詩音と一緒に帰ることにした。

「雅樹に伝えておくよ、かわいいお姉さんがイケメンだって言ってたって」玄関の外まで見送りにでた母が言った。

「いやいや、お姉さんって年ではないですよ。お上手です、お母様」

否定するのはそこじゃないだろうと思う。自分が気にするべきところも、そこじゃない。

「なんの話？　雅樹がどうしたの」

「山本さんが、弟さんの成長を見たいって言うから、雅樹の写真を見せたの」

「千春さんとは違うタイプで、ほんとかっこいいと思いました」

なんで雅樹の写真を見たいと言ったのだ。まさか、それが見たくて、うちにまできたのか。

母の前で何も訊く気はなかった。ひとしきり挨拶を終え、詩音と外廊下を進んだ。

「いったい、なんのつもり。なんでうちにきたの」マンションの外にでて、千春は訊いた。

「ねえ、あたしこの服、わざわざ買ったのよ。合うサイズあるかしらって、店員に嫌味いわれながら、おなかを引っ込めてさ。ほめてくれる」

「ありがとう。うちの母親に気を遣ってくれたのね。でも、うちの母親なら、あのオレンジの囚人服みたいなやつでも大丈夫だったけどね」

「やっぱりそうか。あんたのお母さんって、ああいう感じのひとだったんだね。うちとは全然違う。意外だった。なんとなく、おんなじようなもんだと思ってたから」

「それを確認したくてきたわけじゃないでしょ」

「まあね」と言って詩音は足を速める。「逃げる気?」とあとを追ったが、下り坂を二十メートルも進むと、詩音は足を止めて肩で息をした。

「あそこで、何が起きたの。なんであたしは、マンションで目を覚まして、嘉人が何もなかったようにそこにいたの。そのシナリオを書いたのはあんたでしょ」

詩音は曖昧に頭を揺らした。「何が起きたのか、ほんとのところ、あたしもよくわからない。ただね、あのときは地球が壊れるんじゃないかと本気で思った。それであたふたとしちゃったね。――もうひとりのあんたに会ったんだ。一階の窓にあんたの姿があった」

「はあ、何いってんの。どういうこと」千春はわけがわからず、気の抜けた声をだした。

「だから、あたしもよくわかんないんだって。――覚えてる? あたしはあのとき、二階から落っこちた。もともと頭がパニクってたときにそんなことが起きて、思考回路が完全にバグった。ドッペルゲンガーとかあんたの未来の子孫とかが現れたと思ったんだよ」

「あんた、大丈夫。ドラえもんの世界を現実だと思ってる？」

「とにかくあたしは、あの瞬間そんな風に思ったの。本物のあんたともうひとりのあんたが鉢合わせしたら、この現実世界は壊れてしまうんじゃないかと本気で焦ったわけ」

結局、最初のパニックで思考が暴走し、そのまま突っ走ってしまったのだろう。

「その女はほんとにあたしに似てたの」と訊ねたら、詩音は驚いた顔をした。

「女じゃない。そんなことひとことも言ってないでしょ。男よ。あんたによく似た男」

今度は千春が驚く番だった。「あたしによく似た男って――」

「言い方が悪かったね。あんたに似てるというより、鞠家君に似てた。あたしの知ってる鞠家少年が、不運なけがを負わずに成長していたら、こんな男になっていただろうという、まさにそんな感じの顔。背が高くて太ってたけど、あれは鞠家君だった」

「背が高くて太ってるって、ＧＢの仲間の特徴じゃない。なんであたしの成長した姿とか思えるの。あたしはチンポコ切られて成長が止まったとでも考えてるわけ？」

千春は答えを待たずに歩きだした。詩音の言葉に腹を立てたわけではない。欠損がなければ、違う姿の自分が存在したかもしれないと思えてきて、いたたまれなくなった。

「しょうがないじゃない、そう思えちゃったんだから」詩音は追いかけてきて言った。「とにかく、あそこにいた誰でもなく、少し愛嬌のある顔だった。まあ、鞠家君ぽかったのよ」

「その話はもういい。それより、紅ちゃんはどうしたの。あのあとどうなったの」

「知らない」と間髪を入れずに返ってきたその言葉に千春は逆上した。「知らないわけないでしょ」と足を止め、詩音の肩を突いた。

「いったーい。もう話さないからね」

詩音はやってきたタクシーに手を上げた。「もう話さない、話さない、さよなら」とわめきながらタクシーに乗りこむ。抵抗する詩音を押しやり、千春も乗り込んだ。「話すまで離れないから」と意気込むも、タクシーが走り始めると詩音はすんなりその後のことを話した。

詩音は、紅がどうなったか本当に知らないようだ。千春が隣の家の庭に落下してすぐ、窓のところにいた男は姿を消したそうだ。詩音も隣家の庭に身を隠し、嘉人に助けを求めた。嘉人がやってくるまでの一時間、裏庭には誰もこなかったという。

嘉人は車を飛ばしてやってきた。そのときには、千春を拉致してきた車はもう消えていた。裏の窓から家のなかにも入ってみたそうだが、誰もいなかった。もちろん紅も。

千春は、あのとき自分は紅のためにマリアになると約束したこと、そして、その愛に報いるため紅はＧＢと決着をつけにいったことを、詩音に教えた。

「皮肉な話。大切なひとのために決心したら、結果、離れていってしまったというわけね」

皮肉といえば皮肉だけれど、後悔は感じていなかった。紅はマリア様は帰る場所だと言った。待っていればいつかは、と希望をもつことはできた。

「あんた、体は大丈夫なの。長いこと意識を失ってたけど」

いまさら訊くな、病院にも連れていかなかったくせに。とはいえ、記憶はないが、千春は何度か意識を取り戻していたそうだ。嘉人の車のなかで意識が戻ったとき、詩音の睡眠導入剤を多めに飲ませたらしい。そこからはぐっすり寝ていたのだろう。

「でも、あんたの話、おかしいよね」ふいに詩音の話の根本的なところに疑問が浮かんだ。

「どうやって嘉人と連絡をとったの。あんた携帯をもってないんでしょ」

「ああ、あの話をしてなかったね。あたしはあんたの携帯で成田に電話をかけたんだよ」

そうだった、千春のスマホはそれを収めたバッグとともにマンションにあったのだ。

一階の窓に現れた千春もどきが、バッグを投げてよこしたそうだ。「なんでかね。帰ろうとしてるのを見てバッグ忘れてるよ、ってわけないよね」

「ない、ない。だいたい、その男があたしのドッペルゲンガーとか、本当に信じてるわけ」

「信じてた。あの夜は、それくらい狂ってたでしょ。だけど、時間がたってくるとさすがにね。ただ、バッグを投げてよこしたのは不可解だし、顔も似てるから、もしかしたらあんたの弟かもしれないと思ったわけ」

それで詩音はうちにやってきた。写真を見たが、まるっきりの別人だったという。

タクシーは渋谷に向かっていた。ひとまず千春を送るつもりのようだ。

「西新井の家には戻らないの？」

「まあね。もう少ししたら戻ろうと思ってるけど……」詩音は言葉を濁した。

「マザーズはどうすんの。あんたが戻らないと、色々と決められないこともある。あたし、マザーズのリーダーになったよ。本格的にマリア様になることに決めたんだ」

「なんなの、リーダーって。勝手にそんなこと決めないでくれる」

「しょうがないでしょ、あんたが戻ってこないから」

まあそうだよね、と詩音は軽く応じた。とくに怒っている様子はなかった。

「あたしは、べつにあなたを追いだそうとは思っていない。あたしを実体のあるマリア様と認めるなら、あたしもあなたがこれまでとかわらずプライムマスターでいることを認める」

「みんなはどうなんだ。あたしがそのままでいいと思ってるの」

「そんなのは、あたしが言えば大丈夫でしょ。みんなあたしのことを愛しているから」

「あんた、かわったんじゃない」

「かわったって最初から言ってるでしょ。あたしはマリア様になった」

詩音は降参したように、脱力した顔で天井を見上げた。「あたしがあんたを創ったってストーリーを認めてよ。それならあんたがマザーズに参加するのを認める」

「わかった。あなたがあたしを創った。だけどそれに感謝はしないから。それでいいね」

話はまとまった。明日か明後日には家に戻ると詩音は約束した。

「あと、条件とかじゃなく、ひとつお願いがある。あたしをあなたの家に居候させてくれない。嘉人のマンションをでなきゃなんないし、ちょうどいいと思うの」

「何がちょうどいいの」と、詩音はもっともな疑問を口にした。

「マリア様が、歩いてあそこに通ってくるのもおかしいでしょ」

「チャリでもおかしくない？」と、詩音は噴きだすように笑う。

「そんな突っ込みはいいから、どうなのよ。あなたのところで暮らしていい？」

「この間、あたしと人生を歩むのはいやだとあんたはっきり言ったよね」

「だからあたしはかわったんだって」家賃なしで暮らせるなら助かるというのがいちばんの理由だが、本物のマリア様になるための修行だと考えているところもあった。

「ひとまず、越してくれば？」と詩音は目も合わせず、ぶっきらぼうに言った。照れ屋のおやじみたいでちょっとかわいい。しばらくはうまくやっていけそうな気がした。

「たぶん、あんたは正しい選択をしたんだよ」

タクシーが首都高のランプを上がり始めたとき、詩音はそう言った。

「あたしがあなたのいるそっちの世界にいったってこと？」

詩音は頷き、「こっちよ、こっち」と言った。「あんたは地に足の着いた人生を望んでたんだろ。真っ当な社会でどう生きていくか模索し、窒息しかけていた。こっちへくるしかなかったんだ。そうなったのは自分のせいじゃない。あっちにいる人間の目がそうさせたんだ。あんたを見る目があんたを拒絶していた。それは実際に向けられた視線じゃないかもしれない。社会の視線、空気のようなもの。あたしも感じた。視線どころか、声まで聞こえたよ」

あたしは拒絶されていたのか、と考えても被害者意識は湧かなかった。ともあれ、窒息しかけていたというのは当たっていると思う。

「GBもこっちなの」

「そりゃそうだよ。元々マザーズにいたわけだし、どうみても社会のなかで生きられる男じゃない。だけど、こっち側にいるからって、仲間ってことにはならないけどね」

当たり前のことだ。真っ当な社会で暮らしている人間がみんな仲間ではないのと同じだ。

「だけどさ、あんたとあたしと冬治は共通点があるね、ある意味、仲間だよ」

「何仲間よ?」と千春は訊ねた。詩音は劣化した男ではないはずだ。

「あたしたちは三人とも、この現実世界にアバターをもっている。アバターとして生きている。あんたはこれからそれをしようとしているんだけど」

マリア様にマザーズのプライムマスターにグレートベイビー。なるほど、それぞれが作り上げられたキャラと考えると、ネットゲームなどの仮想空間で自分の化身となって活動するアバターになぞらえることはできるかもしれない。

「これからはVR技術とか発達して、ゲーム以外でも仮想空間でのアトラクションやサービスが盛んになっていくんだろうけど、そのなかでアバターを動かして楽しむのって、新しそうでいて、なんかもうやる前から飽きてそう。それよりも、現実世界でフィジカルなアバターとなって動き回れるあたしたちのほうが、ずっと刺激的で先にいっていると思うね」

詩音はシートにもたれかかり、偉そうに腕を組んだ。

詩音が偉そうな態度をとるのもなんとなく理解できた。リア充的発想で、ネットのなかより現実世界のほうが上という感覚があるのだろう。しかし、そんなのは古い人間の感覚だ。いまの若者、十代の子たちは、リアルの人間関係を煩わしく感じ、友情も恋愛さえもネットのなかですましたいと考える者が増えていると聞く。VR技術が発展すれば、その傾向はますます強まる。現実世界のアバターなどと言ったら、悪い冗談にしか聞こえないだろう。

千春自身はあまりネットに関心がないし、世代的にいっても、やはり同い年の詩音と似た感覚をもっている。バーチャルの関係より、現実の関係のほうが尊いものと反射的に思えてしまう。もしも自分がいまの時代、十代を過ごしていたらと想像してみた。スマホをもち、モバイルゲームにはまり、SNSを活用し、ネットの恋愛はリアルの恋愛よりめんどくさくなくていいと思えていたら、ペニスを失ったとしても、あの事件のあとに味わったほどの絶望感はなかったろう。体を絡め合うセックスなんて本当に面倒だと思えていたら、多少の苦悩はあっても、普通に社会に融け込み、男として生きていけたような気がする。

そうであればよかった、と切実な後悔や恨めしさが湧き上がったのも束の間、台風の日の記憶が甦り、負の感情を吹き飛ばした。体のなかを小さな嵐が駆け巡った。狂おしい記憶はけっして心地いいばかりではないけれど、心の芯を支えてくれる重しになっていた。紅と肌を合わせた記憶がない自分など、いまとなっては考えられない。

「どうしたの、何がおかしいの」詩音が怪訝な顔をして訊いてきた。

「別に何も」と千春は首を振った。「――でもいま面白いことに気づいた」

「何、何」と詩音が顔を近づける。千春は首都高のフェンスしか見えない車窓に顔を向けた。

「あたしが愛しているのもアバターだと気づいた。アバターがアバターを愛しているんだ」

紅もアバターだ。マリア様を守るミッションを帯びた石田友美のアバターといえる。

「アバターがアバターに恋するのは当たり前でしょ。そういう世界なんだから」

ネットの仮想空間ならそうかもしれないが、現実世界のアバターは希少な存在だ。運命のアバターに出会えるなんて極めてまれなことだろう。

首都高の山手トンネルを通り、富ヶ谷あたりで山手通りにでた。松濤《しょうとう》のお屋敷町を抜け、文化村通りにでてくると、とたんに渋谷感にあふれた。軽薄な街でけっこうだと思った。再開発が残念であってもけっこう。目くじら立てるほどのことはない。

正面にビルが建っていた。ビルに挟まれた通りの出口を塞ぐように、渋谷駅の上に真新しいビルがそびえ立つ。あれが渋谷でいちばんのっぽのビルになるのだと聞く。空間に抜けがまったくなく、息苦しい風景になりはしたが、それもまたけっこうだ。ただ、開業間近のあのビルを建てたひとに教えてあげたい。未来を担う若者たちは、リアルの恋愛よりネットのなかの恋愛のほうを好むらしいと――。

10

旧宮下公園のあたりで、千春はタクシーを降りた。詩音はそのままタクシーで宿泊しているホテルに戻るようだ。どことは教えてくれない。

降りる前に、先日拉致され連れ込まれた家を教えてくれた。川崎にある家で、千春のスマホの地図アプリにピンが刺さっているとのことだった。

家までわかっているなら、警察に訴えればいいのに、詩音は何もしていない。どうしてかと訊ねたら、詩音は呆れた顔をして当然でしょと言った。自分はこっち側の人間だからあっち側にいる警察に頼るわけにはいかないんだという。

「あんただって警察に通報していないんだろ」

千春が警察にいかなかったのは、紅がGBたちに危害を加えた可能性があったからだ。

その日の夜、千春はGBたちのアジトにいってみた。川崎市高津区にある家は、思っていたよりも大きかった。窓に明かりはなく、インターホンを押してみても応答はなかった。なかに入って庭のほうに回った千春は、紅の痕跡を見つけた。それほど広い範囲ではないが、外壁が煤けていた。紅が火を放ったのだろう。カセットボンベが何本か落ちていた。なんでかわからないが千春は妙に興奮した。窓ガラスを破ってなかに入ってみようかと考えたくらいだ。隣家の窓に動く人影を見て思い留まった。しかし、その後マンションに戻ってから、千春は後悔した。家のなかに紅が監禁されていたのではないか、あるいは死体となって転がっているのでは――、といてもたってもいられなくなった。

確かめにいこうと決め、全身黒い服に着替えたのは真夜中の二時だった。明治通りに立ち、タクシーに手を上げてみたものの停まってくれない。三台続けて乗車拒否された。あろうことか、三台目は手前でアクセルを踏み込んだ。通り過ぎたあとの疾風が、サカイのMA－1をはためかせた。髪が爆発したようにぐしゃぐしゃになって顔に降りかかる。

髪をかき上げながら怒声を発したが、怒りは湧いていなかった。おかしなことだが、もうタクシーを拾う必要はないと確信していた。紅は生きているし、元気に動き回っているとわかったのだ。ふっと頭に現れたそれは、妄想みたいなものだろう。それでも、一度真実として呑み込んだ考えは、質感をかえずに定着した。紅はこの街にいる。

千春はそのままマンションに戻った。それが正しい判断だったと、翌日知ることになった。祝日あけの午後、いつものトランクホテルで健太と会った。来週はハロウィンのかき入れ時で、ハロウィン当日を含め、三本のイベントに呼ばれていた。

ＵＳＢを受け取り、千春が三本分の代金が入った封筒を渡そうとしたら、二本分でいいと健太は言った。三本のうち二本は曲順をかえたくらいで、たいして違いはないそうだ。イベントの趣旨が一緒で、客が被りそうもない地域で行われるふたつのイベントだから、そんなものでかまわなかった。ともあれ千春は、「いいよ、三本分で」と封筒を押しやった。

「まだいつまでとは決めてないけど、ＤＪやめることにした。だから、取っておきなって」

健太は驚いた顔をしたが、すぐに思案でもするように眉をひそめた。たぶん、収入が減るのを残念に思うべきか、千春から離れられるのを喜ぶべきか、決めかねているのだろう。

「ＤＪやめて、何するんだ」

「とくに決めてない。ふらふらと、フリーターかね」

「ちょっともったいないな。お前はけっこういい位置にいたからさ。女ＤＪとして」

「あたしは女だったの？」

「だってお前をブッキングするとき、容姿が大きな決め手になってたはずだぜ。主催者が他にリストアップしていたのは、女性ＤＪだったろうし。お前が言っていたようにダイバーシティー枠っていうのもあるけど、見た目の要素が大きいよ」

女のＤＪは容姿で仕事をとっている。まったく間違いとは言わないが、売れないＤＪが好んで言いそうなことだった。

「そんなに見た目は大事かね。あたしはペギー・グーよりイェジのほうが好きだけどね」

ふたりとも世界で活躍する韓国系の女性ＤＪだ。

健太は、くらべるなよとか、歌をうたうのはＤＪじゃないとか、またもや器の小ささを表すようなことを言う。その小ささが真っ当に暮らすあっち側の人間であることを証明している気がした。自分の上から目線に辟易して、千春は咳払いをした。すると健太も咳払い。急に背筋を伸ばし、前に乗りだしてきた。

「そうだそうだ、グレートベイビーが久しぶりに、昨晩、暴れたらしいぜ」

「えっ、昨日？」と千春は思わず声を上げた。ＧＢの動向を探ろうと、日々ネットを注視していたが、昨晩はアジトのことでそわそわし、調べていなかった。

「そうそう、昨日、渋谷で十時ごろ」健太はそう言って、なぞの笑みを浮かべた。

なぞなのは、女ＤＪの話をしていてどうして急にＧＢの話題に流れたのかもだ。理由などなく、思いついただけだろうと軽く考えていたら、意外にも健太はちゃんと理由をもっていた。「なんでいまＧＢの話をするかね」と答えを期待せずぼやいたら、明確に答えた。

「女のＤＪの話をしていたから、思いだしたんだ。ＧＢの仲間に初めて女が現れたんだよ。ＧＢの妹分、ってところなのかね。これがなかなかかっこいいんですよ」

昨晩、ＧＢは渋谷に現れた。そして、初めて生で動画のライブ配信を行ったそうだ。ＧＢは渋谷をうろうろしているだろうＧＢのフォロワーたちに、すぐに集まれと招集をかけた。集合場所は風景だけを映し、口頭での説明はなかったが、結局そこは、健太が最初に襲われた駐車場だったらしい。そして、本当にそこに黒い上下を纏《まと》ったフォロワーが集まってきて、みんなでデモンストレーションランを始めた。最初は数人だったが、走っているうちに、配信を見たフォロワーやシンパ、ただの野次馬だけでなく、アンチまでやってきて、けっこうな人数に膨らんだそうだ。走りながら違法駐車する車を破壊するのが基本の活動のようで、突発的に襲いかかるアンチとの戦いも見せ場となった。

「違法駐車の車を破壊するのは、先週大阪で、違法駐車の車に救急車が行く手を阻まれ、搬送中の重病人が助からなかったって事件があったけど、それをふまえてのことらしい」

ＧＢが渋谷で暴れた。元気でいるようで安心した。あのとき、紅にナイフで刺されたりはしなかったのだろう。では紅はどうしたのか。それに答えてくれる者はいない。

「それでさ、昨日のメインアクトはレディーGBミニだよ。――あっ、ごめんごめん、それは俺が勝手にそう呼んだだけ。どうも、生配信中にGBらしき声がその子を呼ぶシーンがあったらしくて、ネットではもう呼び名は決まっている。スーパーフレア、あるいはスーパーフレアGB。ちょっと長いよな。だからもう、スーフレちゃんとか呼んでるやつもいる」

健太がスマホを操作し、画面を千春のほうに向けた。すでに動画は始まっていた。

走る集団を後方から捉えた映像。前方にいる大きな男がGBだろう。バックに流れる音楽はいままでいちばん激しい。北欧のデスメタルだろうか。地獄から湧き上がったようなしわがれ声が、ディストーションの効きすぎたギターにのせてがなり立てている。

進む、止まる、壊す。進む、止まる、壊す、壊す。進む、止まる、壊す、殴る。壊す、壊す、殴る、壊す。編集された映像は、激しい音楽にのせ、テンポよく切り替わっていく。画面に映るのはフォロワーが中心だった。楽しそうに暴れている。GBも時折映る。アンチをぶっ飛ばした。しかし――、「女なんて全然映ってないじゃないか」

「どうも、生配信中に撮影を担当していたのがスーパーフレアだったみたいだ。だから、生配信中の映像には映ってないよ。ほら、GBも頭にゴープロみたいなやつ着けてるだろ。それで撮ったスーパーフレアの映像をあとから編集したときに加えたんだ。終わりのほうはスーパーフレアが出ずっぱりだよ。ほら、このへんから」

　まだスーパーフレアのカメラの映像だが、その暴れっぷりがよくわかるという。カメラが車に近づいていく。立ち止まり、サイドウィンドウを見下ろすような映像。カメラのフレームの外から何かが――ハンマーがウィンドウに叩きつけられる。ガラスが砕け散った。

　別の車にまたカメラは近づいていく。フロントウィンドウが大きく映しだされた。ボンネットの上によじ登り、フロントウィンドウを見下ろす映像。フレームの外から足が飛んできた。ＧＢと同じような、ごついエンジニアブーツが、何度もフロントウィンドウを蹴りつける。ガラスのひびが大きくなっていく。

　カメラが右に振られた。Ｔシャツ姿の筋肉質の男が、黒い上下の男――ＧＢのフォロワーと思われる少年に殴りかかった。少年の服を摑んで膝蹴りを入れる。カメラはふたりに近づいていく。それに気づいた男は少年を突き飛ばし、カメラ目線になった。音楽が高まる。心臓の鼓動のような、断続的なシャウト。男はにやりと笑い、カメラに向かってくる。

　画面が切り替わった。左から男がくる。右から駆けてくるのは、黒い上下のスーパーフレアらしき姿。男の手前で突如しゃがみ込みながら、腕を振る。詳細が見えたわけではないが、脛を押さえてもんどり打つ男の姿を見て、ぞわぞわと背筋が寒くなる。――えげつな。

　画面はテンポよく切り替わっていく。車のウィンドウにハンマーを叩きつけるスーパーフレア。滑り込むようにボンネットの上に乗り、立ち上がるスーパーフレア。意外に小さい、と感じたのは、GBの仲間なら大柄な女だと勝手に思い込んでいたからだろう。黒いMA－1に細身のブラックジーンズ。髪の毛は青い。黄色も混ざっているかも。GBのような目出し帽ではなく、鼻までを覆うゴーグルを装着していた。

フロントウィンドウを粉砕し、ボンネットから飛び降りる姿は妖精のように軽やかだった。この子は格闘技でもやっているのだろうか。ゴーグルを剝がそうと伸ばしてきたアンチだか酔っぱらいの手をかわすその動きにキレがあった。顔面にハンマーを叩き入れる容赦なさも、ただ者ではない。それにしても、いったい年はいくつなんだ。まだ年端もいかない少女にも見える。MA－1がオーバーサイズのせいかもしれない。鞠のように跳ね、跳び蹴りを食らわす身軽さもまた、子供が遊んでいるようだった。

千春は夢中になっていた。スーパーフレアから目が離せなかった。昨晩、自分も同じく黒いMA－1を着ていたことを思いだす。その偶然に気をよくした。タクシーの疾風にはためくMA－1。あのとき、天啓のように考えが頭に浮かんだのだった。画面に集中しながらも、ぼんやりと昨晩のことを考えていた。

ぼんやりが、突然くっきりと輪郭をもった。昨晩、真実っぽく頭に降りてきた考えが、鮮やかな真実にかわる瞬間を目撃し、衝撃が体を貫いた。

自分がなんでスーパーフレアに夢中になっているのかわかった。意識下では最初から気づいていたのだ。スーパーフレアが何者か。

蹴り倒された男が立ち上がり、スーパーフレアに摑みかかった。スーパーフレアは男の手にハンマーを叩き込む。腕を振り、体を反転させながら、膝、脛、額、顎と、稲妻のようにハンマーを浴びせた。倒れた男を見下ろすスーパーフレアの後ろ姿。オーバーサイズのMA－1がはだけて肩が剝きだしになっていた。なかに着た黒いタンクトップから覗く白い肌に黒っぽい影が見えた。それが何か、千春にはもちろんわかる。

死に神がもつ鎌の先端。紅の背中にあったタトゥーだ。

11

マンションに戻ってからも、何度も繰り返し動画を見た。それでは飽きたらず、ネットで映像を探した。

現場に居合わせたひとが撮影した映像が五本ほどツイッターに上げられていたが、GBを狙った映像が中心で、スーパーフレアが映ったものはほとんどなかった。この騒動が起きた時点では、GBがスターだったのだから当然だろう。しかし、いまではスーパーフレアもそれと並ぶくらい注目を集めていた。

紅のインスタを開いてみたら、投稿がすべて削除されていた。スーパーフレアの身元がばれないよう、念のため削除したのだろう。過去との決別という意味もあったのかもしれない。千春はＤＭを送ってみようと思った。返信はなくても、きっと読んでくれているといまなら思える。しかしそれでも、何を書けばいいのかわからなかった。

紅はＧＢの仲間になった。それをどう考えればいいのか。ＧＢは自分を殺そうとしていた。その仲間になった——正確に言えば仲間に戻ったということは、紅も自分を殺す側に回ったということになる。が、そう単純な図式になるはずはない。紅があのとき助けてくれたのは確かだった。ナイフをもってＧＢに向かっていった。そのあと何かが起きたのだ。

マリア様の命と引き替えに仲間に加わったというストーリーを描けないこともないが、動画のなかの紅の動きを見ていると、それを信じる気にはならない。いやいやさせられていて、あんな軽やかでキレのある動きになるはずはないのだ。

とにかくＤＭだ。見たわよ、元気そうでよかった、と実家のお母さんみたいなことは書きたくない。答えが返ってこないだろう質問をする気にもならない。千春は迷ったすえ、見守っています、とだけメッセージを送った。

詩音が家に戻ってきたのは、渋谷で別れてから三日後だった。

マスタークラスの面々は、無事でよかったと温かく迎え入れた。千春に語っていたような不満を本人にぶつけることはなく、みんな意外に大人なんだなと感心した。それは詩音も一緒で、勝手にリアルのマリア様を引き込み、リーダーに祭りあげたことをとやかく言いはしなかった。ここはお互いにとってなくてはならない場所。決定的な亀裂が入らないよう、歩み寄っている感じだった。

千春ももちろん歓迎した。詩音はプライムマスターであり大屋であり、話し相手でもある。GBにまつわることに関して包み隠さず話ができるのは詩音しかいなかった。

みんなが帰ったあと、紅がスーパーフレアとしてGBたちと行動をともにしていることを詩音に話した。いったいどういうことだと思うかと訊ねたら、詩音は迷うことなく答えた。

紅は最初から一貫してGBたちの仲間だった。千春と心を通わせ、助けにきたように見せかけたのは、そうやって、千春の行動をコントロールしようとしたのではないかという。

「あの夜、あたしたちを殺すって言ってたけど、あれはそう言ってうちらを恐怖で縛り、操ろうとしていたんじゃないかと、いまでは思っている。あたしたちを殺す効果とリスクを考えたら、リスクが大きすぎる。あいつらもそこまでバカじゃないだろうから」

GBは仲間にならないかと千春を誘ったし、操ろうとしていたというのは考えられる。しかし紅がそのために近づき、心を通わせているふりをしたというのは、受け容れられなかった。紅はあの家に本当に火をつけた。ふりでそこまでするはずはないと反論した。

「じゃあ、少しだけ訂正する。友美が一貫してあいつらの仲間だったというのはかわらない。ただ、何か意見の合わないことがあったんだ。あの子ああ見えて、自分の考えをもってた。あたしの言ったことをそのまま鵜呑みにしなくて、ちょっとうざいときもあったから」

それは他のメンバーも同じだろう。詩音が知らないだけだ。

「自分の意見を通すための取引材料として、あんたを自分の手元におこうとしたのかもしれない。火をつけたのも、脅しのためだったんじゃない。それでGBが譲歩して話がまとまり、友美はそのまま冬治についていった。それがあの夜の真相だよ、きっと」

「話が単純すぎる。細かいことに目をつぶれば、そんな説明もなりたつかもしれないけど」

「あんたこそ、いちばん大きなところを見ないようにしてる。友美が冬治たちと行動しているのは間違いない。その前提が崩れないように答えを埋めていけば、正解に近づけるんだ」

千春は頷いたが、納得したわけではない。詩音とは出発点が違うのだとわかった。千春にとっての大前提は、紅がマリア様の愛を欲しがっているということだった。

「あたしは考えうることを話しただけ。絶対的に正しいとは思ってないよ。でもいま、友美がいるのは冬治のところ。それは忘れないで。自分がマザーズのマリア様であることも」

あたしがどこの誰か、お前が決めるな、と反発を感じたが何も言えない。紅の目に自分が本当はどう映っていたのか。鏡が曇ってしまって、何も確信がもてなくなっていた。

12

「世界がここからかわっていくような気が、本当にしてきた。未来がかわる。あたしたちでかえられたら、すごいことだよね」カナイユウコが興奮の面持ちで言った。

「カナユウ、あんたが言うと、おとぎ話に聞こえる。全然すごいと思えないんですけど」サヤカが冷めた声をだした。

誰が言おうと、冗談にしか聞こえないと千春は思う。この狭い部屋にマリア様が引っ越してきたくらいで未来がかわるものか。千春は散らかった部屋を見回し、溜息をついた。

今日、詩音の家の二階に引っ越してきた。スーツケース三個に詰めた服や身の回りのものを、サヤカとユウコに手伝ってもらって運んだだけの簡単な引っ越し。あらかじめ通販で買っておいたボックスやハンガーラックに収納し始めたら、とても収まりそうもないと早々にわかり、めげているところだった。せまい部屋だから、これ以上、収納家具を増やしたくない。夏物はスーツケースに戻して、どこか別の部屋に保管してもらうつもりだった。

「サヤちゃんは鈍いのよ。マリア様のパワーを感じ取ることができないだけでしょ」

「そんなことない。あたしだって、それは感じてるよ。マリア様の力がこの家を満たし始めている。何かがかわるような気がするけどさ」

当たり前のことだけれど、このふたりに何かを感じ取る能力などありはしない。自分からはどんなパワーもでていないはずだ。

千春の心はずっと乱れていた。紅がGBの仲間に戻ったことをどう考えればいいのか、消化できずにいた。最初から一貫して紅はGBの仲間だったという詩音の説をきっぱり拒絶したはずなのに、頭の片隅にその考えが貼りついていた。

「サヤちゃんは重い。もっと軽く、未来はかわる未来はかわるって信じてれば、ほんとにかわったりするもんよ。遠い未来の話だから、そのくらいの気構えでいいと思うんだけど」

「未来のことだからこそ、ストイックにやんなきゃなんないんじゃないの。結果を知ることがない未来だから、軽い感じでやっていたら、どんどん無責任になっていく危険がある」

「えっ、何それ。あたしが無責任だって言いたいわけ？」

ユウコは頭のてっぺんから噴きだしたような甲高い声で言った。

「べつに喧嘩しようと何しようとかまわないけど、どこか他の部屋でやってくれる」

「すみません」とふたりは萎んだ声で言った。

「マリア様の前で恥ずかしいです。でも、無責任のように言われて黙ってられなくて。あたし、真剣に未来のことを考えてます。未来のひとたちが幸福であることを願ってるんです」

　そんな顔もできるのかと意外に思うくらい、ユウコの顔は真剣だった。

「ごめん。別に、カナユウがどうこうじゃなくて、あたしの気構えを伝えたかっただけ」

　千春はふーっと息を吐きだした。

「真面目なんだね、あなたたちは」コートをハンガーラックにかけ、畳に腰を下ろした。

「なんでそんな未来のことを真剣に考えられるの。まだ生まれてもいない遠い未来のひとのことを真剣に考えるのって、そんな簡単なことじゃない気がするんだけど」

　並んで服をたたんでいたサヤカとユウコは顔を見合わせた。

「なんででしょうね。あたしたちって、普通じゃないのかな」ユウコが言った。

「もしかしたら、子供と関係があるのかもね。諦めたわけではないですけど、あたしたち、子供を産まない可能性が高いわけですよね。子孫を残さないかわりに、見も知らない未来のひとたちのことを無意識のうちに大切に思っていたのかもしれない」

　サヤカがそう言うと、ユウコは首を傾げた。

　千春もその考察はどうかと思う。子孫を残す予定がないなら、なおさら未来のひとに関心をもたない傾向が強くなる気がする。自分に照らしてみればわかることだった。

「あたしは、結局、想像力の問題のような気がするな。べつに未来がどうなっているか正確に想像できるってわけではないけど、なんとなく、未来に暮らす女たちを現実のものとして想像できるんですよね。共感できる」

「まあ、確かにね、想像力はあるかもね」サヤカも同意した。「見えないもの、触れられないものを想像する力はあるかも」

見えないもの、触れられないもの。千春はその言葉から、愛を連想した。

「想像することと信じることは同じだと思う?」

千春はなんの当てもなく、そんな質問をした。

「同じではないですよね」ユウコがすぐに答えた。「信じるためには、想像することが必要かな。想像できれば信じることもできる。でも、絶対ではないですよね」

想像が疑念を生むこともある。

「じゃあ、愛は信じることなのかな」

「それは絶対ですよ」

間髪入れずに答えたのはサヤカだった。

「愛は形がない、見ることも触ることもできない。そもそも実体なんてないんです。だから信じるしかありません。あれが愛なんだって」サヤカは声を上ずらせて言った。

「大丈夫？　サヤちゃん」ユウコは咎めるような声で言うと、サヤカの肩に手を置いた。

「大丈夫じゃないわよ」サヤカの目から涙がこぼれた。

「もうやめてよ、こんなところで。また、男にだまされたんでしょ。サヤちゃんに、男は合わないんだよ。女だけにしとけばいいのに、ほんと性懲りもない」

「だまされてなんかない。わかったようなこと言わないでよ。あたしは、あたしは、信じたかっただけ。――違う、違う、いまだって信じてる。信じてるけど、それが辛いだけ」

サヤカは手にもっていた千春のシャツで涙を拭った。

「ユウコさんは、どう思いますか。愛は信じることだと思いますか」

千春が訊ねると、ユウコはふにゃっと背筋を丸め、首を傾げた。

「ひとの脳って、もっと反射的だと思うんですよ。もともと言語をもたなかったわけですから、信じるという言語的な段階を踏まず、愛を感じるものだと思います。愛は感じるもの。それを感じられず、信じようとするだけなら、それは愛じゃないんじゃないでしょうか」

「まったく、理系の女はこれだからいやだ」とサヤカは横目で睨みつけた。

千春はいったん、なるほどなと思った。しかしすぐに、ユウコの考察に間違いがあることに気づいた。愛というものはひとが言語をもつことによって生まれたもののはずだ。だとすれば、感じるよりも前に言葉で考える。それこそ反射的に、信じることから始まっていてもおかしくないのではないだろうか。

「でもやるわね。愛を信じたくなるほど、韓国人のバレエダンサーといいところまでいってたわけ？」ユウコがサヤカの腰をつっつきながら言った。

「はあ、何、古い話してんの。そんなのもう全然関心ないですけど」

ユウコも呆れたように「はあっ」と返す。「じゃあ誰よ、辛くなるほど信じてるひとは」

「誰って、あんたの知らないひと。ネットで知り合ったひとだよ」

「それ、前に言ってなかった、オンラインゲームで知り合った男の超人ぶりが愛しいって」

「そう、それそれ、そのひと」とサヤカは照れたような顔をして認めた。ユウコが突っ込んで訊いてみると、サヤカはその愛しい相手と直に会ったことがないと判明した。

「べつにかまわないでしょ。愛の形なんてひとそれぞれなんだから」

誰も責めていないのに、サヤカは言い訳するように言った。

「愛に形はないいんじゃないの」とユウコがすかさず揚げ足を取る。

「だから、それは想像力よ。想像力が発達しているから、愛の形が見える気がする。たとえバーチャルの世界でも、会うことがなくても、愛を育めるんだよ、あたしは」

サヤカの言葉を聞いて、千春は軽い衝撃を受けた。会うことがなくても愛が育める。それはまさに自分が現在指向していることではないかと。バーチャルな世界の恋愛など絶対自分には馴染めないと思っていたが、どうやらそこに、進むべき方向のヒントがありそうだった。

「ねえ、サヤカさん。どうやって愛の形を見るの」

サヤカは驚いたように大きく口を開けた。「ええ、あの、それは……」

「マリア様、サヤちゃんは適当に言っただけですから、そんな真剣に訊いても――」

「ほんとにむかつく女。適当になんて言ってないわよ」サヤカは目を剥いて言った。「適当じゃないですけど、それほど大したことでもなくて。――ほら、ひとの仕草や行動に愛が溢れていることがあるじゃないですか。それが愛の視覚化といいますか。命がけで助けてくれたら愛が見えますよね」

「いや、普通、そんなシチュエーションないから」

「あたしはある。彼はあたしを助けようと、手榴弾を投げながら、敵のど真ん中に突っ込んでいったのよ」

「手榴弾って、何。――ゲームの話？」

「そうよ。ゲームだけど、そこまでしてくれるひとって、ほんとにいないんだよ。それに、愛が見えたんだからしょうがないじゃない」

「――そうだよね。見えるよね。命がけで助けてくれたら、愛ぐらい目に見えるよ」

そう言った千春を、サヤカはまじまじと見た。開いた唇が微かに震えている。それはまさに愛を見たような顔だった。

そうだ、自分も愛ぐらい見たことがある。あたしを助ける使命をもったアバターが見せてくれた。千春の頭がめまぐるしく回転し始めた。どうすれば再び愛を見ることができるか。もう一度、一度だけでいいから見たいと思った。

「――ねえ、誰か動画配信に詳しいひと知らない？　あたしをバズらせてほしいの」

千春は声を弾ませて言った。

第四章　少年は未来を消した

1

息を吸う。目に力を溜めて前方を睨む。充分な溜め――そう判断して、再び口を開いた。

「いい、もう一度言うよ。十月三十一日のイベントまでにあたしを殺しなさい。さもないと、どういうことになるかは、わかってるわね。あたしは、本気だから。そのイベントでも、声を大にして言うし、そのあとでも、こういう感じで――」

「ああ、すみません、ちょっとストップです」サヤカが大声で言った。「マリア様はさすがです。もう、怒りが伝わってきてびりびり痺れました。問題は、トト、あんたよ。カメラに向かって指さすとき、指先がへなって下を向くのはなんで。真っ直ぐ力強く指さしな」

サヤカは黒人のダンサーを無慈悲に指さした。

千春は振り返り、背後のトトに目を向けた。上半身裸のトトは大きく頬を膨らませていた。

「真っ直ぐな必要ある？　オートマティックに指がおじぎしちゃうの、しかたなくない」

「必要ある。プロのダンサーがなんで言われたとおりの動きができないのよ。さあ、顔も引き締めて。もっと闘志のある目をしてごらん」

仮面舞踏会のようなキラキラのベネチアンマスクをしたトトは、忙しなく顔の筋肉を動かし、怖い顔を作ろうと努めていた。

「そもそも彼が後ろに立っている必要あるのかな」千春はいまさらながらの質問をした。

「この動画をバズらせるためには必要なんです。必要ある？　って疑問に思うものが映り込んでいることで、観たひとの心にひっかかるんです」

サヤカは、わかりますよね、と問うような目をして頷きかける。

自分がバズらせたいと言ったのだからしかたがないか、と千春はさらなる質問は控えた。よくよく考えたら、それほどバズらせる必要はないとあとでわかったのだけれど。

「あたしはほんとにでなくていいの。――べつにでたいわけじゃないけど」

傍らで、ポテトチップを頬張りながら眺めていた詩音が、訊ねた。

「大丈夫です。画面のなかの情報はあまり多すぎないほうがいいので。――さあもう一回、グレートベイビーに要求を突きつけるところから。トト、びしっときめてよね」

そう言ったサヤカはプロの表情をしていた。とはいえ、サヤカは映像のプロではない。ダンス教室でプロモーション用の動画を撮影したり配信したりすることがあり、千春が誰かいないかと訊ねたとき、自らかってでてくれたのだった。

詩音の家の一階で撮影していた。サヤカはもちろん、詩音も千春が何をしようとしているのか知っていた。紅の愛を目で見るための試み。バカなことはやめろとは誰も言わなかった。とくにサヤカならマリア様の身を案じて止めそうなものなのに、トトを連れてきたり、積極的に動画の内容まで考えてくれている。こっち側にいる人間は、やはりそのへんの感覚が普通とは違うものなのだろう。

サヤカが三脚に立てたスマホの後ろに回った。千春はベネチアンマスクをいったん外し、目の周りの筋肉を解してからまた装着する。トトが髪の毛の乱れを整えてくれた。

サヤカの合図を受け、千春はカメラを睨む。口を開いた。

「グレートベイビー、あたしはあなたの名前を知っている。あなたの配下のダークの名前もわかっている。あなたのアジトのひとつも知ってる。もう言いたくてたまらないけど、いまは黙っていてあげる。十月三十一日に行われるイベントで、あたしは発表するつもり。そのあと、動画でも大々的に発表する。それを阻止したければ、あたしを殺しなさい。そうしなければ、あなたの活動は終わるんだからね――」

あたしを殺せ。それがいちばん伝えたいことだった、しかし、目的ではない。死にたいわけはなかった。千春は紅の愛を見たいのだ。

ＧＢが殺そうとするなら、紅が止めてくれるはずだ。千春はそう信じている。十月三十一日までにＧＢたちが殺しにやってこなければ、それを阻止した紅の愛を見ることができる。ＧＢたちは動画に気づかない可能性もあった。動画を見ても、無視する可能性もある。しかし、そんなことは千春にはわからない。ＧＢが殺しにこなければ、紅が止めてくれたと信じるつもりだった。だから、必ずしもバズらせる必要はない。

とはいえ、誰にも見られないよう動画をネット空間にひっそりと埋没させるのでは、紅を信じていないことになる。そのへんのバランスは千春の気持ちしだいだった。

ＧＢが殺しにやってくる、という恐れを感じられなければならない。紅の愛を信じる気持ちでそれをどれだけ抑え込めるか。これは一種のプレイだった。恐怖と愛の押しくらまんじゅうで心を疲弊させ、最後に、奇跡のような愛のきらめきに目を眩ませる。

目に焼き付いた紅の愛は消えないはずだ。紅がスーパーフレアとしてＧＢとともに暴れ続けようと何をしようと、もう心は揺れたりしない。

「――待ってるよ、グレートベイビー」

千春は顎を引き、静かに言った。ごくりと唾を飲み込んだ。

一瞬の静けさののち、サヤカが「はいオッケーです」と叫んだ。

「マリア様はもちろん最高でした。――トト、あんたも最高だったよ。きまってた」

ワー、キャーと騒ぎ立てながら、サヤカとトトは抱き合って喜んだ。
最高は最低。ＧＢが殺しにやってくる。そう考えてみても、まだ切実な恐怖は湧かない。信じろ信じろと呼びかける声もいやに明るく、根拠のない自信がふわふわしていた。

サヤカはすぐに編集し、その日のうちに動画をアップした。ハロウィン当日まで三日しかないから、千春が急かしたのだ。タイトルは『グレートベイビーの正体を明かす』とした。公開されている映像を見ると、さすがに不安を感じた。自分が無防備に、世界中に晒されている。とはいえ、三日だけと考えると、誰の目にも触れずに終わることもあり得るのではと思えてくる。それでは、まったく自分に危険が及ばない。

千春は迷った末、あたしもＧＢに関する動画を作ったから観てみてと紅のインスタにＤＭを送った。守ってくれることを期待している紅に伝えても、危険はないともいえる。しかし、紅はＧＢと行動をともにしている。何を考えてのことかわからないが、自分の心に誠実に従った結果だという気がした。ＤＭを受け取った紅は誠実に対応し、それをＧＢに報告するのではないかと思えた。そして、その上で、マリア様の命を助けようとする。

まったく不合理な行動だが、あり得ると千春には思えた。不合理だろうとおかしかろうと、それが自分のルールであるなら誠実に従う。千春がまさにいま実行していることだった。

翌日の朝、動画の再生回数を見たら十を少し超えたくらいだった。千春はサヤカに連絡して、少しでも動画が拡散するよう何か手を打ってくれとお願いした。サヤカはフォロワーの多いそれなりに影響力のある知人にリンクを張ってもらうよう頼んでみると言った。そのかいがあったのか、夜、イベントの仕事が終わってから見てみると、再生回数はぐんと増えていた。千に迫ろうかという数字を見て冷や汗をかいた。

イベントが行われたのは池袋だった。千春は用心して、タクシーで西新井まで戻った。

詩音の家には嘉人がきていた。千春が帰ってくる時間を見越して鍋料理を用意していた。詩音と嘉人が同じ空間にいるのを見るのは初めてのことで、なんだか不思議な感じがした。嘉人は詩音との関係をはっきりと認めたことはなかったけれど、なんの言い訳もせず、照れることもなく、普通に詩音と接していた。それはまるで長年連れ添った夫婦のようだった。「ねえ、お皿を一枚もってきて」と嘉人が具材を並べながら言うと、「あんた取ってきてよ」と詩音は不機嫌な声で返す。「座ってばかりはだめだよ。少しは動かないと」と嘉人が詩音の背中を軽く叩くと、ようやく詩音は重い腰を上げる。

プライムマスターとそれに付き従う賛助会員。千春はそんな関係を想像していたが、実際は違うようだ。ふたりは対等な関係に見えた。

ホットプレートの蓋を開けると、盛大に湯気が上がった。几帳面に並んだ具材を、それぞれじか箸でつまんで食べていたら、千春は吐いた。行儀よく、後ろを向いてもどしたが、DJしながら飲んだアルコールが発酵し、嫌な臭いをたち上らせた。食事は台なしになった。

「ごめん、イベントで飲みすぎたみたい」と言ったが、ふたりはその言葉を鵜呑みにしていなかっただろう。困惑した顔で千春を見ていた。千春にしてもなんで吐いたかよくわからない。ふたりの姿を見ていたら、胸が腹がむかむかしてきたのだ。吐きだしたあとに残った感情は惨めさ。この一年間ひどい間違いを犯してきたのではないかという後悔。仲むつまじく鍋をつついていたふたりの前で、自分はいったい何を食べたのだ。胃がひくひくした。

嘉人が汚物を片づけようとしたが、千春は自分でやると言って雑巾をひったくった。

「少し横になっていたほうがよろしいんじゃないでしょうか」

床を拭き終わると、嘉人が言った。千春は素直にその言葉に従い、並べた座布団の上に体を横たえた。大きく息をついたら、だいぶ心が落ち着いた。

目をつむって一分もたたないうちに、「ごめんなさい」と声が聞こえた。詩音の声だった。目を開けて見ると、詩音はこちらに目を向けていた。しかし口を開かない。また目をつむっていると、今度は嘉人の声が聞こえた。

「詩音さんは、あなたに謝りたいのです。前からずっと思っていたのです」

目を開くと、卓袱台《ちゃぶだい》の上を片づけた嘉人が詩音の隣に座っていた。

「あなたに起きたこと、あなたの人生がめちゃくちゃになってしまったことを、ひととして申し訳なく思っているのです。ただ、それを素直に口にできず、ずっと悩んでいました」

「申し訳なく思っていて、マリア様とかに祭りあげる？　あんたを近づけて、ベッドルームをのぞき見たりする？」

「そういう風に思われるのは当然です。ただ、本当に、そんなことをしている一方で、申し訳なく思う気持ちも存在したのです。どうかそこだけは信じてください」

「だいたい、なんであんたがずっと喋ってんのよ」

千春は詩音に目を向けた。詩音は、なんの気負いもない眠たげな顔をしている。

「自分の口で言ってしまうと、言い訳がましく聞こえる。ですから、かわりに私が——」

詩音が嘉人のほうに手を振り、その言葉を止めた。卓袱台に手をつき、詩音はのっそり立ち上がると、千春のほうにやってきた。寝そべる千春の傍らに腰を下ろす。

「あたしは、あんたを傷つけるつもりはなかったんだ」詩音は膝に手を置き言った。

「ほんとだ。嘉人の言うとおり、言い訳にしか聞こえない」千春は体を起こして言った。

「違う。もちろんあたしは、あんたを傷つけるよう頼んだ。それは間違いない。だけど、当日になって思い直したんだ。お金はそのまま払うから、中止にするように言おうと思った。でも連絡がつかなかったから、直接止めようと思って、団地の前であんたがでてくるのを待ったんだ。でも会えなかった。ずっと待ってたんだけど会えなかった。――わかるよね」

詩音は醜い顔をしていた。千春は膨らんだ胸から大きく息を吐きだした。

「あたしが、女装をしてたから悪いって言いたいわけ。いまさら自分が悪くなかったことにしたいんだね」

「そんなはずないでしょ。ほんとにいまさらだよ。あんたによく思われようなんて、これっぽっちも思ってない」そう言った詩音は、急に大きく口を開け、空笑いした。

「だから、いいのか。そう思いたいなら思っていいよ。実際、あの当時はそんな風に考えて、罪の意識を軽くしようとしたし。とにかく、いま言いたいのは、そんなことじゃない。あんたに起きたことで、いちばん悪いのはあたしよ。あたしがいなければ、あんたはこんなことにならなかった。だから、ごめんなさい。でも、だけど、あたしひとりの意思で起きたことでもない。そもそもあたしは、脅かすくらいでいいと頼んだ。そして、止めようとしたけど、連絡がつかない。鞠家君を待ち伏せしたけど、すれ違ってしまった」

この女は何が言いたいのだ。汗をかきながら話す詩音を見つめ、千春は考えた。いちばん悪いのは倉臼。そんなことはわかっている。そこに偶然が重なると、何かかわるのか。

「あの事件が起きた次の日、あたしの祖父がこの家で死んだ。あたしのことを唯一かわいがってくれたおじいちゃんが、急に心筋梗塞だかで、この世からいなくなってしまった。――

いい気味だと思ってくれていいよ。あたしは、あたしがしたことのバチが当たって、おじいちゃんが死んだと思っている。因果応報ってことだね。あたしが言いたいのはそこよ、そこ。因果は巡り、続いていく。あたしたちは、いまもそのなかにいるのだと思っている」

詩音はこちらを見ることもなく、体をゆらゆらさせながら言った。後ろで嘉人が盛んに頷いていた。いやに遠くに感じる。

「いい気味だ、とは言ってやらない。あたしはそんな因果応報なんて信じないから」

「それでかまわないよ。あたしの考えを話しているだけだから。あたしは自分に起きたことを因果、因縁だと思った。でも、ひとに起きたことまで考えることはなかった。それを考えられるようになったのは、わりと最近のことだよ。ふと思ったんだ。あんたはいったいどんな因縁で、あんなことになったんだろうって。あたしが止めようとしても、止められなかった。そして、ちょっと脅してくれと頼んだあたしの依頼とはかけ離れたことが起きた。もちろん、ディズニーランドへの誘いを断ったことが発端だとは思わない。もっと何か、深刻なことがきっと過去にあったんだと思う、あんたの周りで」

「あたしが何かしたから、その報いであれが起きたと言うの？」

千春は大声を発したが、堂々巡りをしているような徒労感を覚え、声をすぼませていった。

「ごめんね。あんたにとっていやなこと言っているのはわかってる。ただ、あんたが何かをした報いとは限らないよ。あんたの家族や近親者の因果が巡ってきたとも考えられる。はっきりしたことはわかりようがないけどさ。でも、あたしはこの世界の仕組みの一端を理解してるつもり。そういう因果律にひとの人生は左右されているんだって」

　千春は倉臼のことを考えていた。あの男が因果という言葉を使ったかは思いだせないが、奥さんとの間に子供ができないのは、過去の行いの報いであるようなことを言っていた。形の上では、あの男にも因果が巡っている。

「そんなことを考えるようになったとき、あたしはあんたがいまどう生きているのか気になった。それで嘉人に頼んで調べてもらった。嘉人は探偵を雇って、あんたを捜しだした。そのあとのことはだいたいわかるよね」

　なるほどと思った。最初から自分のことをマリア様に仕立てようと考えているはずはないし、なんとなく気になって捜しだした、という話は納得できた。

「なんであたしをマリア様に祭りあげたの」

「そう感じたからよ。見た瞬間、あたしたちのアイコンに相応しいと思った。それだけ」

　説明が足りない気もしたが、熱っぽい目がそれを補っていた。

「勝手にアイコンにして、悪いとは思ってる。でもあたしは、嘉人からあんたの話を聞くだけで満足して、会うつもりなんてなかったから、あんたに知られなければ問題ないと思ったんだ。嘉人と暮らすことで、住む場所と生活費を提供できれば助けにもなると思ったし」

いまも住む場所を提供してもらっているから、そこに文句を言う筋合いはない。けれど先ほど感じた、嘉人と暮らしたこの一年が間違いではなかったかという思いは強くなった。

「あたしはあんたと直接関わる気はなかった。それがいまや、こうして同じ屋根の下で暮らすことになった。あんたは積極的にマリア様になると言っている。まだ因果が巡っているんだ。最終的な結果はでていない。あたしとあんたはその大きな因果の流れのなかで、強く結びついているって信じてる。だからさ、あたしはこの関係を大切にしたいと思ってる」

「私は、あなたをマリア様として仲間に迎え入れることに反対したんです」嘉人が背筋を伸ばして言った。「あなたの心は閉じている。会の中心的存在になれば、互いの心にいい影響を与えないと思えたのです。けれど詩音さんは、あなたが希望するなら、その意思を尊重したいと押し切った。もしそれで会ががたがたになっても、あるいは自分が追いだされる結果になっても、因果が巡ってきただけだから諦めればいいと腹を括ったのです」

「やめてよ、自慢みたいじゃない」詩音は嘉人のほうを振り返って言った。

聞き間違いでなければ、「僕にとって君はいつでも自慢だよ」と嘉人は言葉を返した。

千春はひととして嘉人に負けたような気持ちになった。どうやっても追いつけない超人を見たような――。けっして、詩音に負けたつもりはなかった。

詩音は立ち上がり、嘉人の隣に戻った。千春のほうに顔を向け、すっかり表情を消した。

「あたしたちであんたを守るよ。だから、自分の思うとおりにやったらいい。今日からしばらく、嘉人はここに泊まり込むから」

嘉人と詩音でGBたちから守ってくれる。その場面を想像しても、千春は笑ったりしなかった。できるできないは別として、本気なのはわかる。なぜそんなことをしてくれるのかがすんなり理解できず、千春はぼんやりとふたりに視線を送った。

「ごめん。あんたは冬治たちはやってこないって、考えているんだよね。あたしたちがよけいなことをしていると感じるんだろうけど、そこは、あたしたちの好きなようにさせて」

詩音の声から硬さがとれ、千春の耳に素直に響いた。千春の視線の焦点が合った。その目に自分はどう映っているのだろうかと、詩音の目にじっと合わせる。

マリア様ではないなとわかる。その目には憧れも願いもなかった。少し遠い。

「何が映っていた？　あたしの目に」詩音が訊いてきた。

何も見えない。千春は首を傾げた。

「自分に閉じこもっていたらわからない」嘉人が声を落として言った。

「自分を飛びだし、相手の目になる。そうすれば自分が見えてくる。世界も見えるようになるかもしれない」

「それは、想像するってこと？」

嘉人は首を横に振った。「目になり、同じ視線をもつ。そうなるまで相手を思うのです」

それがもし本当だとすれば、詩音の目に映る自分がはっきりしないのも当然で、詩音に対してそこまでの思い入れはないのだった。

嘉人は詩音のことを思えと説いているわけではないのかもしれない。内側に向かいがちな意識を、全般的に外に向けろということなのかとも思った。プロのマリア様になると言っても、紅の愛を見ること以外なんの関心も向けない自分にとって、妥当なアドバイスではあろう。そんなことを考えていた千春は、はっとなって、詩音に視線を向けた。

——仲間。千春の頭に言葉が浮かんだ。それはあくまで言葉だったが、詩音の目に映ったものだとなぜか思えた。自分に貼りつけられたラベルのようなものだと解釈した。

ありきたりな言葉。確か、嘉人も先ほど口にした。仲間なんて世の中に溢れているが、千春の頭に浮かんだ「仲間」の印象はそれらとは異質だった。あんたを守ると言った言葉がすんなり受け容れられるほど、こちんこちんに硬く剛《つよ》かった。仲間という存在に縁がなく、免疫のない千春には刺激が強すぎた。大丈夫と詩音が訊ねるほど、千春の息は荒くなった。

「大丈夫。気持ち悪くないよ、——あんたがあたしを守るって言っても」

「当たり前じゃない。気持ち悪い要素が、なんかあるわけ？　ないよね」

詩音は笑みを浮かべていたが、どこか怯えているようにも見えた。

「何もないよ」と千春は否定した。「ありがとう、守ってくれて」

詩音はほっとしたような表情をして頷くと、やおら立ち上がった。ゆっくり足を踏みだし、卓袱台から離れる。覚束ない足取りだったから、最初は足が痺れているのだと思ったが、腕も痙攣したように跳ね上がり始めて、何がなんだかわからなくなった。「どうしたの」と訊ねても、詩音は目もくれない。離れていった詩音が円を描くようにして戻ってくるのを見て、どうやら踊っているのだと察した。

なぜいま、このタイミングで踊りだしたのか。嘉人に目を向けると、嘉人は音を立てずに手拍子をとっている。たぶん見慣れた風景なのだろう。

詩音の動きはぎこちない。ただ、指の動きだけは滑らかだった。それぞれが別の生きもののように、ばらばらに淀みなく動き続けている。芋虫のような指はグロテスク。エロティックとつけ加えることも可能だろう。やはりこれは踊り、ダンスだ。しかし、見ていて居心地の悪さを感じなかった。

ダンスというのはどんなにすばらしいものであっても、どこか滑稽で不気味、見ていて居心地の悪さを感じる。ひとのセックスを見たときと同じだと千春は思っていた。つまりは、ダンスは見せるものではなく、するものなのだろう。秘め事ではないにしても、自分の内側で何かを沸き立たせる私的な行為。それを見ることはのぞき見と同じだから居心地悪く感じる。ともあれ、詩音の踊りは、不思議と居心地の悪さを感じさせなかった。

嘉人が立ち上がり、詩音のあとについて踊り始めた。上下にリズムを取りながら、小気味よく腕を前に繰りだす。ちょっとばかりうまいのが鼻につく。うまいのに滑稽で不気味。これが本来のダンス。見ていて居心地がとても悪い。

嘉人が千春に手招きした。一緒に踊ろうと誘っている。千春は首を横に振った。見ているだけでせいいっぱい。疲れを感じた。軽く息が上がった。

三周目に入った詩音も疲れて見えた。じっとその動きを追っていた千春は、詩音が自分と同じタイミングで息をしているのだと気づく。スーハッ、スーハッ。

詩音の踊りを滑稽だとは思わない。やはりダンスは見るものではなく、するものだと思う。

2

詩音の踊りが終わって間もなく、サヤカがやってきた。サヤカもGBたちからマリア様を守りたいと、不寝番を買ってでた。

それほどの危機が迫っているとも思えず、守ってくれるのはいいが、しっかり寝るようにと千春は言った。サヤカは千春の部屋に続く階段下に布団を敷いて寝たようだ。

千春はなかなか寝つけなかった。布団に入る前、あの動画の再生回数が千を超えているのを知り、動揺したせいもあった。暗い天井を見つめ、千春は因果について考えていた。

女装をして初めて外にでかけたら、ゲイを極端に嫌う倉臼に遭い、女の姿になって一生を送るはめになった。ペニスを切り落としたその倉臼は、精子がなくて子供ができなかった。自分を襲うように依頼した詩音は、精子のなかのY染色体がなくなり男が生まれなくなった世界のことを考察している。それらはただの偶然なのかもしれないが、まとめて考えると因縁めいたものを感じる。詩音は因果が巡っていると言った。まだ最終的な結果がでていないということだ。もし本当に何かが起こるのだとしたら、できるだけ自分から遠いところで起きてほしいと思う。あるいは、遠い未来で。

何かが起きる。朝、目覚めたときにそう確信したのは、嫌な夢を見たせいだろう。子供がでてくる夢。少年がどこかに閉じこめられていた。助けを呼んでいたような気がする。寝汗が乾いていくのと足並みをそろえ、夢の記憶は薄らいでいった。

仕事にでかける前、マニキュアを乾かしながらあの動画の再生回数を確認したら二千に急増していて、千春の頭は沸騰した。ＧＢがやってくると思えた。その数字とＧＢがやってくる確率に相関があるわけでもないのに。

「あんた戦争にでもいくの？」

一階に下り、「仕事にでかけるけど」と挨拶したら、詩音にそう言われた。

Tシャツの上にMA－1を羽織り、軍もののオーバーオールを穿いて、裾をきゅっと絞っていた。気持ちはある意味、戦闘態勢だったが、戦う前からすでに負けていた。詩音のひとごとのような言葉に、千春はがっくりときた。

あんたを守ると言った詩音の昨晩の言葉を疑ってはいない。しかしその適用範囲はこの家のなかだけらしく、外にでかける千春を心配する気配はなかった。サヤカと嘉人はとっくに仕事にでかけていた。

「暴力のない戦争ってありえると思う？」千春は、「戦争にでもいくの？」に答えるかわりにそう訊ねた。「それ、本気で知りたいの」と背中を丸めた詩音は、疑るような目を向ける。

なかなか鋭い。ただ気の利いた言葉を返したかっただけだった。

「——まあいいや。暴力というのは、肉体的に傷つけるだけじゃないからね。何かを破壊すればそれが暴力だっていうね。だから、暴力のない戦争なんてありえない。サイバー戦争だって、経済戦争だって、結果なのか過程なのか、何かを壊さずにはすまないんだ。データを壊す、人間関係を壊す、市場を壊す。——ねっ。どれも暴力だと思うよ、あたしは」

「じゃあ、肉体的に傷つけずに戦うことはできるということね」

「言葉でひとを潰すことはできるし、ストーカーして震え上がらせるのなんて簡単だよ」

不気味な上目遣いで睨んだ詩音は、「あはっ」と表情を緩めた。

「ねえ、あたしがストーカーしたことあると、いま思ったでしょ」

千春が「思うわけないよ」と答えると、「嘘、絶対あると思ったっしょ」と詩音。

「ないって」

「千春ちゃん、すぐに顔にでるから。もう、モロばれ」

ないないない、あるあると女子のじゃれ合いを続けながら、千春は詩音の家をあとにした。外にでると寒かった。

詩音がストーカーをしようがしまいがどっちでもよかった。そんなことより、肉体的に傷つけずに戦うということについて千春は考えていた。千春が怯えているのは、肉体的な暴力。そこから逃げて女になった自分は戦うことも放棄したような気になっていた。

しかし自分は、戦わないと決めたわけではなかった。戦えないわけでもなさそうだと気づいた。肉体的に傷つけずに戦うことを考えていたのだが、そこをいっきに飛び越えてしまった。自分は、フィジカルな暴力を受けることに怯えているだけで、相手の肉体を傷つけることを忌避しているわけではない。自分の安全を確保しながら不意打ちのようにポカスカ攻撃できるのなら、フィジカルな暴力で戦うこともできる気がした。

ＧＢたちと戦おうと考えているわけではない。そんな勇ましい気持ちはなかった。紅に会いたい。千春が考えているのはそれだけ。人生の選択肢を狭めてはいけない、という話でもある。いつかスーパーフレアとともに戦う可能性もあると考えれば、気分は自然と上向く。怯えを退けることはなかったが、駅へ向かう足取りは軽快になった。

サヤカはいいやつだった。川崎のショッピングモールで行われたハロウィンイベントで、ＧＢたちが姿を見せやしないかとびくびくしながらブースで踊っていたら、サヤカがふらっと姿を現した。きりっとした男顔がなんとも頼もしかった。家に帰る道すがら聞いたところによると、サヤカはもともとくるつもりだったらしいが、詩音からも、イベントを見にいってあげてくれと連絡があったそうだ。千春は、へーっと思った。詩音の腰が重いのは確かだが、心まで鈍重ではないらしい。

自分は何も見ていないとあらためて思った。見ているのは上っ面だけ。嘉人が言うところの、心が開いていない状態なのだろう。いくら目をすがめても、ひとの目に映る自分の姿など見えやしない。そんな自分に愛を見ることはできるのだろうか。紅の愛に気づかず、素通りしていく自分の姿を想像し、心が苦しくなった。

劣化した男。ＧＢの言葉が耳に甦る。男としてかどうだかわからないが、劣化しているのは確かだ。劣化したマリア様と考え、わざわざ心配してきてくれたサヤカに申し訳なく思う。

家に戻り、就寝前、二階の同じ部屋に布団を敷いたサヤカにそんな話をした。

サヤカは怒ったような顔をして、そんなことないですよと首を横に振った。たぶんそう言ってくれるだろうと予想していたが、意外なことも言った。

「だいたい、マリア様の心が開いていないというのは間違ってると思いますね。成田は頭はいいですけど、ひとの内面を見通すような感受性はそれほど強くないですから」

詩音と仲むつまじく暮らす姿を見て、ひととしての度量がすさまじく大きいのではないかと嘉人を見直していたから、千春はそう聞いて意外に感じた。

サヤカの推察によれば、嘉人の判断材料は千春の外見だけだろうということだった。千春が女になったのは暴力からの逃避で、女の外見は外敵から身を守る防御壁みたいなもの。完璧にその外見を維持する千春は、壁の内側に閉じこもったままであろう、と判断したに違いないという。サヤカがそう断言するのは、嘉人が以前にそんなようなことを語ったことがあるからのようだ。マザーズではマリア様研究が進んでいたらしい。

「その判断は間違ってると思いますね。マリア様は積極的にマリア様になろうと決めた時点で、心を開いたのです。その証拠に、マザーズの会合に臨席いただいたとき、体調を悪くされましたよね。あれは、防御を解いて心を開いていたから、みんなの意識や視線をもろに浴びてしまった結果だと思います。心が開いた状態にまだ慣れていなかったのでしょう」

なるほどとは思うが、そういうものかと確信するにはいたらなかった。

「なんであっても、マリア様が劣化していないのは確かです。マリア様は劣化を寄せつけません。私たちにとっては、マリア様の存在そのものが美しいんです。一般的に劣化と捉えられる欠点があったとしても、私たちにはそれを抱えて生きていく姿が美しく感じられる。だから、私たちのことは気にせず、堂々としていてください」

「ありがとう」千春は素直に礼を言った。「みんなを励ますためにあたしはここにいるはずなのに、あたしのほうが元気づけられているね」

「それもどうか気にしないでください。あたしたちは、相互補完といいますか、足りないところを補い合ったり、助け合って活動するのが当たり前ですから。詩音さんも、リーダーだからといって、すべてに秀でているわけではない。みんなで助言もしますし、詩音さんも案外それを素直に受け容れています。成田さんも色々口だししますけど、金銭的な面での貢献が大きいですかね。あたしは、身体的な動きについて、助言しますね」

　サヤカは踊ることで、心を解放する方法を詩音に伝授したそうだ。どうやら昨晩見たものがその踊りのようだ。サヤカが一緒に踊りましたかと訊いてきたので、千春は踊ったと答えた。結局あのとき腰を上げることはなかったが、千春は詩音と呼吸を合わせ、一体感をもった。それは踊ったようなものでしょ、とサヤカに確認する。

「もちろんそれは踊ったんです。誰よりも踊ったと言えます。やはり、マリア様の心は開かれていますよ。詩音さんと心が繋がったんですね」

繋がったというより、少し重なった程度のものだろうと思う。

「あたし、ダンスしかできないんですよね」

ひとつでも胸を張ってできると言えるものがあるなら立派だ。自分は何ももっていない。

「それが役に立ってよかった。みんなひとの役に立ちたいんですよね。マスタークラスはそれぞれが自分の能力を持ち寄り、マザーズに何らかの貢献をしている。未来への貢献だけでなく、マザーズへの貢献が自負心を生み、ここを居心地のいいものにするんです」

なぜひとのために役に立ちたいと思うのだろう。千春は以前サヤカに訊ねている。サヤカは愛される資格を得るためだというようなことを言った。

千春はいま一度、なぜみんなひとの役に立ちたいと考えるのか訊ねてみた。

サヤカは布団の上に胡座をかき、天井を見上げた。大きく息を吸うと、あばら骨の形がTシャツに浮き上がった。

たいそうな質問をしたつもりもなかったが、サヤカはまるで宇宙と交信でもするようにゆっくりと呼吸を繰り返してから、顔を正面に戻した。その顔には笑みが――。口を開く。

「心に絶望があるからですね」言葉がシンクロして聞こえた。サヤカの顔に浮かんだ笑みが、言葉を口にする前から絶望という言葉を発していたような気がした。

サヤカは体を前に傾けた。柔軟体操みたいに、胡座をかいたまま布団に上体をぴったりとつけた。波打つように背中をしならせ、上体を起こす。

「あたし、双子の弟を殺したんですよね」

サヤカは千春に頷きかけると、腕を広げてばたりと後ろに倒れ込んだ。

サヤカの上体があったところに、ぽっかり時空の穴が開いたような気がした。絶望の穴から悲鳴が聞こえる。それはなぜか紅の声だった。

千春は四つんばいになって、階段横に敷いたサヤカの布団まで這っていった。横たわるサヤカは目をつむり、強ばった笑みを浮かべていた。額にかかっていたサヤカの前髪を払い、千春はその額に唇を寄せた。サヤカは「うあーっ」とざらついた悲鳴を上げ、背を反らした。

千春はサヤカの平たい胸に手を当て、なだめるようにさすった。自分がやろうとしていることが、徐々に明確になった。千春は絶望を盗んでやろうと思った。詩音に絶望が足りないようなことを言われたが、たぶんそれは当たっている。自分には絶望が欠けているのだ。それがあれば、もっと紅と繋がることができる気がした。サヤカの首の下に腕を回し、千春は横になった。肩を抱き寄せると、サヤカは胸に顔を埋め、嗚咽に震え始めた。

絶望に満ちた夜だった。日付がかわってしばらくたったころ、詩音と嘉人がやり始めた。

いったいどんな体位で取り組んでいるのか、家全体が揺れた。階下から響き渡る嬌声は獣じみていて、死と暴力と絶望を強烈に意識させた。サヤカは体をまさぐられ、子供のような声で甘えた。双子の弟が亡くなったのは八歳のときだったという。それ以上のことは何も口にしなかった。千春の乳房を遠慮がちに揉みしだく姿に絶望が垣間見えた。けれど、いっこうにその絶望が自分のものになる気配はなかった。

きっとスーパーフレアは絶望の塊なんだ。サヤカの浮いた腰を押さえながら千春は考えた。GBと行動を共にしているのは、絶望による気の迷い。あの身の軽さは、絶望に打ちのめされた魂の軽さを表している。心のあり様があまりに異なるから、あの夜GBのアジトで、紅は千春を置いていくしかなかったのだ。そんなことを頭で考察しても何にもなりはしない。絶望が千春から離れていく。サヤカは穏やかに息をつき、眠りに落ちた。詩音が首でも絞められたような切れ切れの絶叫を轟かせたあと、揺れは収まり、詩音の館に静寂が訪れた。

もう朝はすぐそこまできていた。

3

GBがやってくるかどうかの千春のバロメーター、動画再生回数はコンスタントに増えていき、イベント前日の夕方には三千を超えて千春を震撼させた。ただ、三千回を超えてからは勢いは衰え、ハロウィン当日になっても、三千台前半に留まっていた。

午後四時過ぎ、二階の部屋で着替えを終えた。でかけようとバッグを取り、階段へ向かったとき、窓の外に目がいった。隣の未来的な家の二階に人影が見えた。千春は窓に近寄った。

ガラスの壁面、磨《す》りガラスの部分に子供の影が映っている。またひとりで遊んでいるのだろうか。午後四時過ぎ、子供が家でひとりで遊んでいても不思議ではないのだけれど、なぜか閉じこめられ、虐げられているような想像が湧いた。

「何を見ているんです？」

千春は声に驚き、振り返った。なんの気配もさせずに嘉人が背後に立っていた。

「ドアがないから、ノックはできないんだね」

「すみません。声をかけたほうがよかったですね」嘉人はとくに悪びれた風もなく言った。

「べつに。ここがそういうルールなら、声をかけなくていい。——いや、ルールなんてどうでもいいか。好きにすればいいよ。あたしはかまわない」

嘉人は頷き、口を開いた。「これから仕事にでかけるんで、いちおうご挨拶をと思って。——すみません、今日はＤＪを観にいけずに。またの機会にぜひ」

嘉人はスーツに着替えていた。今晩は会社でハロウィンのパーティーがあるらしい。

「気にしないで。何人かは観にきてくれるみたいだから。またの機会はないかも、だけど」

嘉人は少し強めに息を吸い、首を後ろに反らした。恐縮しているようだ。

千春は昨日、片っ端から知り合いに連絡をとって、イベントを観にきてねと誘った。知り合いの顔が見えれば、いくらか心強いだろうと思ったのだ。

嘉人だけでなく、詩音もこられない。母親も飲みにいくからと断ってきた。返信すらないひとも多く、たぶんサヤカやチガヤなどマザーズのメンバーを含めて、観にきてくれるのは五、六人だけだろう。あと、健太も確実にくる。

「空でも見ていたのですか」嘉人が窓に歩み寄る。

「まさか。そんな余裕なんてないよ。隣の家を見てた。小さい子供がいるでしょ。いつもひとりで、なんとなくかわいそうな気がして目がいった」

千春がそう言うと、嘉人は驚いた顔をして振り向いた。「お隣に子供なんていませんよ。年配のご夫婦が暮らしているだけ。引っ越してきたときに挨拶にいらしたから」

「そんなはずない。だって、ほら、二階に子供の人影が見えるじゃない」

嘉人は窓のほうに向き直った。「あれはたぶん人形でしょう。動かないじゃないですか」

千春は驚きの声を発し、窓の向こうを見つめた。

磨りガラスに映る人影は見ていても動かなかった。先ほどから移動した様子もない。

「お隣の奥さんは元女優さんで、いまは陶器でオブジェを創作するアーティストのようです。あれは、陶器の人形なのかもしれないですね」

嘉人はそう言ったが、子供の大きさくらいのものだというだけで、それがひとの形をしているかどうかもわからなくなってきた。だけど——。

「子供はいる。前に見たんだから。顔を覗かせて、あたしのほうを見ていた」

「そんなはずはないんですけどね。まあ、マリア様がそうおっしゃるなら」

「なんなの。またあたしが幻を見たと思わせようとしているの」

「まさか——。お隣に子供がいようといまいと、私にとってどうでもいいことです。だから、マリア様の言うとおりじゃないですかと、言っているわけでして」

確かにそんなことを隠す理由が嘉人にあるとも思えない。千春は渋々頷いた。

「だけど、顔を覗かせていたとすると、子供の大きさではないですね。それとも何かの上に乗っていたんですかね」

嘉人がそう言った意味がすぐにわかった。二階のガラス壁の下半分は磨りガラスだった。そこから顔を覗かせていたとすると、大人の大きさだということになる。台の上に乗っていたなら、顔の幼さとのバランスに違和感を覚えたはずだが、そんな記憶はなかった。

「異常に首の長い子供だったのかも。あたしだってどうでもいい。もう何も言わないでよ」

嘉人は固く口を結び、大きく二回頷いた。

自分はいったい何を見たのだ。見えないものを見てしまったのだろうか。記憶が混乱していた。見たという感触は残っていたが、その映像を甦らせようとしても、うまく頭に浮かばない。子供の顔を思いだそうと、目を閉じ集中した。

集中した意識がまるで別の方向に向かう。嘉人の体臭を捉え、嫌悪を感じた。嫌悪をやりすごして、正しい方向に意識を向けようとしたとき、肩口がひやっとするような恐怖を感じた。それはあの日河原で倉臼に襲われたときの記憶。千春は熟練の心的防御術でそれを押し留める。ふいに、心がすっと軽くなるような爽快感が胸元を走った。ようやく脳裏に子供の姿が現れた。狭い部屋に閉じこめられた男の子。その寂しげな佇まいに、閉め切った部屋の澱んだ空気に、胸が詰まる。子供の目がぱっと見開かれた。助けを求めるように手を伸ばす。安堵したようなその表情に引き寄せられ、顔の細部に意識が向く。子供と目が合った気がした。その瞬間、困惑の渦が千春の心をかき乱した。

子供の顔がはっきりと見えた。それは千春自身だった。怒ったように眉をひそめ、じっとこちらを見ていた。

嘉人が仕事にでかけてから、千春はイベントの行われる渋谷に向かった。つき添うためにわざわざ仕事から戻ってきてくれたサヤカとともに、詩音の家をでた。

西日を受けた隣家の壁面が光っていた。ひとがたも何も、もう見えなかった。

自分が見たのは幻覚みたいなものだったのだろうと思っている。ただ、それが、自分の子供のころの体験に影響を受けたものかは、なんとも言えない。

まだ遊び盛りだったシングルマザーの母は千春を置いて遊びにでかけていたようだ。確かにそういう記憶はあるが、まだ幼かったため、それほど強烈な記憶として残ってはいない。夏彦叔父がやってきて、外に連れていってくれたことも何度かあり、大きくなるまではどちらかといえば楽しい思い出に分類されていたと思う。だから、大きくなってそれがネグレクトだと気づいても、トラウマのように心に何か影響を及ぼすものではないはずだった。ここのところ、子供がでてくる夢を何度か見ていた。それも子供のころの記憶と何か関係あるのだろうか。安堵した顔が怒った顔になぜかわったのか気になりはしたが、気にしたところでどうなるものでもない。それが記憶だったとしても、思いだせそうになかった。

夏彦叔父にも昨日連絡を取り、イベントに誘っていた。少し遅れるかもしれないが、必ずいくと言っていた。叔父がきてくれるのは心強い。ひとりぼっちで留守番していたとき、ここからだしてという願いを、奇跡のように現れ、かなえてくれたひとだった。とはいえ、外に連れだすと、千春を公園でひとり遊ばせ、自分はベンチで本を読んだり煙草をすったり、気ままに過ごすことが多かった。ふらっとどこかに消えてしまうこともしばしばで、叔父さんらしいといえば叔父さんらしかった。

健太とは渋谷で待ち合わせをしていた。最後のＤＪになるかもしれないと伝えてはいたが、会場に一緒にいこうなどと誘うのは、健太らしからぬ気のつかいようで、気持ち悪くはあった。グレートベイビーが気になってしかたがない健太は、さすがというべきか、千春のあの動画に気づいていた。マスクをしていても千春だとわかったようで、いったいどういうつもりなのかと昨日訊いてきた。イベントの宣伝みたいなものという千春の答えに、納得していない様子だったが、今日会って、あらためてそのことを訊ねることもなかった。

六時前の渋谷はすでにひとと触れあわずに歩くことは難しくなっていたが、仮装しているひとはまだそれほど多くなかった。駅前には警察車両があちこちに見られ、警官も配置されていたが、交通規制はまだのようで、スクランブル交差点は普段どおり斜めに渡ることができた。サヤカと健太に守られるように挟まれ、千春は道玄坂に向かった。

「まだグレートベイビー軍団は現れてなさそうだ」健太があたりをきょろきょろ見回した。

「その事情通っぽい、唐突な言い方、やめてもらえますか。なんなんだ、グレートベイビー軍団って。今日、ここに現れる情報でももってるわけ」

千春は、時折自分に向けられる視線に、少し苛立っていた。仮装じゃないかと、確認しているのだろう。確かに魔女っぽいメイクをしているが、そうでなかったとしても同じこと。ハロウィンは、自分はいつも仮装しているようなものだと思いしらされる日でもあった。

「グレートベイビー軍団っていうのは、フォロワーをただ言いかえただけさ。今日、渋谷で何か大きなことをやらかすらしい。GBはフォロワーたちと秘密の連絡網を構築したみたいでさ、その何人かがSNSで臭わせてるんだ。たぶんわざとリークしてるんだと思うけどさ」

何をしようとしているかは、わからないらしい。ハロウィンの渋谷でとんでもないことが起きるのではないかと心配している、と言った。

「期待してるんだろ」と反射的に軽口を発したが、頭のなかでは、スーパーフレアのことを考えていた。紅は、たったいま、この近くにいるかもしれない。千春は気配を感じ取ろうと息を詰め、意識を研ぎ澄ました。

「GBが暴れるのは確実なんですかね」サヤカが険しい顔をして言った。

健太は、確実と言い切った。なんでも昨晩、一時間だけGBが動画をアップしていたそうだ。三十秒くらいのティーザー動画で、シー・ユー・スーンとテロップが入っていたという。

「それじゃあ、確実とは言えない」とサヤカは冷ややかな声で言った。それでも、可能性としては高いだろうと認めた。「GBはイベントに現れないかもしれませんね」

千春もそんな印象をもった。今晩、GBは千春を襲う暇などなさそうだ。昨日までに襲うことができたのに。これはもう、紅が阻止してくれたと考えていいのではないだろうか。

「おいおい、どういうこと。GBがイベントに本当にくると思ってたのか。お前、GBとどういう関係なんだ」

教えてやってもよかったが、にわかに気持ちが舞い上がり、それどころではなくなった。自然と歩調が速まり、人波をかき分け、道玄坂を上る。目の前が明るくなっていた。愛がもうそこに見えそうだった。

しかし、しょせん愛はフィクションだった。見えたとしても何かを保証するものではない。グレートベイビーはやってきた。千春が流す音楽にのって、巨体をくねらせ、みごとにステップを踏んだ。

4

会場は道玄坂にある大箱で、韓国発の新興コスメブランドが主催のパーティーだった。イベントのオープニングでなぞのミイラがステージに現れた。マスクを取って、どうだ驚けといわんばかりの派手な笑みを見せた中のひとは、このブランドの創業者だった。韓国では有名人らしいが、日本ではちょっと汗っかきのおじさんぐらいで終わってしまった。

そんな事故はあったものの、パーティー自体は盛況だ。仮装をしてきた参加者はフリー、それ以外は千円のエントランスフィーだがワンドリンクつきで、渋谷駅周辺ではアルコール販売の規制が行われていたから、ちょっと一杯ひっかけていこうかというのにちょうどよかったのだろう。六時半の開場で、七時にはメインフロアーはいっぱいになった。千春のプレイは七時半から、アクアゾーンというサブフロアーだったが、そこもほぼ満員。叔父を含め、誘ったひとたちの大半がまだ姿を見せていなかった。

千春はそこそこに気持ちよくプレイしていた。GBはこないと思っていたが、GBやスーパーフレアの仮装をした客が千春の視界をちょろちょろ横切るので、どうも落ち着かない。GBのフォロワーではなく、仮装を楽しんでいるだけだろうと思いつつも、警戒感が湧いた。そんな偽者GBとスーパーフレアがDJブースの近くで踊っていた。そのふたりの間を小柄なドラキュラがくるくる回りながら通り抜け、DJブースの前までやってきた。

仮装している客は半分もいないはずだが、DJブースの周りはその密度が濃かった。激しく踊るひとの割合が普段より高いのも、お祭り気分だから当然だろう。そのなかでも、ドラキュラの動きは激しさが際だつ。千春の前まできて腕を振り、腰を揺らす。足をクロスさせ、あたりのひとなどおかまいなしに後退していく。体をぶつけられたキョンシーが大袈裟に倒れ込んで、ミニスカポリスの笑いを誘った。

黒いスーツにマントを纏ったドラキュラは、メイクで顔を作っていた。白塗りに赤い口紅。黒い縁取りで目を吊り上がらせていた。『スリラー』のリミックスを流していたから、盛り上がるのは当然。とはいえ、踊りに没頭しているわけではなく、ひとの目を意識している。とりわけ、DJマリヤの目をひこうとしているのがわかった。くるくると回転しながら、近づいてくる。ブースの前にいたカオナシに体当たりして千春の真ん前に陣取る。ウィンクしながら、手を銃の形にして撃ってきた。

千春はミキサーに視線を落とした。ドラキュラはヒットアンドアウェイで後退する。こんなことが前にもあったと思い、顔を上げたときには、ドラキュラが何者だか悟っていた。踊るサラリーマン。GBの手下、玉泉だ。顔をじっと見ても判別できなかったが、あの動きは間違いない。からかうような笑みを浮かべ、後退していく。

やつらがきた。千春の背中に寒気が走った。体が強ばったが、頭は意外にクリアーだった。千春は状況を見極めようとした。

見えるのは玉泉らしきドラキュラだけ。今日、GBたちには大きな計画があるというから、GBやあの大きな配下たち、そしてスーパーフレアも現場に向かい、ここにやってきたのは裏方的な玉泉だけかもしれない、と現状を分析した。そうだとしたら、紅はどう動いたのか。玉泉だけがやってきたのは、紅が千春のために働きかけてくれた結果なのかもしれない。いちばんの問題はそこだ。まだ終わったわけではない。

メインフロアーの階下に位置するアクアゾーンは、ＤＪブースがフロアーと同じ高さだったから、混み合うと奥のほうまで見通せなかった。ドラキュラがどんと前に弾け飛んだとき、突然に感じたのはそういうわけだった。ドラキュラの背後に近づいていた、大きなフランケンシュタインに、千春は気づけなかったのだ。

ドラキュラはスパイダーマンを巻き添えにして倒れ込んだ。ドラキュラがいた場所には、背が高いのはそれっぽいが、太りすぎのフランケンシュタインがいた。我こそはドラキュラに取って代わったクラブキングだといわんばかりに、玉泉同様、派手に踊り始めた。うまくはないが、リズムにのっていた。体に似合わぬ軽やかさはユーモラスで、見ていてカタルシスを覚えるものだろうと客観的に評価することはできても、いまここで見とれるはずはない。千春は視線を泳がせた。サヤカや健太を捜したが、近くにその姿はない。気づいていないのか、あいつが現れたのに。これでおしまい。紅は止められなかった。

あのフランケンシュタインがＧＢと体形がそっくりな配下のどちらかであってもおかしくないが、千春はＧＢだと確信していた。それは、フランケンが踊りに没頭しているからだった。千春に何かアピールすることもなく、自分の世界に入り込んでいる。マスクで表情など見えはしないが、なぜだかわかった。踊ることで何かと繋がろうとしている。あるいはどこかへいこうとしている。そんなことを試みるのは、ＧＢだけだと思った。

立ち上がった玉泉がまた踊り始めた。ＧＢの邪魔をしないよう、距離をとっている。ＧＢは大きく手足を動かすが、それほど激しい踊りをするわけではなかった。『スリラー』にバリ島の民族音楽ケチャを被せたパートに入ると、トランスしたように首を振り始めた。

千春は動きを止めて見ていた。ＧＢのケチャダンス。フロアーを照らすブルーライト。白塗りのジョーカーメイク。視覚から入る情報を適当にラベリングしていった。スーパーフレアの偽者とラベリングして、本物はどこだと考える。本物を捜して視線をゆっくりと動かすが、見つからない。紅はいまどこにいるのだろう。近くにいる、と感じ取れる。

紅のことを考えることはできた。紅の愛を見ることはないとしっかり認識している。心は激しい痛みもなく、ただのっぺりとした平板な地平が続いていた。これが絶望の境地なのだろう。意外に苦しくなかった。たぶん心はうまくできていて、耐えられない痛みから意識をそらすような仕組みになっている。感情の起伏を削ぎ、意味のない視覚情報で頭を埋めつくすのはその一環だ。絶望の怖さは衝撃の大きさではなく、時間の長さなのだろうと千春は悟った。たぶん、この平板な感情はずっと続く。徐々に心は死んでいくだろう。

曲がかわった。みんな大好き、四つ打ちＥＤＭだ。フロアーはいくらか空いたが、踊っている者の盛り上がりは増した。ミニスカポリスと血まみれナースの軍団が、それぞれ張り合うように艶めかしく体をくねらす。GBも急に周りの目を意識したように、ロボットダンスもどきの動きを始めた。

デブは得だ。へたでもユーモラスというテイストを纏ってごまかしがきく。そんなどうでもいいことを考えていた千春は、ふいに我に返ったように体を揺らし始めた。音楽に誘われた、あるいはGBに挑発されたのかもしれない。リズムにのっていると、心に痛みを感じた。絶望の水溜まりに足を浸しているような、脱力感も。気持ちよさそうに踊るGBと目が合った。自分の音楽をGBに奪われたような感覚がうっすらと湧き上がる。千春は体を強く揺らした。力が湧いてくるようだった。自分のなかの怒りの感情がくっきりと浮かび上がる。GBがフランケンシュタインのマスクを剝ぎ取ったとき、千春の怒りは最高潮に達した。

GBがこちらを見ていた。やはり怒りの目をしていた。自分の怒りはGBの怒りに呼応しただけか。今度は怒りを奪われたような気になり、さらに怒りが増す。GBはすべてを奪っていく。紅の愛もあの男に奪われたのだと信じられた。

紅は何も悪くない。千春はようやくそういう解釈ができるまでに力を取り戻した。

紅のしたこと、しなかったことを想像する気はなかった。GBがいま何を思い、ここにいるかを考えている。四つ打ちのバスドラに合わせて首を振っているうちにおかしなことが起きた。小さな自分が見えてきた。絶望に萎縮してしまった小さな男。それはかわいそうな存在ではなく、みじめな存在。にやにやと嘲笑うべき存在であると視覚的に感じ取った。

何が起きているのか、すぐに悟った。ＧＢの視線で自分を見ているのだ。そう信じる千春は驚いた。ＧＢは、紅の愛を確認するため自分をおびき寄せるような動画を公開したと見抜いている。自分が現れたことで、千春の心が砕け散ったと笑っているのだ。

千春はＧＢに視線を向けた。向こうもこちらにじっと視線を向けている。その姿と自分の姿が重なって見えた。自分が意地悪く笑っている、そう思った直後、視界のＧＢが口元を歪めて笑みを浮かべた。

千春は視線を外し、激しく体を揺らしながら、リバーブのボタンを連打する。いまの笑みでＧＢの有罪が決定した。あの男は紅の愛の形を消した。もしかしたら、紅そのものを消した可能性もある。愛を見ようと始めた試みも、いまとなっては浅薄な行動に感じられるが、自責の念はひとまず棚上げにしておこう。千春はスマホをＤＪマシンに繋いだ。

ＧＢの目に映る自分は、小さな男だった。どちらかといえば好意の目で見ている。位置づけはあくまで自分より下で、それだけに素直に怒り、嘲る。そして踊ってみせる。ＧＢは動きをエスカレートさせ、安っぽいアイドルみたいな踊りを披露した。

千春はスマホの音楽ライブラリーから一曲選び、健太のセットリストに割り込ませた。

四つ打ちからバラードでいっきにスローダウン。フロアーがざわついた。愛の痛みを歌ったレナード・コーエンの名曲『ハレルヤ』。千春がかけているのはルーファス・ウェインライトのカバーバージョンで映画『シュレック』のサウンドトラックだ。フロアーを離れる者もいたが、曲調を無視してがんがんに踊り続ける猛者もいた。GBもフロアーに残ったが、故障したロボットみたいにぎくしゃくした動きを繰り返す。苛立ったように首を振り、怒りの目を向けた。

GBから踊りを奪ってやったと、千春はささやかながら溜飲を下げた。

ハレルヤと繰り返すルーファスの艶やかな声を聴きながら、千春は紅の魂の行方を追った。自身もハレルヤと呟き、目をつむる。見えたのは暗く空気の澱んだ場所。そこにいけば紅の絶望に近づける、同じ景色を見られる気がした。気がするだけだが、いこうと思った。なんであれ、千春は動かずにはいられなかった。

まだ、もち時間はだいぶ残っていたが、近くに控えていた次のDJ、ゼトを呼び、あとを任せることにした。「ええっ、ここから繋ぐんすか」と若いDJはBPMの遅い『ハレルヤ』に戸惑っていたが、ハロウィンの夜だからどうにでもなるだろう。

準備が整い、千春はフェーダーを下げていく。隣のゼトがかっこよくキューボタンを叩いている。頭だし。最後のハレルヤのヤに被せて、――ジャラララン、ギターの音が響いた。ラテンのリズムで歌声が続く。すぐになんの曲だか千春はわかった。映画『リメンバー・ミー』の挿入歌、『ウン・ポコ・ロコ』だった。

幽霊どもがうちらの出番だとばかりに、フロアーに戻ってくる。千春はゼトに礼を言い、メモリとスマホを抜いて撤収準備を終えた。

GBはだらしなく口を開け、頭からかぶりつきそうな顔で千春を睨んでいた。千春もGBに視線を据えながら、DJブースを離れた。ついてこいよと目で誘ったが、そうするまでもなく、GBも動き始めていた。『ウン・ポコ・ロコ』に誘われた骸骨やカオナシたちをかき分け、移動する。千春はひとの少ない壁際を進み、近くのドアからアクアゾーンをでた。ロッカーが並ぶ廊下を駆け抜ける。階段の手前で振り返って見ると、フランケンがのっそりと廊下にでてくるところだった。

階段を上がると、メインフロアーのある地下一階のロビーにでる。ごった返す客をかき分け、バーカウンターに向かった。ドリンクを求める客がカウンターにぎっしり張りついていた。千春は思いついて、ゲストパスを首から下げた。客の間に体をねじ込ませ、黙々とドリンクを用意するバーテンダーに、何か切るものはないかと訊ねた。

バーテンは顔を上げ、怖い表情で首を傾げた。

「果物ナイフとか、何か切るものない？」と顔を近づけ大声で訊くと、バーテンは妙に愛よく頷き、腰を屈めてカウンターの下のほうを探った。

「ナイフはないね。はさみでいいかい」

髑髏《どくろ》のリングをはめた無骨な手が、カウンターにはさみを置く。まるで拳銃のような重々しい鉄の音を響かせた。美容師が使うような、本格的なはさみだった。

「これなら、キルデキルだろ」

キルデキルがすんなり頭に入ってこなかったが、このバーテンのイメージにフィットした「KILLできる」に変換した。

バーテンがにやりと笑みを浮かべた。千春が微笑み返すと、バーテンは喉でも詰まらせたようなへんな顔――怯えた顔を見せた。千春はさっとはさみを手に取り、そこを離れた。

切るKILL、切るKILL、切るKILL、切るKILL切る。覇気のないメロディーに乗せて、言葉が頭のなかでループした。切るKILLのメロディーは、因果、因縁を断ち切ろうとする千春へのアンセムだ。フロアーから漏れるビートにかき消されることなく、頭のなかで響いていた。

千春は背後を気にしていた。因縁は尻尾のように背後に伸びているイメージだった。その一端はGBに繋がっている。背後の人混みにその姿は見当たらなくても、GBが追いかけてきているのはわかった。

腕を前にだしてひとをかき分けていたら、腕を摑まれた。千春は驚いて足を止めた。

「マリア様」と声をかけてきたのはサヤカだった。

「もう、DJ終わったんですか。すみません、知り合いに偶然出くわしたもので」

サヤカはいつもより声が高く、浮ついた表情だった。酔っているようだ。

「GBがきた」千春がそう言うと、サヤカの顔つきがかわった。

「あたし、ここで決着をつけるつもりだよ」千春ははさみを顔の前に掲げて言った。

サヤカは数回まばたきをしてから、はっきりと頷いた。「それがいいと思います。それでマリア様の心は解放される気がします」

サヤカの目がきらきらと輝きだした。なぜそう簡単に同意するのかと千春は不思議に思った。賛同してくれるサヤカに自分は何をしてやれるのかという問いもついてくる。

与えられるものを定めぬうちに、千春はサヤカを引きずり込む。アクアゾーンの奥にある、今日のイベントでは使われていないクリスタルゾーンに入り込んで、隠れているよう頼んだ。自分がそこにGBを連れ込むからと。サヤカは大きく頷くと、人混みに消えていった。

千春はそのまま真っ直ぐ進んだ。人混みを抜けだし、奥の廊下に入った。

足元がかすむほど暗い廊下は、トイレの前だけスポットライトが灯されていた。左側の女子トイレを覗いて見たが、予想どおり混雑していた。魑魅魍魎《ちみもうりょう》どもが鏡の前で血糊を塗りたくっている。千春は廊下の反対側にある男子トイレを当たった。

薄く開いたドアから覗くと、奇跡的に誰の姿もない。久しぶりの男子トイレ。GBが入ってくる可能性もあったが、かまいはしない。切るKILL切る、どうにでもなる。

千春は鏡の前に立ち、そこに映る自分を見つめた。女の千春が不機嫌に睨みつけてくる。絶望を感じさせない顔。この女は表面を固い殻でいつも覆っている。嘉人が指摘したとおり、その殻に閉じこもり、心を開いていないというのは当たっているのだろう。女の千春は自分にとってシェルターだった。逃げ込んで安心していられる場所。しかし、千春はもう逃げるのはやめようと思った。因果の流れを断ち切るためにはそうする必要がある気がした。

左手で髪の毛の束を握った。右手にもったはさみを開き、髪の毛に当てる。最初、肩より少し上のあたりに当てたが、それじゃあたいしてかわらないだろうと思い直し、耳の下まで上げた。やばい感じになりそうだと思いながらもかまわず、刃を閉じた。

おそろしくソフトな切れ味だった。砂がさらさら流れるような軽やかさで切断され、左手に髪の毛の束が残った。もちろん痛みなどないけれど、切れた感じがした。髪の毛以外の何かも。短くなった髪が、ありえないくらい横に広がっている。そのやばい見た目以上に、毛先から広がる何もない空間を恐ろしく感じる。千春は髪の毛の束を洗面台に横たえた。

襟足を摑み、はさみを入れた。見えない部分だが、しっかり切れた感はあった。手のなかの束を顔の前にもってきて見ると、ずんと重さが増した。それを洗面台に投げ捨てたときだった。悲鳴のような声が聞こえ、視線を振った。トイレの入り口にひとの姿があった。

ひと、と呼んでよいのか迷った。ピンク色のひらひらミニドレスを纏ったごつめの妖精――髭づらのうさ耳ちゃん。ハロウィンでなければ、こちらが悲鳴をあげていたはずだ。ドアのところに突っ立ったままの男は、再び悲鳴を上げた。洗面台の髪の束が目に入ったのかもしれない。

「俺、こう見えても、男だから。気にしないで」千春は男の声で言った。

「いや、こちらこそ。こんな格好で失礼します」男は硬い口調でそう言うと、入ってきた。

千春は鏡のなかの自分に向かったが、すぐに意識が削がれた。男が隣の洗面台にやってきて、鏡の前に立った。

カリカチュアされた女装メイク。凝った衣装。見た目は真性ドラァグクイーンだが、先ほどの硬い口調からすると、ハロウィンの仮装でドラァグクイーンに扮しているだけだろうと察した。だけ、と言っても、付け焼き刃な感じはしない。口の周りを無精髭が囲んでいるが、足の毛は綺麗に処理されていて美脚だ。短髪をかつらで隠さず兎の耳で飾っているのも何か美意識が感じられないこともない。全体的にキュートな印象を醸しだすことに成功していた。

男は鏡に顔を近づけ、斜めがけしたキラキラのポシェットからメイク道具を取りだす。千春も鏡に向かった。残った襟足の束を摑み、はさみを当てた。

「――あの、手伝いましょうか。うちの実家、美容室だから、見よう見まねで基本的なカットくらいはできるので」男は鏡越しに視線を寄越し、そう言った。

「ありがとう。でも大丈夫、自分でやりたいから。もう逃げるのはやめたの。そういうことだから、自分でやらないと意味がないいんだ。――ちなみに、あたしの母親も美容師だよ」

男は驚いたように、いくらか眉を上げた。リップを取りだし、唇をなぞる。

千春はさくっと束を断ち切ると、洗面台に捨てた。

「へー、逃げるのやめたんですか。――でも、逃げられた。いったんは逃げるのに成功したんですよね。すごいな」

厚い化粧に覆われているから、表情はわからない。口調は本当に感心しているようだった。

「どこがすごいの。逃げただけだけど」

「逃げただけ、なんてさらりと言えるところがすごい。僕は、いつも逃げるのに失敗してる。ここからどこへもいけなくて」

男は大きく口を開き、笑った。厚く塗った化粧がピエロみたいで悲しく見えた。

年は自分よりいくらか上か。どんな職業か見当がつかなかった。クリエイティブ系という気もするし、肉体労働者にも見える。学校の先生と言われれば、そうだろうなと思える。

「いつもそんな格好してるの？」千春は訊ねた。

「ハロウィンの夜だけだ。ダサイでしょ」

その姿をダサイと言っているのか、ハロウィンの夜だけであることをダサイと言っているのか、判別がつかなかった。いずれであっても、ダサイとは思わない。気休めにもならない気がしたが、「そんなことないよ」と千春は言った。

「なんにしても、今夜だけ。かりそめの逃亡なんだ」

男は鏡から顔を離し、角度をかえて、自分の姿を子細にチェックする。

「切ってあげよか」

千春がそう言うと、男は焦った顔をして兎の耳を押さえた。

「逃げられるよう、あなたを縛っているものを切ってあげましょうか、ってこと」

男はほっとしたように息をつき、首を横に振った。「切ったところでどうにもならない。爆弾で吹っ飛ばしでもしないと、がんじがらめに絡まったものはほどけないよ」

「逃げることから逃げていませんか？」何も知らないくせにわかったようなことを言った。ただ、できることなら、この男に逃げてもらいたいと思った。こっちの世界にきてほしいと。

そんな風に感じたのは、男の口調がどこか自分に似てきたからかもしれない。

「うまいこと言ったつもりかもしれないけど、そんなのは当たり前のこと。逃げられないというのは、逃げることから逃げること。そんなダサイ自分から逃げようと思うんだけど、またそれからも逃げたりして。堂々巡りというか、一ミリも動いてないんだ。あなたは立派よ。

——わかる。きっとものすごい勢いで逃げたんでしょ」

ちょっと突き放したような言葉だったが、鏡越しの目には憧れが見て取れた。

「あたしは逃げた。でももうやめることにした」

千春は残った右側の髪を束ね、はさみを入れた。切り離された束を洗面台に捨てた。

鏡を見た。あり得ないくらい横に広がった髪。それが左右均等になったからといって、やばさが軽減されるものでもない。手で押さえ、なでつけてみても、離せば瞬時に羽を広げる。

クレオパトラ風といって差し支えのない鏡のなかの女は、狂気を漂わせて瞳を揺らしている。

求めていたのはこんな感じだったろうか。心が開かれたように見えないのは確かだが——。

「あたしはどう見えます?」ひとの目に評価を委ねてみた。

「思っていたのと違うんでしょ」

男はからかうような笑みを浮かべ、顔を向けた。首の角度が色っぽい。

「僕には、あなたがまだ逃げ続けているように見える。あなたのことはよく知らないけど、きっと、並大抵でない決意で、逃げたんでしょ。逃げて逃げて、そこで自分を見つけた。それを簡単に手放せるわけないものね」

逃げた先に自分がいたのだろうか。紅の瞳のなかに自分を見つけたのではないのか。そのふたつが並んでいても矛盾はないのかとぼんやり考えた千春は、鏡に顔を戻した。そんなことより、髪を切っても、変化はないらしいということが問題だった。

「僕の言うことなんて気にしないで。わかったようなことすぐ言うから。うまく逃げられたあなたを羨んでいる。――ねえ、やっぱり髪を切らせてくれない。前髪を作ってあげたい」

「ううん、いい」千春は首を横に振った。

それこそクレオパトラになってしまう。あるいは、レプリカント。もうすでにマリア様の見た目ではなくなってはいるだろうが、何か他のアバターやアイコンにはなりたくなかった。

「そう、残念」と男は言った。

「残念」と千春も言った。

髪に手櫛を入れ、広がりを強調した。やばい見た目だが、これで外にでていくことを想像しても、ためらいはなかった。毛先から広がる髪の消えた空間も、もう恐ろしくはない。

「ねえ、また適当なこと言っていい。ちょっと思いついたの」

男は洗面台に手を伸ばし、そこに重ねられた髪の束から、何本かを摘んだ。

「あなたは逃げるのをやめたと言った。それは未来を意識したからじゃない？　逃げるっていうのは、過去にも未来にも背を向けて、ひたすらいまを――刹那を生きることだと思ってる。逃げるのやめたのは、未来に目を向け始めたからじゃないのかな。それでもまだ逃げているように見えたのは、過去に背を向け続けているからなのかもしれない。あるいは、その反対かも。まあどうでもいいことかもしれないけど、何かの参考になればと思って――」

男は尖らせた口からぷふっと息を吐き、摘んでいた髪を吹き飛ばした。その仕草はこの上なく可憐で、神がかって見えた。ポロロンと鏡からメロディーがこぼれでてきそうだった。

兎耳の妖精に魔法でもかけられたような気がした。実際、心がさらに平板になったように感じる。ふいに、頭に映像が浮かんだ。また子供の姿だった。それが背を向けている過去だというのだろうか。ネグレクトだった過去とちゃんと向き合わなければ、逃げるのをやめたことにならないのか。千春は自分に問いかけてみたけれど、どうにも深刻には捉えられなかった。ひとり、部屋に置いてきぼりにされたことは、それほど辛い記憶として残っていなかった。それでも、子供の姿が浮かんでくるのはなんなのだ。何か、ぼやけた記憶のようなものが浮かび上がってきそうなのだが、――いまはどうでもいいと思った。

視線を落とすと、山になった髪の毛が目に映った。そこから数本を摘み取り、顔の前にもってくる。横に並んだ妖精に向かって、ぷーっと吹き飛ばした。

男はあはんと、色っぽい声を上げた。

「あなたのまねをしてみたの。力が湧いてくるかと思って」

「大丈夫。今夜だけは、みんな特別な力をもつことができるはず」

兎耳の妖精は、ハッピーハロウィンと祈るように言った。

ＧＢをクリスタルゾーンに誘い込もうと、その姿を捜した。各フロアーを回ってみても、あの巨体は目に入らなかった。玉泉の姿もない。ついでに言えば、健太もいなかった。もしかしたら、健太はＳＮＳでチェックし、ＧＢたちが街で暴れるのを見にいったのかもしれない。だとしたら、ＧＢも仲間のところへ向かったはずだ。千春はもう一度隈なくフロアーを見て回り、健太もＧＢも街に繰りだしたようだと結論づけた。

バーカウンターにはさみを返しにいった。軽口も何も言わずに、バーテンダーははさみをさっさとしまった。千春の頭のなかから、切る KILL 切るのアンセムは消えた。

目標を見失い、虚脱状態だった。狂躁から抑鬱に振れた心は、また絶望と向き合い、のっぺりと起伏をなくした。外まで追っていこうという気にはならない。

千春は地下に降りていった。ＧＢに扮したキッズどもの姿は消え、精気のないゴーストが、スマホのバックライトに照らされ揺れていた。漏れ聞こえるＥＤＭの軽薄なビートに抗い、千春はゆっくり通路を進んだ。アクアゾーンを通り過ぎた突き当たりに階段があった。関係者以外立入禁止の看板をぶら下げたパーティションのテープをまたぎ越し、階段を昇る。

使用されていないクリスタルゾーンから、明かりが漏れていた。サヤカにＧＢが消えたことを伝えたら、自分も街にでてみようと思っていた。

階段を上がりきり、アーチ状の入り口を潜った。イベントスペースとしても使われる部屋は、がらんとして何もなかった。サヤカの姿もない。なかに進んだ千春は、ふいに気配を感じた。生臭い息。足を止め、背後を振り返った。

――サヤカ。その姿を認識したが、ハロウィンらしい驚きに身をすくませた。青白い顔をして、ぐったりうなだれていた。横に広げた腕。磔刑《たっけい》に処せられたキリストの姿を連想し、畏れを抱く。遅れて、サヤカを背後で支えている者の存在に気づいた。体を屈め、サヤカの両脇を手で押さえていた。首を傾げて顔を覗かせる。

ＧＢが笑った。

千春が動くよりも早かった。ＧＢは体を伸び上がらせ、サヤカの体を宙に放り投げた。サヤカは腕を広げて飛翔する。千春は反射的に足を踏みだした。サヤカの体を受け止めようと手を伸ばす。――まともに体がぶつかってきた。サヤカとともに後ろに倒れ込む。腕でしっかりとサヤカの体を抱き留めていた。

サヤカのためになることができた。意識が飛ぶ瞬間、そんなことを思った。

5

「俺をおびき寄せて殺そうとしていたのか」千春が意識を取り戻したとき、体の上にGBが座っていた。千春の口を手で塞ぎ、胸を強く押した。千春の意識はすーっとどこかに吸い込まれていった。次に意識を取り戻したとき、GBは体の上にはいなかった。そのかわり、手足の自由を何かで奪われていた。口も塞がれ、息苦しい。

隣に転がされているサヤカも同じような状態だった。縛《いまし》めを解こうとするように体を揺すっている。元気であることがわかり、千春はほっとした。

GBの声が聞こえた。首を反らして見ると、頭側にGBが立っていた。横に、粘着テープをもった玉泉もいた。

GBは、おびき寄せて殺そうとしたのかと訊いた。千春の傍らにしゃがみ込み、口を塞ぐ粘着テープをはがした。

「あたしは賭けをしただけ。動画で挑発して、あんたが殺しに現れなければあたしの勝ち。あたしは愛を見ることができると思った」千春は恐れも感じず、ありのまま答えた。

「この部屋におびき寄せて殺そうと思った。さっき、サヤカさんからそう聞いたが」

「それはあんたが現れたからね。賭けに負けて、絶望を感じた。それでここにおびき寄せて決着をつけようと思った。だけど、殺そうとはしていない」

「彼女はお前と一緒に殺すつもりだったと言ったぞ」GBはサヤカのほうに顎をしゃくった。

「あたしは決着をつけると言っただけ。うまく意思の疎通ができてなかったみたい」

サヤカがこちらに顔を向け、何度も頷いていた。

「じゃあ、決着というのはなんなんだ」

GBの口調は咎める感じではなかった。どちらかといえば楽しそうだった。

「決着というのは、あんたとの因縁を断ち切ること。あたしの因果の流れを止めること」

「それはどうやるんだ」

「切るのよ。もう返したけど、バーではさみを借りた。それで切ってやろうと思った」

「何を、だ」GBはゆっくりと言うと、ちらと玉泉のほうを窺う。

粘着テープをもったドラキュラは驚いたように眉を上げた。

「何をって、何？　あたしはあんたとの因縁を断ち切ろうと思った」

切るKILL切る。因縁を切る。

「はさみで因縁が切れるもんじゃない。やはり殺すしかないんじゃないか。――どうしたんだ、その髪は？」

「いまごろ、訊くな」

はさみで髪は切れる。因縁は切れない。しかし、キルデキル。――それはバーテンが言ったこと。切るKILL切ると頭で唱えたのは、バーテンの言葉に影響を受けただけで、殺す気などなかった。じゃあ、何を切るつもりだったのか。ＧＢが覗き込むように視線を合わせてくる。千春は首を横に振った。「違う、殺そうとは思っていない。切ろうと思っただけだ」

だから、何をだ。千春は自分に訊ねた。

「お前はマリアだ。だから切ろうと思ったんじゃないのか。俺のを」

「お前のを――」千春は口にしてみた。

「そもそも俺とお前に因縁なんてものはない。それでも、何か繋がっていると俺も感じる。お前の特殊性を考えると、どのへんに注目すればいいかはわかる。そうだろ、お前にはちんこがない。だから、俺も同じようにしようとしたんじゃないのか。俺のを切ろうとした」

千春は大きく息を吸った。自分の気持ちを言い当てられたようなインパクトがあった。

「そうなんだろ、違うか」

「もしそうだとしたら、どうするつもり？」

「どうもしない。死刑の判決はもうでているわけだし」

サヤカがうーうーと唸っていた。体を揺すり、何かを訴えようとしている感じだった。

「彼女の口のテープを取ってあげてよ」と言うと、ＧＢは素直にサヤカの粘着テープを引っぺがした。

「この男の言うことなんて信じないでください。何を言っても気にしないでください」

　サヤカははあはあと息をつきながら叫んだ。

「何を興奮してるんだ。俺が何を言うと思っているんだ」ＧＢはにやにやと笑っている。

　何かへんだと千春は思った。この男を信じるなと言うのはわかる。何を言っても気にするなというのは、何を想定して言ったのだ。

「私はマリア様がいちばんなんです。ほんとなんですよ」

「どういうこと。いったい……」

「そんなことはどうでもいい。俺の質問に答えろ」千春の言葉を遮って言うと、玉泉にサヤカの口を塞ぐように命じた。玉泉はもっていたテープを切り、サヤカの口を塞いだ。

「俺のを切ろうとしたのか」

　千春は口を開かず、考える。あたしは何を切ろうとしたのだ。

　因果の流れを止めるために、誰かのペニスを切り落とす。頭のなかでそう考えてみると、違和感があった。ただ逆に、他に何を切れば因果が止められそうかと想像してみても、それ以上のものは浮かばない。はさみでＧＢの何かを切ろうとしていたのは間違いないのだ。

「たぶん、そう。ここで待ち伏せして、あんたがのこのこやってきたら、あんたのだっさいちんこを切っていたかもしれない。だったら、どうするの」

　何が起きるか知りたかった。因果の最終的な結果が現れるかもしれない。

「そうか、やはりな」

GBは玉泉を見上げ、笑いかけた。玉泉はドラキュラらしい仏頂面だ。

「あなたは本当にマリア様なのですね」GBはあらたまった声で言った。「あなたは俺を罰しようとしたのでしょう」

きらきらしたGBの目が見ていられなくなって、千春はドラキュラに目を向けた。玉泉は、そんなことあるわけないだろと言いたげな、しらけた顔をしていた。

「さすがに、その罰を受け容れるわけにはいかないが、お気持ちを戒めとして今後も自分を律したいと思います。ひとつ言い訳させてもらうと、俺はけっして諦めたわけでは――」

「気持ち悪いから、そのきらきらした目はやめてくれないか。言ってることわからないし」

「もちろん、わからないだろう。あなたが何も意識してやっていないことは想像がつく。俺を罰しようという意識などなかった。しかし逆に、なぜ切ろうと思ったか、明確な理由などないはずだ。それこそが、あなたがマリア様である証拠だ。俺のマリア様でもある」

この男もマリア様を必要としているらしいことだけはなんとなく理解した。

「お前は何をしたんだ。罰を受けるような何かをしたんだろ。――いや、諦めたわけじゃないって言うんだから、何か失敗したのか」

「俺たちは活動の休止期に入った。人類のための活動を一時とはいえ休止するのだから、罰を受けてもしかたがないと思っている」

「お前がへんな動画で俺たちをおびきよせようとしているから、俺は何かの罠だろうと思って、いかないほうがいいと言ったんだ」玉泉が珍しく話しだした。

「だけどグレートベイビーは、このタイミングで誘いかけられたのは、偶然ではないと考えた。罰の可能性があると。もし俺のちんこを切ると言いだしたら、それは俺への罰で間違いないと、あらかじめ俺に話していた」

玉泉は説明しているというより、よけいなことをしやがってと、千春に恨みごとを言っているようなトーンだった。

「なぜちんこなんだ。指を切ると言ったって罰にはなるはずだ」

いや、そこはどうでもいい。どうしてGBは活動を休止するのだ。今日の活動はないのか。紅はどうしたのだ。

「もちろん理由はある。細かいことは説明はしたくないが、俺のは、ひとの役に立ちたいという気持ちの象徴なんだ。象徴となりうる独特の形状をもっていることは、サヤカさんが知っている」GBはそう言って、サヤカの口のテープを引き剝がす。

「マリア様、この男の言うことなど気にしないでください」サヤカはまたそう言った。

「否定はできないよな。あんたは知っている。マザーズの面々は、俺の形を見て神秘性を感じた。俺をマリア様みたいにアイコンに祭りあげようとしたんだ。マリア様と俺のちんこはあの会では同列だ。そのマリア様が俺のを切ろうというのだから、それこそ因縁を感じる」

「ほんとなの」千春はサヤカに目を向けた。

サヤカは痛みが走ったように顔をしかめ、首を横に振った。「みんながそうだったわけではありません。一部のひとです」

「確かに、サヤカさんは俺を特別扱いしなかった。だから俺はあんたに悪い印象はない」

「もしかして、あんたが会で偉そうになったのは、そうやってもちあげられたからなのか」

「そういう面もあっただろうな。ひとからちやほやされるなんて生まれて初めてのことだ」

「神秘的な形状をしていると言ったって、未来の女だけの世界と関連づけられるようなものじゃないんだろ。結局マザーズは、ちんこに難がある男が好きなだけなのか」

「そんなことはありません。マリア様は本当に特別です。この男のナニに神秘性を感じても、ひととして尊敬できないと思っていたひとがほとんどで。全然、同列なんかじゃ――」

「俺のちんこに難があるとは誰も言っていないぞ」GBはなんだか楽しそうだった。

「紅は――石田友美はどうだったの。マリア様とこの男のナニと、どっちによりひかれていたんだ」

「それは、どうだったのか、よくわかりません」

サヤカはたぶん正直に答えたのだろう。紅はマザーズをやめ、GBの仲間になった。GBの神秘の竿にひかれるものがあったことは間違いない。しかし、その後、紅はGBたちから離れマリア様を守ろうとした。そこまでならマリア様寄りと認定できるが——。

「ねえ、なんで活動を休止するんだ。今日の活動は？　スーパーフレアはどうした」

「スーパーフレアとか口にするな。気持ち悪い」玉泉が憎々しげな表情を浮かべた。

「今日の活動なんてものはもともとないぞ」GBは半笑いのとぼけた顔で言った。

「だって今日、フォロワーたちに呼びかけたんだろ」

「誰かが呼びかけたらしいな。俺は知らない」

「誰かって——」

「もちろん、誰だかはわかっている。石田友美と仲秀秋《なかひであき》が呼びかけたんだ」

「紅が？　誰、仲秀秋って」

「この間、アジトで俺たちの仲間に会っただろ。あのとき俺たちの他にふたりいたと思うが、もうひとりコアなメンバーがいた。それが仲だ。俺たちの間ではマリンと呼ばれていた。そいつが裏切った。石田の思想に賛同し、協力しているらしい。ふたりで俺たちから、活動を奪った。グレートベイビーの活動をハックしたんだ」

紅がGBの活動を乗っ取った。つまり紅はGBの仲間ではない。千春は心のなかが光で満たされるのを感じた。

「じゃあ、スーパーフレアの動画にでてくるグレートベイビーはあんたじゃないの」

「あれはマリンだ。ただ、偽者グレートベイビーというわけでもない。俺たちの活動のなかで、あいつがグレートベイビーとして動画に出演している場面もいくつかあったからな」

「石田友美とはずっと会っていないのね。あの日、アジトであたしを助けにきたときから」

「もちろんそうだ。あの女は俺たちからマリア様を守ろうと、俺たちの活動から飛びだした。邪魔くさいが、それほど厄介な存在になるとは思っていなかった」

すがすがしくなるくらい、自分のばかさ加減を知った。何より、紅を信じることができなかった自分が愚かだった。そんな自分自身に絶望を感じた。

「マリンが俺たちを裏切り、石田のほうについたと知ったのも、あの夜のことだ。火をつけて乗り込んできた」

あの夜、詩音が見たと思った千春のドッペルゲンガーもどきはマリンだったのだろう。

GBによれば、あのとき紅とマリンはGBの活動をハッキングすることを宣言したそうだ。ひいては、小道具である火炎放射器を寄越せと言ってきた。小競り合いにはなったが、消防や警察がやってくることを恐れて、GBたちはあの家からすぐに撤退したようだ。

そして宣言どおり、紅たちにあっさり活動を奪われてしまった。それというのも、GBたちの活動のなかでネットに関わるすべてをマリンにまかせていたからだそうだ。他人のアカウントで動画をアップしていたが、そのアカウントを盗み、管理していたのがマリンだった。フォロワーたちに密かにメッセージを送る手段を構築し、運用していたのもそう。それさえ押さえていれば、体形のかわらないマリンは本物のGBとして容易に活動できる。

「対抗する手段がないわけでもない」GBは静かな声で言った。「闇サイトでアカウントを買って、動画をアップすることもできる。あいつらは偽者で、俺たちこそが本物だと主張するんだ。これまでアップした動画の未公開シーンを流して、本物であることを証明できる。ただし、それはマリンにもできることで、やがて、どちらも本物でただの仲間われかとフォロワーたちに見透かされるだろう。その場外バトルにしらけてしまい、活動は下火になる。そんなことなら、このまま偽者にやらせようと思った。外見上、俺たちがやろうとしていた活動とかわりはしないのだから、不都合はない。目的はまったく違うがね」

「紅はなんの目的で乗っ取ったの」

千春は静かな興奮を覚えていた。千春を魅了したスーパーフレアの軽やかな動きは、このGBとは何も関係がなかった。紅自身の信念に基づき暴れているのだと知り、嬉しくなった。

「目的などない。ただ暴れたいだけ、とも言える。だが俺は、石田の目的に一定の理解をもっているつもりだ。この社会は糞だ。システムもひとも糞でクズだらけというのが前提にある。だから、そんな社会は気候変動でぼろぼろになるのを待たずに、早いところぶち壊してしまえというのがその目的だ。とくに緻密な計画があるわけではなく、フォロワーを集め、一緒になってただひたすら暴れる。それがいずれ大きなうねりとなって社会に混乱をもたらし、ついには社会が崩壊することを望む、ということのようだ」

頭に浮かぶスーパーフレアの動きがさらに軽くなった。紅の心のなかのシンプルさ。それが動きの軽さの秘密であるような気がした。

「目的は違うが、やろうとしている活動は俺たちとまったく一緒だ。だからそのまま続けさせることにした。いつかは取り戻そうと思うが、とりあえずいまはひと休みだ」

声に残念そうな響きは窺えなかった。自分の手でやりとげたいというエゴもなく、結果にかかわりがなければそれでいいというのは、なかなか立派な態度だと思う。

「紅は社会がぶっこわれたら満足するの」

「知らん」GBは素っ気なく言うと、ふっと息をついた。「知らんが、なんとなく俺にはわかる。糞どもはこの社会が糞であることに気づいていない、自分がどれだけ糞をまき散らしているか自覚してないのだ。社会が崩壊したときその糞どもは、初めて周りがどれほど糞に溢れていたか、自分が臭いか気づく。そこから自浄作用が働くのではないかと、石田は期待しているんだと思う。だから、社会が崩壊してもそれだけでは満足しないだろう」

耳を澄まし、心を研ぎ澄ましていた千春は、ＧＢの言葉をするするといったん呑み込んだ。スーパーフレアが頭のなかで暴れた。その憎しみ怒りが爆発し、頭のなかが光にまみれた。

「あんたバカじゃない」千春は言葉を吐きだした。「スーパーフレアが未来に何か期待するとほんとに思ってるわけ。まったく、ひとというものがわかってないね」

紅のことなど何も見えていないのだろう。千春は自分には見えていると思っていた。あの台風のなか、一緒に街を駆けた自分には、紅の魂がいまどこにいるのかわかるのだ。

「スーパーフレアはただ社会をぶっ壊すだけ。真っ当な社会に再生されることなんて望んでない。それを望んでいるのはあんたでしょ。未来のためにしばらく活動できない後ろめたさがあんたにはあるんだ。だから、ＧＢの活動をしばらく委ねるスーパーフレアの活動にも、社会のためになる目的があってほしいと願ったんだ。そうだろ」

「当たっているかどうかはさておき、どうして、そんな攻撃的な言い方をするんだ。社会がよくなるのを望むのは悪いことじゃないはずだが」

「それは……、気に入らないからだ」

千春がそう言うと、ＧＢは呆れたように頭を反らして笑った。

「マリア様は子供なみに手がかかる。どうして気に入らないのか、教えてもらえますか」

「それは……」

理由はある。しかしそれは感覚的なもので、言葉にするのに少し時間がかかった。

「――それは、あんたが過去に囚われているからだ。未来の社会のことを考えるのは、ふがいない過去を帳消しにしたいと思ったからだろ。そんなの、気持ち悪い」

「不遇な過去をバネにして、未来に向かって努力するというのは、普通によくあることだろ。なんでそんな――」

「なんで気持ち悪いかって？　それは……、自分と同じだからだ。あたしも過去に囚われている。別に未来に向かって努力なんてしてないけど、過去から逃れようと必死になった。逃れようとしただけで、逃げられていなかったんだって、たったいま気づいたけど」

GBが言うように、それは普通のことだろう。紅だってそうだ。マザーズで活動したり、GBの仲間になったり、未来のために役立とうと思ったのは、過去から逃れようとしたからだ。この世界は糞だと思えた過去から――。

紅はファンタジーを信じようともしていた。この社会は壊れて見えるけれど、まだ捨てたものではないと思い込もうと努力していた。しかし、台風の日、店を開けていたら暴漢に襲われた。最後に会った日、孤独な青年の誕生日を祝ってやろうと思ったらすっぽかされた。それだけの理由ではないだろうが、絶望した紅はファンタジーを捨て去った。過去と現在に向き合い、絶望を爆発させてここから飛びだした。紅は逃げることに成功したのだ。あっちでもこっちでもない、まるで違う世界に——。あの軽やかな動きは、その証だ。

　自分にはとうてい辿り着くことのできない世界だ。もちろん、GBにもいけない。

「あんたは忘れようとしている。いじめられたこと、引きこもっていたころのこと。ひとや社会を憎んでいたはずなのに、それらを忘れるため人類や社会のためになることをしようとしている」

「それも当たってるかどうかおいといて、悪いことなのか？」

　GBはぼんやり、眠そうな顔をした。その答えを本当に知りたがっているように見えた。

「忘れられない。忘れようとしているだけで、記憶があとから追いかけてくる。その記憶と向き合うことなく、忘れたふりをして生きていくのはどうなんだろう。正しいんだろうか」

「知るか。俺に訊くな」GBはふて腐れたように唇を尖らせた。

「体が大きくなって、別人になったような気がしたんでしょ。さらにはグレートベイビーになった。忘れたふりをするのは簡単だったんだろうね」

　自分もそうだ。女の姿になって過去から逃れた気になった。暴力の記憶だけでなく、ネグレクトの記憶も、忘れようとしていたもののひとつかもしれない。

「もういい、口を閉じろ。マリア様とは価値観に大きな違いがあるようだ。どれだけ語っても平行線を辿りそうだ。俺はただ社会のために役に立ちたいと考えた。それが何に起因してようと、そのために何かを忘れようと、どうでもいいことだ」

それは千春にとっても同じこと。GBの心のなかなどどうでもいい。問題は、どうやっても紅のいる世界にいけそうもないことだった。自分には爆発するほどの絶望はない。

ぐふぐふと息苦しそうな音がした。視線を振ると、サヤカが顔を歪め、涙を流していた。

「彼女の口のテープを取ってあげて」

千春がそう言うと、またGBは素直にべりっと剝がした。

「……ああ、マリア様、あたしも同じです。忘れようとしたんです。でも記憶が追いかけてくる。やはりそうなんですね、向き合わないとだめなんですね……」

サヤカは嗚咽しながらそう言った。

「そうだね。だけど、あなたにいちばん必要なのは、自分を赦すことだよ」

目をつむったサヤカは口を引き結び、大きく頷いた。

「赦しはだいじだな」

GBはそう言うと、千春に手を伸ばしてきた。恐怖を感じる暇もなくがっちりと首にかかった。反射的に手で対抗しようとして肩が痛んだ。

絞める力はいっきにマックスに達した。息苦しさなど感じない。砕け散りそうな痛みが喉仏に集中した。言葉を発しようとしたが、気管が苦しげな音を鳴らしただけだった。それを真似たような音を、なぜか隣のサヤカが立てている。

千春は暴れた。体を揺する。サヤカも首を絞められていると悟った。やめろ、と全身を使って抗議を試みる。

のどの痛みが急激にひいた。GBの手が千春の首から離れた。咳がでた。息苦しさをいまさら感じた。体を捻り、横を向く。

GBが、サヤカの上にのる玉泉を突き飛ばした。

サヤカも咳き込んだが、それほどひどくはなかった。

千春は、立ち上がったGBを見上げた。憎しみも怒りも感じられない、ふぬけた顔だった。

「どうにか、俺も赦すことができた」GBはなんだか満足そうに言う。

「自分を？　あたしを？」

「たぶん、両方だな」

「あたしは赦さない。忘れないからね」

千春は、立ち上がったドラキュラを睨みつけた。

「あなたは記憶の話をした」注意をひきつけるようにGBは大声を発した。「俺にとって、ちんこがまさに記憶なのだ。それがあれば忘れないし、正しい道をいける。マリア様にもそれを知っていてほしいと思った」

　サヤカが「ばかじゃない」と率直な意見をのべた。千春は因縁めいたものを多少なりとも感じた。

「スーパーフレアから活動を奪い返すのはいつごろの予定なの」

「わからないと言っただろ。しばらくは様子を見る。奪い返しても問題ないと判断できたら、すぐに実行するだろう。より効果的なコンテンツが見つかったなら、そのままGBのコンテンツは譲る可能性もある。いちばん可能性が高いのは、俺が奪い返す前に、警察に潰されて、ぽしゃってしまうことだ。社会を壊そうと、俺たちより過激に暴れるはずだからな」

「何をするの。ひとを殺したりすると思う」千春は不安も期待も抱かずに訊ねた。

「過激になれば、死者がでることもある、と容認しているだろう。まあ、どんな活動になるか、ちょっと楽しみではある。今日はとくに派手にやるそうだ。連絡があったんだ。見にこいと誘ってきたのは、動画で挑発したあなたから、俺の目をそらすためもあったんだろう」

「紅が連絡してきたの？」と訊ねると、GBは頷いた。

　千春の脳裏に光が差した。違う世界にいっても、紅はマリア様のことを気にかけている。

「待ってよ、このままいく気」千春は膝を立てて上体を起こした。

　階段のほうに歩きだしたGBが足を止めた。玉泉にサヤカの手の縛めを切るように命じた。

「またどこかで会うのだろうな」GBはそう言って歩きだした。

千春はＧＢの背中に頷きかけた。

因果の流れはまだ止まっていない。いつどんな結果で終わるのか見当もつかないが、千春の人生に影響を与え続けるのは確かなことのように思えた。

6

サヤカが縛めを解いてくれた。自分の足のテープを取り去る前に、千春の手と足を自由にし、さあ怪物たちが暴れる街へ、と千春を送りだしてくれた。

地下のクラブから地上にでてきた。紫の夜空にひとのエネルギーが放電していた。

道玄坂は車道までひとで埋めつくされていた。塊になって緩やかなひとの流れを作っている。それなりに熱気は帯びているが、全感覚祭のときのような、明らかなエネルギーの放出は感じられない。それでもバチバチと光を放って見えるのは、紅たちのエネルギーが街を覆っているからかもしれない。

どこだどこだと心が焦りだす。早く早くといざなわれている気もして、足をばたつかせた。どんなに気持ちが前に向かっていっても、先を急ぐことはできなかった。クラブをでたときはまだ早足も可能だったが、駅に向かって坂を下っていくと、ひととの間隔は狭まり、完全に密着状態で群衆と一体化した。

急ぐより、どこへ向かえばいいのか見極めるほうが重要だ。千春はスマホを取りだし、グレートベイビーの動向を調べてみた。渋谷のハロウィンに現れるのでは、というようなツイートはあったが、いま現在なにかが起きているというものは見当たらなかった。すぐ前にいる、黄色い着ぐるみを着た男の背中にスマホを立てかけていたら、振り向いた男に睨まれた。どういうわけか、後ろからも髪の毛を摑まれた。首を振り振り、その手から逃れる。振り返ってみると、すぐ後ろにいた女性が自分ではないと首を振った。その隣にいた男も首を振る。それはそうだろう。後方の群衆の頭上に手が見えていた。それが千春の髪を引っぱったと思われる。その手の持ち主の姿は確認できない。右斜め後方に消えていった。

いったいなぜ髪を摑まれたのか。散切り頭を嫌悪する者もそりゃあいるだろうと、深くは考えなかった。顔を正面に戻したとき、右手の歩道を歩くひとたちの姿が目に入った。こちらとは反対の、坂の上へ向かう流れのなかに、スーパーフレアが見えた。小型のＧＢもいる。足早に道玄坂を上っていった。千春は「すみません」と声をかけながら横移動を試みた。

あれは本物のスーパーフレアか。背格好は紅に似ていた。動きがやたらに軽い。

ごめんなさい、すみません、と女の甘えた声で活路を開き、なんとか歩道に達した。一段高くなった歩道に上がり、小走りでスーパーフレアのあとを追う。車道を渡る小型ＧＢの集団が見えた。そのなか程にスーパーフレアがいた。千春は車道に下り、全速力で駆けた。すぐに距離をつめ、「紅」と叫ぶ。反応がないので、「スーパーフレア」と声をかけた。

スーパーフレアが足を止め、こちらを向いた。千春もその手前で足を止めた。腰に手を当て、猫背気味に佇む姿はまさにダークヒロインだった。ダークなエネルギーも感じられるが、千春をどこかへ連れていくほどではない。

「ねえ、本物のスーパーフレアがどこかに現れたって情報知らない？」

よくできたスーパーフレアだった。髪の色もゴーグルもそっくり。オレンジ色の唇だって、不機嫌そうに歪めていると、千春でさえ本物と見まちがえそうだ。

「お姉さんすごい。あたしを偽者といっぱつで見破ったひと、初めて」

感激の印か、丸めた拳をぷるぷる震わせた。

「周りにいたのが、偽者っぽかったからよ。それより――」

「ああ――、ミッション、開始したみたい。公園通りでGBもスーフレ様も勢揃いで暴れだしたってみんな騒いでる。あたしもいかなくちゃ」

千春は歩きだそうとした女の子の腕を摑んだ。「そんな格好でいったら危ないよ。本物と間違えられて、騒ぎに巻き込まれるかもしれない」

「いいじゃん。そうなったら、もうあたしは本物でしょ。覚悟はできてる」

この子はことの本質がわかっている。ＧＢもスーパーフレアも、本物と偽者の区別などありはしないのだ。そう、あとはこの子の覚悟の問題だった。

スーパーフレアはＧＢ軍団のあとを追って、円山町のホテル街に入っていった。文化村通りに抜け、東急ハンズのほうから公園通りに入るのだろう。千春もそのルートでいこうと足を踏みだしたとき、頭を後ろに引かれた。頭皮に痛みが走る。また髪の毛を摑まれた。

痛みから逃れようと体を捻る。痛みが消えた。そのまま体を捻り、振り返った。

男と間近で対峙した。見知らぬ男だと思った。ハロウィンの仮装をしたひとだと。Ｔシャツから伸びる両の腕が包帯に覆われていた。首にも包帯が巻かれている。歯を剝きだしにして狂気じみた笑みを浮かべていたから、一瞬仮面を被っていると勘違いした。やせ細った顔はまるで死者――。

千春は息を吞み、悲鳴に近い音を立てた。目の前の男がかわり果てた倉臼であることにようやく気づいた。

「お前、まだ生きていたのか」と倉臼は言った。そっちのほうこそ、生きているのかと問い返したくなる。包帯は仮装ではなく、本当にけがか何かしているようだった。

「この間はすまなかった。色々と不快な思いをさせたな」倉臼はいくらか表情を引き締めて言った。「今日は、もうあんなまどろっこしいことはしない」

Tシャツの裾をまくった倉臼は、腰に差したナイフを掴み取った。

大きなサバイバルナイフ。ケースを外し、捨て去った。「死のうな。俺と一緒に」

千春はあとずさりした。しかし、逃げだそうとは思わなかった。知らなきゃならない。この男とは間違いなく因縁で繋がっている。

「この間言っていたことを、もう一回、しっかり説明して。あたしを誰の仲間だと思ったの。あいつって呼んでいたのは誰なんだ」

千春はあとずさりを続ける。倉臼はわからないとでもいうように首を傾げると、急に間合いを詰めてきた。ナイフを逆手に握り直し、振り上げる。

やばいと思うと同時に、間に合わないと直感した。千春は背中を向けて足を踏みだした。

「おい、千春」と声が聞こえて、思わず、足を止めてしまった。ナイフにざっくりやられるのを覚悟しながら背を丸める。しかし何も起こらなかった。

振り返ってみると、倉臼も足を止めていた。首を巡らし背後を窺っている。

「千春、もうDJとやらは終わったのか」

そう言って近づいてくるのは夏彦叔父だった。

「どうしたその髪は。ハロウィンか」

叔父は笑みを浮かべて進む。視線が千春にではなく、倉臼に向いているのがわかった。

「おいちゃん、これはハロウィンとは関係ない。――ストップ、足を止めて」千春はあとずさりしながら叫んだ。

倉臼がこちらに顔を戻した。が、どういうわけか、すぐに体ごと反転し、千春に背を向けてしまった。

叔父は足を止めた。笑みはかわらない。大きな手を倉臼に差しだした。

「いやいや、ハロウィンだろ。そいつは小道具なんだろ。それにしても物騒でいかんよね。いやはやなんとも。――さあ、こっちに渡してくれるかい」

叔父が無理に近づいたりしなければ大丈夫だろうと思った。千春は距離をおきながら、倉臼の横に回り込もうと動いた。倉臼がいったいどういう心境で叔父と対峙しているのかわからなかった。邪魔した者への怒りだろうか。元々襲おうとしていた千春に対する以上の感情があるはずはないのだが、心が壊れた人間が何にどう反応するかなどわかりはしない。

「俺は彼女の叔父だ。昔から、あの子をかわいがっていてね。俺にとって、この上もなく大切なものなんだ。なあ頼むよ、動かないでくれ」

夏彦叔父はゆっくりと足を踏みだす。倉臼の足は動かない。しかし、首を動かし、振り返る。移動する千春に視線を止めた。その顔を見て千春は驚いた。

倉臼は涙を流していた。自分に対していたとき、狂気の笑みを浮かべていたのに、いまは少年みたいな顔をして泣いている。肩が震えていた。先日、渋谷でこの男に襲われたときの光景が脳裏に甦った。あのときも倉臼は震えていた。きっと「あいつ」に怯えているとあのとき感じたが、いったい、いまは何に怯えているのだ。倉臼の視線とぶつかる。

千春は口を押さえた。突如、嘔吐の気配を覚えた。体の奥のほうから何かが這い上がってくる。しかしそれは、胃のものが逆流しているわけではなかった。脳天に打撃をくらったように、頭のなかに光が散った。光を塗りつぶすように映像が現れた。

現れたのは、もう見慣れた子供の姿。助けを求めるように手を伸ばしてくる。安堵した表情はわかるのに、顔がはっきりしない。顔がはっきりしないのに、それは自分ではないとなぜか確信している。少年の姿が一瞬消え、また浮かんだ。不機嫌な顔をした少年。それは今日家をでるときにも浮かんだ、幼少期の自分の姿。記憶――のはずはない。自分で自分を見ることはできない。少年の千春が動いた。背を向けて駆けていく。遠ざかる小さな背中。

――待って、いかないで。もうひとりの少年が手を伸ばし、心で叫ぶ。千春の頭から映像は消えていた。心臓の鼓動が不快なほど速まる。視線の先に倉臼の目があった。絶望の目。いかないでと叫び声が聞こえてくるような――。

千春の背筋に寒気が走った。そんなことはあり得ないと、自分の頭に浮かんだ考えを否定した。幼い自分の姿は倉臼の記憶、倉臼がかつて目にしたものではないかとふと思えたのだ。

倉臼が叔父に向き直った。足を踏みだし、ゆっくりとナイフを叔父のほうに差しだす。叔父も手を伸ばしながら、ゆっくりと近づく。穏やかな結末を予感させる光景にも見えた。しかし、倉臼は叔父を前にし怯えていた。絶望の目を千春に向けた。巡る因果がごうごうと音を立て、千春の耳を打つ。倉臼がもう一歩足を踏みだした。

——だめだ。千春は動いた。ふたりの体が重なるのを見た。叔父の口が惚けたように開く。ふたりは重なったままアスファルトの上に倒れ込む。千春は、叔父の上になった倉臼の背中に組みついた。首に腕を回し、足を絡みつかせ、体重をかける。倉臼を叔父から引き剝がし、路上に転げた。

倉臼はすさまじく暴れた。千春を背中に敷き、殺虫剤を浴びたゴキブリのように手足を激しくばたつかせる。悪魔にでも取り憑かれたようで恐ろしかったが、千春は必死に組みついていた。「誰か——」と叫んだ。

周囲にひとはいたが、遠巻きにしてスマホを向ける者ばかり。——いや、足が近づいてきた。なんの躊躇もなく、倉臼を蹴りつける。千春にもその衝撃が伝わってきた。大きな体。下から見上げているからか、非常識ともいえるくらい巨大に見えた。ＧＢであるかもしれないが、なぜかはっきりと認識できない。

倉臼は暴れるのをやめた。千春はその体を押しやり、下から抜けだした。巨大な男の姿は見えなくなっていた。千春は横たわる叔父の傍らに這っていった。

「誰か、お願い、救急車を呼んで」

千春が叫ぶと、「もう呼びました」と裏返った男の声が返ってきた。

叔父の胸のあたりに血の染みが広がっていた。千春は流れでる血を抑えようと手を当てた。

叔父の顔から生気が失われ、二十歳くらいいっきに老けたように見えた。紫色の唇が乳飲み子みたいにぱくぱくと動いている。

「大丈夫だよ。おいちゃん、大丈夫だから」

千春はその言葉が嘘にならないことを必死に祈った。けれど、夏彦叔父が元気になって、その口から、倉臼との因果を語ることがなければいいと、ぼんやり心の片隅で願っている。

──「あいつ」は叔父だったのか？

振り返ると、倉臼はぐったり横になっていた。服や包帯が赤く染まっているのは返り血ではなく、暴れているときに自分で傷つけたのだろう。同情など感じやしないが、激しい怒りや恨みもない。ただ、スマホを向けて距離を縮めてくる人垣が鬱陶しかった。

世界が急速に縮まっている。あっち側もこっち側もなく、見えない糸に搦《から》め捕られた三人がここにいるだけだった。みんな血を流した。それで誰かの罪を贖《あがな》いえたのだとしても、もうここからどこへもいけない気がした。世界は端から壊れている。壊れてはいても、あたかも精緻な理に則っているように見える。

　夏彦叔父が目を開いた。千春は顔を近づけたが、甥を認識している様子はなかった。それでも呼びかけ続けると、叔父の口が動いた。何か言葉を発したが、聞き取れない。

「ちょっと黙れよ」千春は男の声で群衆に向かって言った。

　奇跡のようにあたりが静まり返った。千春は叔父の口元に耳を近づける。叔父が因果の核心に触れるのではないかと身を硬くして言葉を待った。程なく、囁くような声が耳をなでた。

「誰にも内緒だよ」

　たったひとこと、それだけだった。しかし千春にとってはそれで充分。これまで見たこともない醜悪な顔で言ったその言葉は、遠い記憶を呼び覚ます呪文のようだった。千春は叔父の罪とともに、自分の罪を知った。

　倉臼が言ったとおり、自分は体の中心を失ってもしかたがないほどの罪を犯していた。

7

　病院に運ばれた叔父は朝を迎える前に、千春と母に看取られ、息を引き取った。

　倉臼も病院に運ばれた。もともと全身に自傷の切り傷を負っていたところにまた自傷で、命に別状はないものの重傷。三週間の入院ののち勾留され、本格的な取調べが始まった。

ハロウィンのさなか渋谷で起きた事件として当初は大きく報道されたが、続報はほとんどでなかった。それでも、倉臼の供述内容は耳に入ってきた。

倉臼は千春を殺そうと思ってクラブにやってきたが、もともと恨みがあったのは叔父にだった。やはり倉臼が言った「あいつ」は、夏彦叔父だったのだ。

倉臼は子供のころ公園で知らない男に性的な暴行を受けたそうだ。それが叔父だったと主張している。先日、渋谷で叔父と会ったとき、ベンツに乗った倉臼と出くわした。あのとき叔父を見て、自分にいたずらしたのはあいつだと気づいたという。

警察は供述の真偽を確認するため母を訪ねてきた。千春もその場に立ち会った。

母は弟がゲイであることは認めた。しかし、小児性愛者ではないと声を震わせ、反駁《はんばく》した。刑事は、倉臼が勝手に思い込んでいる可能性も充分ありますからと母をなだめた。もう二十年以上前のことであるし、叔父が死んでいるため、警察はその真偽がはっきりすることはないだろうと諦めている感じではあり、さほど突っ込んで質問することもなかった。

刑事たちが帰ったあと、母は叔父の話を千春に聞かせた。叔父がゲイをカミングアウトすることはなかったそうだが、ふらっといなくなる叔父の住居の後始末をした母は、その過程で気づいたのだと言う。あの子は芸術家肌だからそういうところがあっても不思議ではなかったんだと、なんだか庇うように言った。語ったのはそれだけで、子供への性的いたずらについてはまったく触れることはなかった。

千春は警察に何も話さなかったが、たぶんそれは事実だと思っていた。

「誰にも内緒だよ」

叔父が最後に言った言葉が千春の記憶を呼び覚ました。かつて幼少のころ、同じ言葉を叔父に言われたことがあったのだ。

ひとり部屋に取り残された千春を叔父は時折連れだしてくれた。近所の公園に連れていき、千春を遊ばせている間、どこかへ消えることがあった。ある日、千春はそんな叔父を捜しにいった。たぶんそこはトイレだったのだろう。おぼろげな記憶で、なぜ鍵がかかっていなかったのかもわからないが、ドアを開けたら叔父がいた。叔父は知らない子供と一緒だった。自分と遊ばず、他の子供といることに千春は腹を立てた覚えがある。その子が千春のほうに手を伸ばしてきた。この男の子は助けてほしがっているとたぶん千春は認識していた。けれど腹を立てていた千春は、すぐに踵を返してその場を離れた。そのあとで、叔父に「今日のことは誰にも内緒だよ」と言われたのだ。コンビニのイートインコーナーだかコーヒーショップだかでソフトクリームを食べながらだった気がする。すっかり機嫌を直した千春は、腹を立てたことも叔父の不可解な行動も特筆すべきこととして記憶に残さなかったのだろう。

その子供が倉臼だったかどうかはわからない。たぶん叔父の犯行は一度や二度ではないだろう。叔父はふらっと東京を離れることがあったが、あれは警察の捜査が及ばないよう姿をくらましただけだったのかもしれない。なんであれ、千春の捉え方はかわらない。自分は倉臼を見捨てた。誰か助けを呼びにいく選択肢はなかっただろうが、その場に留まれば、叔父は何もせず子供を解放した可能性もあったはずだ。

それらのことを警察に話すことはなかった。三人の間を巡った因果はすでに完結していた。裁判で何かを明らかにする必要性を千春は感じなかった。結局その感覚は間違っていなかったのだろう、裁判自体、開かれることはなかった。倉臼は勾留されてから十日ほどで再び入院した。年末、傷口からの感染症により死亡したとネットのニュースで知った。

そこまでするかと呆れるくらい、容赦なく因果は働き続け、倉臼に報いを投下した。ただ、倉臼にとってそれは、報いというより安息に近いものであったような気もする。

とにかく決着はついたように見える。世界はあの日からかわらず縮んだままだ。心は晴れることなく重苦しい。叔父はかわらず叔父で、自分が自分であり続けていることが煩わしかった。それぞれの罪は贖われたのか。倉臼少年の絶望に触れた——倉臼の心の声を聞いた気になっている千春には、どうしてもそうは思えなかった。

そんな自分からの逃げ場を求めるように、マリア様でもあり続けた。マザーズのために何かするわけでもなく、自分のほうがマザーズから恩恵をうけているようなあり様ではあった。賢い詩音は世界の秘密をひとつ教えてくれた。「襲いかかった不幸は次なる幸福のサインなんだよ」と無愛想な顔で言った。スピリチュアルおばさんの薄ら寒いポジティブトークと大差なかったが、詩音の場合、言うタイミングが絶妙だった。詩音からそれを聞いた翌日、紅からインスタのDMで連絡があったのだ。

あの日スーパーフレアは渋谷の街を燃え上がらせた。ハロウィンの公園通りには、目立ちたがりのカスタムカーやスーパーカーが集結していたようだ。偽GBとスーパーフレア、そしてGBのフォロワーたちは公園通りを埋めつくす車列に襲いかかった。

車を破壊し、車のオーナーや仲間たちと乱闘を繰り広げた。このとき、紅たちは動画を公開しなかった。千春が見たのは、その場に居合わせた者がSNSにあげた映像だった。車の上を駆けめぐるスーパーフレアの姿もあったが、当日、スーパーフレアの扮装をして活動に参加したフォロワーは多く、遠くから捉えた映像では、本人かどうか判別するのは難しかった。ただその動きの軽さから、千春は紅本人だったのではないかと思っている。

あの日いちばん盛り上がったのは、ランボルギーニが火柱を立てて燃え上がったシーンだろう。とくにオーナーらしき男が車の傍らで発狂している映像をあらゆるメディアで見かけた。それだけ見たら、渋谷はとんでもない騒乱状態に陥っていたように見える。実際はハロウィン警備の警官たちがすぐにやってきたので、紅たちが暴れていたのは五分くらいのものだったらしい。ランボルギーニが高々と炎を立ち上らせたのはそのあとだった。

噴き上がる火柱に紅の生を見た気がした。冷え切った千春の心にわずかな火を灯した。次の活動まで二ヶ月あった。新年を迎えた直後の表参道で、またランボルギーニを血祭りに上げた。ハロウィンの活動のあとに知ったことだが、渋谷のハロウィンを毛嫌いするひとと同じくらい、ランボルギーニを毛嫌いするひとがネット界隈には多いらしい。

このとき炎上はなかったが、フォロワーのひとりが車を奪取して、表参道の交差点で派手なクラッシュを披露した。その日スーパーフレアは歩道橋の上から車のルーフにダイブし、登場した。現場で見ていたひとはさぞや度肝を抜かれたことだろう。グレートベイビー・オフィシャルと思しき配信動画で見た千春も、仰天した。いくら身が軽いとはいえ、そんなスタントマンみたいなことができるのかと疑い、何度も繰り返し映像を見た。結果、千春は確信した。それは紅だ。たぶん、紅も飛び降りられると確信していたわけではなく、体が動いてしまったのではないか。スーパーフレアになりきった紅にはそれができた。その力を与えているのがマリア様であると、千春はにわかに信じられた。

千春の体も動いた。紅に力を与えているのがマリアであるなら、自分にもできるはずだ。千春は原宿に向かった。歩道橋から飛び降りれば、世界を飛びだし、紅と同じ地平に立てると思った。駅をでて、青山通りから表参道を下っているとき、紅からDMが送られてきた。

新年の挨拶に続いて書かれていたのは、次の活動予定だった。それは今回以上に間があいていた。およそ三ヶ月後の、三月下旬だった。場所と日にち以外はなんの記述もなく、連絡に喜びはしたが、なんなんだろうと訝りながら歩道橋まできた。

歩道橋の上に立った千春は理解した。やはり自分はここから飛び降りられると思った。しかし、当然ながら、けがをするとわかった。スーパーフレアはけがをしたのだ。それが癒えるまでの間が三ヶ月なのだと悟った。けがに負けず復活してみせるという決意を表すため、千春にDMを送ってきたのではないかと想像した。千春はDMを返した。

その日あたしもそこにいって暴れる。待ってるよ。

三月の下旬、その日は三連休の最終日だった。場所は中目黒。目黒川沿いは桜が満開だったが、例の感染症の影響で公式の桜まつりは中止になっている。それでも、大勢が花見に繰りだしていた。不要不急の外出は控えるようにという政府や都知事のお達しなど完全スルーで、ひとの密度は濃い。さすがにマスクを着けているひとは多かった。千春もマスクを着けていた。ホームセンターで買った、プラスチック製の作業用ゴーグルも装着していた。すれ違うひとに、ちょっとやりすぎでしょという目で見られることも多かったが、べつにウイルス対策ではない。薄手のジャンプスーツを着て、ドクターマーチンを履いているから、作業員あるいはゴーストバスターズと見間違われそうだが、もちろんそんなことでもない。それは戦闘服だった。スーパーフレアと一緒に暴れようと、千春は意気込んでやってきた。おうちでおとなしくしていることもできず、こんなひとが集まるところにやってくる不見識なひとたちに、すぐにでも襲いかかってやりたくなるほど、気分は昂ぶっていた。

しかし、スーパーフレアは現れなかった。偽GBやフォロワーの姿を見ることもなかった。自分も不見識な輩と見なされることを厭わず、川沿いの桜を撮影し、待ってるよとコメントをそえてインスタに投稿したりもしたが、なんの反応もない。まさか紅は、政府の要請を聞き入れ、活動を自粛したのだろうか。コロナ禍の花見はなんのトラブルもなく、夜遅くまで花見客はたえなかった。ビールを片手に座り込む千春も、そのひとりに成り下がっていた。

薄汚れた自転車をガードレールに立てかけ、バッグからペットボトルを取りだした。ガードレールに腰かけた千春は、勢いよく喉に水を流し込む。柔い日差しが目に入った。スマホを取りだしＬＩＮＥを確認すると、母の日の花を受け取ったとハートマーク入りのメッセージが母から届いていた。仕事にでかける前に届いたようだと知り、千春は安心した。

あんたもいつまでも元気でいておくれ。あたしの娘、とメッセージは結ばれていた。それを読んで千春は少し心苦しくなった。自分はもうほとんど、あなたの子供、千春ではない。

正午に近づいていたが、ひとの姿はほとんどない。ひとり坂を上がってくる男が見えるだけだった。車もスクランブル交差点で信号待ちする二台だけ。そういうものだろうと思ってやってきたから驚きはしないが、実際に目にすると不気味にも感じた。都会のどまんなか、千春は渋谷の公園通りにいた。

ゴールデンウィークまでのはずだった緊急事態宣言は五月末まで延長された。街からひとが消えたまま。商業施設も閉まっている。見える明かりは信号と車のブレーキランプだけで、グレーがかった、のっぺりとした風景だった。ひとの気配――ある種のフィクションを取り除いた素の街並みは、自然と対峙しているような気分にさせる。台風のさなか、紅を捜して歩いたときも同じような感覚をもったことを思いだした。

希にみる大型の台風に襲われた翌日、世界がかわったような気がした。全感覚祭が新世界の証拠に思えた。それをそのまま信じているわけではないけれど、きっと世界はかわったのだ。コロナがかえたわけでもなく、かわった世界がコロナを呼んだ。そして紅を呑み込んだ。

スーパーフレアは消えた。元日以来、なんの音沙汰もないし、活動も行われていなかった。街からひとが消えて活動しようもないわけだが、三月の花見に現れなかったことが、千春としては気にかかった。

パンデミックが終息し、街にひとが戻ればスーパーフレアも活動を再開するとは思う。だがもし、再開しなかったら、千春は自分がスーパーフレアになろうかと考えていた。サイズ感が違うから、スーパーフレア二号とでも名乗ろうか。本物のGB、冬治に声をかけてタッグを組んでも面白いかもしれない。ふざけているわけではない。千春は本気だった。

車もひとも視界からすべて消えた。千春はガードレールから腰を上げ、車道にでて座り込む。街の色が少しだけ濃くなった。

社会を壊すことにそこまで魅力を感じない。ただ、元旦に表参道の歩道橋から自分も飛び降りられると思った、あの感覚を大事にしたかった。自分もスーパーフレアになれる、紅と同じ地平に立てると思った。実際は、縮んでしまった千春の世界から、体半分ほど抜けだせるくらいかもしれない。それでも紅に近づける。体もいくらか軽くなるだろう。

いきなり背後からクラクションを鳴らされ、千春はびくっと背筋を伸ばした。振り返って見ると、車がすぐ近くまできていた。

対向車線にはみ出した車は、千春のわきをゆっくりと通り過ぎる。白い車体に自分の影が映っている。――バンダナを頭に巻いた小男。

なんて無粋な車だろうと千春は思った。よけて通るなら、クラクションなど鳴らす必要もないのに。平和主義の見本のような小型のハイブリッド車は、挑発するようにじりじり進み、こちらの車線に戻った。ドライバーの顔を見てやろうと千春は立ち上がる。歩きだしたとたん、車はスピードを上げた。ベルトコンベアーのような、温もりのない音を奏でて坂を下っていく。千春は咄嗟に手にしていたペットボトルを投げつける。回転しながら水をまき散らしただけで、車にはまるで届かなかった。

坂を下り、ペットボトルを拾い上げた。アスファルトに残る黒い染みに目をやりながら、グレーな街に未来はないね、と因縁をつけるようにぼやいた。とはいえ、もともと未来なんてものは存在しない。予定された未来などあったためしはなく、愛がその幻想を現実にかえるだけだ。自分にはまだその愛がある。紅もマリア様の愛をまだ求めていると信じる。

千春は立てかけた自転車に戻り、またがった。バンダナを解き、額の汗を拭う。前髪をかき上げ、車道の下り坂に漕ぎだした。立ち漕ぎでペダルを踏み、スピードをつける。左にカーブしながら、パルコの前のスクランブル交差点を突っきった。信号が何色だったかはよく見ていない。ますます勢いをつけて坂を下る。前髪が風になびいて目にかかる。グレーの街が後方に流れる。未来に飛んでいきそうな勢いだったが、もちろんそんなことは起こらない。千春は未来が存在しないことを証明しようとしていた。

正面を塞ぐT字路が見えた。今度は信号が赤になっていることをはっきりと確認した。歩道にいる疎らな人影は信号待ちをしていた。正面を塞ぐ道を車が一台通り過ぎる。ひと呼吸おいて二台目が過ぎる。車も疎らだ。千春は必死にペダルを漕いだ。視線を正面の一点に向ける。流れる風景に視界はどんどん狭められていった。このまま、T字路に右折で突っ込もうと思っていた。予定された未来などない。だから何が起きるかなど決まっていない。ただし、愛があれば、未来を創ることもできる。

足を止めた。息を止めた。体を右に傾ける。次に起こることは誰にもわからない。ひとの予想など大概はずれる。

千春が消えた。マリアも消えた。風の流れを感じながら、この世界から抜けだしていった。

この作品は書き下ろしです。

グレートベイビー

新野《しんの》剛志《たけし》

令和6年10月10日　初版発行

発行人――石原正康
編集人――高部真人
発行所――株式会社幻冬舎
〒151-0051東京都渋谷区千駄ヶ谷4-9-7
電話　03(5411)6222(営業)
　　　03(5411)6211(編集)
公式HP　https://www.gentosha.co.jp/

印刷・製本―TOPPANクロレ株式会社
装丁者――高橋雅之

幻冬舎文庫

ISBN978-4-344-43419-6　C0193　し-19-4